KB136687

한국현대소설 탐구

강찬모

태학사

강찬모
충남 청양 출생
청주대학교 국문과 및 동대학원 졸업(문학박사)
현재 청주대학교 국문과 강사

주요 논저
「김지하와 이문구의 인문정신 연구」
「정지용과 윤동주 시론 비교 연구」
「조정권 시와 정신주의」
「밤의 양면성과 유유상종의 시학」
「정지용 시와 시론에 나타난 사단칠정 고찰」 등이 있다.

한국현대소설 탐구

초판 1쇄 인쇄 | 2016년 7월 11일
초판 1쇄 발행 | 2016년 7월 15일

저　　자 | 강찬모
펴낸이 | 지현구
펴낸곳 | 태학사
등　　록 | 제406-2006-00008호
주　　소 | 경기도 파주시 광인사길 223
전　　화 | 마케팅부 (031) 955-7580~82　편집부 (031) 955-7585~89
전　　송 | (031) 955-0910
전자우편 | thaehak4@chol.com
홈페이지 | www.thaehaksa.com

ISBN 978-89-5966-761-1　93810

서문

국문학(현대문학)을 전공하면서 내게 소설은 시와 더불어 편애가 근본적으로 불가능한 저울의 추이며, 열손가락 깨물 때마다 안 아픈 손가락이 없는 두 개의 생인손이다.

시는 시대로 시이기 때문에 예쁜 구석이 있고, 소설은 소설대로 소설이기 때문에 예쁜 구석이 있다. 아마도 한 여인을 어미로 둔 아롱이 다롱이 때문일 게다. 시장의 언어의 소설이 궁극적으로 지향하는 것은 시적 언어이며, 정갈한 언어의 시는 소설의 저잣거리의 환경에서 삶의 본질을 길어 올린다.

이 책은 등재논문을 책으로 엮은 것이다. 한국현대소설 중에서 박경리와 조정래의 대하소설이 중심을 이룬다. 대하소설은 말 그대로 강처럼 유구한 시간의 역사와 함께, 인간의 삶을 통합적으로 그리는데 매우 유용한 호흡이 긴 소설이다. 특히 교과서에서 누락되거나 은폐된 우리의 수난의 역사와 당대를 살았던 민초들의 삶의 애환을 긍정적 역동적으로 보여준다.

"모든 파편은 원형을 꿈꾼다"라는 어느 시인의 말처럼, 일반소설 또한 개개의 흩어진 삶의 파편들을 주워 모아 삶을 재구성 현재화시킨다. 사르트르가 말한 대로 인간은 자신의 의지와는 무관하게 세상으로 내 던져진 '피투(被投)'적 존재이다. 이러한 천지간에 혈혈단신 절대 열악한 공간에서 홀로서기하며 살아가는 인간의 삶은, 그 자체로 하나의 경이로운 자기 삶의 성주(城主)요 광휘이다. 『토지』의 공노인의 말처럼 "하나하나의 인생이 모두 다 기찬" 대체 불가능한 고유성이 있는 것이리라. 구구절절한 삶을 이야기 할 때 우리가 하는−소설책 몇 질로도 안 된다−그 흔한 말도 이러한 기막힌 인물들이 풀어내는 개개 삶의 총체성을 상징적으로 보여주는 말이다.

이런 면에서 소설의 스토리는 사람 동네에서 일어나는 세상에 모든 이야기의 진원지이며, 간밤의 뒷담화를 머리에 이고 나르는 우물가 여인들의 발이 달린 소문인 셈이다.

앞으로도 나의 문학연구에서 소설은 변함없이 세상을 읽고 배우며 사숙하는 소통과 복기의 공간이 될 것이다. 소설을 통해서 사람에 대한 연민과 소중함이 더 깊어질 것이며, 더불어 나의 삶의 안목도 넓어질 것이라 믿는다.

민낯으로의 외출은 언제나 부끄럽고 송연하며, 얼마간의 객기와 용기가 필요한 일이다. 이 책도 나의 이러한 민낯으로의 외출이 감행한 방자요 몰염치의 흔적이다. 저절로 익는 능금이 없듯이, 더 많은 땀과 수고만이 민낯의 부끄러움을 다소 만회하는 길이 될 터이다.

2016년 6월
우암산 그늘에서
강찬모

차례

6

박경리의 소설 『토지』에 나타난 간도의 이주와 디아스포라의 귀소성 연구
─민족의 수난기에 생활원리로서의 유교의 대응력을 중심으로─

1. 서론

'디아스포라'의 의미는 원래 팔레스타인 땅을 떠나 세계 각지에 거주하는 '이산(離散)유대인'과 그 공동체를 지칭하는 말로, 민족 분산 혹은 민족 이산이라 번역될 수 있다. 최근에는 "한 민족 집단 성원들이 세계 여러 지역으로 흩어지는 과정뿐만 아니라 분산한 동족들과 그들이 거주하는 장소와 공동체" 또는 유대인의 경험뿐만 아니라 다른 민족의 국제이주, 망명, 난민, 이주노동자, 민족공동체, 문화적 차이, 정체성 등을 아우르는 포괄적인 개념으로 사용되고 있다.[1] 또 사프란은 디아스포라 (Diaspora)의 개념을 여섯 가지[2]로 나누기도 했다.

---

1 윤인진, 「코리언 디아스포라: 재외한인의 이주, 적응, 정체성」, 『한국사회학』 제37집, (한국사회학회, 2003), 101쪽.
2 (1) 디아스포라는 자신 혹은 선조가 고국으로부터 타 지역이나 외국으로 이주, 분산된 경험을 갖고 있다. (2) 그들은 고국에 대한 집합적 기억이나 비전, 신화 등을 공유한다. (3) 자신들이 이주한 사회에서는 완전히 수용될 수 없거나 소외 혹은 고립되었다고 믿는다. (4) 고국을 진정한 이상적 공간으로 인식하고 최종적으로는 되돌아가야 할 곳으로 간주한다. (5) 고국의 안전과 번영을 위해 공헌해야 한다고 여긴다. (6) 다양한 방식을 통해 고국

디아스포라의 개념을 넓게 해석한다면 두 가지 측면으로 나누어 해석할 수 있다. 첫째, 외부에 의해 강요된 이산과 둘째, 개인의 이해관계에 따라 자발적으로 이산한 경우이다. 외부에 의해 강요된 이산은 근대의 역사적 산물로 민족 간의 쟁패와 관련이 있다. 즉 힘의 우열을 내세운 제국주의가 약소국에 강요한 이산이다. 민족 간의 힘의 우열에 의한 지배와 피지배의 관계는 역사 이래로 지속된 관계이기 때문에 디아스포라를 딱히 근대적인 산물로만 전유할 수 없게 하지만, 특히 제국주의에 의한 식민지 지배가 가속화된 19~20세기에 미증유의 희생 공동체를 전방위로 양산했다.

우리의 경우에는 한말과 일제 강점기를 거치면서 한반도에서 생존에 위협을 느낀 많은 사람들이 간도, 시베리아, 만주, 일본, 하와이 등 국외로 이주하면서 본격적으로 디아스포라가 형성되었다. 정착적 삶이 생존의 지반이었던 사람들에게 이산의 현실은 그 지반을 뿌리째 흔드는 일이었다.

개인의 이해관계에 따라 자율적으로 선택한 이산은 복잡다기한 현대 문명의 산물이다. 민족과 국가의 물리적 심리적 경계가 모호하거나 느슨해진 오늘날, 디아스포라의 강요된 이산에 비해 그 귀소 본능의 필연성이 상대적으로 약한 특징을 갖는다. '다문화 가정'이란 용어가 일반화된 현실은 디아스포라의 원리적 이념이 엷어지고 있다는 대표적인 반증으로 시사하는 바가 크다. 질 들뢰즈가 말한 '노마디즘(nomadism)'이 자율적으로 선택한 이산의 개념과 가깝다. 자율적으로 선택한 노마디즘 속에는 상대적으로 이산의 고통과 비원으로부터 자유롭다. 주체적으로 선택한 이주이기 때문이다.

과의 관계를 유지하고 상호 작용한다. 임유경, 「디아스포라의 정치학」, 『한국문학의 연구』 36집(한국문학연구학회, 2008), 183쪽, 각주 9) 재인용.

외부에 의해 강요된 이산은 개인의 이해관계에 의해 선택한 자율적 이산에 비해·다시 떠난 온 곳으로 귀향하는 것'을 궁극으로 삼는다. 그들이 타국의 혹독한 시련 속에서도 견딜 수 있었던 것은 그들이 향유했던 공동체의 문화와 전통에 대한 강한 애착과 집념 때문이다. 타국에서 그들은 소수요, 한낱 이방인에 지나지 않기 때문에 그들의 삶은 언제나 주변부를 맴돌 수밖에 없는 국외자이며 열패된 환경이다. 더욱 위험한 것은 이들이 생존을 위해 타국의 문화에 불가피하게 동화될 수 있는 환경 속에 상존하고 있다는 사실이다. 그들 문화에 동화될수록 귀향에 대한 염원은 약화될 수밖에 없다.

지금까지 한국현대문학에서 한인 디아스포라에 관한 연구는 신학과 사회학의 문제 제기보다 늦게 시작되었다. 그러나 장사선, 김현주의 「CIS고려인 디아스포라 소설 연구」[3]를 시발점으로 윤정헌,[4] 윤인진,[5] 정현숙[6] 등에 의해 체계적 관심으로 확산된 후 서경식에 의해 디아스포라의 한국적 외연이 확대된 것을 계기로 변화영,[7] 이보영,[8] 이길연,[9] 김종회,[10] 송명희[11] 등에 의해 본격적으로 연구되어 일정한 성과를 얻었다.

---

3 장사전, 김현주, 「CIS고려인 디아스포라 소설 연구」, 『한국현대소설』 21(한국현대소설학회, 2004).

4 윤정헌, 「한인소설에 나타난 이주민의 정체성」, 『한국문예비평연구』 21(창조문학사, 2006).

5 윤인진, 「디아스포라를 어떻게 볼 것인가」, 『문학판』 통권18호(열림원, 2006).

6 정현숙, 「강경애 소설과 간도 디아스포라」, 『아시아문화』 제24호(한림대 아시아문화연구소, 2007).

7 변화영, 「재일한인 문학과 디아스포라」, 『문예연구』 제15권(문예연구사, 2008).

8 이보영, 「디아스포라 문학의 특성」, 『문예연구』 제15권(문예연구사, 2008).

9 이길연, 「윤동주 시에 나타난 북간도 체험과 디아스포라 본향의식」, 『한국문예비평연구』 제26집(창조문학사, 2008).

10 김종회, 「남북한 문학과 해외 동포문학의 디아스포라적 문화 통합」, 『한국현대문학연구』 제25집(한국현대문학회, 2008).

11 송명희, 「강경애 문학의 간도와 디아스포라」, 『한국문학이론과 비평』 제38집(한국문

해당 연구자들이 그동안 소외된 신생 공간에 대한 의욕적 접근과 역사적 소명의식은 그 자체로 높은 문학사적 평가를 받을 만하다는 것이다. 다만 아쉬운 점은 디아스포라의 현대적 의의와 그들의 정체성을 가능케 하는 이주 한인의 '정신주의적 관점'[12]이 누락됐다는 점이다. 한국현대소설 중에서 이런 부분을 보완해 주며, 한민족 이산 공동체의 정신주의의 근원을 밝히는 데 중요한 근거를 제공해 주는 작품이 박경리의 대하소설 『토지』이다. 아울러 『토지』는 본고가 디아스포라의 논의의 근거로 삼으려는 재일 미술학자인 서경식 교수의 외부의 '폭력'에 의한 디아스포라의의 형성 개념[13]을 충실하게 전경화한 작품[14]이기도 하다.

본고는 외부의 폭력에 의해 강요된 이산을 경험한 최참판댁을 비롯한 평사리 사람들이 어떻게 다시 그들의 시원처인 '평사리'로 귀향할 수 있었는가에 대하여 고찰했다. 귀향의 조건에는 금의환향(錦衣還鄕)은 아니

학이론과 비평학회, 2008).

12 정신주의적 관점은 디아스포라의 정체성을 설명하며 디아스포라를 규정하는 매우 중요한 의식현상이다. 정신(spirit)은 마음(mind)이나 혼(soul)과 다르다. 정신은 살아있는 실체이면서 이념적인 자기 지향성을 갖는다. 마음이 구체적이기는 하지만 지나치게 광범위한 것이며, 혼이 절대적이기는 하지만 초월적인 것이라면, 정신은 인간의 삶과 역사의 전개과정을 통합시켜 파악할 수 있는 개념일 터이다. 최동호, 『현대시의 정신사』, (열음사, 1985), 9쪽.

13 나는 근대의 노예무역, 식민지배, 지역 분쟁 및 세계 전쟁, 시장 경제 글로벌리즘 등 몇 가지 외적인 이유에 의해, 대부분 폭력적으로 자기가 속해 있는 공동체로부터 이산을 강요당한 사람들 및 그들의 후손을 가리키는 용어로서 디아스포라라는 말을 사용하고자 한다. 서경식, 김혜신 옮김, 『디아스포라 기행』, (돌베개, 2006), 14쪽.

14 시를 포함한 간도문학의 일반적 성향은 안수길의 『북간도』류의 소설이 대표적이다. 당대의 체험이 사실적으로 농축된 소위 '간도문학'은 식민지 백성으로서 핍박받는 개인의 고통이 중심적으로 그려져 있다. 그러나 아쉽게도 작품의 대부분이 역사적 고난을 통한 시련의 극복과 비전이 결여 되어 있다. 현실적으로 겪는 고난에 대하여 비분강개는 할지언정 고난 속에서 희망을 발견하려는 역사에 대한 낙관적 전망을 제시하지 못하고 있다. 이런 면에서 박경리의 『토지』는 한때의 무리를 이끌고 낙원을 찾아 고난의 길을 가는 인류의 '신화적 이동사'를 연상케 할 만큼 민족의 웅장한 대서사이다. 타의에 의해 떠난 곳으로의 회귀가 투쟁과 역경의 극복이란 희생적 담보를 바탕으로 구체적으로 형상화되어 있다.

더라도 살림의 발빈(拔貧)이 전제가 된 귀향일 때 의미를 더하는 것이다. 이향을 통해 넓어진 세상에 대한 안목과 식견 그리고 경제적 조건의 개선 등이 담보된 귀향일 때, 혹독한 시련기를 이겨낸 보람이 있는 것이다. 평사리 사람들의 이 같은 귀향의 이면에 이들을 하나의 운명공동체로 묶어 주는 정신적 근원이 있었으며, 그 정신주의가 유교의 현실적 역할과 효용성[15]이라는 것에 주목했다. 민족의 수난기에 유교가 일반대중에게 디아스포라의 중심사상으로 작용했으며, 단순한 복고에 그치지 않고 외부로 확산 발전된 디아스포라의 현대적 의의도 살펴보았다.

2. 間島가 갖는 문학적 의미

한국인에게 간도[16]가 갖는 역사적 민족적 의미는 남다르다.[17] 간도는

---

15 망국의 비판으로부터 자유롭지 못한 유교는 유약한 현실대응력으로 타기(唾棄)의 대상으로 여겼으나, 여전히 민중들의 가슴 속에 누대로 이어져 내려온 인본주의를 그 전통으로 하고 있다. 현실정치에 작동하는 유교의 이념은 명분 원리주의와 독단적 선명성 때문에 일반대중의 생활원리와는 생경한 이질감을 보이는 사유구조이지만, 생활원리로서의 유교는 일반대중들의 삶 속에 인간적 관계망으로서 깊게 뿌리내린다. 유교가 민족의 수난기에 피지배계층인 백성들 사이를 수평적으로 더욱 결속하게 만드는 동력으로 작용했다는 것이다.

16 일찍이 한국이나 중국 모두 간도라는 명칭을 정치 지리나 지지에 사용한 일은 없었다. 이 명칭의 유래는 종성. 온성 사이의 두만강류가 갈라져서 그 중간에 자연히 섬(島)이 생겨서 중주(中洲)를 형성하였는데 그 땅이 매우 비옥해서 언제부터인지 모르지만 부근 한인(韓人) 사이에서 사잇섬(間島)으로 불리게 되었다. 그 후 1869~70년(고종 6~7년)간에 북관에 대흉년이 들어서 난민들이 강을 건너가 대안의 비옥한 땅으로 이주하는 자가 해마다 증가하게 되었는데 그들은 그 대안의 땅을 간도라고 부르고 지역적으로 구별하기 위하여 무산간도, 횡령간도, 경원간도 등으로 부르게 되었다. 그리고 일반적으로 두만강 북부의 한인(韓人)이 집단적으로 이주해 사는 일대를 북간도라고 부르기도 하였다. 이것은 압록강 대안의 한인(韓人)이 많이 사는 지역을 서간도라고 부르는데 대칭한 것이라고 생각한다. 신기석, 『간도 영유권에 관한 연구』, (탐구당, 1979), 101~102쪽.

17 간도지역은 우리 민족의 건국이 시작된 곳이며 건국이념이 확립되어 실시되었던

일제의 수탈이 본격화될 무렵 생존을 위해 한인(韓人)들이 개척한 땅이다. 사람들은 일제의 수탈로부터 비교적 자유로운 이상 공간을 찾았으며, 그들의 이러한 바람을 충족시켜 준 땅이 간도이다. 그러나 간도는 명칭에서 보듯이 '경계에 서 있는 아픈 땅'이다. 디아스포라의 슬픈 운명을 태생적이며 비극적으로 신탁한 땅이다. 조선과 청의 사이에 있는 지리적 위치는 간도가 처한 역사적 현실과 앞으로의 운명을 암시한다. 간도는 한반도보다는 일제의 수탈로부터 비교적 자유로운 공간이지만, 그 공간에 대하여 현실적 실효적으로 주인의식을 갖지 못하는 불안정한 공간이란 이중성을 갖는 땅이다. 이러한 이중적 의미 때문에 간도는 역설적으로 독립운동의 본거지가 될 수 있었으며, 귀향과 고토의 '실지회복(失地回復)'이란 열망을 간직할 수 있었던 땅이다. 문학작품 속에 나타난 간도도 간도가 처한 이러한 지리적 역사적인 위치에서 파생된 역학관계의 측면에서 다루어져 왔다.[18] 장르 특성상 시보다는 소설에서 한인들의 고단한 삶의 모습들이 실감 있게 표현되었다.

오늘날 간도가 갖는 의미는 자못 크다. 디아스포라를 전형적으로 상징하는 공간이기 때문이다. 디아스포라의 궁극은 귀향을 목표로 하지만 이주민들이 귀향을 소망하면서 현지에 뿌린 그들의 문화가 자생력을 갖추

장소이다. 고조선(古朝鮮), 고구려(高句麗)시대 우리 민족의 주요 활동무대였으며 그 후로도 우리 민족과는 깊은 연관을 가져 온 지역이다. 비록 지금은 중국의 행정구역이지만 오늘날까지 옛 영토로서 우리 민족의 관심 속에 남아 있는 지역이다. 김정호, 「국제법상 간도 영유권에 관한 연구」, (명지대 박사학위논문, 2000), 5쪽.

18 일제강점기에는 한국 독립운동의 사실상의 본거지였던 간도는 문학에 있어서는 안수길, 강경애, 염상섭, 유치환, 박계주, 윤동주 등 한국현대문학사에서 그 이름을 지울 수 없는 문인들과 『北原』(1944), 『재만조선시인집』(1942), 『싹트는 대지』(1942), 『재만시인집』(1941), 동인지 『北鄕』, 장편소설 『開東』(염상섭), 『北鄕譜』(안수길, 1944~45) 등이 발표되었던 곳이고, 한글판 신문 『滿鮮日報』가 광복 직전까지 발행되던 땅이다. 오양호, 『한국문학과 간도』, 문예출판사, 1988, 16쪽. 이외에 이용악, 백석, 김동환, 김달진, 최서해 등의 작품과 디아스포라의 슬픈 비극을 노래했으나, 한국현대문학사에 수용되지 못하고 소외된 이름 없는 다수의 在滿朝鮮文人들의 주옥같은 작품 등이 있다.

며, 이질적 환경을 동화시키는 공간의 의미도 함께 갖는다. 이러한 간도의 문화적 전통에서 오는 자생적 힘이 대륙 진출의 소중한 징검다리의 역할을 한다. 서희를 비롯한 평사리 사람들 대부분 귀향을 했지만, 길상을 비롯하여 독립운동에 관계된 사람과 평사리 출생의 2세대들이 간도를 중심으로 독립운동을 전개하는 것은 이러한 간도가 갖는 디아스포라를 상징적으로 보여 주는 것이며, '또 하나의 조국'을 만드는 일인 셈이다. 법적 주권의 개념을 초월하여 조국은 해당 구성원들에게 상상의 공동체의 역할을 한다. 상상의 공동체의 바탕에는 문화적 정체성이 있다. 또 작가에게 간도가 갖는 문학적 의미는 창조적 상상력을 자극하는 보고(寶庫)이다. 상상력이란 무한한 창조의 능력이 아니라 과거 체험을 기본으로 하여 보다 새로운 이미지와 관념을 만들어 내는 능력이다.[19] 대상에 대한 경험과 실체가 없으면 상상력은 발휘되지 않으며 상상력은 공상과 구별된다.

간도가 작가에게 창조적 상상력을 자극하는 구체적 요인으로 두 가지를 들 수가 있다. 첫째, 간도의 특수한 역사적 사실과 둘째, 간도와의 거리이다. 역사적 사실은 위에서 언급한 과거 체험과 동일한 의미를 갖으며, 새로운 이미지와 관념은 간도의 이러한 역사적 내력을 바탕으로 그 의미를 새롭게 확장하는 것을 말한다. 거리는 국내의 엄혹한 현실과 대비되는 이상공간으로서의 실제적 심리적 거리를 의미한다. 실제적 거리는 물론 물리적 거리를 의미하지만, 동경과 이상의 거리는 그리움의 크기에 비례하는 상상의 거리이다. 이렇게 하여 구체적으로 이미지화 되는 간도는 잃어버린 땅에 대한 회한이 민족의 수난기에 활약했던 지사들과 자연스럽게 오버랩 되면서 신화적 공간과 그리움의 공간으로 재생된다.

문학작품 속에서 간도는 소설에서 한층 구체성과 현실성을 띠며, 민족

---

19 구인환 · 구창환 공저, 『문학개론』, (삼지원, 1998), 70쪽.

의 수난기에 고단한 삶을 살아가는 이주민들의 참상을 드러내는 상징적 공간으로 묘사된다. 찾아야 할 땅에서 겪는 민족 수난사는 독자들에게 깊은 정서적 민족적 동질성을 갖게 한다. 간도는 이제 우리 문학에서 하나의 구원의 지향점이자 민족 수난사의 현장으로서 가나안이 유대인들에게 주는 의미와 같은 '젖과 꿀이 흐르는 이상적 공간'으로 인식된다. 또 문학적으로 간도는 많은 작가들에게 민족 수난사를 증언하는 모티프가 된다.

3. 유교적 인본주의와 민족의 정체성

박경리의 『토지』에 나타나는 종교는 유교와 불교, 동학과 기독교, 무속과 유사종교 등이 있다. 이 중에서 박경리가 소설 전개에 중심으로 다룬 종교는 '동학'이다. 동학 이외의 종교는 동학운동이 실패로 돌아감으로써, 조직을 재건하기 위한 외형적 수단으로 활용된다. 동학조직을 보호하기 위하여 외피로 활용한 측면이 강하다는 것이다. 이는 동학이 다른 종교가 내세우는 교리와 달리 강한 실천성과 혁명성을 내포하고 있기 때문인 것으로 보인다. 동학을 신봉하지는 않더라도 동학이 가진 소위 '시대정신'이 이들에게 종교를 불문하고 흡입력 있게 작용했다는 것이다.

그러나 최참판댁을 비롯한 평사리 사람들이 간도로 이주하면서 공동체의 결속력을 심화시키며 평사리로 귀향할 수 있었던 것은 역시 유교적 인본주의[20]가 큰 역할을 했다. 박경리가 『토지』에서 소설 전개의 전략으

---

20 간도의 본격적인 개척사는 진보적 실학자들이 후대 교육을 통한 독립 운동의 목적으로 시작되었다. 간도 개척의 1세대인 문재린 목사의 아들이며 문익환 목사의 실제(實弟) 문동환 목사의 다음의 기록을 통해 확인해 볼 수 있다. "교사로는 이동휘·김구 등이 조직한 신민회에서 간도 조선족의 교육운동을 위해 파송한 정재면이 초청됐다. 그는 아이들에

로 내세운 것이 동학의 실천성과 유교가 사람들 사이에 미치는 일상적 윤리성이다. 일상적 윤리성은 인간사이의 관계망으로써 '도리(道理)'가 주요 덕목이라고 할 수 있다. 전자가 타자를 위한 외면의 실천적 수단이라면, 후자는 내적 가치를 위한 인간적 덕목이다. 유교의 이러한 인간적 덕목은 공동체가 훼손되거나 외부로부터 과도기를 강제당할 때 내적 결속력을 강화시켜 주는 역할을 한다. 반상의 구분이 없어진 현실에서 평사리 사람들은 더 이상 최참판댁과 종속적인 불평등 관계가 아니기 때문에 자유롭다. 그러나 이들은 누대로 이어져 온 유교의 인본주의적 정감을 바탕으로 최참판댁을 정점으로 강한 결속력을 보인다. 신분제도의 타파가 곧 현실적 삶에 있어서 자율성을 보장하는 것이 아니라 해도, 평사리 사람들이 보이는 결속력은 그 자체로 독특한 지역공동체의 역사적 내력이 있다. 더구나 평사리가 아니고 간도에서 발휘되는 결속력이기 때문에 가치가 있다.

모든 종교와 학(學)의 태동에는 그 발생 배경의 필연적인 시대의 압력이 있다. 유교의 태동은 공자 이후까지 거슬러 올라가는 장구한 세월의 연원에서 비롯된다. 공자가 한 일은 유교의 체계화였는데 공자가 체계화의 필요성을 절감한 이유는, 혼란한 세태를 극복하기 위해 무엇보다 현

게 성경을 가르치고 예배를 하게 하는 조건을 내걸었다. 유학자들은 주저했으나, 신학문 선생을 놓치기 싫어 이를 승낙하고, 1908년 김약연을 교장으로 정재면을 교무주임으로 하는 명동학교를 열었다. 일년 뒤 정재면은 신학문의 완성을 위해서는 부모들까지도 기독교를 믿어야 한다는 새로운 조건을 내걸었다. 명동 주민들 사이에서 난리가 났으나, 결국 모두 상투를 자르고 22살의 젊은 선생님 앞에서 성경을 배우며 예배를 드렸다. 문동환, 「길을 찾아서」, 『중앙일보』, 2008. 7. 21일, 28쪽. 위의 증언에서 확인이 되지만, 간도에서 기독교의 유입은 후대의 신학문을 통한 독립운동의 고취를 위한 ― 당시의 상황에서 ― 교육책의 일환이었다고 할 수 있다. 후일 이 교육책의 결과로 수많은 인재가 배출 독립운동에 이바지 한 역사적 사실이 역설적이다. 그러나 위의 글에서도 확인이 되듯이 이들이 처음부터 기독교 신앙을 가지고 간도에 간 것이 아니며 신학문을 통한 인재의 육성 목적으로 기독교를 수용했지만, 이국에서 이들을 한민족 공동체의식으로 결속하게 한 가장 강력한 구심체는 유교적 전통과 관습이었다.

실적인 인간관계를 재정립하는 것이 급선무라고 생각했기 때문이다. 인간관계의 재정립은 '관계의 질서'를 구현하는 일이다. 관계의 질서는 '예(禮)'로 표현되며 예는 '상하의 종속인 예'와 '좌우의 수평의 예'로 나뉜다. 상하의 종적 예는 신분의 차등을 바탕으로 한 '충(忠)'으로, 좌우의 수평의 예는 일반대중 사이에서 '서(恕)'로 나뉜다. '충서(忠恕)'[21]는 인간 도리의 앎과 실천을 위한 유교의 생활원리이다. 유교가 내세를 기복하는 종교적 기능을 배격하고 실생활에서 인간관계를 조정하고 규율하며, 존재의 모럴을 중시하는 것은 의미하는 바가 크다. 박경리의 『토지』에서 최참판댁의 서희와 평사리 사람들이 귀향 할 수 있었던 이유는 이러한 유교적 생활원리가 인간관계에서 내면화되었기 때문이다.

『토지』에서 유교의 신봉자는 당연히 유생이다. 대표적인 사람으로 스승인 장암 선생으로부터 동문수학한 사이인 최참판댁의 당주 최치수와 그의 동문수학 이동진 그리고 김훈장이다. 이들은 유교의 자폐적 고루성을 극복하지 못하고 현실에 안주하는 구시대 인물로 형상화된다. 이동진은 이들과 달리 양반의 수구적 자세를 비판하고 독립운동에 전념하지만, 독립에 대한 뚜렷한 비전을 갖지 못하고 방황하며 머뭇거리는 인물로 그려진다. 또 김훈장은 물론이고 이동진과 이상현이 서희와 길상의 결혼을 극력 반대한 것은 이들이 신문화에 대한 개방적 자세와는 달리, 내면적으로는 반상에 대한 신분적 차등이 고착된 탓이다.

특징적인 점은 김훈장의 역할이다. 박경리는 『토지』에서 김훈장의 역할을 독자들이 대조감정을 느끼도록 설정한 전략적 인물이다. 소설에서는 김훈장이 의병운동에 가담한 전력 때문에 서희 일행을 따라 온 것으

---

21 김학주 역주, 「이인」, 『논어』, (서울대학교출판부, 1985), 178쪽. 일에 자신의 성의를 다하는 것이 '충'이고, 자신의 처지로 미루어 남의 처지를 이해해 주는 것이 '서'이다. 곧 자신에게나 남에게나 모두 성의와 최선을 다하는 것이다.

로 그려지지만, 평사리 사람들과 달리 김훈장은 서희 일행과 동행할 만큼 필연성이 약한 인물이다. 이 대목에서 작가의 의도를 읽을 수 있으며, 또 독자의 의표를 찌르는 부분이기도 하다. 독자들은 김훈장의 간도행의 의미가 평사리 사람들이 타국에서 겪게 되는 이향의 아픔을 위무해 주는 정신적 지주로서의 역할을 기대한다. 그러나 작가는 독자의 이 같은 기대와 달리 현실 대응력을 상실한 유교의 원리주의를 드러내기 위한 차원에서 김훈장의 간도행을 전경화시킨다. 김훈장이 간도에서 할 수 있는 일이란 소위 놀고먹는 '유식자(遊食者)'로 소일하는 것뿐이다. 오히려 서희와 평사리 사람들에게는 짐이 되는 계륵같은 존재로 전락한다. 다음 ①~②에서는 박경리가 김훈장이 상징하는 식자층 전유의 유교에 대하여 비판적 시각을 갖고 있음을 알 수 있으며, ③~④의 장면에서는 평사리 사람들이 가지는 생활원리로서의 유교적 가치가 간도는 물론, 반도 내에서 백성들이 시련을 극복하는 데 바탕이 되었음을 확인할 수 있다.

① 김훈장에게 남다른 점이 있다면 강기의 기억인데 돌대가리 속에 들어 박혀 움직일 줄 모르는 그런 기억력이라고나 할까. 하늘 천 따아 지! 상체를 흔들며 배우기 시작한 천자문이 골수에 박혀 들어간 것처럼 후일 어린이 되어 얻은 지식도 그런 식이어서 깨우침이나 비판의 여지없이 통째로 받아 들였고 고스란히 그의 완고한 돌대가리 속에 사장되어 왔다. (『토지』, 2-271~273)

② 김훈장은 어리벙벙한 얼굴이다. 뭐라고 말을 하여 의견을 내놔야 할 터인데 김훈장으로서는 국사를 논할 만한 상식이 없다. 그가 지닌 것이라고는 백 년 전의 상식일 뿐 오늘의 상식, 그도 본바닥 서울서 묻혀온 실감나는 조준구 이야기에 쉽사리 뇌동할 수도 없고 반박을 할 수도 없다. (『토지』, 1-200)

③ '까마귀야! 까마귀야! 내 동무할라꼬 니가 왔나? 울 어머니한테 나 왔다

고 기별할라꼬 니가 왔나?'

한복이는 땀에 젖었던 옷이 식어서 한기가 드는 것도 잊고 나뭇가지 위의 까마귀를 올려다보곤 한다. 얼마 동안이나 지났을까. 까마귀는 끈질기게 기다리고 있었다. 한복이는 주머니칼을 꺼내어 과일 몇 조각 내어 무덤 주변에 뿌리고 깍은 밤과 대추도 그렇게 뿌리고 명태도 찢어서 주변에 깔아 놓는다. 한복이는 그가 돌아간 뒤에도 더 많은 까마귀들이 와서 다른 집 산소보다 부산스럽게 지저귀어 주고 놀아나기를 바랐다. (『토지』, 3-121)

④ 콧물도 얼어붙는 만주벌판에서 청인 땅을 소작하던 서러운 그날을 생각한다면 영팔은 지금이야말로 자기 인생에서 황금기 같은 거라 생각한다. … (중략)… 그는 입버릇처럼 모래땅에 혀를 박고 죽었음 죽었지 이제는 고향을 안 떠난다는 것이다. 진주가 고향은 아니지만 조선땅이요, 부모의 산소도 가려면 언제든지 가볼 수 있는 곳에 있었으니 말이다. 지난 팔월에는 막내 또술이만 데리고 평사리 산소에 벌초하러 갔었지만, 산소에 갈 적마다 그는 통포슬의 황량한 벌판에서 울었던 생각을 한다. (『토지』, 7-52)

⑤ 마음속에 다져둔 생각, 월선이를 데리고 어디든 도망을 쳐야겠다는 생각이 솟았다.

'구천이는 상전 아씨도 데리고 도망가지 않았나. 나 없다고 여편네가 못 사까.'

그러나 목엣가시처럼 걸리는 일이 있었다.

'예로 만난 가숙을 박대하믄 못쓰네라. 여자란 남자 하기 탓이다.

모르는 거는 가르쳐가믄서.'

강청댁에게 장가들어 정을 못 붙였을 때 모친이 타이른 말이었다. 숨을 거둘 때도 부모 멧상 들 가숙을 박대하지 말라는 것이 유언이었다.

'내가 떠나믄 부모 기일은 뉘가 모실 기며……' (『토지』, 1-265)

①~②에서 작가는 김훈장을 백면서생으로 묘사하며, 그가 고집스럽게 집착하는 유교를 현실 대응력을 상실한 화석화된 이념으로 비판하고 있다. 물론 김훈장은 간도에서 평사리 사람들로부터 존경을 받는 인물이지만 이러한 존경은 마음에서 우러나오는 자발적 정서가 아니라, 웃어른에 대한 도식적 차원의 도리 이상이 아니다. 작가는 김훈장이란 인물을 통해 유교적 가치가 식자층에 의해 과도기를 극복하는 강력한 지도 원리로 작동하지 못하고 있다는 현실을 보여 준다. 작가는 양반 등 소수 유생들 차원의 정치적 원리로서 제 기능을 상실한 유교주의를 배격하고 일반 백성들 사이에서 생활원리로 작용하는 유교의 인본주의적 정감을 수난 극복의 동력으로 보고 있다.

③~⑤에서는 한복이, 영팔이, 이용 등이 등장하는데 작가는 이들이 고향을 떠나지 못하는 이유와 고향을 떠나있어도 귀향을 염원하는 이유를, 단순하지만 근원적인 자기존재에 대한 실존적 자각 때문으로 그리고 있다. 이 실존적 자각이 유교의 중심적 원리인 '선영봉사'이다. ③의 한복은 살인자인 남편의 원죄의식을 속죄하면서 죽은 어머니 함안댁의 묘소를 거르지 않고 찾는다. 한복이는 형과 함께 동네에서 쫓겨났지만, 형인 거복이와 달리 때가 되면 평사리를 찾는다. 어머니의 산소가 있기 때문이다. ④의 영팔이가 혹독한 간도에서 견딜 수 있었던 것도 부모의 산소가 있는 평사리로의 귀향에 대한 염원 때문이었다. ⑤의 이용도 오매불망 잊지 못하는 월선이와 고향을 떠날 수 있는 기회는 있었으나, 그 때마다 그의 탈향을 막은 것은 부모 산소의 존재였다. 이용이 아들인 홍이와의 대화에서 자신이 제일 부러워한 사람을 '주갑이'와 '서금돌'[22]이었다고

---

22 박경리, 앞의 책, 7권, 285쪽. 이 두 인물은 『토지』에서 구속과 정착을 거부하고 천하를 주유하며 방랑하는 풍류가객으로 등장한다. 특히 주갑이의 자태와 노래에 대해 작가는 혜관 스님을 통해 "노송 위에 홀로 앉은 한 마리 학"으로 묘사하거나 이상현에 의해 "비극적인 요소를 낙천적으로 발산하며 어린애같이 무심한가 하면 수천 년 묵은 구렁이

고백하는 장면에서 이용의 자유에 대한 갈망이 얼마나 컸는가를 짐작할수 있다. 내면적으로 충만한 이용의 방랑적 자유도 천륜에 대한 선영봉사의 도리 앞에서는 사치스러운 것이 된다.

공자도 "부모가 계시면 먼 곳을 가지 않을 것이며, 떠날 적에는 반드시 일정한 방향이 있어야 한다."[23]라고 말했다. 효란 부모가 자식을 눈으로 볼 수 있는 가시거리에 있어야 한다는 말이다. 이는 부모가 돌아가신 후에도 동일하게 취해야 할 불변의 윤리적 가치이다. 개인적인 것처럼 보이는 이 같은 행위가 유교적 가치에서 중요한 것은 "낮은 것을 배워서 위의 것에까지 통달하는 것"을 궁극의 목표로 삼는 '하학이상달(下學而上達)'[24]의 '확충'의 원리 때문이다. 유교의 학문방법이 지닌 가장 두드러진 특징은 마음을 다스린다고 하여 마음의 근원만을 천착하는 것이 아니라, 가장 일상적이고 가까운 현실에서부터 실천하여 확장해 나가는 데 있다. 낮은 데서 높은 데로, 또 가까운 데서 먼 데로 나아가는 것으로 방법(道)을 삼는 것이다. 또한 가까이 '어버이를 사랑하는'(親親)에서 시작하여, '이웃을 사랑하는'(人民) 데로 넓혀 가고, 나아가 '만물을 사랑하는'(愛物)데 이르기 까지, 자신을 확장시켜 가는 것이 학문과 수양의 올바른 방향으로 제시하고 있다.[25]

이렇게 유교는 생활원리로서 민중들의 내적 수평적 결속력을 강화하는 규범으로 작용한다. 거대담론을 초월하여 생활 속에서 구현된 유교의 인본주의는 민족정체성으로 확대된다. 민족정체성이란 소수의 특권층에 의해 만들어 지는 것이 아니다. 그 시대 절대 다수의 이름 없는 백성들의

같다."라고 인물평을 들을 정도로 흥과 함께 비극적 정서를 공감할 수 있는 추임새가 큰 인물로 그리고 있다.

23 김학주, 앞의 책, 「이인」, 『논어』, 180쪽. 子曰: 父母在, 不遠遊, 遊必有方.

24 김학주, 위의 책, 「헌문」, 382쪽.

25 금장태, 『한국의 선비와 선비정신』, (서울대학교출판부, 2000), 33쪽.

생존을 위한 투쟁 과정에서 선취한 삶의 정제된 고유성이다. 박경리가
『토지』에서 전하고자 하는 메시지는 지배층에 의해 초래된 역사적 과오
를 일반 민중들이 온몸으로 견인하며, 좌절과 고난의 역사를 써 내려간
질긴 생명력에 대한 경외이다.

4. 지역 공동체와 한민족 네트워크

박경리의 『토지』에서 디아스포라의 구성원들은 지역적으로는 경상도
의 평사리, 계층적으로는 평사리의 일반상민이 주를 이루고 있다. 평사리
사람들의 간도 이주는 경상도 평사리 사람들의 지역공동체의 구성원들
이 간도로 이주한 지엽적인 사건이지만, 민족적 불행이 작용한 이주이기
때문에 나라와 나라, 혹은 민족과 민족의 경계를 가로지르는 거대한 역
사적 사건이라고 할 수 있다. 그러나 디아스포라의 구심점에는 최참판댁
과 서희가 있다. 오히려 서희란 개인보다는 서희가 포함된 지엄한 최참
판댁이 구심적 역할을 한다. 평사리의 상민들이 서희를 정점으로 뭉치는
동인은 누대에 걸쳐 그들의 삶에 절대적 영향을 끼쳐 온 최참판댁과의
특별한 관계가 있기 때문이다. 최참판댁의 평사리 사람들에 대한 선량한
권위의 행사가 후일 천애고아가 된 서희를 보호해 주는 보은 차원의 인
연으로 확장된다. "부자치고 인색하지 않는 사람 없다."[26]라는 옛말이 있
지만 최참판댁은 다른 양반가의 가렴주구와 달리 그들의 힘의 배경을 적
절하게 통제하거나 조절하면서 자신의 가문의 권위를 배가시켰다. 도덕
적 투명성에서 우러나오는 위엄을 바탕으로 소위 당근과 채찍을 적절하
게 사용함으로써 평사리의 상민 공동체로부터 신망을 얻었다.

---

26 정종진, 『한국의 속담 대사전』, (태학사, 2006), 998쪽.

이러한 속내에 가문지상주의가 자리하고 있음은 물론이다. 평사리 사람들에 대한 은전이 토지를 바탕으로 한 그들 가문의 지배력을 강화하기 위한 방편도 숨겨져 있다는 것이다. 특히 서희는 조준구에 의해 절체절명의 위기를 맞이하지만 평사리 사람들의 도움으로 다시 재기를 할 수 있게 되었으나, 그들의 은혜를 상찬하지 않고 화이부동(和而不同)을 견지하며 최참판댁이 누대로 행사한 평사리 사람들에 대한 권위를 유지할 수 있던 것은 조상의 이러한 권위에 의지한 바 크다. 아무튼 이렇게 하여 형성된 최참판댁의 권위는 평사리 사람들의 간도에서의 엄혹한 현실을 견인하는 구심적 역할을 한다는 데 중요한 의미가 있다.

디아스포라 이주 현상에서 주목해야 될 것이 있다. 디아스포라가 외부의 강요에 의한 이주이기 때문에 그들이 궁극적으로 꿈꾸는 것은 떠난 곳으로의 회귀지만, 그들은 또한 이주지역에서 정착된 터전을 발판으로 삼아 또 다른 민족적, 문화적, 혈통적 네트워크[27]를 형성한다는 것이다. 이러한 현상은 디아스포라의 이주가 주는 절대 고통 속에서 그들이 일구어낸 또 다른 삶의 창조적 생명력이다. 혈통을 바탕으로 한 단일민족의 경계가 엷어지는 오늘날, 이들의 존재는 자국 영토의 내적 경계를 초월하여 자민족의 문화를 전파 현지화 하는 첨병 역할을 충실히 한다는 점에서 큰 의미가 있다.

박경리의 『토지』에서도 간도 이주 1세대들이 뿌린 씨앗들이 충실히 성장하면서 한민족공동체의 네트워크를 형성하고 있다. 이들의 각성된 민족의식은 해방과 해방 이후의 한민족의 역사를 대륙으로 확장하는 가교역할을 하게 된다. 특히 서희와 평사리 사람들의 귀향에 동행하지 않

---

27 Diaspora란 말이 'Dia'란 말과 'Spora'란 단어가 합성된 단어로서 '흩어진' '씨앗'이란 의미가 있다는 것을 상기한다면 디아스포라의 시련은 '흩어진 씨앗이 종국에 가서 열매를 맺어 신생의 영토를 확장한다는 의미를 가진다.

고 간도에 남아 독립운동을 하는 길상[28]의 존재와 귀녀와 칠성이 사이에서 태어나 강포수에 의해 길러진 두매의 이념 지향성 등은 시사하는 바가 크다. 이들의 간도 정착을 발판으로 간도는 역사에서 잊어진 공간이 아니라, 현실적으로 밀착된 삶의 공간으로 다가오게 된다. 또 하나 주목해 볼 점은 이홍의 간도에 대한 지향성이다. 이점은 작가가 전하고자 하는 메시지이기도 하다.

> 용정촌은 홍이에게는 지순한 정신의 고향, 소중한 것을 묻어두고 온 곳이다. …(중략)… 그러한 곳, 이조 오백 년 사상의 마지막 정수가 옮겨지면서 그 정신적 토양에서 미래를 향해 새로운 싹이 돋아나는 곳, 자긍심이 팽배하고 항일 정신이 투철했던 용정촌에서 홍이는 피부 가까이 또 무엇을 느끼며 보았는가. 누더기에 끼니 잇기조차 어려웠던 박정호의 도도한 기상을, 문벌 높은 그 집안의 청빈한 가풍을, 그리고 또 홍범도를 따라 두만강을 건너온 산포수의 아들 강두매의 천재(天才)를, 송장환 선생의 성질, 김사달 선생의 박식, 그리고 우수에 젖은 듯했던 이상현 선생, 그 밖에도 그립고 존경하던 사람들은 수없이 많다. 자랑스러운 사람들, 그러나 어느 것보다도 홍의 마음의 고향은 월선이다. 그 헌신적인 모성애는 여러 가지 불행한 인과관계를 넘어서게 했으며 홍의 마음을 명경처럼 영롱하게 지켜준 사람, 영원한 어머니 공월선(孔月仙). (『토지』, 7-229~230)

박경리의 『토지』에서 이홍[29]이 차지하는 비중은 작지 않다. 그의 아버

---

28 이동진의 산천과 김길상의 강산, 청백리로 이어졌던 선비 이동진의 산천과 버려진 생명을 우관대사가 거두어 길렀으며 윤씨부인 요청에 따라 최참판댁 하인이 된 김길상의 강산은 다르다. 이동진이 이 산천을 위하여 강을 넘었다면 길상도 이 강산을 위하여 간도에 남았다. 그러나 다같은 길이었지만 길상의 경우는 일종의 귀소본능(歸巢本能)이라 할 수 있었다. 제 무리에 어우러지기 위한 귀소 본능, 이동진은 돌아오기 위해 떠났지만 길상은 제 무리들에게 돌아가기 위해 남은 것이다. 박경리, 앞의 책, 10권, 296쪽.

지인 이용이 가난한 농부인 평사리 사람들의 필부필부를 상징하는 전형적 인물이기 때문이다. 그러나 이홍의 출생은 아버지인 이용의 굴곡 많은 인생 역정의 결과로 잉태된 불행한 출생이다. 이용이 살인자의 아내와 재혼하여 낳은 아들이기 때문이다. 이런 출생의 이력은 이홍의 성장 과정을 자학하는 원인으로 작용한다. 생모인 임이네의 이력과 패악은 이홍에게 애정 결핍과 방황의 원인이 되며, 이용도 아들인 이홍을 사랑했으나 살인자의 아내를 취하여 낳은 자식이라는 출생의 이력 때문에 자기 연민에 빠져 살갑게 대하지 않는다. 두 부자 모두 출생의 원죄의식으로 평생을 괴로워한다. 따라서 이홍이 처한 가정환경은 탈선할 수 있는 환경이었으나 이용의 정인(情人)이자 '가지기'인 월선의 헌신적인 사랑에 의해 헌헌장부로 성장하게 된다. 이홍은 아버지를 비롯한 평사리 사람들과 함께 귀향을 했지만 고국에서 안착을 하지 못하고 방황을 하는데, 이 대목에서 작가가 당초에 이홍이란 인물을 소설 전개의 전략적 인물로 설정하고 있었음을 알 수 있다. 이홍을 민족 비전의 상징으로 치환하고 있다는 것이다. 이는 이홍의 출생의 근원과 장소 그가 보낸 성장기를 보면 알 수 있다. 이홍의 생물적 출생은 평사리지만, 그의 인격이 형성되고 만개한 곳은 간도이다.

위의 인용문에서 언급했듯이 간도는 이홍에게 예민한 성장기에 영육을 살찌우게 한 신천지이다. 독립지사들의 민족정신이 소통되는 곳이다. 대륙적 기상과 모성의 안온함이 함께 존재하는 이상적 공간인 것이다. 따라서 이홍에게 간도는 어머니이고 월선이와 등가이며 이는 민족적으로 확장된다. 평사리 사람 중에서 간도를 제일 먼저 개척한 사람이 월선

---

29 토지에서 이용의 아들인 이홍은 독자가 주의해서 관찰해야 할 인물이다. 이홍은 간도를 상징하는 인물인데, 그가 태어난 해를 주목해 볼 필요가 있다. 그는 호열자가 창궐하여 윤씨 부인과 봉순네 등 평사리의 정신적 지주의 죽음과 동시에 태어난 인물이다. 열등한 태생적 복합성을 바탕으로 강한 생명력을 상징하는 인물이다.

이란 사실은 간도가 갖는 상징성을 총체적으로 집약한다. 이홍이 조선과 일본에서 적응[30]하지 못하고 소외감을 느끼는 이면에 간도가 자리하고 있는 것은 의미심장하다.

> "물맛 좋구나."
> 그릇을 넘겨주고 용이는 또다시 처마끝을 우두커니 올려다본다. 마음이 편하다고 생각한다, 풀밭에 드러누운 것처럼. 이제 다가오는 것은 죽음뿐이며 기다리는 것도 죽음뿐이라는 생각을 한다.
> '아아 참 편하구나.'
> 이곳에 돌아온 것이 맥박치듯 실감되고 희열이 전신이 감도는 것을 느낀다. 앞으로 살아야 할 세월이 길다면 이곳에 와서 앉아 있는 일이 이렇게 기쁘지 않을 것이란 생각도 한다. (『토지』, 7-280)

> "니는 이곳에 정이 안 들 기다. 그라고 니가 이곳에 있어 머하겠노, 얽매이서 산 것은 내 하나로 끝내는 기다. 니는 니 뜻대로 한분 살아보아라. 내 핏줄인데 설마 니가 나쁜 놈이야 되겠나."
> "아, 아부지이!" (『토지』, 7-284)

위의 인용문의 이용과 이홍 두 부자의 말을 통해 작가의 디아스포라의

---

30 홍이는 새삼스런 일도 아닌데 사람과 사람 사이의 유대가 약해져가고 있는 것을 생각한다. 간도에 있을 때 혈육같이 짙고 강했던 동포들 사이의 유대를 지금 이곳에서는 찾아볼 수 없는 것이다. …(중략)… 다 같은 남의 땅인데 다 같은 동포인데 간도와 일본의 형편이 그렇게 다를 줄이야. 정당한 논리의 전개는 아니겠지만 일본의 힘이 큰 곳이면 큰 곳일수록 생존이 그들에게 달려 있기 때문에 동포의 유대가 약화되는 거라고 홍이는 결론을 지었다. …(중략)… 흐느껴 울다가 나중에 어흐흥 어흥하고 소리까지 내며 운다. 소리를 내고, 통곡을 하면서 홍이는 날아지다, 날아지다, 마음속으로 외쳐대는 것이었다. 날아지다. 박경리, 앞의 책, 8권, 424~425쪽. 결국 이홍이 날아가고 싶어 하는 곳이 '간도' 이다.

본질이 구심과 원심, 정착과 이동을 통한 삶의 조망에 있다는 것을 확인할 수 있다. 『토지』에서 외면적으로 디아스포라의 구심적 역할을 하는 주체는 최참판댁의 서희다. 간도에서 평사리 사람들은 서희를 정점으로 낯선 환경에 적응하며 척박한 삶을 개척한다. 그러나 작품의 심연을 들여다보면 디아스포라의 실질적 구심점은 필부필부인 평사리 사람들 개인들이다. 그 중에서 용이는 평사리 사람들의 정서와 성격은 물론, 삶의 지반인 흙이 자본화한 토지로 세속화함에도 불구하고 끝까지 흙의 진정성을 지키며 질긴 민중의 생명력을 보여 주는 소설 『토지』의 대표적인 인물이라고 할 수 있다.

이는 귀향의 형태에서 분명하게 드러난다.[31] 서희가 평사리로 곧바로 귀향하지 않고 진주로 정착한 데 비해 용이는 평사리로 귀향한다. 서희가 평사리로 귀향하지 않은 것은 과거의 비극적인 가족사의 아픔이 원인이지만, 그렇다고 용이에게 평사리가 낙원으로 기억되는 곳은 더더욱 아니다. 누대로 최참판댁의 소작인이기 때문에 겪어야했던 신분의 족쇄는 젊은 날 용이의 영혼을 가없는 혼돈으로 내몬 아픔으로 지주인 서희와 또 다른 차원의 한을 갖는다. 그러나 용이가 이러한 아픔을 간직한 평사리로 귀향한 것은 작가가 홍이를 통한 디아스포라의 원심적 확대를 위해 용이가 갖는 디아스포라의 '수평적 상징성'을 바탕으로 견고한 구심적 역할을 기대했기 때문이다. 즉 예사롭지 않은 파란만장한 아픔을 간직한 두 부자를 통해 디아스포라의 바람직한 현대적 의의를 제시하고자 한 까닭이다.

---

31 박경리는 "최서희가 기피하는 평사리 그 마을을 용이는 사랑했다."라고 말함으로써, 두 인물의 귀향이 지니는 차별성을 드러낸다.

5. 결론

박경리의 『토지』에는 최참판댁의 서희와 평사리 사람들의 비극적이며, 슬픈 간도 이주의 수난사가 형상화되어 있다. 정착적 삶이 전부였던 평사리 사람들에게 간도의 이주는 삶의 근원을 송두리째 흔드는 사건이다. 그러나 이들은 사고무친의 열악한 땅 간도에서 망국의 설움을 귀향에 대한 염원으로 극복하며 끝내 평사리로 귀향하게 된다.

본고가 주목한 것은 평사리 사람들이 이향의 환경 속에서 공동체의 문화와 전통을 바탕으로 디아스포라를 형성하면서 질곡의 세월을 견인한 것이다. '디아스포라'의 의미는 원래 팔레스타인 땅을 떠나 세계 각지에 거주하는 '이산(離散)'유대인과 그 공동체를 지칭하는 말로, 민족 분산 혹은 민족 이산이라 번역될 수 있다. 최근에는 "한 민족 집단 성원들이 세계 여러 지역으로 흩어지는 과정뿐만 아니라 분산한 동족들과 그들이 거주하는 장소와 공동체" 또는 유대인의 경험뿐만 아니라 다른 민족의 국제 이주, 망명, 난민, 이주노동자, 민족공동체, 문화적 차이, 정체성 등을 아우르는 포괄적인 개념으로 사용되고 있다. 디아스포라의 개념은 학자마다 규정하는 범위가 다소 차이가 있지만, '이산(離散)'이란 공통된 의견을 보인다.

본고는 디아스포라의 개념을 제일 미술학자 서경식 교수의 디아스포라를 논의의 근거로 삼았다. 서경식 교수의 디아스포라의 핵심은 '폭력적으로 강요된 이산'에 초점을 둔다. 폭력적 이산은 제국주의 식민지정책의 근대적 소산이며, 자의로 선택하는 현대적 이산과 명백히 구분된다. 간도는 이 같은 디아스포라를 전형적으로 상징하는 공간이다. 간도는 내국보다 일제의 탄압으로부터 비교적 자유로운 공간이었기 때문에 많은 사람들이 이주한 땅이다. 간도는 잃어버린 땅에 대한 비원과 독립지사들의 기상이 서린 땅으로 오버랩 된다. 문학적으로는 작가들의 상상력을 자극시키며, 민족의 수난사를 생생하게 증언하는 공간으로 형상화 된다.

본고는 이런 수난의 땅에서 평사리 사람들이 그들의 고유한 문화를 지키며, 귀향할 수 있었던 원인을 '유교의 생월원리로서의 수평적 인간관계' 때문으로 보았다. 박경리는 김훈장의 간도행을 통해 식자층에 의해 수직으로 전유된 유교의 유약한 현실대응 능력을 부각시키며, 일반대중들 사이의 생활원리로서의 유교가 평사리 사람들의 귀향에 바탕이 되었음을 한복이와 영팔이, 이용의 소박한 부모의 '선영봉사의 가치관을 통해 드러내고 있다.

식자층에 전유됐던 이념적 유교가 아니라 일반대중 속에서 생활원리로 소통되는 유교가 민족 수난기를 살아가는 이들에게 한민족공동체라는 공통의 문화를 보존하는 구심적 역할을 했다는 것이다. 또 평사리 사람들이 간도에서 평사리로 귀향을 하지만, 길상이와 평사리 사람들의 2세들은 귀향을 하지 않고 간도에 남아 새롭게 형성된 디아스포라를 확장한다.

특히 아버지를 따라 귀향한 이홍의 간도에 대한 지향성은 작가의 간도에 대한 전략적 의중이 드러나는 대목이다. 이홍의 간도 지향은 평사리 사람들이 타향이라 여기는 생각과 달리 간도를 '어머니의 땅'으로 인식한다. 그것도 생모가 아니라 실질적으로 어머니의 역할을 한 월선의 땅으로 인식한다. 이홍에게 계모를 향한 그리움은 곧 계모 같은 땅이 되어버린 간도에 대한 민족적 그리움과 동일한 것이다. 작가는 간도를 통해서 디아스포라의 궁극이 떠난 곳으로 다시 귀향하는 것을 목적으로 하면서, 타향에서 뿌린 그들의 문화가 다시 현지화하며 확장하는 디아스포라의 또 다른 질긴 생명력을 보여 주고 있다.

참고문헌

1. 기본 텍스트

박경리, 『토지』, 솔출판사, 1993.

2. 논저 및 논문

금장태, 『한국의 선비와 선비정신』, 서울대학교출판부, 2000.

구인환·구창환 공저, 『문학개론』, 삼지원, 1998.

김정호, 「국제법상 간도 영유권에 관한 연구」, 명지대 박사학위논문, 2000.

김종회, 「남북한 문학과 해외 동포문학의 디아스포라적 문화 통합」, 『한국현대문
    학연구』 제25집, 한국현대문학회, 2008.

김학주 역주, 『논어』, 서울대학교출판부, 1985.

문동환, 「길을 찾아서」, 『중앙일보』, 2008. 7. 21.

변화영, 「재일한인 문학과 디아스포라」, 『문예연구』 제15권, 문예연구사, 2008.

서경식·김혜신 옮김, 『디아스포라 기행』, 돌베개, 2000.

신기석, 『간도 영유권에 관한 연구』, 탐구당, 1979.

송명희, 「강경애 문학의 간도와 디아스포라」, 『한국문학이론과 비평』 제38집, 한
    국문학이론과 비평학회, 2008.

오양호, 『한국문학과 간도』, 문예출판사, 1988.

윤인진, 「코리언 디아스포라: 재외한인의 이주, 적응, 정체성」, 『한국사회학』 제
    37집, 2000.

윤인진, 「디아스포라를 어떻게 볼 것인가」, 『문학판』 통권 18호, 열림원, 2006.

윤정헌, 「한인소설에 나타난 이주민의 정체성」, 『한국문예비평연구』 21, 창조문
    학사, 2006.

이길연, 「윤동주 시에 나타난 북간도 체험과 디아스포라 본향의식」, 『한국문예비
    평연구』 제26집, 창조문학사, 2008.

이보영, 「디아스포라 문학의 특성」, 『문예연구』 제15권, 문예연구사, 2008.

임유경, 「디아스포라의 정치학」, 『한국문학의 연구』 36집, 한국문학연구학회, 2008.

장사전·김현주, 「CIS고려인 디아스포라 소설 연구」, 『한국현대소설』 21, 한국현대소설학회, 2004.

정종진, 『한국의 속담 대사전』, 태학사, 2006.

정현숙, 「강경애 소설과 간도 디아스포라」, 『아시아문화』 제24호, 한림대 아시아문화연구소, 2007.

최동호, 『한국현대시의 정신사』, 열음사, 1985.

『토지』의 서희와 『바람과 함께 사라지다』의 스칼렛 오하라의 인물 연구
-땅의 가치와 소망을 중심으로-

1. 서론

박경리[1]의 『토지』[2]와 마가렛 미첼(Margaret Mitchell)의 『바람과 함께 사라지다』[3]는 각각 한국과 미국을 대표하는 장편 대하소설 중에 하나이다. 또 영화와 드라마로도 만들어져 대중성인 확인된 작품[4]이기도 하다.

---

1 박경리는 1955년 『현대문학』을 통해 단편 『計算』과 『黑黑白白』으로 문단에 데뷔한 이래, 『剪刀』, 『不信時代』, 『玲珠와 고양이』, 『僻地』, 『暗黑時代』, 『漂流島』, 『聖女와 魔女』, 『내마음은 호수』, 『銀河』, 『김약국의 딸들』, 『戰場과 市長』, 『波市』 등 주로 개인적 체험을 바탕으로 비극적 현실을 개척하는 운명적 여인상을 그렸다. 이에 반해 생전의 미첼의 작품은 『바람과 함께 사라지다』가 유일한 작품이기 때문에 박경리와 단순 비교하는 것은 무리가 있다. 그러나 두 작가는 『토지』와 『바람과 함께 사라지다』를 통해서 각자 자기 민족이 처한 과도기적 격동의 역사를 구체적이며, 사실적으로 형상화함으로써 대중성과 보편성을 획득했다는 공통점을 가진다.

2 박경리의 『토지』는 1969년 8월부터 연재되어 중단과 시작을 반복하면서 1994년 8월까지 무려 만 25년 만에 완성을 본다. 한국인의 고유한 생활상과 정서를 보여 주는 대서사시로서, 대중과 평자들로부터 가장 한국적인 작품이라는 상찬을 받은 작품이다.

3 마가렛 미첼의 『바람과 함께 사라지다』는 1936년에 출판되었다. 1949년 사망할 때까지 그녀의 유일한 작품이다. 박경리의 『토지』와 마찬가지로 오랜 집필 과정(10년)과 많은 등장인물이 서사적 대립과 갈등 그리고 화해를 반복하면서 미국의 격동의 역사를 정밀하게 묘사하고 있다.

두 소설은 한국과 미국이라는 이질적인 문화와 지역적 공간을 초월하여 소위 '소설 구성의 3요소'인 인물의 성격과 사건 그리고 소설의 역사적 배경 등에서 많은 공통점을 지니고 있다. 또 작가는 각 민족이 처한 과도기의 시대정신을 여성 특유의 섬세하고 뛰어난 통찰력으로 풀어내고 있다.

두 소설의 주인공인 서희와 스칼렛 오하라(Scarlet O'Hara)는 '여성'이라는 당대 사회 문화의 제약 조건에도 불구하고 주동인물로서, 소설의 흐름을 일관되게 이끌고 있다. 이는 남성적 지배구조가 견고한 현실에서 여성을 삶과 역사의 주체로 인식하는 작가의 양성 평등적 인간관이 작용한 결과라고 할 수 있다. 특징적인 점은 두 소설 모두 '땅의 가치와 소망'을 기본 골격으로 하여 전개되고 있다는 점이다. 사람에게 땅은 이중적 의미로 삶에 직접적으로 영향을 미치는 생존의 조건이다. 즉 삶의 구체적인 존재 기반인 동시에 심리적인 안식처로 특정한 공간이 제공하는 독특한 인문 지리적 정서가 형성되는 시원적 의미를 갖는 공간이면서 자본화된 토지로 변질, 더 이상 근원적 의미의 땅의 기능을 상실하고 인간의 욕망이 상충하는 가변적 공간이기도 하다는 것이다.

하나의 소설 작품이 각기 모국을 대표하는 소설로서 인정을 받으려면 모두가 공인하는 '상징성'을 함유하고 있어야 하며, 이 상징성 속에 특수성과 보편성이 함께 있어야함은 물론이다. 상징성은 복합적인 것으로써 내재적 가치와 밀접한 관련을 갖는다. 내재적 가치는 정신적 정서적으로 형성된 독특한 성향으로 특정지역의 역사공동체의 삶을 견인하는 숙성된 정신현상이다. 한국인에게 '한(恨)'과 미국인에게 '프론티어(Frontier)

---

4 『토지』는 한국형 문화 콘텐츠의 한 전형으로 통한다. 수차례 TV드라마로 방영됐고, 영화 · 가극 · 창극도 제작됐고, 만화 『토지』 청소년 『토지』도 출간됐다. 박경리, 「고혈압 · 당뇨 투병 중인 박경리 선생 오랜만에 모습 드러내다」, 『중앙일보』, 2007. 6. 11, 23쪽. 『바람과 함께 사라지다』도 1939년 영화화 되어 이해 아카데미상에서 11개 부분을 석권했으며, 한국에서도 개봉(1954, 1963, 1977, 1982, 1993) 되어 선풍적 관심을 끌었다.

정신'5이 그것이라고 할 수 있으며, 두 작가는 소설 속에서 이 같은 정서와 가치를 뛰어나게 형상화 하고 있다.

서희의 경우에는 조상 누대로 일구어 왔던 삶의 터전인 '평사리'에 대한 애증이 삶의 전 부분을 지배한다. 스칼렛도 '타라 농장'에 대한 애증이 그녀의 삶을 자극하며 지배하는 요인이 된다. 평사리와 타라 농장은 이들 두 주인공이 조상과 역사성을 함께 하는 혈연적인 공간이자 새로운 세계의 '개안지(開眼地)'로서의 역할을 하는 곳이다. 이들에게 평사리와 타라 농장의 땅은 일종의 '성소(聖所)'의 의미가 있는 공간이다. 이들은 자의든 타의든 이 공간을 통해서 개인적인 위치를 벗어나 가문을 대표하는 수호자로서 재탄생한다. 한 여성으로서 안온하고 소극적인 삶에서 탈피, 현실과 역사 속으로 전경화되는 인물로 입체적인 변신을 하게 된다는 것이다.

지금까지 두 소설에 대한 연구6는 비교문학적 차원에서 본격적으로 연구되지 않았다. 위의 두 소설에 대한 본격적인 비교문학적 차원의 논문은 안남연의 논문7이 유일한 데, 이 논문은 대략적인 차원에서 주인공

---

5 프론티어란 말은 19세기말 역사학자였던 F. J. 터너가 미국의 역사를 이해하는 중요한 열쇠로써 프론티어의 중요성을 설명한 뒤부터 정립된 개념이다. 초기 서부 개척에 있어서 '개척의 선(線)'을 의미했다.

6 이제 두 소설의 비교는 진부하리 만큼 독창성을 갖지 못하는 것으로 여겨지는 측면이 강하다. 이미 여러 매체를 통해 두 소설의 유사성이 많이 언급된 탓이다. 그러나 아직까지 학술적 비평적으로는 신기할 정도로 체계적이며 논리적 연구가 전무하다. 이 같은 이유는 외적 유사성의 지속적 반복이 당연히 연구의 독창적 활성화로 이어지고 있을 것이란 성급한 추측이 개입된 탓이라고 할 수 있다. 본 연구는 이러한 고정관념의 틈새를 천착했다. 또한 현재 학계의 새로운 흐름과 지배 담론으로 하나의 흐름을 형성하고 있는 탈경계와 다문화 그리고 글로벌 시대의 글쓰기에서도 땅은 지난 시대의 낡은 유산이 아니라, 여전히 이러한 흐름을 견인하거나 원심을 확대하는 근원적 구심력으로 작용하고 있다. 땅에 대한 총체적 이해와 탐색의 강화가 결국 문학의 상상적 영토를 넓히는 힘으로 작용한다는 것이다.

7 안남연, 「『토지』의 서희 그리고 『바람과 함께 사라지다』의 스칼렛 오하라」, 『한국문예비평연구』 제12집, (한국현대문예비평학회, 2003), 156~170쪽.

개인의 캐릭터에 초점을 맞추어 논의를 전개했다. 인물과 내용의 유사성에 대한 삽화적 언급만이 있던 기왕의 연구 현실에서 두 소설을 비교문학적 차원에서 연구할 수 있는 전거를 제공했다는 점이 긍정적인 평가를 받을 만하다. 그러나 논의의 폭을 캐릭터 자체의 특징만을 단순 비교하는 데 그쳐, 장편 대하소설 속에 함축하고 있는 다양한 의미망을 깊이 있게 조명하지 못했다. 따라서 본고는 두 주인공에게 '땅이 그들의 삶에서 어떤 의미를 갖는가'를 중심으로 논의를 전개하고자 한다.

2. 두 작품의 시대적 상황 비교

두 소설의 시대적 상황은 작가의 '역사인식'[8]과 관련 있다. 역사인식은 두 작가의 선험적이며 태생적인 필연성의 산물이다. 절실한 내면적 욕구가 있었다는 것이다. 박경리는 일제 치하라는 민족의 암흑기[9]에 그들에 의해 유린당하는 이 땅의 백성(민중)들의 고단한 삶을 생생하게 증언하

---

8 성적이 형편없는 나에게도 한 가지 잘하는 것이 있었다. 그것은 역사였다. 역사시간에는 선생님과 나 사이의 문답으로 시간이 흘렀다. 박경리, 「나의 문학적 자전」, 『원주통신』, (지식산업사, 1985), 102쪽. 미첼의 아버지는 역사학자로서 장차 미첼의 성장기에 지대한 영향을 미친다.

9 『토지』는 1897년 대한제국이 성립된 해에 맞이하는 '한가위'부터 1945년 해방까지를 시대적 배경으로 한다. 소설의 도입부가 공식적인 일제 강점기(1910)는 아니지만, 사실상 일제의 조선 침탈이 치밀하고 계획적으로 이루어지는 과정의 시기에 쓰기 시작하여 본격적인 강점기의 시기를 다루고 있다. "일본 어느 평론가가 나를 반일작가로 규정하면서 자기네들에게 많은 것을 배워갔음을 모르는 무지의 소치라고 빈정댄 일이 있습니다. 나는 일제시대에 태어났고 일제시대에 교육을 받은 사람이지요. 그러나, 진정 일본에게서 배울 것이나 가져올 것이라고는 아무것도 없었어요. 일제시대에 들어온 문물은 서양에서 물 건너온 박래품뿐이었지요." 송호근, 「삶에의 연민, 한의 미학」, 『작가세계』 가을호, (세계사, 1994), 57쪽. 본래 일본은 틀과 본이 없는 나라였습니다. 틀과 본을 빌려다 연마하고 변형하고 이용하는 기능에 능한 민족이었습니다. 박경리, 「작가는 왜 쓰는가」, 위의 책, 123쪽.

려는 목적으로 작품을 형상화했다. 그러나 더욱 중요한 것은 나라는 잃었지만, 도저(到底)하게 흐르는 백성들의 삶의 생명력과 영속성에 주목했다는 점이다. 그는 정치적이거나 역사적인 평가에 치우치지 않고 서민의 생활과 정서를 주로 나타내려 했다.[10] 외부에 의해 규정된 환경에 예속되거나 편입되지 않고 능동적으로 극복하는 개별주체들의 역동적 생명성[11]에 주목했다. 어느 시대나 백성은 생산 활동을 담당하는 노동의 주체이면서 정치의 대상으로 지배자가 욕망을 투사하는 종속적 피사체에 지나지 않았다. 박경리가 주목한 것은 이렇게 역사발전의 실질적 주체이면서도 늘 정치적으로 억압과 수탈의 대상이었던 백성의 가없고 위대한 생명력이었다.

이는 정치적 인위적 속성이 짙은 민족과 국가보다 개인의 삶의 존재방식에 더 치열한 존엄성을 부여했다는 의미이다. 『토지』의 내용이 일제의 민족말살 정책의 실상을 고발하고 민족의 각성을 촉구하는 의미가 없는 것은 아니지만, 민족이나 국가의 집단적 전체성도 결국 개별주체들의 타자의 억압에 대응하는 존재방식과 고유성에 의해 존폐가 결정될 수밖에 없는데 박경리는 이를 주목한 것이다. 환란의 시대에 백성들에게 종적으로 강요하는 계몽적 각성은 이미 그 의미를 상실했다. 그들은 오래

---

10 조윤아, 「1970년대 박경리 소설에 나타난 아버지에 관한 연구」, 『현대소설연구』, (한국현대소설학회, 2007), 183쪽. 『토지』에 등장하는 사건들이 역사적인 사실들로 구성이 되어 있는 것으로 보아, 작가가 소설의 전개 과정에서 민족의식을 염두에 둔 것으로 보인다. 그러나 『토지』는 유년시절 외할머니께 들었던 호열자의 이야기가 모태가 되었다고 한다. 이는 소설 창작의 동기가 정치성보다는 소박한 인간주의에 연유하고 있음을 반증한다.

11 오늘날과 같이 장식품이 범람한 시대는 없었던 것 같습니다. 무슨 행사 따위에 배달된 화환들을 보고 있으면, 푸대접 받는 생명에 대한 분노랄까 하는 것이 느껴집니다. 그 꽃들 하나하나가 살아 있는 생명 아닙니까. 어릴 적 예쁜 나머지 갖고 싶어서 꽃을 꺾으면 살아 있는 생명을 꺾었다고 부모님께 크게 야단을 맞았습니다. 박경리, 「생명을 존중하는 문학」, 『나의 문학 이야기』, (문학동네, 2001), 18~19쪽. 박경리의 문학관은 인간중심적 사고를 초월한 '범생명적 문학관'이다.

전부터 각성된 의식으로 이 땅을 일구어 왔다. 각성이 필요한 것은 이러한 환란의 원인을 제공한 지배계층의 몫이다. 따라서 박경리에게 중요한 것은 그러한 굴종을 강요한 정치적 환경에 굴하지 않고 주체적인 존엄성을 유지하려는 개체의 끈질긴 생명력과 자율성에 대한 확고한 믿음이며, 그 기반을 이루고 있는 것이 땅의 주체인 백성들이다.

박경리 소설에서는 아버지의 모습이 거의 드러나지 않는다.[12] 여성과 어머니 등 모성적인 인물군들이 주로 등장한다. 전통적으로 아버지는 권위와 힘을 상징한다. 이는 외부와 관계된 정치적인 힘을 의미한다. 박경리는 그의 전기에서 아버지와 소원한 관계[13]를 말한 바 있다. 따라서 박경리가 아버지를 상징하는 정치적 담론보다 그 담론에 훼손되지만 다시 존엄성을 회복하는 개별주체들의 삶에 주목하는 것은 어쩌면 당연한 일이겠다.[14]

---

12 1974년 2월 18일부터 12월 31일까지 『동아일보』에 연재된 장편 소설 『단층』에서 폭력적이며 권위적인 아버지가 등장하는데, 이는 박경리 소설에서 드문 예외적인 경우이다.

13 한 해가 가면 60이 되는 내 평생, 어머니에게 매 맞은 것을 제외한다면 세 번 뺨을 맞았다. …(중략)… 두 번째는 여학교 다녔을 때 일인데 종전까지 학비를 부담했던 어머니 대신 아버지가 송금하기로 언약이 되었었다. 그러나 기다리는 학비는 오지 않았다. …(중략)… "여자가 공부하면 뭣하나. 학교 그만 두고 시집이나 가지." 무안해서 한 말이었을 것이다. "당신이 공부시켰어요? 그만 두라 마라 할 수 있습니까?" 그 말은 어머니에게, 아무도 못합니다. 나는 서슴없이 당신이라 하며 대어들었다. 아버지의 솥뚜껑 같은 손이 내 뺨을 때렸다. 겨우 화해했던 부녀의 관계는 깨어졌다. 14세 나이에 네 살 연상인 어머니와 혼인했던 아버지는 열여덟에 나를 보았다. 조강지처를 버리고 재혼했던 만큼 딸에 대하여 죄책감도 있었겠지만 너무나 젊은 아버지였기에 평소 나를 어려워했던 것 사실이다. …(중략)… 어쩌다가 좁은 길에서 아버지와 마주치게 되면 목뼈가 부러질 만큼 외면을 했던 것이다. 박경리, 앞의 책, 92~93쪽.

14 일본 군국주의는 국가제일주의를 바탕으로 한 거대한 정치 체제이며, 과잉된 힘에 의해 폭력화된 권력이다. 이런 맹목적 국가주의는 이성을 상실한 정치 체제로써, 국가와 경계를 초월하여 생명을 종속적 수단으로 여기기 때문에 인류에게는 반윤리적인 이데올로기이다. 그가 일본인을 미워하지 않고 군국주의 체제를 비판한 맥락도 이렇게 거대 담론의 정치체제가 범할 수 있는 선동적 마취성의 폐해가 특정 지역에 국한되지 않고 인류의 보편적인 가치를 위협하는 불온성이 있기 때문이다. "일본 군국주의는 자체로 비도덕적이고

마가렛 미첼도 박경리의 창작 동기와 다르지 않다. 그녀는 조지아주 (Georgia) 애틀랜타(Atlanta) 출생으로서, 역사학자였던 아버지의 영향으로 남북전쟁의 일화를 들으며 성장기를 보냈다. 1861년부터 1865년까지 4년간 지속된 남북전쟁은 미국역사에 있어서 가장 중요하면서도 큰 비극적 사건이었다. 더구나 남북전쟁은 미국 본토에서 싸운 유일한 전쟁이었으며, 그것은 동족상쟁의 전쟁이었다는 점에서 미국민의 충격은 대단한 것이었다.[15] 여러 가지 복합적인 원인이 전쟁 발발의 요인이 되었지만, 결국 '노예제도'로 인한 남부와 북부의 경제적 주도권 다툼이 전쟁의 도화선이었다. 목화와 담배 등 주로 농업 위주의 생업에 종사하던 남부의 패배의 충격은 상대적으로 컸다. 농업문화 자체가 보수성과 전통성을 띠는 성격을 갖기 때문에 패배 이후의 여성들의 삶은 전란으로 인해 파생된 열악한 환경을 극복하기 위해 심한 과도기를 겪게 된다. 즉 규범적인 생활에서 입체적인 삶으로 역동성을 띠지 않으면 안 된다는 것이다. 생존을 위해서 먹고 사는 문제는 그 만큼 당면의 것이 된다.

이 같이 미증유의 패배와 상흔이 각인된 땅에서 미첼은 태어나 성장하면서 이미 그 땅이 안고 있는 역사적 소명의식을 선험적으로 감득(感得)한다. 상처와 수난으로 점철된 역사일수록 그 땅에 대한 서원(誓願)과 소망이 간절하다. 일제치하와 남북전쟁은 각각의 주체가 처한 역사와 사회적 환경에 있어서 다소 차이가 있지만, 타자에 의한 주체와 그 주체가 누대로 살아 온 삶의 공간이 훼손됐다는 점이 이들에게 남다른 역사인식을 내면화하는 단초가 되었을 것이다. 이렇게 두 소설에서 박경리와 미

반생명적이었어. 그때와 지금은 많이 다르지. 무엇보다 나는 일본 체제를 반대하지만 일본인을 반대한 것은 아니야."박경리, 「고혈압·당뇨 투병 중인 박경리 선생 오랜만에 모습 드러내다」, 『중앙일보』, 2007. 6. 11, 23쪽.

15 정연선, 「마크 투웨인과 남북전쟁」, 『마크투웨인 리뷰』, (한국마크투웨인학회, 1991), 31쪽.

쳌은 각 민족이 처한 위기의 시대를 온 몸으로 헤쳐 간 사람과 그 땅에 대한 의미를 새롭게 규명하는 데 모아진다.

박경리와 미쳌은 전통과 보수적 성향이 강한 남부(충무·애틀랜타) 출신이다. 전통과 보수성이 강하다는 것은 상대적으로 그들의 고향이 남성 중심의 가부장제 사회라는 것을 반증한다. 반면 여성이 남성의 권위적 환경을 유지하는 데 일조하거나 보조하게 되면 안락한 삶이 보장된다는 의미이기도 하다.

> 나는 슬프고 괴로웠기 때문에 문학을 했으며, 훌륭한 작가가 되느니보다 차라리 인간으로서 행복하고 싶다고. …(중략)… 그것은 다분히 객관적인 나의 불행을 두고 한 것일 게고 지금도 문학을 버리지 못하는 것은 내 내면에서 스며나는 불행 때문일 것 같습니다. (『Q씨에게』, 174)

박경리에게 남편과 아들의 연이은 죽음은 그를 능동적이며, 적극적인 삶으로 견인하는 계기가 된다. 그에게 생존이라는 가치는 모든 것에 우선하는 절대가치였다. 가족을 잃은 상실과 남은 가족을 부양해야 하는 냉엄한 현실은, 슬픔을 달래거나 승화시키는 운명론적 세계관에 대한 내면화의 동인이 된다. '외강내유(外剛內柔)'의 내면의식이었다는 것이다. 박경리의 슬픔은 이 과정을 체현하면서 역설적으로 '힘'이 된다. 글쓰기는 그의 이러한 내재화된 한의 승화 수단이었던 셈이다.

마가렛 미쳌은 비교적 유복한 가정환경에서 자랐다. 어머니를 잃고 재혼의 경험이 있긴 하지만, 그것이 그의 문학에 어떤 영향관계로 나타났는가는 예단키 어렵다. 또 유년기에 아버지로부터 남북전쟁에 대한 일화를 들으며 성장했다고 하지만, 남북전쟁이 그의 삶에서 어떤 영향으로 구체화 되었는지 확인 할 수 있는 전거도 없다. 이러한 이유는 박경리와 달리 미쳌의 제한된 작품과 이른 나이의 죽음으로 그의 삶을 육성으로

들을 수 있는 자전적 요소가 소멸되었기 때문이다.

단지 아버지에게 들으며 성장했다는 남북전쟁의 일화가 단순히 전투 장면에서 비롯되는 영웅주의적 감상으로 각인되지 않았을 것이란 촌탁을 해 본다. 왜냐하면 남북전쟁이 아래에 인용된 사회환경을 파생시켰을 것이기 때문에, 미첼에게 남북전쟁은 전투적인 무용담보다는 인간의 실존과 삶의 탐색 등, 보다 근본적인 문제로 각인됐을 개연성이 크다는 것이다.

남북 전쟁의 여파는 북부 여성들보다 남부의 여성들이 더 크게 느끼게 되었다. 대부분 북부가 아닌 남부 지방이 전장터로 사용되었고, 많은 남부 여성들은 그들의 남편과 아들들을 전쟁터로 떠나보낸 뒤 어린 자녀들과 함께 어려운 환경에서 농장 경영과 농삿일을 담당해야 했다. 그들은 북부군들의 침입을 경험했을 뿐만 아니라 항구의 봉쇄로 말미암아 생겨나는 인플레이션을 겪었으며, 식량의 결핍과 절대적으로 부족한 노예의 수와 때로는 항거하는 노예들을 데리고 농장을 경영해야 했다. 그러나 남부 여성들은 이러한 어려움을 적극적으로 극복했으며, 때로는 안전하게 그들의 가족을 보호하고 또한 그들의 농장을 지켜 나아갔다.[16]

아무튼 두 소설의 주인공 서희와 스칼렛은 박경리와 미첼의 분신에 가까운 인물인 셈이다. 일상적 삶이 보장된 생활에서 불어 닥친 일제 강점기와 남북전쟁은 이들로 하여금 가문을 복원하기 위해 능동적으로 현실성[17]을 띠게 했다. 이들에게 '평사리'와 '타라'는 대(對)사회적이며 시대적인 현실과 조우하게 하는 연결고리라고 할 수 있다.

---

16 이창신, 「남북 전쟁의 여성사적 접근」, 『미국사 연구』, (한국 미국 사학회, 1998), 166쪽.

17 서희와 스칼렛이 간도와 타라에서 보여 준 뛰어난 사업 수완은 남자를 능가한다. 이재(理財)에 본능적으로 민감한 촉수를 보인다.

3. 땅과 토지의 모성과 욕망

땅은 모든 생명체 탄생의 시원지(始原地)이자 개체가 궁극적으로 돌아가야 할 안식처이며 존재의 기반이다. 그래서 땅을 어머니에 비유하여 모성이라 한다. 그러나 이러한 본래적 의미의 땅이 인간의 욕망[18]에 의해 자본화되어 매매의 수단으로 전락하면서 땅의 생명성은 파괴당하고 인간의 욕망을 대리하는 수단으로 변질된다. 땅이 토지화 되는 것인데, 토지는 땅이 갖는 본래성에서 한층 물신화된 환금적 속성을 갖는다. 땅의 자본화 계급화가 토지이며, 이런 면에서 토지는 인간의 소유와 욕망의 산물이다. 땅과 관련한 갈등의 핵심을 이루는 것은 흔히 지주-소작관계라고 불리는 예속적 관계이다. 지주는 토지를 소유하였다는 것 때문에, 직접경작을 하지 않고도 경작자로부터 상당량의 소작료를 거두어들일 수 있었다.[19] 땅의 소유와 매매를 통한 잉여자본으로 종속적 불평등을 문서화한 것이 토지인 셈이다.

두 작품의 주인공이 소설 속에서 자의식이 강한 개성적인 인물로 강팔지게 그려지는 것은 자신에게 모성적인 의미가 있는 땅이 외적 개입과 자본에 의해 강탈당했기 때문이며, 작가는 두 인물이 그것을 찾기 위하여 절치부심하는 인물로 그렸다. 그만큼 땅은 이들 두 주인공에게 강한 존재이유가 되는 매개물이다. 그러나 역설적인 것은 이들이 그렇게 찾고자 했던 땅을 찾는 과정에서 땅의 자본(토지)화를 용인하거나 활용하여 부(富)를 축척했다는 것이다. 서희의 경우는 조준구에 의해 평사리의 땅을 잃은 후, 간도로 이주해 얻은 거대한 부의 축척의 수단이 땅을 사고과

---

18 땅의 모성과 토지의 욕망은 대립 갈등적 관계이다. 땅이 자본화된 형태가 토지라고 할 수 있는 데, 자본화된 토지는 욕망의 충족을 위해 땅의 모성을 훼손한다. 욕망은 인간의 감정 중에서 가장 원시적이며 동물적인 근원적 감정이다.

19 박명규, 「땅의 사회사」, 김형국 편, 『땅과 한국인의 삶』, (나남, 1999), 310쪽.

는 차익으로 부를 축적한다. 서희는 모성성을 회복하기 위한 수단으로 땅을 토지화(자본화) 하는 이율배반적 행동을 도모한다.

우선 거처하기에 불편하지 않을 정도의 집을 장만하고 큰 곳간을 마련한 뒤 한 달에 여섯 번 서는 장날이면 인근 촌락에서 모여드는 곡물, 두류(豆類) 그 중에서도 특히 백두를 매점하여 곳간에 쌓아올리는 일부터 시작했다. 그리하여 물건이 귀해지고 값이 앙등할 무렵이면 청진서 돈보따리를 들고 온 상인에게 곳간 문이 열리는 것이다. 이런 식으로 안방에 앉은 서희는 촉수와도 같은 예리한 신경을 사방으로 뻗쳐 삼 년 동안 자본을 두 배로 늘리는 데 성공했다. …(중략)… 그러나 재산을 크게 비약시킨 결정적인 기회는 청나라 상부국(商埠局)에서 토지를 매입했던 그때다. …(중략)… 시가 요지에 오백 평을 평당 육 원으로 사서 그것을 상부국에 십삼 원으로 전매하여 일약 삼천오백 원의 이득을 올렸다. (『토지』, 4-67~68)

서희가 평사리에서 간도로 이주한 후 낯선 환경의 제약에도 불구하고 빠른 시간에 정착할 수 있었던 요인은, 수족이 되어 준 사람들의 이재(理財)에 대한 순발력 있는 정보 때문이었다. 그러나 직접적으로 부를 축적할 수 있었던 배경은 매점매석을 통한 비정상적인 상(商)행위를 통해서였다. 이는 땅을 사고팔아 거대한 잉여 차액금을 남기는 행위에서 전모가 드러난다. 용정촌은 조선인이 밀집된 지역이기 때문에 이 같은 서희의 부당한 상행위는 서희 나름의 자기 합리화를 떠나, 제 동포의 삶의 터전을 빼앗는 비도덕적인 행동이다. 다음의 글에서 서희의 땅에 대한 모성이 토지로 자본화 된 욕망을 느낄 수 있다.

내 원수를 갚기 위해선 무슨 짓인들 못할까보냐. 내 집 내 땅을 찾기 위해선 무슨 짓인들 못할까보냐. 삭풍이 몰아치는 이 만주 벌판에까지 와가지고 그래

독립운동에 부화뇌동하여 고향으로 돌아 갈 수는 없지. 그럴 수는 없어. 내
넋을 이곳에 묻을 수는 없단 말이야! 원수를 갚을 수만 있다면 내 친일인들
아니 할손가? (『토지』, 4-174~175)

서희의 땅에 대한 애착은 모성의 결핍으로부터 시작되며 그 충족 또한
모성에게서 채워진다. 서희는 어머니인 별당아씨의 부재를 통해 모성으
로부터 버림받았다는 소외의식에 자학하고 주변 사람들에게 패악한 언
행을 한다. 이는 세상에 대한 일종의 분노와 적개심으로 분출된다. 그러
나 이러한 경화된 마음은 할머니인 윤씨 부인의 지극한 사랑과 배려로
정서적인 안정을 되찾고 최씨 가문의 주인으로서 기품을 갖추어 나가게
되지만, 땅에 대한 욕망은 근원적인 것이어서 서희의 일생을 좌우한다.
모성 결핍증이 할머니의 사랑으로 겉으로는 치유된 듯 보이지만, 내면적
으로는 깊은 내상으로 각인되어 증오와 함께 모성을 갈구하는 욕망으로
대체된다. 일종의 트라우마(Trauma)적 증상이라고 할 수 있다. 서희에게
욕망의 현시가 토지이다. 서희는 두 아들인 환국과 윤국을 낳아 기름으
로써, 자본화된 욕망인 땅에 대한 모성의 의미를 새롭게 인식한다.
　스칼렛의 평탄치 않은 삶의 원인과 타라 농장이 폐허가 된 것도 땅의
자본화가 원인이다. 스칼렛이 타라 농장을 재건 한 것은 땅의 모성성을
회복하기 위한 것이었지만, 결과적으로 그 과정에서 서희처럼 땅을 거래
하는 자본의 속성을 활용했다. 스칼렛이 친정인 타라로 돌아왔을 때의 상
황은 절박한 것이었다. 집은 북군이 군사본부로 사용을 했기 때문에 다행
히 외형을 유지하고 있었으나, 소위 양키들의 손때로 단란했던 가족사의
흔적들이 훼손된 상태였다. 또 병사(病死)한 엄마와 병이 든 아버지 두
명의 여동생과 북부로 도망가지 않은 노예들까지 돌보지 않으면 안 되는
긴절한 상황이었다. 그러나 스칼렛의 땅에 대한 모성이 자본화 된 것은
북군 탈주병을 죽이고 그가 가지고 있었던 금화를 탈취하면서 시작된다.

스칼렛은 지갑을 손에서 놓기가 싫었다. 갑자기 눈앞이 환해지는 것 같았다. 진짜 돈, 이 사나이가 타고 온 말, 양식, 역시 하나님은 계시는 거다. 그리고 얄궂은 방법으로 도와주신다는 생각이 들기는 하지만 하여간 도와주신 것이다. 그녀는 풀썩 주저앉은 채 미소를 띠며 지갑을 들여다보았다. (『바람과 함께 사라지다』, 중-152)

북군 탈주병을 살해하고 득의만만한 스칼렛의 모습이다. 갖은 고난을 무릅쓰고 찾아 온 고향 타라의 생활은 끼니를 걱정해야 하는 절대궁핍 그 자체였다. 이런 상황에서 탈주병을 살해하고 탈취한 돈은 스칼렛에게 더 없이 유용한 종잣돈의 의미를 가진다. 심지어 자신에게 살인의 정당성을 부여하기도 한다. 이것은 "토지만이 이 세상에서 싸울만한 가치가 있는 유일한 것이라고 아버지가 말했을 때, 그 뜻을 이해하지 못할 정도로 어리고 철이 없었던 그 무렵의 자신이 그녀에게는 이상하게 느껴졌을 정도"로 스칼렛은 이미 많이 변해있었다. 따라서 그의 이러한 자기 합리화는 그가 타라의 재건을 위해 선택할 수밖에 없었던 불가피한 행동이 되는 셈이다.

스칼렛의 애슐리에 대한 고착적 사랑은 이미 자본화된 욕망 즉 모성성을 상실한 사랑으로 일관한다. 스칼렛의 애슐리에 대한 고착적 애정은 그를 주변과 불화케 하는 원인이 된다. 사랑을 쟁취할 수만 있다면 어떠한 수단과 방법도 용인이 된다. 이미 시작부터 자본화된 욕망에서 출발한다. 스칼렛의 모성을 회복하는 계기는 연적인 멜라니의 생명을 구하고 폐허가 된 고향 타라 농장을 복구하면서 싹이 트지만, 그 과정에서 타라의 땅을 자본화하려는 욕망에 갈등을 하기도 한다. 궁극적으로 스칼렛의 모성의 회복은 자신의 이기심에 의해서 눈을 뜨지 못하고 떠나보낸 렛트에 대한 사랑을 회복함으로써 완성이 된다.

4. 恨의 정서와 프론티어 정신

서론 부분에서 두 소설의 공통점이 한국과 미국민의 정서를 상징적으로 형상화했다고 했다. 이런 상징성은 내면적 가치에서 발현된다. 한(恨)[20]은 동양의 지배적 정서로서, 정상적인 감정 상태가 외부의 장애에 의해 순화되지 못할 때 생기는 '굴절된 병리적 정서'이다. 그러나 한의 정서는 당초의 병리적 현상으로 침윤되지 않고 차원 높게 자가발전 하는 순도 높은 정서이다. 대립과 갈등 그리고 복수를 유발하는 원한의 감정이 없는 것은 아니지만, 시간의 풍화에 의해 엷어지고 닳아 '곰삭은 정서'이다. 이러한 정서에는 간절한 소망과 희원(希願)이 싹튼다.

서희의 일생은 땅의 가치에 대한 애증의 탐색이다. 그러나 이러한 탐색의 원인을 제공한 것은 비극적인 가족사에서 형성된 세상에 대한 증오였다. 이 증오는 조준구에 의해 최씨 가문이 몰락의 길을 걸으면서 한층 깊어진다. 『토지』의 서희는 『바람과 함께 사라지다』의 스칼렛보다 삶의 고초와 굴절을 더 많이 겪은 인물이다. 성장의 환경이 보편적 조건과는 다른 환경에서 성장했기 때문이다. 배다른 숙부와 생모의 불륜 그리고 아버지의 타살과 정신적 지주인 할머니의 병사(病死) 등은 서희가 겪어야 할 파란의 앞날을 암시한다. 사고무친과 천애 고아가 된 상태에서 종의 신분인 길상과의 결혼은, 이 같은 서희의 파란만장한 삶의 입체성의

---

20 한은 한국인의 주체에 있어서 그 부정적 속성이 끊임없이 초극되는 것이며, 그 초극의 과정을 통하여 그것은 소멸되는 것이 아니라 그 자체가 끊임없이 긍정적 속성에로 질적 변화를 계속해 갈 뿐이다. 한국적 한에 있어서의 이와 같은 질적 변화를 가능케 하는 기능은, 한국적 한의 내재적 속성으로서의 가치 생성의 기능이다. 한국적 한의 내재적 속성으로서의 가치 생성의 기능, 그것이 곧 '삭임'의 기능인 것이다. 천이두, 『한의 구조 연구』, (문학과지성사, 1993), 99쪽. 그동안 한에 대한 개념 규정은 우리 민족의 정체성과 맞물려 여러 학자에 의해 지속적으로 언급되어 왔다. 세목의 차이점에도 불구하고 한결같은 공통점은 당초의 '恕'의 감정을 긍정적으로 승화시킨다는 것이다.

절정을 보여 준다. 스칼렛과 달리 성장기에 경험한 비극들이기 때문에 내상이 깊고 크다는 것이다.

> 살을 찢고 뼈를 깎고 피를 말리는 고초를 겪는 한이 있어도 나는 내가 세운 원(願)을 잊어서는 아니 된다. 내 살을 찢고 내 뼈를 깎고 내 피를 말리던 원수를 어찌 꿈속엔들 잊으리! (『토지』, 4-174)

간도로 이주 한 후, 서희가 자신의 존재이유에 대하여 다짐하는 장면이다. 이 때 그가 말한 원(願)은 아직 정화되지 않은 원시적 원한의 마음이라고 할 수 있으며 그 원이 향하는 대상이 조준구이다.

> "나 그럴 줄 알았다. 호호홋…… 호호홋호, 오 년이 지났고 앞으로 또 오 년, 십 년 안에 나는 그 땅을 모조리 거둬들일 테니 두고 보아라. 조준구놈! 이미 절반 작살이 났다구? 그랬을 게야. 나는 그놈을 알거지로 만들 테다! 아 암, 그리고 말려죽이는 게야." (『토지』, 5-374)

서희는 자신의 대리인인 공노인을 내세워 용의주도하게 복수를 진행한다. 단번에 일패도지(一敗塗地)시킬 수 있는 재력이 있음에도 불구하고 서희는 조준구에 대한 원한을 느리게 진행시킨다. 그러나 그 느린 진행이 조준구에게는 자신의 몰락을 거듭 확인하는 잔인한 고문의 시간이며, 서희에게는 그가 갖고 있는 원한의 크기를 보여 주는 것이다. "말려죽이"겠다는 말이 그것을 증명한다. 그러나 서희의 원한은 세월의 풍화에 의해 엷어져 한으로 승화된다.

이제 서희는 무엇으로 지탱할 것인가. 조준구가 걸어오지 않는 이상 보복은 끝난 셈이다. 간도 땅에서 이를 갈며 맹세한 보복은 사실 이런 것은 아니었다.

더 가혹하고 더 잔인하고 보다 철저한 것이었을 것을. (『토지』, 7-163)

며칠 전에 조준구와 마주보고 앉았던 자리에 서희는 그림자같이 앉아 있다. 허울만 남았구나. 서희는 마음속으로 중얼거린다. 나비가 날아가버린 번데기, 나비가 날아가버린 빈 번데기, 긴 겨울을 견디었건만 승리의 찬란한 나비는 어디로 날아갔는가? …(중략)… 억만 중생이 억겁의 세월을 밟으며 가고 또 오고, 저 떼지어 나는 철새의 무리와 다를 것이 무엇이며 나은 것은 또 무엇이랴. 제 새끼를 빼앗기고 구곡간장이 녹아서 죽은 원숭이나 들불에 새끼와 함께 타죽은 까투리, 나무는 기름진 토양을 향해 뿌리를 뻗는데 인간이 금수보다 초목보다 무엇이 다르며 무엇이 낫다 할 것인가. …(중략)… 제행무상(諸行無常), 제법무아(諸法無我), 열반적정(涅槃寂靜). 아아―어느 곳에도 실성(實性)은 없느니, 사멸전변, 내가 없도다!

불교적 비애, 근원적인 허무의 강을 서희의 생각은 떠내려 간다. 가다가, 가다가 자맥질을 한다.

'어째서 오천 원을 던져 주었을까.' …(중략)… 서희는 입가에 조소를 머금는다. 그 옛날의 보복심이나 증오의 감정을 지금 실감할 수 없는 것이 무슨 까닭인지 알 수 없다. (『토지』, 7-179~181)

조준구는 서희에게 존재의 이유가 될 정도로 원한이 깊은 존재이다. 그런 그에게 복수를 했음에도 불구하고 서희의 마음속에 남아 있는 것은 '공허함'뿐이다. 조준구에 대한 원한이 크고 깊었기에 그것을 상쇄하고 난 후에 찾아 온 공허는 서희에게 그만큼 큰 것이다. 일패도지 시킬 수 있는 철저한 복수를 꿈꾸었고, 또 그러한 환경이 만들어 졌는데도 불구하고 서희는 조준구에게 5천 원이라는 거금을 던져 준다. 이 돈은 조준구가 5천 원에 내 논 최참판댁의 집을 서희가 사들이며 준 돈이다. 당당히

돌려받아야 할 집을 5천 원이란 결코 적지 않은 돈을 주면서 산 셈이다. 이는 여러 가지 복합적인 이유가 있겠지만, 서희의 한이 허무의식[21]으로 승화되었기 때문이다. 복수를 위해 유지해 왔던 팽팽한 삶의 긴장이 한 순간에 이완되면서 찾아 온 마음이다.

프론티어 정신 속에는 '서부개척사'라는 미명하에 자행되었던 대 인디언들에 대한 잔인성과 폭력성이 내재되어 있다. 이민족의 삶을 총으로 짓밟은 가해의 역사가 자랑스러운 개척의 역사와 더불어 동전의 양면처럼 음영(陰影)되어 있다. 실패와 좌절을 용납하지 않는 맹목적 전진성은 철학과 존재의 내재적 가치에 취약한 반 윤리성을 동반한다. 그러나 초기 이민자들이 광활한 사막을 개척하여 문명의 토대를 닦았던 프론티어 정신은 오늘날의 미국을 있게 한 원동력임에 틀림없다. 미첼의 『바람과 함께 사라지다』에서도 스칼렛이 보인 강인한 삶의 의지는 프론티어 정신 그 자체이다. 연적인 멜라니와 그의 아기까지 데리고 애틀랜타에서 고향인 타라까지 온갖 고난을 극복하면서 가는 장면은 스칼렛의 강인성을 단적으로 보여 주는 일이지만, 그의 내재적인 강인성이 본격적으로 드러나는 것은 타라 농장을 복구하면서 부터이다.

그녀가 이제 어린아이처럼 시중을 받는 일은, 오늘 밤이 마지막일 것이다. 청준은 이제 가버린 것이다.

그녀는 이제 한 사람의 성숙한 여자가 된 것이다. …(중략)… 그녀는 언제 까지나 타라에 머무르면서 타라를 지켜야 한다. 그리고 어떻게 하든지 아버지 와 동생들, 멜라니와 애슐리의 아들, 검둥이들을 먹여 살려야 한다.

내일, 오, 내일! 내일이야말로 나는 목에 멍에를 달고서도 일하리라. 내일

---

[21] 허무의식은 소극적인 패배주의 산물이 아니다. 생경하게 드러난 원시적 감정이 닳고 마모된 후에 다다를 수 있는 달관된 마음이다.

이야말로 할 일이 산더미처럼 많을 것이다. (『바람과 함께 사라지다』, 중-119)

스칼렛의 일생은 전쟁 전·후로 크게 나누어진다. 전쟁 전의 삶은 부유한 가정의 딸로서 귀애하게 자랐지만, 전쟁 후의 삶은 몰락한 집을 재건해야 하는 막중한 책임을 가진 삶으로 변모한다. 이것은 마치 『토지』의 서희가 할머니인 윤씨 부인의 병사와 조준구의 등장으로 최씨 가문이 몰락하게 되자, 가문의 부흥을 책임지게 되는 환경과 동일하다. 스칼렛은 소녀 시대와 결별을 하고 성숙한 어른의 세계로 진입하게 된다. 눈앞에 펼쳐진 현실을 직시하면서 철이 든 것이다. 그의 현실인식은 주변 사람과의 관계에서도 잘 드러난다.

> 그러나 현재의 그녀로서는 동생들을 사랑할 수가 없었다. 동생들은 단순히 그녀의 어깨에 지워진 비생산적인 무거운 짐일뿐이다. …(중략)… 친절하게 해준다는 것은 시간의 낭비에 불과하다. 만약 그녀가 동생들의 응석을 받아준다면, 동생들은 아마 언제까지나 침대에서 떠나려 하지 않을 것이다. …(중략)…
> "하지만 언니, 난 장작 같은 건 못 패! 손이 거칠어지잖아!"
> 캐린의 순진한 어린애 같은 얼굴은 놀라서 멍해 있었다.
> "내 손을 봐라."
> 못이 잔뜩 박힌 딱딱하고 두꺼운 손바닥을 내보이면서 무서운 미소와 함께 스칼렛은 말했다.
> "캐린이나 나한테 그런 얘기를 하다니, 언니는 지독한 심술쟁이야!"
> (『바람과 함께 사라지다』, 중-138~139)

동생들의 나약성을 경계하기 위하여 스칼렛이 마음을 굳게 다져 먹는 장면이다. 동생들을 사랑하는 마음이야 변하지 않는 마음이지만, 그러한 사랑이 동생들을 나약하게 만들 수 있기 때문이다. 이 같은 염려는 캐린과 술렌이 장작을 패지 못하겠다고 스칼렛에게 대거리 하는 장면에서 현실로 나타난다. 스칼렛의 프론티어 정신이 극명하고 인상 깊게 드러나는 것은 소설의 마지막 장면에서 이다.

> 모두 내일 타라에서 생각하기로 하자. 그러면 감당할 수 있을 거야. 내일 그를 되찾는 방법을 생각하기로 하자. 내일은 또 내일의 새로운 태양이 떠오르니까. (『바람과 함께 사라지다』, 하-521)

레트의 구애를 뿌리치고 난 후 후회하는 장면이지만, 스칼렛의 프론티어 정신을 상징적으로 보여 주는 대목이다. 이런 스칼렛의 프론티어 정신은 타라를 생각함으로써, 희망의 불씨를 당길 수 있게 한다. 그만큼 스칼렛에게 타라는 그의 모든 존재의 이유가 된다.

> 타라를 생각하면, 다정하고 시원한 손이 마음을 고이 어루만져지는 것 같았다. …(중략)… 붉은 대지의 생생한 빛, 높고 낮은 언덕에 난 소나무의 어두운 아름다움이 눈에 떠오르는 것 같았다. …(중략)… 그런 경치를 생각하면 희미하나마 위로가 되고 힘이 생겼다. (『바람과 함께 사라지다』, 하-521)

5. 애증으로 점철된 양가적 대상

두 소설의 주인공이 난경(難境)에 빠지면서도 현실을 견인할 수 있었던 것은 '애증의 양가감정이란 동일한 대상'이 있었기 때문이다. 양가감정은 이들을 견인하는 지향성이며 그 대상이 '가문'이다.

박경리가 『토지』에서 이야기 하고자 했던 것은 최씨 가문의 여인들의 영욕을 통해 가문[22]의 지고한 가치를 성찰하려 한 것이다. 『토지』는 외면적으로 윤씨 부인과 서희의 2대에 걸친 영욕을 다루고 있지만, 그 사이에 서희 엄마인 별당 아씨의 비극도 소설전개에 있어 중요한 인과관계로 작용하고 있기 때문에 최참판댁 여인들의 3대에 걸친 이야기라고 할 수 있다. 그러나 소설의 전개방식은 가문을 수호해야 하는 적자가 사라진 현실에서 가문의 부흥이 오로지 윤씨 부인과 서희에 있음을 전경화시킨다. 그러나 할머니인 윤씨 부인이 가문에 대하여 갖는 소명의식에 비하여 서희의 가문에 대한 인식은 상대적으로 약하며 애증이 점철된 양가감정[23]으로 나타난다.

> 서희는 생각했다. 최참판댁 가문의 말로는 세 사람의 여자로 인하여 난도질을 당한 것이라고. 윤씨는 불의의 자식을 낳았고, 별당아씨는 시동생과 간통하여 달아났으며 서희 자신은 하인과 혼인하여 두 아들을 낳았다. (『토지』, 7-270)

외면적으로 최참판댁의 가문의 존속은 사실상 끈긴 셈이다. 장자인 최치수가 살해된 것이 결정적인 이유가 되겠지만, 근본적으로는 최치수가 더 이상 생산할 수 없는 몸이기 때문이다. 따라서 서희가 가문을 부흥시키기 위하여 노력하는 행위도 전통적인 관점으로 보면 이미 그 정당성을 인정받지 못하는 행위이다. 적어도 동양적 전통에서 가문의 가치평가는 사람들로부터 혈통에 대한 순수성을 인정받을 때만이 그 위엄을 지킬 수

---

22 유교 사회에서 가문은 전통 수호의 혈통적 정점이자 확대된 민족으로 볼 수 있다. 따라서 일제 치하의 환경에서 가문의 수호는 곧 민족의 수호로 연결이 된다.

23 양가성(ambivalence)이란 동일한 대상에 대한 관계에서 서로 상반되는 성향이나 태도나 감정-전형적으로 사랑과 증오-이 공존하는 것을 말한다. 장 라플랑슈·장 베르트랑 퐁탈리스 공저, 『정신분석 사전』, 임진수 역, (열린책들, 2006), 239쪽.

있는 것이기 때문이다. 따라서 서희가 가문을 부흥시키기 위해 전념하는 것은 조준구에 대한 복수심에 기인한 측면이 강하다. 그러나 그 복수가 외형상 가문의 형태를 갖춘 이름으로 행해져야만 제대로 된 복수가 되기 때문에 서희는 최씨 가문의 형태를 유지하기 위하여 노력한다. 서희가 위에서 가문의 말로라고 단정하면서도 두 아들의 성씨를 길상의 성인 김씨를 따르지 않고 자신의 성인 최씨를 따르게 한 것 등이 이를 증명한다. 이는 서희의 가문에 대한 생각이 복잡한 양가성을 띠고 있음을 보여 주는 것이다.

> 기운을 내! 서희야! 여기서 헛디디면 나락이다. 이제 내게는 최참판댁을 일으키고 원수들을 치는 목적만이 아니다. 내 아이들 내 귀여운 것들을 풍요한 토양에 심어야 하는 거야. (『토지』, 6-341)

서희의 가문에 대한 자긍심은 그 자체로 존재이유가 되지만, 그것은 단순한 복수 차원을 넘어 두 아들의 미래와 연결되기 때문에 보편성을 띤다. 그러나 간도에서 돌아 와 그렇게 오매불망하던 평사리로 가지 않고 진주에 터를 마련하는 것은 서희의 전적에 미루어 보면 이율배반적인 행동이다.

> 간도에서 조선으로 돌아 온 즉시 사당이 방치된 상태로 있을 평사리 그 집을 찾아 갔어야 했다. 형식적으로 조준구의 소유가 되어 있어도 서희의 귀가를 막을 사람은 아무도 없을 것이며 당당하게 돌아 갈 수 있는 그 자신의 집이었다. …(중략)… 그러나 예상을 뒤엎고 최서희는 평사리에 나타나지 않았다. 단 한 번도 나타나질 않았다. (『토지』, 7-269~270)

이 같이 서희가 평사리의 집에 대하여 이율배반적인 모습을 보이고 있는 것은 최참판댁의 복잡한 가족사에서 기인한다. 배다른 숙부와 불륜을 저지르고 달아 난 생모, 냉정한 아버지, 그리고 부모의 애정이 결핍된 자신에게 깊은 애정을 주었던 할머니 윤씨 부인의 충격적인 비밀 등이 평사리의 집을 기피하고픈 방어기제로 작용한 탓이다. 평사리의 본가는 유년 시절의 기억하고 싶지 않은 일들이 고스란히 간직된 공간이기 때문이다. 스칼렛도 가문과 타라에 대하여 양가적인 모습을 보인다.

> "난 정말로 모든 일에 지쳐버렸어요. 피로가 뼛속까지 스며 들어서 이젠 더 이상 견뎌낼 엄두가 나지 않아요. 나는 먹을것을 얻기 위해서, 돈을 벌기 위해서 죽어라 하고 일을 했고, 풀을 뽑고, 괭이질을 했고, 목화를 따기도 했어요. 더 이상 견딜 수 없을 때까지 기를 쓰고 일했어요. 애슐리, 남부는 이미 죽어버렸어요. …(중략)… 애슐리 달아나요!" (『바람과 함께 사라지다』, 중 -277)

세금 때문에 타라의 저택과 농장을 더 이상 지탱을 할 수 없는 절박한 상황에서 스칼렛이 연인인 애슐리에게 함께 떠나자고 말하는 장면이다. 타라 농장을 복구해야 한다는 책임감은 그에게 엄청난 중압감을 안겨 주었고, 그것이 결과적으로 스칼렛을 강인하게 만든 요인이었다. 그러나 과다한 세금 납부는 아직까지 자생력을 갖추지 못한 타라 농장의 생산물로는 감당하기 어려운 문제이다. 스칼렛은 사면초가에 놓임으로써, 자포자기한 심정으로 애슐리에게 함께 타라를 떠날 것을 종용한다. 그러나 스칼렛은 다시금 마음을 바꾸어 먹는다.

> "내게는 아직 이것이 있어. 그렇다, 내게는 아직 이것이 있다!"
> 그 밖에는 아무것도 없다. 이 붉은 땅이 있을 뿐이다. 바로 몇 분 전, 떨어진 손수건처럼 아낌없이 버리려고 했던 이 땅이 있을 뿐이다. …(중략)… 만약

이 땅을 버리고 갔다면, 그녀는 죽는 날까지 이러한 것들을 애타게 그리워했을 것이다. 타라를 잃어버리고 난 그녀의 허전한 마음은 비록 애슐리라 할지라도 메우지 못할 것이다. (『바람과 함께 사라지다』, 중-285~286)

스칼렛의 애슐리에 대한 사랑은 길고도 질긴 것이다. 그녀의 모든 부분이, 그녀가 행하고 노력하고 성취한 거의 모든 것이 애슐리에 대한 사랑 때문에 가능했던 것이다. 그녀의 삶의 중심에 애슐리가 있었고 많은 어려움을 헤쳐 나올 수 있었던 것도 그에 대한 사랑이 그녀를 지탱해 주었기 때문이다.[24] 그러나 이런 애슐리라 할지도 "타라를 잃은 스칼렛의 마음을 채워주지 못할 것"이란 스칼렛의 말은 타라가 스칼렛에게 의미하는 것이 무엇인지 단적으로 보여준다.

이렇게 한 대상에 대한 사랑은 그것 자체만으로 채워지지 않는다. 미움이 첨가될 때 한층 견고한 깊이를 더한다. 서희와 스칼렛의 양가감정은 가문과 더불어 길상과 애슐리에게도 투영된다. 이들에 대한 양가감정은 강한 질투가 동반된다. 서희의 질투는 봉순과 옥이네로, 스칼렛의 질투는 멜라니에게로 향하지만 종국적으론 이들에게도 따뜻한 시선을 고정한다.

6. 결론

지금까지 본고는 박경리의 『토지』와 마가렛 미첼의 『바람과 함께 사라지다』를 고찰했다. 두 소설의 주인공인 서희와 스칼렛의 삶이 '땅의 가

---

24 이영옥, 「남북 전쟁과 미국사회의 변화」, 『인문과학』 21(성균관대 인문과학연구소, 1991), 78쪽.

치와 소망'에 의해서 입체성을 띤다는 것에 주목했다.

두 소설은 공통점이 많다. 우선 한국과 미국을 대표하는 장편 대하소설로서, 각기 두 나라의 국민성과 역사성을 상징하는 소설이라는 점이다. 또 여러 번에 걸쳐 영화와 드라마로 제작되어 상업적으로 성공을 거둔 작품이라는 것이다. 그러나 중요한 것은 이들이 여성과 현실이라는 신분적 시대적 제약조건에도 불구하고 소설 속에서 일관되게 흐름을 이끌고 있다는 것이다.

본고에서는 두 소설의 논의의 전개를 시대적 상황과 비교해 보았으며, '땅과 토지의 모성과 욕망', '한의 정서와 프론티어 정신', '애증으로 점철된 양가적 대상'으로 나누어 고찰했다.

『토지』에서 시대적 상황은 '일제강점기'를, 『바람과 함께 사라지다』에서는 '남북전쟁'의 결과가 가져 온 피폐한 고향(평사리·타라)을 배경으로 한다. 그러나 이들은 소설 속에서 정치적인 이념보다는 그 이념에 희생당하는 개별주체들의 삶의 생명력에 주목을 한다. 이는 개별주체들의 자율과 건강성에 대한 믿음에 기초한다.

'땅과 토지의 모성과 욕망'에서는 모성인 땅이 욕망의 속성을 갖는 토지로 변질되는 과정을 주목했다. 그러나 서희와 스칼렛은 모성을 회복하는 방편으로 욕망화된 땅, 즉 자본화된 토지의 속성을 활용하여 부를 축적한다.

'한의 정서와 프론티어 정신'에서는 서희의 내재된 한과 스칼렛의 프론티어의 정신을 고찰했다. 한은 단순한 원한의 감정과는 구분되는 순도 높은 내재화된 정서로서, 서희의 조준구에 대한 복수의 마음이 탈각된 정서이다. 프론티어는 미국의 서부개척사를 상징하는 진취적인 정신으로 스칼렛이 폐허가 된 타라 농장을 복구하는 데 바탕이 된 정신이지만, 내면화가 결여된 맹목적 전진성으로 서희의 한과 비교가 된다.

'애증으로 점철된 양가적 대상'에서는 가문에 대한 미움과 사랑을 고찰했다. 이들의 삶에서 가문의 부흥은 전 삶을 지배하는 존재이유가 된다. 그러나 가문은 애증이 교차된 양가적 대상으로 나타난다. 가문의 부흥과 복원이 필생의 목표임에도 불구하고 이들이 성취한 가문의 영화는 자기 부정을 통해서 얻어진 결과이다. 이들의 양가감정은 길상과 애슐리에게도 투영되며 강한 질투심을 동반한다. 그 대상이 봉순과 옥이네, 그리고 멜라니이지만 결국 서희와 스칼렛은 이들을 포용한다.

하나의 소설작품이 장편 대하소설로서 명명 받으려면 허구 이전에 역사적 사실에 대한 객관적이며, 종합적인 작가의 역사인식이 선행되어야 한다. 이런 점에서 두 소설은 각 민족의 과도기를 살다 간 사람들의 고난의 역사를 서희와 스칼렛이란 인물을 통해 구체적으로 섬세하게 형상화했다.

참고문헌

1. 기본자료

박경리, 『토지』 전 16권, 솔, 1994.
마가렛 미첼, 『바람과 함께 사라지다』 전 3권, 장왕록·장영희 옮김, 교원문고, 1992.

2. 단행본 및 논문

박경리, 「고혈압·당뇨 투병 중인 박경리 선생 오랜만에 모습 드러내다」, 『중앙일보』, 2007. 6. 11, 23쪽.
_____, 「생명을 존중하는 문학」, 「나의 문학 이야기」, 문학동네, 2001.
_____, 『Q씨에게』, 솔, 1993.
박명규, 「땅의 사회사」, 『땅과 한국인의 삶』, 나남출판사, 1999.

송호근, 「삶에의 연민, 한의 미학」, 『작가세계』 박경리 특집 가을호, 세계사, 1994.

안남연, 「『토지』의 서희 그리고 『바람과 함께 사라지다』의 스칼렛 오하라」, 『한국문예비평연구』, 한국현대문예비평학회, 2006.

이영옥, 「남북 전쟁과 미국사회의 변화」, 『인문과학』 21, 성균관대 인문과학연구소, 1991.

이창신, 「남북전쟁의 여성사적 접근」, 『미국사 연구』, 한국 미국사학회, 1998.

정연선, 「마크 투웨인과 남북전쟁」, 『마크투웨인 리뷰』, 한국 마크투웨인학회, 1991.

장 라플랑슈·장 베르트랑 퐁탈리스 공저, 임진수 역, 『정신분석 사전』, 열린책들, 2006.

조윤아, 「1970년대 박경리 소설에 나타난 아버지에 관한 연구」, 『현대소설연구』, 한국현대소설학회, 2007.

천이두, 『한의 구조 연구』, 문학과지성사, 1993.

조정래의 대하소설 『아리랑』에 나타난
한민족 디아스포라 연구
-미국 이주 韓人 디아스포라를 중심으로-

1. 서론

  조정래의 소설 『아리랑』은 그의 소위 '3대 대하소설'로 불리는 작품 중, 전근대와 근대의 한민족 과도기의 역사를 입체적으로 다루고 있다. 『아리랑』은 조정래 소설의 백미인 『태백산맥』과 『한강』으로 이어지는 한민족 수난과 영욕의 역사의 시발점에 서 있는 소설이다. 『태백산맥』의 이념과 분단, 『한강』의 개발독재와 근대화가 민족 내부의 모순이 나름대로 '자가발전'하는 과정에서 빚어진 역사적 맥락을 담고 있는 데 비해, 『아리랑』은 한민족이 전적으로 타자의 입장에서 겪었던 수난과 오욕의 역사를 대변한다.

  독자에게 민족 간의 상호성이 훼손된 현실은 억압의 주체에 대한 윤리적 분노와 울분을 담지하고 스스로는 민족 정체성에 눈을 뜨는 계기가 된다. 『아리랑』의 내용 속에는 이 같이 한민족의 혹독한 자기 시련의 역사와 치부가 고스란히 드러나 있기 때문에 민족의식을 깊게 내면화 할 수 있는 소설이다. 자민족의 오욕과 수치의 역사를 동통(疼痛)하며, 동시에 이를 극복하려는 민중의 줄기찬 투쟁을 경이의 눈으로 바라보게 된다.

『아리랑』은 한국 현대 대하소설 중에서 한민족 공동체의 붕괴와 이산이 집합적으로 응축된 디아스포라의 역사를 잘 보여 주는 소설이다. 디아스포라의 의미는 원래 팔레스타인 땅을 떠나 세계 각지에 거주하는 이산 유대인과 그 공동체를 지칭하는 말로, 민족 분산 혹은 민족 이산이라 번역될 수 있다. 최근에는 한 민족 집단 성원들이 세계 여러 지역으로 흩어지는 과정뿐만 아니라 다른 민족의 국제이주, 망명, 난민, 이주노동자, 민족공동체, 문화적 차이, 정체성 등을 아우르는 포괄적인 개념으로 사용되고 있다.[1] 최인범은 디아스포라의 공통적인 속성으로 1) 한 기원지에서 많은 사람들이 두 개 이상의 외국으로 분산한 것, 2) 정치적, 경제적, 기타 압박 요인에 의하여 비자발적이고 강제적으로 모국을 떠난 것, 3) 고유한 민족 문화와 정체성을 유지하고자 노력하는 것, 4) 다른 나라에 살고 있는 동족에 대해 애착과 연대감을 갖고 노력하는 것, 5) 모국과의 유대를 지키려고 노력하는 것 등을 제시했다.[2]

조정래의 『아리랑』에서 전경화되고 있는 한민족 디아스포라는 최인범이 위에서 열거한 디아스포라의 공통된 속성들이 총망라된 이산이라고 할 수 있다. 타의에 의한 폭력적 이산이었기 때문에 이후 이질적 환경에서 보이는 한민족 디아스포라인들의 삶에 대한 반응의 형태는 현실에서는 생존에 대한 집착과 신념으로, 이념적으로는 고향과 모국에 대한 일체의 지향성으로 명징하게 일관한 형태로 나타난다.

작가 조정래에게 한민족 디아스포라는 그의 3대 대하소설의 중심 주제라고 할 수 있으며, '뿌리뽑힌자'들의 삶의 현장을 공통적으로 다루고

---

1 윤인진, 「코리언 디아스포라: 재외한인의 이주, 적응, 정체성」, 『한국사회학』 제37집, (한국사회학회, 2003), 101쪽.

2 윤인진, 『코리안 디아스포라』, (고려대학교출판부, 2003), 4~5쪽. 송명희, 「강경애 문학의 간도와 디아스포라」, 『한국문학이론과 비평』 제38집, (한국문학이론과 비평학회, 2008), 9쪽 재인용.

있다. 『태백산맥』에서는 한민족 디아스포라의 삶이 주요 배경으로 등장하지는 않지만, 소위 좌익의 실천적 이념을 대중화 하는 데 핵심적 역할을 했던 지도(이념 제공자)적 인물들이 그들의 이념적 체계성을 구체화한 공간이 주로 디아스포라의 이질적 환경이었다. 『한강』에서도 집권층의 개발독제를 가속화환 첨병으로 등장하는 것이 파독(派獨) 광부와 간호사들이다. 이처럼 조정래의 3대 대하소설에서는 한민족 수난의 디아스포라의 삶이 역사적 사실을 바탕으로 실감있게 그려진다.

본고가 조정래의 『아리랑』에서 상대적으로 전경화시킨 디아스포라는 '미국 이주 한인들의 삶'이지만, 디아스포라의 개념과 범위를 단순히 미국을 포함한 국외로만 한정시키지 않았다. 전근대인들이 일생동안 움직였던 삶의 궤적은 지역공동체의 범위를 벗어나지 않는 협소한 공간이었다. 그러나 전근대와 근대의 과도기의 삶의 환경은 정착적 삶이 전부였던 이들에게 타율적인 이산을 강요했고, 이들은 세계의 중심이었던 고향을 떠나 이산의 환경에 처하게 된다. 제한된 공간이 세상의 전부라고 생각했던 전근대인들에게 타율에 의한 이향의 현실은 국외의 디아스포라가 느끼는 이산의 아픔과 다르지 않다.

또한 본고가 국외의 디아스포라 중에서 특별히 미국 이주 한인 디아스포라를 전경화시킨 것은 이들의 삶이 간도와 만주 또는 중앙아시아 한인의 디아스포라보다 역사적 의의가 있기 때문이 아니다. 디아스포라가 부처된 환경은 시공간을 불문하고 죽음의 땅으로써, 생존하는 것 자체가 역사의 증언이 되는 위대한 삶의 기록으로 선후경중으로 볼 문제가 아닌 까닭이다. 따라서 본고가 초점을 둔 것은 한반도와 물리적 거리의 원근(遠近)이 한민족 디아스포라인들에게 심리적으로 당대 이산의 살풍경한 현실을 가중시키는 측면이 적지 않았다는 데 주목했다. 이는 탈아시아의 희소가치에서 오는 디아스포라의 현대적 의의[3]와도 밀접한 관련성을 가진다. 또 이들이 도착하여 정착한 공간이 역설적으로 오늘날 확장된 디

아스포라의 정서적 문화적 민족영토의 개념과 가깝다고 생각했기 때문
이다.

그동안 한국현대소설에서 형상화된 한민족 디아스포라는 그 공간이
아시아를 벗어나지 못했다. 따라서 소설 속에서 미국 이주 한인들의 디
아스포라의 삶을 조명하는 것은 한민족 공동체의 삶의 범위가 세계화 보
편화된 연원을 확인해 보는 의미가 있다. 민족 간의 탈경계가 가속화되
고 있는 글로벌 시대에 이들이 걸어가 확장한 삶의 공간은 그 자체로
한민족 공동체의 삶의 기반과 울타리가 되며, 디아스포라의 현실적인 역
할과 효과라고 할 수 있는 일명 '상상적 영토'로서의 의미를 가진다.

2. 디아스포라의 각성된 현실인식

조정래는 『아리랑』에서 최초의 미국 이주 한인들의 이야기를 전편에
걸쳐 중심 내용으로 서술했다. 그동안 미국 이주 한인의 역사는 미주지
역 한인 소설가4들에 의해 지속적으로 형상화되었으며, 일제의 만행을

---

3 강찬모, 「박경리의 소설 토지에 나타난 간도의 이주와 디아스포라의 현대적 의의 연
구」, 『어문연구』 59(어문연구학회, 2009).
4 정종진은 「한국현대문학사 기술을 위한 한국계 미국 작가들의 작품 연구」, 『어문연구』
55집(어문연구학회, 2007), 12월호에서 미주 지역 한인 1세대 소설가의 작품으로는 대략
강용흘의 『초당』(1931), 『동양의 선비 서양에 가시다』(1937)와 김용익의 『꽃신』(1956), 김
은국의 『순교자』(1964)와 『심판자』(1968), 『잃어버린 이름』(1970) 등과 이민 1.5세대와
2.3세대의 작품으로는 차학경의 『딕테』(1982), 김난경의 『토담』, 마라렛 배의 『이민자의
꿈』 등 다수의 작품을 기술한 바 있다. 그는 또 "영어로 쓰인 작품이라고 영문학의 분야로
넘긴다면 재미동포 문학은 영영 어느 영역에도 속하지 못하는 미아 신세가 될 것"이라고
경고하며, "그 영역이 영문학이 되었든, 국문학이 되었든 한국문학의 자산으로 만들기 위하
여 한껏 끌어 올려야 한다"고 역설했다. 민주지역 한인 소설가들의 작품을 한국문학으로
흡수하는 일은 언어의 귀속주의를 떠나 중요한 문제이다. 그들에게 언어는 다만 민족정서
를 형상화 하는 데 필요한 수단에 지나지 않기 때문이다.

고발하고 고향과 민족의 정체성을 향수하거나 보편적 인류애의 진실을 알리는 데 초점을 두었다. 그러나 단편적으로 형상화 됐을 뿐, 분량과 전 개방식 등에서 본격적인 디아스포라의 삶을 중심 내용으로 조망하지 못 했다. 이산이라는 다층적인 구조적 모순과 장구한 민족의 생존적 실존을 사실적으로 그리지 못했다는 것이다. 『아리랑』에서 디아스포라의 전개 내용의 축은 크게 감골댁家의 삶의 궤적이 큰 부분을 차지한다. 감골댁 가의 이산은 일제 강점기 동안의 한민족 절대 다수의 이산을 대표한다. 감골댁 자신과 그의 둘째 아들인 방대근, 셋째 딸인 수국이의 만주로의 이주 그리고 큰 아들인 방영근의 미국으로의 이주가 그것이다.

그 중에서 본고가 주목한 것은 큰 아들인 방영근의 미국으로의 이주이 다. 만주와 간도 그리고 일본 등 아시아로의 이주는 이미 많은 연구자들 에 의해 상대적으로 관심을 받은 바 있다. 이런 이면에는 아시아로의 이 주가 미국과 서구 선진국으로의 이주보다 상대적으로 더 가혹했을 것이 란 편견이 자리한다. 이산하면 만주나 간도 등 중국과 러시아의 변방 등 만을 자동화하는 관습이 작용했다는 것이다. 그러나 미국 이주 한인들의 디아스포라의 의미는 상대적으로 정치적 아노미 상태가 일반화되어 무 장이 보편화 되었던 아시아의 상황과 대조를 보인다. 아시아에서 한민족 디아스포라들의 삶이 대일본 무장투쟁 등 실천적 독립운동을 전개하는 데는 오히려 수월한 측면이 있었다는 것이다. 미국 이주 한인들의 삶은 노동이란 특수한 목적 아래 강제적으로 이주한 사람들이기 때문에 더욱 가혹했다. 이들의 삶의 환경이 폐쇄적이고 집단 감시가 철저하며 전경화 된 특수한 신분이기 때문에 인간 존엄성의 훼손이 강하고 지속적으로 이 루어지게 된다. 이런 삶 속에서 '최초'라는 개척적 현실은 그들이 현지에 서 혈연과 지연 등 민족공동체와 연결된 동일한 문화적 정서체로부터 그 어떤 도움도 받을 수 없는 조건이었기 때문에 그들의 삶이 더욱 고단했 다는 것이다.

박경리의 『토지』의 디아스포라5가 회귀와 귀향의 의미가 강하다면, 조
정래의 『아리랑』의 미국 이주 한인의 디아스포라는 정착과 확산의 현대
적 의의가 강한 진화된 디아스포라라고 할 수 있다. 귀향을 전제로 떠난
이주지만 그들은 귀향하지 못하고 그곳에서 한 많은 생을 마감하거나 정
착하여 제2의 삶을 일군다. 방영근 일행이 도착해서 일하게 된 곳은 하와
이의 사탕수수농장과 파인애플 농장이다. 24시간 철저한 감시 하에 노예
보다 못한 짐승 같은 생활 속에서 그들은 향수병에 시달리며 고된 노역
과 사투를 벌인다. 이런 생활 속에서도 방영근 일행은 단합된 힘이 얼마
나 중요한 것인가를 자각하면서 엄혹한 현실을 꿋꿋이 견인한다.

  "장례는 자기네들이 다 알아서 한다고 당신네들은 간섭 말고 돌아가라는
  거요."
  "생사람 죽인 놈덜이 무슨 잡소리여. 우리넌 죽어도 그리 못혀!"
  남용성이 벌떡 일어나며 외쳤다.
  "맞어, 죽어도 그리 못혀!"
  방영근이 외치며 땅을 박차고 일어났다. 그 뒤를 따라 사람들이 와아 함성
을 지르며 몸들을 일으켰다. 루나들은 반사적으로 권총을 빼들었다. 다시 분위
기가 험악해졌다. 통역을 하던 남자가 이쪽저쪽을 두리번거리며 안절부절 못
하고 있었다. …(중략)… 다음날이 토요일이니 일을 쉬고, 장례는 일요일에 치
른다. 다른 모든 것은 원하는 대로 들어 준다.

---

  5 박경리의 『토지』의 디아스포라는 전체적으로 '평사리 사람들'이란 특정한 공간의 인물
들을 통해 민족이 처한 망국의 현실을 치환한다. 따라서 '실지'의 '회복'이라는 것에 초점을
맞추기 때문에 회귀와 귀향의 귀소성에 무게를 두고 있다. 그러나 한편으로는 홍이를 대표
로 하는 평사리 사람들의 후손들이 귀향하지 않고 현지에 남거나 다시 간도로 돌아가면서
디아스포라가 단순히 물리적인 귀소만을 의미하는 것이 아니라 보다 확장된 민족공동체의
삶의 범위가 될 수 있음을 보여 준다. 디아스포라의 현대적 의의도 아울러 제시하고 있음
을 볼 수 있다.

농장주인의 결정 통보였다. 그들은 그것을 받아들이기로 했다. …(중략)… 그러나 그들은 농장주인에게 털끝만큼도 고마워하지 않았다. 그와는 반대로 자신들의 단합된 힘이 얼마나 센 것인가를 그들은 비로소 깨닫고 있었다. (『아리랑』, 1-334~335)

위의 인용문은 일행 중 한명인 주만상이 죽자 방영근 일행이 농장주와 벌인 담판의 장면이다. 이들이 농장주와 주만상의 장례에 대하여 이견이 불거진 이유는 주만상의 장례식을 '조선식'으로 하기로 결정을 했기 때문이다. 이들이 고집한 조선식 장례의 형식은 장례비 일체의 농장주 부담과 아울러 3일장과 빈소의 형식 그리고 상여 만들기였다. 이 일을 계기로 대 농장주와의 일방적이며, 종적인 관계가 개선의 전기를 맞는다. 이 같은 관계 개선의 전기와 단합된 힘이 현실적으로 얼마나 큰 위력을 발휘하는가를 중심에서 도모한 사람이 방영근이다.

"주만상이넌 우리허고 함께 한배럴 타고 끌려와 한솥밥 묵음서 함께 고상헌 한식구요. 근디 아픔스롱도 일찍허니 병원에 못 가 결국 원통허게 타국땅서 죽어부렀소. 그려서 우리 막사에서넌 다 문상얼 가기로 혔소. 여그서도 우리허고 함께 갔으면 좋겠는디, 생각덜이 어쩌시오?" …(중략)… 사람들이 지체없이 찬동했다. 사람이 죽었다는 사실 앞에서 사람들은 상기되어 있는데다가 방영근의 〈한식구〉라는 말이 그들의 감정을 더 흔들었던 것이다. (『아리랑』, 1-331)

방영근의 '한식구'란 말이 이들의 심금을 울려 연대하는 구심점으로 작용한다. 이들이 미국행 배를 탔던 것은 대부분 가난과 빚 때문에 타의에 의해 강제된 선택이었지만, 개중에는 주만상처럼 한 밑천 잡을 요량으로 계산에 의해 선택한 자율적 미국행도 있었다. 따라서 동포라는 이유 하나만으로 일사불란한 연대감을 형성하기란 쉬운 일이 아니다. 환경에 대처하는 이해관계가 다르기 때문이다. 이런 면에서 방영근이 보인 리더의 자질은 소설 전개에 있어 중요한 역할을 하며, 이들은 향후 독립 자금을 모으는 것과 교육열에서 미국 이주 한인의 디아스포라의 전범을 실천적으로 제시한다. 특히 장인환·전명운 의사의 거사와 그들의 재판 비용 등을 모금하는 일을 통해 이들의 민족의식이 확대되어 간다.

> 평소보다 더 말이 없어진 방영근은 날마다 깊은 생각에 빠져 있었다.
> 장인환·전명운······장인환은 누구고, 전명운은 어떤 사람일까······그 사람들은 보통사람들하고 어떻게 다를까. 특별나게 몸집이 크고 기운이 센 사람일까. ···(중략)··· 그들은 나이가 스물네다섯이다. 그러면 나와 같은 나이들이다. 그들도 고향에는 부모형제들이 있을 것이다. 그런데도 목숨을 내걸고 나섰다. 나는······나는 그럴 수 있는가······내가 만약 샌프란시스코로 건너갈 수 있었다면 나는 그렇게 할 수 있었을까······그렇게 할 수 있었을까······ ···(중략)··· 방영근의 생각은 여기서 멈추고는 했다. 그리고 자신이 자꾸만 졸아드는 것을 느끼고 있었다. 솔직히 말해서 자신은 그런 마음을 먹지 못했을 것 같았던 것이다. 집으로 빨리 돌아가기 위해서 남보다 열성으로 하고 돈만 모으려고 했을 것이 분명했다. (『아리랑』, 1-109)

장인환·전명운 의사의 거사는 일개 평범한 범부였던 방영근의 삶을 성찰하며 입체성을 띠는 계기가 된다. 방영근의 삶은 이 일을 계기로 개인적이며 소아적인 삶에서, 민족을 위한 대승적 삶으로 변화하게 된다. 평면적 의식을 소유했던 방영근의 의식이 점차 개성화된 의식으로 자각되는 과정은 미국 이주 한인 디아스포라의 삶이 일정한 지향점으로 집합되는 상징적 의미를 갖는다.

방영근은 농장 안에서 모금운동에 앞장섰다. 그가 수중에 지니고 있던 돈에서 반은 잘라 내놓은 다음이었다.

방영근이 하는 것을 보고 남용석도 묵묵히 있는 돈 절반을 털어냈다. 그들은 서로 말없이 쳐다보다가 눈길을 돌렸다. 그들이 눈으로 주고받은 말은, 집에 돌아가는 것이 늦어지는 것쯤은 아무것도 아니라는 것이었다. (『아리랑』, 2-111~112)

장인환·전명훈 사건을 계기로 각성된 방영근의 민족의식이 구체적으로 실천되는 장면이다. 이들에게 돈은 단순히 생활의 편리를 위한 교환 가치로서의 수단 그 이상의 의미가 있다. 돈은 한이며 목숨이다. 미국으로의 이주와 가난 그리고 현재적 삶의 모순이 돈에 의해 파생되었기 때문에 방영근에게 돈은 살아야 할 이유며 존재의 근거가 된다. 이러한 돈을 선뜻 쾌척한다는 것은 미국 이주 한인 디아스포라의 성격이 구체적인 한민족공동체로 실천 확산됨을 의미한다. 이제부터 이들의 삶은 개인과 가족이라는 기존의 태생의 범위를 벗어나 민족과 독립이라는 역사적 대의가 삶의 중심에 자리하게 된다.

또 이들의 농장에서의 근면과 성실성은 이민족 노동자들과의 차별성을 보여 희소가치를 인정받는다. 이점은 매우 중요한 의미를 갖는다. 농장주의 조선인 노동자의 선호를 통해 그들과의 애초의 불평등한 관계가 개선되어, 독립운동이란 대의를 드러내 놓고 실천할 수 있는 이유로 작용하기 때문이다. 독립이란 대의는 고사하고 한국인이라는 존재감을 죄의식으로 강요하는 기존의 현실에서 경이적으로 진일보한 환경이라고 할 수 있다. 이제 미국 이주 한인 디아스포라에게 민족과 독립은 숨기고 부끄러워해야 될 그늘진 이름이 아니라, 드러내 놓고 불러도 좋은 자랑스러운 이름이 된 것이다. 그 대표적인 예가 노동 이외의 여가시간에 군사훈련을 해도 될 만큼 상호적 관계로 발전하는 것 등을 들 수 있다.

3. 동학과의 연관성

『아리랑』의 미국 이주 한인 디아스포라의 삶의 중심에는 '동학'이 직간접적으로 관계되어 있다. 이것은 매우 중요한 의미를 갖는다. 이산의 현실에서 사상이나 이념적인 요소들은 그들의 불모의 현재성을 견인하는 구심적 역할과 귀향에 대한 염원을 지향하게 한다. 소설 전개의 상징적 디아스포라의 의미를 갖는 감골댁가가 대표적이며, 공허와 손판석, 지삼출 등과 소설 속에서 일제의 탄압에 저항하는 불특정 다수의 인물들의 내면의식을 유인하는 신앙으로 내재화되어 있다.

감골댁가의 이산과 방영근의 미국 이주는 그의 아버지가 동학당 출신으로 갑오농민전쟁에 참여하여 얻은 병을 치료하기 위해 진 빚이 원인이 된다. 방영근의 미국 이주는 아버지 병수발을 위해 빌린 돈을 갚을 수 없어 선택한 이주라는 것이다. 방영근의 현실인식은 그의 아버지와, 어머니인 감골댁의 현실인식의 영향을 받고 성장했다. 동생인 방대근과 수국이의 입체적인 삶 또한 이러한 감골댁가의 환경에서 비롯된 반골적 기질이라고 할 수 있다.

새애야아 새애야아아 파아라앙새애야아
노옥두우우밭에에 아안지이마라아아
노옥두우고옻치이이 떠러어어지며언언
청포오오자앙수우우 우울고오오 가안다아아

녹두장군이 사형을 당하자 여인네들의 입에서 입으로 전해지며 남몰래 불리어지고 있는 노래였다. 그건 전봉준 장군에 대한 애도가이면서, 돌아오지 않는 남편들에 대한 망부가였고, 이기지 못한 싸움에 대한 비원가였다.

감골댁은 그 노래를 끝없이 되풀이하며 앞서 가버린 남편을 만나고 있었고,

언제 돌아올지 모를 아들 걱정을 삭이고 있었다. (『아리랑』, 1-25)

감골댁에게 동학은 남편과 자식을 의미한다. 가족의 현재성에 원인이며, 앞으로도 감골댁의 삶은 동학과의 문제적 관계와 무관할 수 없는 삶을 살게 된다. 사회 역사적으로 규정된 '아낙'이라는 이름은 타성에 안주하기 쉬운 환경이지만, 감골댁은 이를 극복하고 적극적인 삶을 개척해 나간다. 자신의 남편이 죽음이 소위 '값싼 죽음'이 아니라는 것을 인지할 정도로 평범한 아낙이 아니다. 같은 처지의 동네 아낙들의 처지를 위로하고 용기를 주는 것 또한 그의 몫이었다. 만주로의 이주가 이를 증명한다. 이러한 환경 속에서 성장한 방영근과 방대근 그리고 수국이가 간도와 만주, 미국에서 자각해 가는 현실인식은 점체 구체화되는 것으로 나타난다.

솔가지나무를 한짐 해가지고 돌아왔는데 집이 불타고 있었다. 울며불며 어머니를 찾았지만 아무데도 없었다. 두 동생도 보이지 않았다. 불이 다 꺼지고 나서야 아버지와 어머니 그리고 두 동생이 집과 함께 타죽었다는 것을 알았다. 아니, 왜병들의 칼에 찔려 죽은 다음 집과 함께 불태워진 것이다. 마을 사람들은 뼈들을 추려내 묘를 쓰게 하고는 서둘러 등을 떼밀었다. 어서 마을을 떠나라는 것이었다. 네가 살아 있는 것을 알면 왜놈들이 또 죽일 거라고 했다. 동학군으로 나갔던 아버지가 몸을 다쳐 돌아와 집 뒤 토굴 속에서 숨어 있었던 것을 까맣게 몰랐던 것이다. 마을을 떠날 수밖에 없었다. 그때 나이 여덟 살이었다. 정신을 차려보니 옆에 중이 하나 앉아 있었다. 중이 말없이 내민 것은 주먹밥 한 덩이였다. 정신없이 주먹밥을 먹고 나자 중이 말했다. 갈 데가 없으면 함께 가자고, 그저 고개를 끄덕였다. (『아리랑』, 3-132)

『아리랑』에서 공허의 분노와 울분이 표출되는 장면에서는 어김없이 아버지의 동학 가담으로 인해 일제에 의해 자행된 불타고 있는 자신의 집과 가족의 죽음이 선명하게 환시된다. 이 장면은 공허의 신분과 자연스럽게 연결되어 불교의 '화택(火宅)'을 연상케 한다. 『아리랑』에서 공허는 송수익과 더불어 역동적이며 입체적인 삶을 사는 중심인물이다. 송수익이 인간적인 욕망을 탈각한 성스러운 인물로 그려지는데 반해, 공허는 스님의 신분이면서도 가장 세속적인 인물이라고 할 수 있다. 공허에게 '스님'이란 신분은 현실적으로 졸지에 천애고아가 된 아이가 목숨을 구해 준 보은의 차원에서 선택할 수밖에 없는 필연적인 길이었다. 그러나 스님이란 구도적 이미지는 실질적으로 공허가 비명에 횡사한 가족의 원한을 원수치부(怨讐置簿)하는 데 유용한 외피로 작용한다. 결국 공허에게 '스님'이란 직업은 아버지와 가족의 원수를 갚기 위한 동학의 또 다른 이름이라고 할 수 있다.

송수익이 부상을 당하고 산에 은거했을 때, 그를 숨겨주고 간호한 화전민인 손씨도 동학당 출신이다. 그의 딸인 필녀가 송수익을 흠모하면서 수국이와 함께 여전사로서 변모하는 것은 가족사의 이면에 동학의 실천적 이념이 동력으로 자리하고 있다는 것을 반증하는 일이다. 외면적으로 실패한 동학의 한은 민중들의 가슴에 깊게 내재화되어 긴 암중모색의 시기로 접어든다. 오히려 이 시기에는 융성하던 시기에 기하지 못한 내실이 성공하지 못한 미완의 혁명이 갖는 긴절한 비원으로 튼실하게 저변을 확장한다.

그러나 한 가지 유의해야 할 것은 당대의 민중들의 삶의 환경을 고려하지 않고 디아스포라의 공간을 단순히 '국외'로 일반화시켜서는 안 된다는 것이다. 이런 의미에서 지삼출이 느낀 공간의식은 시사하는 바가 크다. 공간적 이동이 일생 동안 도식적으로 제한된 전근대인의 삶은 반도 내의 동일한 공간적 이동도 심리적 물리적 낯섦과 충격으로 경험되어 국외의 디아스포라가 느끼는 이산의 현실감과 다르지 않다는 것이다. 지삼출은 반도내의 디아스포라의 체험을 통해 신념을 공유할 수 있는 동학당 출신인 강기호를 만난다.

> "맞소, 우에 것들이 정신 못 채리고 왜놈들허고 똥창 맞대고 돌아가이 이 나라 꼴이 될 택이 었겠능교."
>
> 그 느닷없는 말에 지삼출은 고개를 후딱 돌렸다. 그 야무진 말에서 무언가 짚이는 것이 있었던 것이다.
>
> 지삼출과 강기호의 눈길이 마주쳤다. 서로를 마주보고 있는 두 사람의 눈이 무슨 말인가를 나누고 있었다. 그들의 입가에는 실바람처럼 엷은 웃음이 내밀하게 번지고 있었다. …(중략)… 지삼출이 하늘을 눈짓한 것은 〈인내천〉을 믿느냐는 것이었고, 그건 곧 갑오년 출병을 뜻하는 것이었다. (『아리랑』, 1-48)

당대의 공간이동에 대한 고정관념을 탈피하여 디아스포라의 의미를 생각한다면, 수많은 한민족 디아스포라의 삶에서 동학은 그들 삶의 신앙으로 발화된다. 지삼출이 만난 강기호도 지삼출의 이러한 공간의식적 디아스포라를 통해 만난 인물이다. 지삼출은 소설의 도입부에 감골댁 모자와 함께 등장하며, 공허와 더불어 소설의 중심인물로 그려진다. 그가 방영근의 도미길에 감골댁과 속칭 '징게 맹갱 외에밋들'이라고 불리는 김제・만경 평야를 걷는 장면은 그와 감골댁가의 동학적 연대감을 공유하는 상징적 장면이라고 할 수 있다. 지삼출은 감골댁가와 행불행을 함께하며 동고동락한다.

4. 삶의 환기로서의 노래

조정래의 소설 『아리랑』에는 전권에 걸쳐 당대 민중의 노래가 많이 등장한다. 『아리랑』이란 소설 제목 자체가 한민족 정한의 노래란 의미를 내포하고 있기 때문에 소설의 내용에 있어서도 고난의 역사와 민중의 삶을 위무하며 환기하는 기능으로서의 역할을 담고 있다. 소설 『아리랑』은 노래로 풀어 쓴 한민족 디아스포라의 삶의 기록인 셈이다. 노래는 어떤 장르보다도 삶의 구체성과 현장성이 녹아 있는 장르로서, 당대 민중의 삶의 애환과 시대상이 잘 반영되어 있다. 전파성과 전염성이 응축되어 있어 공동체의 연대감을 강화하는 데 유효한 파급 역할을 한다. 더구나 그것이 이산의 환경이라면 공동체의 전통과 역사의식을 고취하는 데 적합한 수단이라고 할 수 있다. 또 디아스포라인들의 수평적이며, 횡적 현실인식을 공유하는 데도 유익한 장르라고 할 수 있다.

노래가 삶의 위무와 공동체의 연대감을 강화하여 자민족 혈통의 순수성과 문화를 보존하는 데 유효한 큰 역할을 한다는 것은 흑인 노예들이 참혹한 삶 속에서 빚어낸 흑인영가의 고귀성에서도 입증된 바 있다. 조정래의 소설 『아리랑』에 나타난 노래의 기능도 '아리랑'이란 한민족 정한의 노래가 의미하듯 한인 디아스포라가 자기 정체성을 보존하기 위해 영혼으로 불렀던 '한국적 영가'라고 할 수 있다. 소설 『아리랑』에서 노래는 「아리랑」이 다양한 형태로 중심적으로 가창되고 있지만, 그 외의 노래도 결국 「아리랑」의 변주곡인 셈이다. 따라서 본고는 한인 디아스포라들이 이산의 환경에서 불러 삶을 환기한 노래 일체를 「아리랑」의 범주로 포함하여 논의를 전개하겠다.

1) 시대상 반영

노래 속에는 현실을 고발하는 비판정신과 시대상이 문학 혹은 기타 예술에 비해 상대적으로 강하고 순발력 있게 담겨 있다. 이러한 강한 순발력과 전파성은 민중들과 횡적 연대를 강화하는 기능을 한다. 노래는 정사에 기록된 인공의 흔적에서 느낄 수 없는 적나라한 당대의 삶을 생생하게 실감할 수 있다.

① 부모형제, 상봉가세/철도공사, 지옥살이/누굴위해, 골빠지나/묻지마라, 뻔헌대답/왜 놈발에, 발통달기/어얼덜러, 어야데야 (『아리랑』, 1-52)

② 환생이야 환생이야 녹두장군 환생이야/여덟 장수 호랑이 장수 천군마마 몰아오네/좌로 치고 우로 치고 왜놈들 씨말리면/맺힌 한 풀어지고 설킨 한 삭아들지 (『아리랑』, 4-10)

③ 에미 죽어 우는 새야/니 갈 디가 어디드냐/애비 죽어 우는 새야 니 어디서 날얼 새냐 (『아리랑』, 4-160)

④ 떳다 비행기 보아라 안창남/장하다 안창남 조선의 건아/청년들아 본받자 저 높은 기상/장하다 안창남 조선의 건아 (『아리랑』, 7-205)

위의 ①~④의 노래는 당대 민중의 삶과 시대상 그리고 그들의 미래에 대한 소망이 잘 반영되어 있다. ①의 노래는 철도공사장에 강제 노역으로 끌려 나온 한인들이 부른 '목도소리'이다. 목도소리는 노동의 현장에서 노동자들이 노동력을 배가시키기 위해 부르는 구령과 같은 역할을 하며, 그들의 노동의 고통을 덜어 주는 역할도 한다. 가사 중에 지삼출의 심금을 울린 대목인 "왜놈 발에 발통달기"의 표현은 목도소리 중에 압권이다. 철도공사를 하는 일제의 흉중을 정확히 꿰뚫은 표현이기 때문이다. 이런 면에서 보면 노래란 기능이 단순히 인간의 현실적 조건에서 파생된 여기적 측면이나 생리적 조건의 호부(好否)를 감정적 정서적으로 드러내는 본능적 소산이 아니라, 그 내용 속에는 간접적 참요 기능을 수행하는 소망과 비전 등을 담고 있는 것이라고 할 수 있다. 강기호의 탁견은 오늘날 일부에서 주장하는 '식민지 근대화론'의 허구적 논리와 좋은 대조를 보여 준다.

지삼출은 "왜놈발에 발통달기"란 표현을 동학당 출신인 강기호가 했다는 말을 듣고 "구구절절 다 좋은디 그 중에서 왜놈발에 발통달기가 질로 가심얼 치요"라고 무릎을 친다. 소설에서 이 장면은 중요한 의미를 가진다. 현장에서 불리는 노래의 특성과 효과를 잘 보여주기 때문이다. 노래의 가사는 추상적인 현실인식을 직접적이며 구체적으로 표현해 준다. 막연하게 경험하는 현실이 구체적으로 인식되지 않을 때, 노래의 가사 속에 표현된 내용은 무딘 의식을 난타하는 힘으로 작용한다. 지삼출이 강기호가 창작한 부분에 감탄했던 이유도 이 때문이며, 이는 곧 현실인식을 공유하는 정서적 동질성으로 확대된다.

②는 직접 참요적 성격을 갖는 정치적 노래이며, 실패한 개벽에 대한 민중의 염원과 비원이 담긴 노래이다. 참요는 정치적인 상황에서 비롯되는 현실을 진단하고 앞일을 예언하거나 암시하는 역할을 한다. 민중들에게 일종의 집단적 주술적 최면효과를 일으켜 소망을 극대화하는 특징이 있다. 드러내 놓고 부를 수 없지만, 그만큼 은밀하게 저변으로 확산되어 잠자고 있는 민중의 의식을 일깨우는 역할을 한다.

③은 천애고아가 된 옥녀가 자신과 오빠인 차득보의 신세를 한탄하며 부르는 노래이다. 평범하고 단란했던 가정이 일제의 마수에 의해 풍비박산된 아픈 현실이 잘 나타나 있다. 『아리랑』에서 차득보 옥녀 남매는 예인적 인물6로 그려지는데 개인적 여기나 향락으로 일관하는 인물이 아니라, 노래로서 현실을 풍자하고 고발하는 역할을 하는 인물이다. 전통적으

---

6 강찬모, 「대하소설에 등장하는 여성의 인물 유형 연구」, 『현대소설연구』 제34호, (한국현대소설학회, 2007), 138쪽 참조.

로 광대가 갖는 사회적 비판과 고발의 현실인식을 소유한 인물이다. 노래가 개인 삶을 위무하는 넋두리로서 소아적 수단으로 기능하는 것이 아니라, 개인 삶을 초월하여 보다 확장된 현실인식을 실천하는 수단으로 활용된다는 것이다. 소설 속에는 위의 노래 외에 이들 남매의 다양한 노래가 등장하는데 모두 동일한 범주에 있는 노래들이다.

④는 한국 최초의 비행사인 안창남의 기개를 칭송하는 노래로서, 일제 강점하의 엄혹한 현실에서도 한국인의 의기를 드높인 안창남을 본받자는 내용이다. 엄혹한 현실에서 영웅의 출현은 억압받는 민중들에게 한 줄기 빛으로써, 그들의 소망과 꿈을 대신 실현하는 중개자로서의 기능을 한다. 고전소설에서 이인(異人)의 출현을 영웅적 관점에서 바라보는 태도와 동일하다고 할 수 있다.

노래 속에는 기타 예술장르에 비해 당대 민중의 삶의 애환이 농축되어 현재화된다. 기타 예술장르는 각 예술의 내적 특성과 형식을 갖추기 위한 객관의 시간을 확보하며, 이 시간을 통해 각 예술의 고유한 형식이 완성이 된다. 그러나 이렇게 완성된 인공의 형식 속엔 당대 민중의 가감 없는 삶의 구체성과 현장성을 실감 있게 담을 수 없다. 민중의 노래가 의의를 획득하는 것은 이러한 인공의 형식을 배제하고 현장의 구체성을 생생하게 담기 때문이다.

2) 한인 디아스포라의 아리랑

소설 『아리랑』에서 노래 「아리랑」7은 중심적으로 가창되며, 한민족 디

---

7 「아리랑」은 장르가 다양해서 연극뿐만 아니라 민요와 가극, 그리고 영화와 오페라 양식 등이 있다. 「아리랑」의 발생 분포와 발생 연대를 살펴보면, 구한말 「의병 아리랑」에서 발생하기 시작하여 일제 식민지시대에는 식민치하라는 시대적 환경에 의해 지역별로 나뉘어서 전국에 걸쳐 널리 분포하여 나타나기 시작한다. 그 결과 오늘에 이르러서 「아리랑」은

아스포라의 고단한 삶이 농축되어 나타나 있다. 특히 노래의 가사 중에서 '아리랑 고개'는 이미 한민족 디아스포라의 슬픈 비극적 현실을 상징적으로 의미하고 있다. 아리랑 고개를 넘는 것은 일제 식민지의 기득권층인 지주와 일본인에게 삶의 뿌리가 뽑혀서 고향을 떠나는 것을 의미한다. 이리랑 고개는 사랑하는 사람과의 이별 고개요, 원한 고개요, 설음 고개이다. 아리랑 고개는 우리 민족 모두의 가슴에 존재하고 있으며, 아리랑 고개는 삼천리강산 방방곡곡에 존재하는 민족의 상징적 존재인 것이다. 아리랑 고개란 단순한 고개가 아니라 고개를 중심으로 존재의 의미가 나뉘는 상징적 공간인 것이다.[8]

「아리랑」의 종류는 지역마다 다양하게 불리며 일정한 리듬과 형식을 바탕으로 내용이 상황과 환경에 따라 다르게 개사되는 특징을 갖는다. 후렴구가 반복적으로 재창되어 전경화하려는 상황을 지속적으로 극대화[9] 하는 것도 「아리랑」의 특징이다. 즉 각 부분은 어떤 사실을 전달하기보다는 그 부분의 정황을 확대하여, 전체 속에서의 일정한 독립성을 가짐으로써 그 부분의 '이면'을 그려낼 수 있게 된다고 할 수 있다.[10] 판소리와 타령 등 전통민예가 갖고 있는 한풀이 효과와 동일한 정서적 기능을 갖는다. 소설 『아리랑』에서 노래 「아리랑」은 한민족 디아스포라인의 정체성과 현실인식 그리고 고단한 현실을 위무하며 내일에 대한 희망을 견인하는 역할을 한다.

누구나 알고 있는 대중적인 문학예술 양식으로 우리 민족이면 누구나 그 가사를 부를 줄 알고 우리 민족 정서를 표상하는 대표적인 문학예술로 지칭되고 있다. 김동권, 『아리랑 연구와 일제시대 공연작품 연보』, (박이정, 2007), 77쪽.

8 김동권, 위의 책, 31쪽.

9 특히 판소리의 사설은 대구와 반복을 많이 사용하며, 어떤 것이든지 장면화하여 이를 극대화하는 방식으로 씌어진다. 최동현, 『판소리란 무언인가』, (에디터, 1994), 58쪽.

10 임명진, 「판소리 사설의 구술성과 전승 원리」, 『판소리와 국어국문학』, 채만묵 · 최창렬 선생 회갑기념 논총, (국어문학회, 1995), 38쪽.

① 아리아리랑 아리아리랑 아리랑이 났네 으으/아리랑 응 어어 응 아르랑이 났네/맘이사 변헐 건가 어찌 만낸 우리라고/세월이 수상허니 만낼 기약 그 언젠고/아리아리랑 아리 아리랑 아리랑이 났네 으으/아리랑 응 어어 응 아르랑이 났네/밤이 들면 낮이 오고 겨울 뒤에 봄이 오네/세월얼 걱정 말소 작별이면 상면이네/아리아리랑 아리아리랑 아리랑이 났네 으으/아리랑 응 어어 응 아르랑이 났네/세월아 네월아 가지럴 말어라/이내 몸 늙어지면 어찌 의병 헐거나/아리아리랑 아리아리랑 아리랑이 났네 으으/아리랑 응 어어 응 아르랑이 났네/작별도 서럽고 기약도 서러우네/서러움이 첩첩이니 통곡이 태산일세 (『아리랑』, 2-320~321)

② 만주로 가는 것이 좋아서 가나/전답얼 뺏겼응케 울면서 가세

"얼씨구 조오타, 자알헌다."

아리아리랑 쓰리쓰리랑 아라리가 났네/아아리랑 끙끙끙 아라리가 났네

"인자 여자덜이 받으소!"
한 사람이 춤을 벌렁거리며 외쳤다.

물 좋고 산 좋은 데 일본놈 살고/논 좋고 밭 좋은 데 신작로 난다.

"얼씨구나, 그 소리 한분 맵다."

눈물길 만주길 언제나 오려나/부자돼서 온다고 약조럴 허세

"그려, 그려, 서럽고 눈물난다."

아리아리랑 쓰리쓰리랑 아라리가 났네/아아리랑 끙끙끙 아라리가 났네
(『아리랑』, 5-314)

③아아리랑 아아리라앙 아아라리요오/아아리랑 고오개로오 너머어간다아
/밥은 털려서 신작로 되고요/집은 털려서 정거장 되네에 아아리랑 아아리라
랑 아아라리요오
이 대목에서 목소리가 합쳐졌다.

아아리랑 고오개로오 날 넘겨주소오.

"또 한자락이 있다아, 나가 부를란다."

문전옥탑 털려서 신작도 되고오/말깨나 허는 놈 감옥소 간다아/아아리랑
아아리라랑 아아라리요오/아아리랑 고오개로오 날 넘겨 주소오 (『아리랑』,
5-326)

④어으허으 어어허야 어얼럴러 어으히야/가네가네 나는 가네/육십이라 한
평생을/반도 못채우고 나는가네/어으허으 어어허야 어얼럴러 어으히야/엄니
엄니 우리엄니/불효자식 용서하소/미국땅 하와이가 이내 원수요/어으허으
어어허야 어얼럴러 어으히야/저승길이 멀고험해/고향서도 어둔밤길/타국땅
수만리서 어찌갈거나/아아이라랑 아아리라앙아아라아리요오/아아리라랑 고
오개애로 너머어가안다아 (『아리랑』, 1-336〜337)

⑤왜 왔던고 왜 왔던고 만주벌판에 왜 왔던고/낯설고 물설은 만리 타국에
만주땅에 어인 일로 왔던고/삼천리라 금수강산 왜놈 발에 짓밟혀서 조선 해
는 간곳없이 암흑천지 되었으니/뜻 굳은 남아로서 할 일이 그 무언고/빼앗긴

나라 되찾는 건 그것밖에 더 있는가/암흑천지에 불밝힐 일 그것밖에 더 있는 가/옳소이다 옳소이다/그 생각이 옳소이다/ …(중략)… /설한풍 몰아치는 허 허벌판 만주땅에/풍찬노숙 뼈깎으며 왜놈들과 싸우기 그 몇몇 해이던고/일년 이 십년 되고 십년이 이십년 되어/고향땅이 그리워라 처자식이 목메어라/그 래도 굽히지 않은 뜻 일편단심 구국이라/나라 찾아 깃발 날려 금의환향 하렸 더니/에고오 어인 일로 갇힌 몸이 되었는고/에고오 어인 일로 갇힌 몸이 되었 는고/에고오 어찌타 옥사가 웬말인고/어화 원통해라/아이고 절통해라/이대 로는 못가겠다 이대로는 못가겠다/원통하고 절통해서 이대로는 못가겠다 (『아리랑』, 10-167~168)

위의 ①~⑤의 「아리랑」의 특징은 노래의 창작자가 있지만 실제적으 로는 집단적이며, 즉흥성을 바탕으로 현장에서 가창된다는 점이다. 노랫 말을 짓는데 꼭 전문시인일 필요가 없다. 현실을 배도는, 문약에 빠진 전 문시인보다는 차라리 고난의 시대에 굳센 기상으로 대응하는 비전문시 인이 훨씬 윗길이다.[11] 이들에 의해서 노래 「아리랑」은 일정한 형식으로 부터 벗어나 가사를 개작하여 부름으로써, 현장의 구체성이 잘 나타나게 되는 노래로 탄력적으로 변화하게 된다.

①의 「아리랑」은 지삼출이 엮어낸 가사로 일명 「김제·만경 아리랑」 이다. 송수익이 중심이 되어 싸웠던 의병전쟁이 여의치 않자 일단 해산 을 한 다음, 만주에서 다시 만나 싸울 것을 약속하며 부른 노래이다. 「김 제·만경 아리랑」은, "야박허요 대장님 나도 딜고 가주씨요/왜놈천지 이 세상에 어디서 살라허요/아리아리랑 아리아리랑 아리랑이 났네 으으/아 리랑 응 어어 응 아르랑이 났네/신작로 복판이 넓어야 좋고/큰애기 보지 는 좁아야 좋네/아리아리랑 아리아리랑 아리랑이 났네 으으/아리랑 응

---

11 정종진, 『한국현대시 그 감동의 역사』, (태학사, 1999), 21쪽.

어어 응 아르랑이 났네/큰애기 수바늘은 가늘수록 좋고/총각놈 자지는 굵을수록 좋다"라는 선정적이며 회화적인 노래로 이어지며 어느 한 사람에 의해 다시 "아리아리랑 아리아리랑 아리랑이 났네 으으/아리랑 응 어어 응 아르랑이 났네/우리집 서방님언 명태잡이럴 갔는데/바람아 강 풍아 석달열흘만 불어라/아리아리랑 아리아리랑 아리랑이 났네 으으/아 리랑 응 어어 응 아르랑이 났네/잡년아 썲을년아 지랄발광 말어라/하눌 님이 용왕님이 나를 살펴주신다"로 이어진다. 「김제·만경 아리랑」은 중 간에 여러 사람에 의해 주고받으며 송수익이 부르는 "아리아리랑 아리 아리랑 아리랑이 났네 으으/아리랑 으 어어 응 아르랑이 났네/나라를 되찾는건 하늘의 뜻일세/자나깨나 나라걱정 맘 변치들 말세나/아리아리 랑 아리아리랑 아리랑이 났네 으으/아리랑 응 어어 응 아르랑이 났네"로 이어지며 절정의 끝을 맺는다. ①의 「아리랑」은 송수익 의병부대가 고국 에서 벌이는 '한마당 신명잔치'라고 할 수 있다. 출신성분의 차등없이 너 나들이 어우러져 벌이는 난장인 셈이다. 판소리와 같이 노래의 중간에 사설과 추임새를 넣음으로써 노래의 흥을 배가시킨다.

②는 송수익의 친구인 신세호가 만주로 떠나는 동네사람들을 위로하 기 위해 잔치를 벌이던 중 부르던 「이별의 아리랑」이다. 이들은 만주에 서 송수익의 의병부대와 합세한다. 「이별의 아리랑」에는 한인 디아스포 라의 삶의 타의에 의해 폭력적으로 이루어진 결과라는 것이 드러나 있다. "물 좋고 산 좋은 데 일본놈 살고/논 좋고 밭 좋은 데 신작로 난다."라는 노랫말은 결국 일제 강점기 동안에 기하급수적으로 증가한 이산의 형태 는 일제에 의해 토지를 박탈당하면서 시작되었다는 것을 암시한다. 실지 (實地)를 경작하여 생산의 결과물을 얻어야 하는 농토가 일본인들의 생 활의 근거지가 되거나 신작로를 건설함으로써 조선의 농산물이 일본으 로 반출되는 데 이용된다.

③은 차득보와 거지 할아버지가 부른 「아리랑」이다. 개명과 개화란 미

명하에 전통과 기존, 그리고 누대의 삶의 터전을 송두리째 훼손하는 일제의 만행이 적나라하게 드러나고 있다. 위의 「아리랑」에는 차득보와 거지 할아버지의 현실인식이 잘 녹아 있다. "민심이란 이리 궁글고 저리 궁글고 험서 한 매디썩 맨들어지는 것"이란 거지 할아버지의 말을 통해 「아리랑」의 노랫말이 곧 민심이란 것을 알 수 있다. 민심이란 가변적이고 변화무쌍한 것으로써, 확정적인 노래 형식으로는 담아낼 수 없다. 그러나 「아리랑」의 노래 형식은 리듬을 제외하고는 가변적이기 때문에 끊임없이 자기 증식과 확대재생산을 통해 시대와 역사를 초월한다.

④의 노래는 주만상의 장례식 때 부른 미국 이주 한인 디아스포라들의 「상여가」 있다. 상여가 속에는 주만상의 죽음이 자연사가 아니라 돌발적인 '객사'라는 것이 표현되어 있다. 주만상의 죽음이 억울한 죽음이기 때문에 죽어서도 그의 혼이 구천을 떠돌 수밖에 없다. "미국땅 하와이가 이내 원수"란 말은 미국 이주 한인들의 초기 도미가 미국과 일제의 노동력과 경제적 이해관계의 산물이란 것을 보여 준다. "타국땅 수만리 길"이란, 바다가 가로 놓인 거리를 의미한다. 바다가 가로 놓인 거리에서 이산인들이 느끼는 심리적 거리의식은 육지의 거리의식과 큰 차이를 보인다. 같은 이산이라 해도 땅과 땅으로 이어진 이산은 만남에 대한 기대가 가시적이지만, 바다가 가로 놓여 있는 이산에서 그들이 느끼는 바다는 이중적 이산의 단절감이 극대화되는 느낌을 갖는다. 바다가 가로 놓은 공간적 거리만큼이나 망자의 혼도 방황하며 고국으로 돌아오지 못하고 서성인다는 탄식은 죽어서도 영면하는 못하는 한인 디아스포라의 비극적 삶을 상징적으로 보여 준다.

⑤에서는 옥녀가 송가원의 아버지인 송수익의 파란만장한 삶을 노래로 담은 「진혼곡」이다. 독립을 이루지 못하고 눈을 감았기 때문에 송수익의 죽음은 원통한 죽음이며 죽은 혼이 극락왕생을 하지 못하고 구천을 헤매고 있다. ⑤의 노래에는 대의를 위해 살신성인했던 송수익의 형극의

삶이 잘 나타나 있다. 이외에도 노래의 제목도 없는 독립군들의 군가와 민중들이 삶의 애환을 담아 부른 넋두리조의 타령들 속에는 민중들의 삶을 송두리째 훼손하고 있는 당시의 시대상이 적나라하게 드러나 있다.

5. 결론

조정래의 대하소설 『아리랑』은 그의 소위 '3대 대하소설'로 일컫는 작품 중, 전근대와 근대의 한민족 과도기의 역사를 다루고 있다. 『태백산맥』이 이념과 분단, 『한강』이 개발독재와 근대화가 민족 내부의 모순이 나름대로 '자가발전'하는 과정에서 빚어진 역사적 맥락을 담고 있는데 비해, 『아리랑』은 한민족이 전적으로 타자의 입장에서 겪었던 수난의 역사를 대변한다. 특히 『아리랑』은 한국 현대 대하소설 중에서 한민족 공동체의 붕괴와 이산이 집합적으로 응축된 디아스포라의 역사를 잘 보여 주는 소설이다.

본고가 논의 과정에서 상대적으로 전경화시킨 디아스포라는 '미국 이주 한인'들이다. 이들이 도착하여 정착한 공간이 역설적으로 오늘날 확장된 디아스포라의 정서적·문화적 민족영토 개념과 가깝다고 생각하기 때문이다. 미국 이주 한인들의 디아스포라의 삶을 조명하는 것은 한민족 공동체의 삶의 범위가 세계화 보편화된 연원을 확인해 보는 의미가 있다.

미국 이주 한인 디아스포라는 '감골댁家'의 이야기가 중심내용으로 전개된다. 감골댁의 큰 아들인 방영근이 대륙신민회사가 모집한 미국 이민자 모집에 빚 때문에 어쩔 수 없이 자원함으로써 도미하게 된다. 방영근 일행은 초기에는 하와이 사탕수수 농장이나 파인애플 농장에서 짐승보다 못한 열악한 대우를 받게 된다. 그러나 이들은 단합된 힘이 얼마나 큰 위력을 갖게 되는지 직접 피부로 느끼며 점차 각성된 현실인식을 갖게 된다. 이러한 현실인식의 자각은 대농장주와의 관계를 종적인 노예적 관계에서 대등한 관계로 위상을 바꾸어 놓게 된다. 이민 초기에 상상도 못했던 여가시간을 이용한 군사훈련 등이 이를 증명한다. 물론 이러한 이면에는 한민족의 일에 대한 무서운 근면과 성실성이 바탕이 됐음은 물론이다.

소설 속에는 국외의 방영근은 물론, 국내의 디아스포라인들의 삶이 '동학과 밀접한 관련을 갖는다는 것을 알 수 있다. 소설 전개에 중요한 인물인 공허와 지삼출, 감골댁과 방대근, 수국이와 필녀 등의 인물의 입체적 삶이 직간접적으로 동학과 인연을 가지는 사람들이다. 미완의 사회 개혁의 꿈이 이들의 삶을 통해 더욱 강렬한 소망으로 확대된다.

한민족 디아스포라의 삶 속에서 '노래'는 '삶의 환기 기능'으로써 중요한 역할을 한다. 소설의 제목 '아리랑' 자체가 이미 암시하고 있듯이, 한인 디아스포라에게 노래는 현실의 고달픈 삶을 위무하며, 한민족 공동체 의식을 고취하는 데 중요한 구심적 역할을 한다. 『아리랑』의 전편에 걸쳐 노래가 많이 등장하는데 노래의 특징은 시대상을 반영하는 노래가 불리고, 특히 「아리랑」은 미국과 국외 이주 한인은 물론, 국내의 이산인들에게도 폭넓게 불려진다. 고정된 형식이 아니라 장소와 환경에 따라 다르게 개사되어 한민족 디아스포라들이 처한 열악한 삶의 조건을 잘 반영하고 있다.

원전 「아리랑」의 노랫말에는 이미 운명적으로 한민족의 슬픈 이산의 현실이 암시되어 있으며, 소설 『아리랑』에서는 이렇게 암시된 이산의 민족현실이 직접적으로 드러난다. 그렇기 때문에 한국현대소설 중에서 소설 『아리랑』은 한민족 디아스포라들의 이산의 아픔을 역사적 사실을 바탕으로 가장 잘 보여 주고 있는 소설이라고 할 수 있다. 또한 일제 강점기의 엄혹한 현실에서 「아리랑」의 노랫말은 원전에 얽매이지 않고, 개인과 민족공동체가 처한 환경에 따라 그들의 신산의 삶의 내용들을 진술하게 담고 있어 오늘날 그들이 확장한 상상적 민족영토의 소중한 의미를 되새기는 데 중요한 내재적 성찰의 계기를 준다.

참고문헌

강찬모, 「박경리의 소설 토지에 나타난 간도의 이주와 디아스포라의 현대적 의의 연구」, 『어문연구』 59, 어문연구학회.

강찬모, 「대하소설에 등장하는 여성의 인물 유형 연구」, 『현대소설연구』 제34호, 한국현대소설학회, 2007.

김동권, 『아리랑 연구와 일제시대 공연작품 연보』, 박이정, 2007.

송명희, 「강경애 문학의 간도와 디아스포라」, 『한국문학이론과 비평』 제38집, 한국문학이론과 비평학회, 2008.

임명진, 「판소리 사설의 구술성과 전승 원리」, 『판소리와 국어국문학』, 채만묵·최창렬 선생 회갑기념 논총, 국어문학회, 1995.

윤인진, 「코리언 디아스포라: 재외한인의 이주, 적응, 정체성」, 『한국사회학』 제37집, 2003.

윤인진, 『코리안 디아스포라』, 고려대학교출판부, 2003.

정종진 「한국현대문학사 기술을 위한 한국계 미국 작가들의 작품 연구」, 『어문연구』 55집, 어문연구학회, 2007.

정종진, 『한국현대시 그 감동의 역사』, 태학사, 1999.

조정래, 『아리랑』 전 10권, 해냄, 2003.

최동현, 『판소리란 무언인가』, 에디터, 1994.

조정래의 대하소설 속에 나타난 여성의
택호(宅號)와 삶 연구
-『아리랑』, 『태백산맥』, 『한강』을 중심으로-

1. 서론

호칭 또는 호칭어는 화자가 대화의 상대방과 말을 하는 동안에 그 상대방을 가리키기 위해 사용하는 단어, 어구, 또는 표현들을 일반적으로 의미한다. 호칭어의 전체 목록은 개별 사회에 따라 다양하겠지만, 흔히 이름이나 2인칭 대명사, 친척 호칭 등이 대부분의 인간 사회에서 거의 보편적으로 사용되는 호칭 형태인 것으로 보고된다.[1] 이 중에서 사람 이름의 기능은 타인과 나를 구분하는 사회적·인격적인 변별성을 가지는 것으로서, 다른 개별적인 호칭에 우선하는 본질적인 것이다. 이름은 '나의 편리에 의해서 만들어진 것이 아니라, 남이 나를 부르기 위한 수단적인 성격이 짙다. 이름 속에는 그 사람에 대한 기대지평[2]도 함축되어 있

---

1 왕한석·김희숙 외 5인, 『한국사회와 호칭어』, (역락, 2005), 17쪽.
2 기대지평이란 수용자가 지닌 작품에 대한 이해의 범위라고 소박하게 규정할 수 있다. 그러나 사실은 이보다 훨씬 넓고 다양한 개념이며, 실제로 작품을 이해하고 해석할 경우 다양한 의미로 적용이 된다. 이를테면 어떤 대상에 대한 사전지식은 물론 바람·기대·편견·관심·필요 등 수용자가 의식적으로든 무의식적으로든 지니고 있는 이해력의 총화인

다. 동양의 성명학에서는 기대지평이 현실에 실현되기를 기원하는 마음
이 포함되어 있다. 기대지평을 효과적으로 실천하기 위하여 이름 속에
'사주(四柱)'와 '음양오행(陰陽五行)'의 주역적(周易的)인 가치체계가 고
스란히 녹아 있다. 이렇게 사람의 이름은 개개의 특징과 개성이 그대로
드러나 있다.

　그 중에서도 집은 사람과 땅이 '삼위일체'가 되어 삶의 안식처로 삼는
자족적 모태 공간으로서, 그 속에 사는 사람의 사회적 역할과 인격적 깊
이에 의해서 '택호(宅號)'라는 위의(威儀)를 획득한다. '택호(宅號)'[3]는 말
그대로 풀이하면 집 이름이 되지만 실제로는 집뿐만 아니라, 개인의 호
칭 및 지칭[4]에도 사용된다.[5] 택호는 원칙적으로 전통사회[6]에서 신분의 구
분상 상층을 이루었던 반가(班家)들만이 소유하였고, 그러한 반가들만이
각기의 택호로서 호칭되고 지칭되었던 것으로 일반화 할 수 있겠다.[7] 택
호에 관한 기왕의 연구[8] 대부분이 택호의 쓰임을 위와 같이 반가로 국한

셈이다. 권희돈, 『소설의 빈자리 채워 읽기』, (양문각, 1993), 33쪽.
　3 집주인의 벼슬 이름이나 처가나 본인의 고향 이름 따위를 붙여서 그 집을 부르는
말. 국립국어연구원, 『표준 국어대사전』, (두산동아, 1999), 637쪽.
　4 지칭어는 화자에 의해서 말해지는 대상을 화자가 가리키는 말, 다시 말하여 화자가
대화 중 일컫는 대상을 지시하는 말이므로, 화자가 대화의 상대방을 직접 부르는 호칭어와
는 명료히 구분될 것이다. 왕한석·김희숙 외 5인, 앞의 책, 17~18쪽.
　5 김미영, 「안동 동성마을의 택호 연구」, 『비교민속학』 제22집, (비교민속학회, 2002),
338쪽.
　6 전통이란 일반적으로 집단공동체에 전해 내려오는 사상이나 문화양식을 지칭하는 것
으로 일관된 흐름을 전제로 한다. 그러나 역사적으로 보면 수천 년의 세월이 흐르는 과정
에서 우리의 사상이나 문화양식도 적지 않은 변화를 겪어왔기 때문에 전통 사회라는 한
마디로 포괄하여 일위적(一位的)으로 부르기에는 문제가 없지 않다. 보다 분명히 하기 위
해서는 고려사회, 조선사회, 혹은 조선전기사회, 조선후기사회 등으로 부르는 것이 마땅할
것이다. 김종택, 「전통사회에서의 여성의 지위」, 『여성문제 연구』, (효성여대 부설 한국여
성문제연구소, 1990), 89쪽. 본고에서는 전통사회의 시대적 범주를 조선후기로 규정하며
논하겠다.
　7 왕한석, 「택호와 종자명 호칭」, 『산청어문』, (서울대 사범대학 국어교육과, 1989), 28
쪽.

하고 있다. 그러나 택호의 쓰임과 택호를 썼던 신분계층에 대한 규정은 신중한 접근이 필요하다. 택호의 쓰임새가 이와 같다면 여성이 출가 한 후, 시집과 그 지역의 공동체에서 여성의 출신지명[9]을 선택하여 택호를 붙여 주는 행위를 설명할 방법이 없다.

설령 시집에서 택호를 직접 붙여 준다고 해도 그것은 시집 중심의 종적인 관계에 바탕을 둔 것이 아니다. 새로 들어 온 며느리를 당당한 인격체로서 대우하고 친정과의 관계를 고려한 최상의 예우차원의 격식이라고 할 수 있다. 일반적으로 혼입(婚入)하여 들어 온 새 며느리가 시집의 가풍에 동화되기 위해서는 친정에서의 생활의 전통과 습관을 접고 새로운 시집의 환경에 적응해야 한다. 또 가문의 웃어른들은 며느리가 처한 이러한 과도기적인 환경을 잘 극복할 수 있도록 가문의 가풍에 일체감을 느낄 수 있게 해 주는 것이 우선일 것이다. 따라서 택호를 붙여 준다면 시집의 지명과 또는 가문에서 역임한 관직명을 붙여 주는 것이 순서일 것이다. 그러나 택호는 시집의 지역공동체에서 대부분 여성의 출신지명을 택호로 부른다. 호칭과 지칭이 나의 의사와 관계없이 제3자에게 불리는 특징을 갖고 있다고 해도 엄연한 대상이 있고 그 대상을 아우르는 주체적인 가문의 성격이 있는 상황에서 가문의 묵시적인 인정이 전제되지 않고는 어렵다는 것이다.

본고에서는 조정래의 대하소설에 등장하는 여성의 출신지명과 택호가 갖는 의미가 친정지향의 수구초심의 발로이며 여성의 택호가 남존여비의 주종적인 부정적 요인에 의해서 파생된 것이 아니라, 남녀의 동등한 인격적 관계에서 형성된 것임을 소설 속에 등장하는 여성들의 삶을 통하

---

8 왕한석, 앞의 논문, 28쪽. 조숙정, 「비친척관계에서의 호칭어의 구조와 사용방식」, (서울대 석사학위논문, 1997), 22쪽. 김미영, 앞의 논문, 338쪽
9 예컨대 공주댁, 파주댁, 조치원댁, 수원댁 등등이다.

여 고찰하고자 한다. '남성 출신 지명의 택호' 와, '택호와 친족 용어의
결합' 은 논외로 하고, 본론에서 '여성의 출신 지명의 택호' 를 논의 할
때 필요에 따라 부분적으로 논의 하겠다.

2. 여성의 출신 지명과 택호(宅號)

땅은 오랫동안 한국인의 삶을 지탱해준 바탕 그 자체였다. 하늘을 우
러러보며 이상과 미래를 그렸다면 땅을 굽어보고 현실을 살았던 것이 수
천 년 한국인의 삶이었다. 땅에서 태어나 결국은 땅으로 돌아가는 것을
지극히 당연하게 여겼던 농경민족이 바로 한반도에 모여 살던 사람들의
옛 모습이었다. 그것은 또 다른 면에서 땅을 떠나 살 수 없었던 시대적
한계이기도 했다. 오랫동안 땅은 한국인의 삶을 경계 짓고 제한한 조건
이었다.[10] 또한 땅은 인간과 만물의 삶의 본래성이자 생존의 바탕이다.
특히 인간에게 땅은 세계를 규정하는 공간의 범위란 의미를 가지고 있다.
이러한 땅의 공간적 의미가 특정의 장소를 지칭하는 것이라면, 인간에게
땅의 의미는 원초적인 동일성[11]을 의미한다. 동일성은 나와 타자를 이분
법적으로 구분하는 상대적이며 대립적인 지향성이 아니라, 애초에 모태
적인 근원성에서 기인한다. 동양의 전통적인 풍수사상은 땅과 인간의 상
관성 및 동일성의 관계를 '인걸(人傑)은 지령(地靈)'이라는 말로 정의하

---

10 박명규, 「땅의 사회사」, 『땅과 한국인의 삶』, (나남, 1999), 299쪽.
11 동일성은 객관세계의 상실과 자아상실이라는 두 가지 위기감에서 야기된다. 주체로
서의 자아가 타인들 또는 외부세계와 조화를 이루고 있느냐 그렇지 않으면 대립 갈등을
일으키고 있느냐, 그리고 어제의 '나'와 오늘의 '나'는 같은가 다른가, 도대체 '진정한'나는
무엇인가 등의 여러 문제 는 바로 동일성의 문제인 것이다. 전자는 자아와 세계와의 일체
감 결속감으로서의 동일성의 문제로, 후자는 자아의 재발견이라는 개인적 동일성의 문제로
집약된다. 김준오, 『시론』, (삼지원, 2003), 393쪽.

고 있다. 인간을 둘러 싼 환경과 '지기(地氣)'는 인간은 물론 만물의 생육에 직접적인 영향을 주는 것으로 본 것이다.

인간의 삶과 생활의 방식은 '머무름'과 '나아감'이란 두 가지 행동반경으로 이루어진다. 그러나 우리의 전통사회의 삶의 양식은 농경생활을 바탕으로 하는 정착적인 생활이 삶의 중심이었다. 따라서 이동과 나아감의 유목적인 생활 형태보다는 한 곳에 오래 정착하여 농사의 변화와 생육을 지켜보는 머무름의 형태가 생활의 근본 바탕이 되었다. 특히 땅이름은, 인간이 개개의 삶에 의미를 부여하며 이름을 짓듯이 인간의 삶의 체취가 고스란히 배어있는 역사이며 거울이라고 할 수 있다. 땅이 경험한 역사의 흔적과 상처 그리고 영광이 이름, 즉 지명(地名)[12] 속에 녹아있는 것이다. 따라서 땅의 역사는 곧 사람의 역사인 것이다. 땅이름은 어떤 곳을 나타내는 언어적 약속이지만, 그것을 단순히 지표의 명칭으로 한정하여 이해하기보다는 땅이름 그 자체로서 이미지를 갖는 문화적 자원이며, 그러기에 땅이름은 한 권의 역사책이요, 우리말의 어휘사전이라고 할 수 있다.[13]

우리의 호칭 중에서 '택호(宅號)'[14]는 '땅'과 '인간' '집'이 공동으로 이름을 갖는 상호 일체성의 호칭 및 지칭으로서, 한국인이 가지고 있는 일원론적 사고를 보여주는 좋은 예라고 할 수 있다. 택호를 부르는 방법은 여성에게는 「여성의 출신지명+댁(부인)」, 「택호+친족호칭」, 「자녀의 이름+친족용어」 등이 있다. 남자에게는 「관직명+지칭용어」를 붙여주는 것

---

12 땅이름(地名)은 인류의 사회생활이 시작되면서부터 그 생활의 터전이 되는 곳의 지형(地形)·지물(地物)을 구분할 필요성 때문에 자연적으로 생겨났다. 이름은 우리 선조의 의식과 소박하게 스며들어 있는 역사성을 지닌 문화유산이다. 그 속에 우리말과 역사가 살아 숨쉬고, 명명 당시의 사회상과 문화적 환경이 함축되어 있는 화석(化石)과 같은 것이다. 강길부, 「한국의 땅 이름」, 『땅과 한국인의 삶』, (나남, 1999), 99쪽.

13 강길부, 위의 책, 99~100쪽.

14 왕한석, 앞의 논문, 31쪽.

이 일반적이다.

본고에서는 조정래의 대하소설인『아리랑』『태백산맥』『한강』에 나오는「여성의 출신지명+댁(부인)」의 택호만을 중심으로 고찰해 보겠다. 한국 근현대소설에 등장하는 여성의 택호는 출신 지역명에 맞게 다양하게 나타나 있다. 특히 대하소설일 경우 소설의 특성상 택호를 가진 여성들이 많이 등장한다. 박경리의『토지』에서도 강청댁, 함안댁, 서울댁, 영산댁, 산청댁, 김실댁 등의 택호가 나타나며, 송기숙의『녹두장군』에서도 김제댁, 부안댁, 두전댁, 예동댁, 산매댁, 백산댁, 월촌댁 등이 나타난다. 또 최명희의『혼불』에는 율촌댁, 수천댁, 오류골댁, 동녘골댁, 인월댁, 홈실댁 등이 나타난다. 최명희의『혼불』에서는 마을의 정신적 지주라고 할 수 있는 청암부인의 택호와 관련된 일화에 여성의 출신 지명에 대한 존중이 잘 나타나 있다.

> "일찍이 부인의 친정 동네 이름은 청암(晴菴)이어서, 이곳 매안의 이씨 문중 종가에 종부로 시집 온 그날부터 그네는 택호를 '청암'이라 하였다." (『혼불』, 3-129)

대하소설 속에서 택호를 가진 여성이 많이 등장하는 이유는 인물의 다양성과 작가의 인물설정의 편리성에 기인한 것으로 보인다. 많은 등장인물들을 고유의 속성과 개성에 맞게 이름을 붙여주는 일은 쉬운 일이 아니다. 따라서 작가는 이러한 어려움을 해결할 수 있는 방법으로, 택호의 성격이 출신지명의 인문지리적인 체취를 담고 있으면서 다양한 지리적 공간을 선택해 활용할 수 있다는 장점을 살린 것이다. 특이한 것은 황석영의『장길산』과 김주영의『객주』, 홍명희의『임꺽정』에서는「여성의 출신 지명+댁(부인)」의 호칭이 거의 나타나지 않고 있다는 것이다. 이 세 편의 대하소설들은 공통적으로 중세[15]를 배경으로 한 작품들이다.

삶의 공간적인 이동이 빈번하지 않은 사회 체제에서 여성의 출신지명을 바탕으로 해서 불리는 택호가 변별성을 갖지 못했기 때문인 것으로 보인다. 따라서 여성의 택호는 중세보다 삶의 이동적 공간이 확대되는 근대적인 환경의 산물이라고 할 수 있다.

『아리랑』에 나오는 여성의 등장인물의 택호는 감골댁, 봉산댁, 무주댁, 부안댁, 정읍댁, 만경댁, 삼포댁, 솜리댁, 금산댁, 대목댁, 반월댁, 월전댁, 송산댁, 죽림댁, 하정댁 등이다. 『태백산맥』에 나오는 등장하는 택호는 목골댁, 낙안댁, 조성댁, 들몰댁, 구룡댁, 구산댁, 외서댁, 남양댁, 장터댁, 강진댁, 밤골댁, 샘골댁, 목포댁, 보성댁, 왕주댁, 된재댁, 호산댁, 죽산댁, 장흥댁, 중천댁, 벌교댁 등이다. 『한강』에 나오는 택호는 혜촌댁, 버들댁, 마점댁, 해남댁, 송촌댁, 영암댁, 갈포댁, 영등댁, 연실댁, 동강댁, 남촌댁, 월하댁 등이다.

조정래의 대하소설에는 다른 작가의 대하소설에 등장하는 여성의 택호보다 많은 택호를 가진 인물들이 등장한다. 이것은 작가의 세밀한 의도라고 할 수 있다. 조정래의 대하소설은 한국 근현대사를 아우르는 호흡이 긴 소설이다. 작가는 이름 없이 살다간 백성들, 그 중에서 고난과 억압에 직접적으로 노출이 되는 여성들의 고단한 삶을 형상화하기 위하여 그들의 이름을 배제하고 택호로 대신했던 것이다. 당대의 여성들은 이름 속에 함축되어 있는 주체성과 고유성으로 존재하기 보다는, 출신지명에 의해서 이름이 묻히는 모순되고 부조리한 현실 속에서 삶을 영위했다. 따라서 작가는 개인과 출신지명이 갖는 일원론적인 긍정적 인식의 이면에 존재하는 당대 여성들의 고단한 삶을 전경화하기 위하여 의도적으로 이름이 갖는 고유성을 배제하고 택호로 조직화한 것이다.

일반적으로 가까운 지역에서 혼입(婚入)해 온 경우에는 마을 이름이,

---

15 역사에서 중세의 시기를 '고려와 조선시대'까지로 규정한 것을 따른다.

그리고 먼 지역에서 혼입해 온 경우에는 오늘날의 군 또는 면 단위의 행정구역 지명이 선택되어진 것으로 생각된다.[16] 감골댁, 들몰댁, 장터댁, 밤골댁, 샘골댁, 혜촌댁, 버들댁, 마점댁, 송촌댁, 남촌댁 등이 전자의 경우에 해당되며, 후자의 경우에 해당하는 것이 강진댁, 목포댁, 보성댁, 죽산댁, 장흥댁, 솜리댁, 영암댁 등이다.

한국 여성의 택호는 친정의 지명(출신지명)만을 붙여서 부르는 것이 대부분이다. 이것은 남자들의 택호와 대조해 보면 알 수 있다. 남자들의 택호는 예컨대 김진사댁, 최참판댁, 윤초시댁, 이참봉댁, 홍판서댁, 이부사댁, 양면장댁 등 「남성의 성씨+관직명 택호」로 불려진다. 그러나 한 생활권에 누대에 걸쳐 오는 동안 같은 관직을 가졌던 인물이 있다면, 이 때는 호칭의 변별성을 위해서 「마을이름+관직명 택호」인 평사리 최참판댁이라든가 남산골 홍판서댁으로 불린다.

여성의 경우 출신지명이 택호로 불리는 이유 중에 하나가 시집을 가서 소위 '남의 집 살이'를 하기 때문으로 보여 진다. 우리의 혼인제도(혼인 후의 거주제)는 남자가 여자의 집으로 들어가는 처가살이 혼이 아니라 여자가 남자의 집으로 옮겨가는 시집살이 혼이기 때문이다.[17] 우리의 전통적인 여성의 삶은 자기가 태어나 성장한 전반부의 삶에서, 남편의 거주지인 생소한 땅으로 이주를 하며 사는 후반부의 삶으로 요약 할 수 있다. 남편의 거주지인 땅에서는 혼입하여 들어 온 여성들이 많기 때문에 이들을 구분하여 부를 호칭 및 지칭이 필요했다. 내외간의 구분이 엄연한 유교적 질서 속에서 남녀의 관계는 물론, 같은 여자라고 해도 남의 여염집 여인의 이름을 함부로 부를 수는 없는 것이다. 택호를 부르는 사람들의 심상 속에는 호칭 대상자와 출신지명이 동일성으로 인식이 되어

---

16 김미영, 앞의 논문, 342쪽.
17 김미영, 위의 논문, 339쪽.

상대를 예우하는 의미가 내포되어 있다. 지칭자의 이러한 심상적 관점은 지칭의 대상이 되는 여성들에게 삶의 진정성을 환기시키는 다짐을 한다. 나의 행동거지를 통해서 내가 태어나 자란 땅이 뭇 사람들의 입질에 오르내릴 수 있기 때문이다.

3. 친정 지향의 수구초심(首丘初心)

대개 반가에서 며느리를 맞이하면 시부모나 집안어른들이 며느리의 출신마을의 이름을 차용하여 「여성의 출신지명+댁」이라는 식으로 택호를 지어준다.[18] 며느리는 택호를 부여 받음으로서 공식적으로 시집의 구성원으로 인정을 받는 셈이다. 또한 시집 어른들이 며느리에게 택호를 붙여 주는 행위 속에는 새로운 문화에 편입되어 모든 것이 낯선 며느리가 현지인들과 원만한 의사소통의 관계가 이루어지기를 바라는 의미도 포함되어 있다. 가문에서는 며느리가 대외적으로 집안을 나타내는 새로운 인물이기 때문에 며느리에 대한 뭇 사람들의 호칭과 지칭에 관심을 가진다. 따라서 시댁에서 며느리에게 택호를 붙여 주는 행위는 며느리가 주변 사람들과 원활하게 소통할 수 있는 통로를 공식적으로 열어 준 대외적 성격이 강한 행위라고 할 수 있다.

조정래의 대하소설에 등장하는 택호를 가진 여성들은 반가의 여성들

---

18 때로는 마을 부인네들이('안길로 해서') 지어 주기도 한다. 그것은 혼입한 '새댁'과 접촉을 주로 하는 것은 마을의 남자 성원들보다는 여자 성원들이고, 또한 남자는 혼인을 해도 어려서부터 뉘집 자손으로 이름을 부르며 생활했기 때문에 상관없지만, 여자는 혼인을 하면 친정에서 부르던 이름을 잃어버리기 때문에(혼인을 하면 어른이기 때문에 여자 이름을 함부로 부를 수 없다) 혼입한 새 구성원에 대한 호칭의 필요성을 제일 먼저 느끼는 것이 여성 화자들이기 때문이다. 조숙정, 앞의 논문, 342쪽.

이 아니다. 평민과 상민 출신의 일반 백성의 여성들이다. 또한 택호란 호칭도 가문의 어른들이 며느리에게 공식적으로 붙여 주는 의식적인 행위가 아니라, 같은 마을의 여성들끼리 서로 불러 주는 호칭 및 지칭으로 묘사되어 있다.

　　시집을 가자 동네사람들이 점례를 벌교댁 이라고 불렀다고 했다. 그런데 점
　　례는 친정동네 들몰을 잊을 수가 없고 벌교보다는 들몰이란 이름이 더 좋아서
　　자신을 들몰댁 이라 불러달라고 했다는 것이다. 그래서 점례나 순심이는 똑
　　같이 들몰댁이란 호칭을 갖게 되었다. (『태백산맥』, 1-254)

점례는 친정인 '들몰'에서 '벌교'로 시집을 갔다. 동네사람들은 점례의 호칭을 시집 온 지역의 지명인 '벌교댁'으로 불렀다. 이 점은 앞에서 논의했던 것처럼 가문에서 시집 온 반가의 여성의 택호를 친정의 지명을 따서 지어 주는 것 하고 다르게 표현되어 있다. 같은 여성이라고 해도 신분의 고하에 따라 다르게 적용이 된 것으로 보인다. 또한 점례가 벌교댁으로 불리는 것보다 친정인 들몰댁으로 불리는 것을 자진하여 요구했다는 것은 출가한 여성의 친정에 대한 '수구초심'의 그리움을 느끼게 한다. 반가의 가문에 시집을 간 여성들이 가문에서 붙여준 택호를 선택의 여지없이 수용할 수밖에 없는 묵계적인 위계가 있었다면, 일반적인 여성들이 가지는 택호는 반가의 가문에서 불리는 여성의 택호보다 훨씬 현실적이고 자유로웠다고 할 수 있다.

　　"저 개둘창을 타고 가자."
　　"괜찮을께라?"
　　"암시랑 안혀. 요 들판이 을매나 넓은디, 니까징 거 하나 꼼지락댄다고 누
　　구 눈에 띌 성부르냐."

하대치는 잔소리 말라는 듯 내 지르고는 첫발부터 크게 떼어놓았다. 이내
나타난 들몰을 옆으로 비켜나갔다. 들몰－하대치의 뇌리에 불현듯 떠오르는
얼굴이 있었다. 마누라였다. 들몰은 마누라의 친정이었다. 그래서 순심이라는
이름이 분명히 있는데도 사람들은 마누라를 들몰댁이라 불렀다. (『태백산맥』,
1-46～47)

하대치가 그 일행들과 함께 옥산 입구 서낭당에서 염상진 일행을 만나
기 위하여 길을 가고 있는 장면이다. 아내의 친정인 '들몰'의 들녘을 지나
면서 처가와 아내의 택호에 얽힌 사연을 생각하고 상념에 잠긴 대목이다.
가문에서 반가의 여성의 택호를 지을 때, 여성의 친정의 지명을 사용하
는 것이 관례이다. 여성이 시집 온 마을에 같은 지역 출신의 여성이 있을
때는 행정구역상으로 상·하위개념으로 세분화 되어 있는 도·시·군·
리·마을의 이름을 선택하여 변별성을 유지한다. 그러나 위의 소설에서
보듯 점례와 순심이의 택호가 동일한 것은 조정래의 『태백산맥』의 주요
무대가 지리산[19]이라는 공동 생활권을 바탕으로 하지만, 행정구역상으로
는 구분이 되기 때문인 것으로 보인다.
위의 『태백산맥』에 나오는 구절을 종합해 보면 반가의 여성의 택호와
일반 여성들의 택호가 만들어지고 불리는 과정이 차이가 있음을 알 수 있
다. 반가의 여성들의 택호가 만들어지는 과정에서 신분질서의 규범적 요
소를 발견할 수 있다면, 일반 여성들의 택호가 만들어지고 불리는 과정은
이보다 훨씬 자유롭고 본능적 욕구가 충실하게 반영되었다고 할 수 있다.
소위 「여성의 출신지명＋택호」는 친정의 지명 이외에, 출가하여 자식
을 낳으면 「자식이름＋네」의 다른 명칭으로 불리기도 한다. 예를 들면 박

---

19 지리산은 행정구역상 3도(전라남·북도, 경상남도), 5개군(남원군, 구례군, 산청군,
함양군, 하동군) 15개면으로 되어있다.

경리의 『토지』에 나오는 '임이네'와 '봉순네', '막딸네' 등이 이에 해당한다. 여기에서 '네'는 '사람을 뜻하는 일부 명사 뒤에 붙어 한 무리라는 뜻을 더하는 접미사[20]를 나타낸다. 그러나 이런 호칭과 지칭보다는 자기의 근원적인 고향 땅의 지명으로 불리기를 원하는 것은 출가외인이 의미하는 가족구성원으로서의 이별의 정한이 있었기 때문이다. 시집을 와서 새로운 혈육에서 형성된 관계보다 자기의 시원성이 비롯된 고향(땅)에 대한 지향이 더 강하게 나타난다.

여성은 혼례를 올리면 시집의 공식적인 일원으로서 새로운 삶을 살아가야 한다. 따라서 이제까지 친정에 속해 있었던 사회적·관습적 소속감이 시집으로 바뀌고 친정과는 사회적 제약과 규범에 의해 일탈을 경험하게 된다. "여성에게 멀리 떨어져 있으면 친정은 그리움이었고, 와서 보면 친정은 슬픔이었다"[21]라는 감골댁의 딸인 보름이가 친정에 와서 느낀 고향에 대한 회한의 말은 시사하는 바가 크다. 출가한 여성에게 친정은 멀리 떨어져 있으면 그리움이란 얘기는 고향의 땅이름(地名)이 갖는 그리움이기도 하다. 따라서 시집에서 고향 땅 이름으로 불리는 일은 고향의 그리움을 치환하는 위무(慰撫)의 기능을 가진다. 또한 택호는 여성의 출신지명, 즉 행정구역상으로 공식적으로 불리는 지역뿐만이 아니라, 생활터전의 환경과 밀접한 관련성이 있다.

여성의 출신지명 이외에 다른 변형된 택호를 사용하는 경우는 네 가지 이유가 있다고 한다. 첫째 한 마을에서 택호가 중복이 되는 경우. 둘째 택호의 경제성과 미적인 효과. 셋째 액을 물리치고 집안에 복을 기원하는 의미에서 기존의 택호를 바꾸는 경우. 넷째 여성의 출신이 민촌 출신일 경우 택호에 그대로 나타나기 때문에 택호를 반촌 지역으로 위장하기

20 국립국어연구원, 앞의 사전, 1136쪽.
21 조정래, 『아리랑』 2권, (해냄, 2003), 262쪽.

위해서 쓰는 경우로 나누어 볼 수 있다고 한다.[22] 다음 소설에 나타나는 '된재댁'의 경우에는 출신 지명 이외에 쓰는 네 가지 택호의 예에는 해당이 되지 않는다고 할 수 있다. 그러나 고향이외의 지역에서 환경적인 요인에 의해서 '된재댁'이라는 택호를 지은 것이기 때문에 구태여 구분하자면, 환경적인 의미가 강한 세 번째에 해당한다고 할 수 있다.

된재댁이라는 남다른 택호에 그녀의 설움은 서려 있었다. 봇짐장수들이 얼마나 오르기 힘든 고개였으면 '된재'라고 이름을 지었을 것인가. 봇짐 지고 오르기가 되고 된 그 잿마루의 주막집 딸이 그녀였고, 어떤 봇짐장수의 아들이 그녀 남편이었다. (『태백산맥』, 8-216)

위의 소설에서 '된재'가 '된재댁'의 고향이라는 정확한 기록은 나와 있지 않다. 다만 그녀의 어머니가 생계를 일구고 있는 현장이 된재 고개가 있는 장소라고만 나와 있을 뿐이다. 일반적으로 한국인의 전통적인 삶의 형태는 한 곳에 정착하는 삶이 주된 생활방식이었다. 따라서 같은 생활 공동체 안에 거주하는 사람들의 유동성은 미미하며, 상대적으로 외부에서 유입된 사람의 신분적인 삶의 형태는 출가 해 온 여성과 거처가 일정하지 않는 직업을 가진 유랑민들로 제한적이다. 주막집은 유교적인 질서에서 토착민이 경영 할 수 없는 사회의 기층적인 직업군이기 때문에 된재댁의 어머니의 고향이 된재의 인근지역이 아닐 것으로 추정이 된다. 생계의 필요성 때문에 외부에서 유입되어 정착한 것으로 보인다. 따라서 택호가 여성의 출신 지명을 바탕으로 지어진다는 것이 일반적인 현상이 아닌 것을 알 수 있다. 사회적으로 절대 다수의 평범한 여성들의 삶의 형태는 그들이 처한 환경의 특수성에 맞게 택호가 불린다는 것을 알 수 있다.

---

22 조숙정, 앞의 논문, 27~29쪽.

4. 강인한 삶의 생명력

일반적으로 여성을 땅에 비유[23]를 한다. 땅이 만물의 바탕이며, 생육의 조건이 듯이 여성이 생명을 잉태하는 창조적 행위를 땅의 생육과 등가로 여기기 때문이다. 땅은 초월적인 하늘과는 달리 현재의 삶의 기반으로서 희로애락의 애환을 고스란히 담고 있는 '저잣거리'적인 현장이다. 출가를 한 여성의 삶도 땅의 환경과 다르지 않다. 자아실현을 하는 주체적인 삶 보다는 집안의 대소사(大小事)와 관계된 가족을 돌보아야 하는 면에서 땅의 저자거리적인 일상성과 같다고 할 수 있다.

조정래의 대하소설에 등장하는 택호를 가진 여성들의 삶의 조건은 한 결같이 열악한 사회의 기층민들이다. 반가의 여성이라고 해도 영락(零落) 한 가문은 그들의 삶의 조건을 기층으로 만들어 버렸다. 그러나 그들은 삶이 고단해도 포기하거나 절망하지 않는다. 땅이 열악한 환경 속에서도 끝없이 만물의 생명력을 싹틔우는 것처럼, 소설에 등장하는 여성들도 고된 현실에서 자신의 아픔을 자식의 성장의 원동력으로 배가시키기 위하여 다시 일어선다. 끝없이 낳고 낳는 생생적(生生的)인 삶의 모습이다.

> 감골댁은 그 자리에서 주저앉았다. 그때까지 참고 있었던 통곡이 터져올랐다. 그러나 그녀는 어금니를 맞물며 복받치는 설움을 참아냈다. 자신의 울음소리가 아들에게 들리게 해서 아들의 심사를 더 어지럽히고 싶지 않았고, 더구나 먼 길을 떠나는 사람 뒤에서 여자가 소리내어 우는 법이 아니었던 것이다. (『아리랑』, 1-17)

---

23 원시 유학에서 남존여비의 개념은 없었다. 단지 생리적 · 신체적 조건에 의한 역할의 문제를 거론 한 것을 후대에 정치적인 필요에 의해서 존비와 선후의 문제로 이념화 하였다. 본고에서 여성을 땅에 비유한 것은 남성과의 주종관계의 차원에서 비유한 것이 아니라 전통적으로 동양사상에서 세계의 현상과 인간의 특징을 동일화한 관점에서 비유를 한 것이다.

감골댁이 아들인 방영근과 이별을 앞둔 장면이다. 방영근은 빚진 돈을 갚기 위해서 선불로 돈을 받고 하와이로 일을 하기 위하여 팔려 간다. 생전 들어보지도 못한 바다 건너 이국 땅 하와이로 아들을 떠나보낸다는 것은 감골댁의 입장에서는 자식을 사지(死地)로 보내는 것과 같은 생이별인 것이다. 동학란에 얻은 병으로 남편을 잃은 후, 아들인 방영근은 집안을 짊어지고 가야 할 든든한 기둥이자, 감골댁의 남편의 빈자리를 채워줄 가장이었다. 이런 가장이 언제 올지 모르는 길을 떠난 다는 것은 감골댁에게 억장이 무너지는 일이다. 그러나 감골댁은 감정을 추스른다. 떠나는 아들의 마음을 배려한 초인적인 의지력으로 슬픔을 견인한다. "먼 길을 떠나는 사람 뒤에서 여자가 소리 내어 우는 법이 아니라는 말"은 여성을 비하하는 관용적인 속어지만, 역설적으로 떠나는 아들을 위한 감정의 절제가 어머니의 마음으로 강하게 나타난 것이다.

그녀는 노래를 읊조리며 걷고 있었다. 무언가 서러움이 서리고 애절함이 사무치는 느릿한 가락은 끝날 줄을 모른 채 길고 긴 들녘길처럼 한없이 이어지고 있었다.

새애야아 새애야아아 파아라앙새애야아
노옥두우우밭에에 아안지이마라아아
노옥두우꼬옻치이이 떠러어어지며언어
청포오오자장수우우 우울고오오 가안다아아

녹두장군이 사형을 당하자 여인네들의 입에서 입으로 전해지며 남몰래 불리어지고 있는 노래였다. 그건 전봉준 장군에 대한 애도가이면서, 돌아오지 않는 남편들에 대한 망부가였고, 이기지 못한 싸움에 대한 비원가였다.
감골댁은 그 노래를 끝없이 되풀이하며 앞서 가버린 남편을 만나고 있었고,

언제 돌아올지 모를 아들 걱정을 삭이고 있었다. 그러다보면 들녘 길도 별로 힘겨웁지 않게 뒤로 뒤로 밀려나갔다. (『아리랑』, 1-25)

감골댁이 아들이 미국으로 팔려간 대가로 받아야 할 돈 20원 중에서 빚을 제하고 남는 돈 2원을 받기 위해서 대륙식민회사로 가는 도중에 참요인 파랑새를 부르고 있다. 감골댁이 파랑새를 부르는 이유는, 단순히 지나간 일에 대한 패배주의의 감상적 태도가 아니다. 패배한 싸움에 대한 회한이 주요 정서를 이루고 있지만, 애상적 정서로 빠지지 않고 현실을 다시 돌아보는 노래이다. 여성인 감골댁에게 '이기지 못한 싸움에 대한 비원'이란 의미는 여성의 소극성과 나약성에 대비되는 보다 적극적인 의지가 반영된 마음이다. 감골댁의 '역사인식'의 단면을 볼 수 있다. 동학란을 역사적인 필연성으로 인지하는 구절이다. 감골댁의 이 같은 생각은 동학란의 결과로 현실에서는 남편을 잃고 그 영향으로 자식까지 이역만리로 떠나보내야 했던 한 인간으로서의 강의(剛毅)한 면이라고 할 수 있다.

아녀, 자네 맘 다 알어. 허나 자네 남정네가 주색잡기를 히서 집안살림 망치고 처자석 고상시킨 것 아니덜 안혀. 그런 못된 남정네덜이 쌔고 쌘 판인디, 손샌이야 다 장헌 일 허다가 그리 된 것잉게 자네가 맘얼 넓게 묵어야 쓰네. 하면, 손샌이야 장헌 남자제.
감골댁은 진정으로 부안댁을 위로하고 타일렀다. 부안댁의 마음은 지난날 자신이 순간순간 품었던 마음이기도 했던 것이다.
그리 장헌 일일 혔다고 누가 알아주기럴 허요, 묵을 것이 생기기럴허요. 그저 숨어사니라고 정신없고, 쫄쫄이 배만 곯제. 다 소양없는 짓이구만이라.
아니시, 아녀, 다 시국이 잘못돼서 그런 것이제 옳은 일이야 언제고 옳은 일이고 장헌 일이야 언제고 장헌 일인 것이여. 그것이야 맘 통허는 사람끼리야 다 아는 일이시. 자네야 그저 맘 넓게 묵고 기운 내소. 나겉은 사람도 사는

것 봄스로 말이시. 어쨌그나 남정네가 옆에 있는 것언 천복잉게. (『아리랑』, 3-228)

부안댁은 남편인 손판석이가 중국인 노동자들과의 싸움에서 큰 부상을 당한 후, 남편의 정상적인 몸 상태가 아닌 것에 푸념을 하고 있는 대목이다. 감골댁은 부안댁의 푸념을 진정으로 위로해 주고 있다. 손판석이 한 일은 단순한 싸움이 아니다. 노동현장에서 불평등하게 벌어진 민족적인 감정의 표현의 형태였다. 감골댁이 손판석이 한 일을 사사로운 개인적인 일이 아니라 '장헌일'로 얘기함으로써, 손판석의 싸움과 부상을 대의명분이 있는 것으로 인식하고 있다. 특히 '시국'을 언급함으로써 손판석의 싸움이 정치적인 원인에서 야기된 모순임을 지적하고 있다. 감골댁의 '옳은 것은 언제나 옳은 일이고 장헌 일은 언제나 장헌 일'이란 얘기 속에서 평범한 아낙의 편협한 소견을 초월한 의기와 기개를 느끼게 한다.

"주색잡기 허신 것도 아니고, 남정네 허는 일인디 무신 짚은 뜻이 있겄제라." 마누라는 다 이해한다는 표정이었다. 일 년 징역을 살고 나왔을 때도 마누라는 똑같은 말을 했다. 마누라는 아무 배움이 없었지만 속이 깊었고 심성이 착했다. 특히 마누라의 지칠 줄 모르는 부지런은 동네 사람들의 입을 모으게 했다. 아마도 그건 가난한 소작인의 자식으로 커나면서 어렸을 때부터 체득한 삶의 방법이었을 것이고, 더구나 남편이 오래 집을 비우게 되자 그 부지런은 더 질기고 억세게 되었을 것이다. (『태백산맥』, 1-47~48)

남편은 자기가 하고 있는 일에 대해서 한 번도 그녀에게 말한 적이 없었다. 그러나 그녀는 좌익이 무엇을 하고자 하는 일인지 일찍부터 알아왔다. 누구한테 세세히 들은 것이 아니고, 남편이 하는 일이라 신경이 쏠리다보니 자연스럽게 그리 된 것이다. 남편이 이루고자 하는 세상이 오면 얼마나 좋으랴 싶으면서도 그런 세상이 된다는 것은 꿈만 같다는 쪽으로 그녀의 생각은 기울곤 했다. 들몰에서 커난 그녀는 그 누구 못지않게 소작농의 배고픔과 슬픔을 잘 알았다. 어렸을 때부터 자기네를 가난하고 배고프게 살게 만드는 것이 지주라는 것을 알았고, 어느때는 그들을 한없이 부러워하기도 했고 어느때는 그들을 끝없이 미워하기도 했다. 좀 더 철이 들어 소작농이 왜 소작농의 신세를 면할 수 없는지를 알게 되면서 아버지를 못난이로 보지 않고 장하게 여기게 되었다. (『태백산맥』, 2-50)

하대치의 아내인 들몰댁의 사람됨을 이야기 하고 있다. 들몰댁은 남편 하대치가 가장으로서의 역할을 하지 못하고 감옥살이를 하거나 경찰을 피해 도피 생활을 하고 있는 것에 대하여 불평을 하지 않고 있다. 『아리랑』의 샘골댁이 시국에 대하여 의식적인 부분이 있는 인물이라면, 들몰댁은 주어진 삶의 몫을 묵묵히 수용하는 우직한 성격의 여성이라고 할 수 있다. 감골댁이 부안댁을 달랬던 논리처럼, 들몰댁도 남편 하대치를 이해하는 경계의 범주를 대의명분과 개인의 사사로움으로 구분을 하여 인식하고 있다. 술과 노름 그리고 같은 여성의 입장에서 투기를 부릴 수 있는 다른 여자와의 염분이 원인이 아닌 이상 들몰댁은 남편 하대치가 하는 일에 대하여 굳건한 믿음을 가지고 있다.

들몰댁의 성격은 자기의 의중을 쉽게 드러내지 않는 인물이다. 가볍게 움직이는 인물이 아니라는 것이다. 가부장제적인 사회에서 남편이 '지아비'라는 이유와 '주색잡기' 등을 하지 않았다는 이유만으로 하대치를 이해하는 것이 아니다. 조선의 지배 질서인 신분제가 이미 해체된 근대적 삶에서 이 같은 과거의 신분적 위계는 현실적 삶에서 더 이상 족쇄가 될 수 없는 환경이다. 따라서 들몰댁의 마음은, 성장기에 체험했던 대를 이은 가난이 사회적인 모순에 의해서 파생된 것임을 아는 인물이라고 할 수 있다.

두 손으로 의자를 틀어잡은 갈포댁은 남편을 생각하고 있었다. 그때 생사람을 저세상으로 보내고도 참아냈었다. 그에 비하면 아들이 목숨에 지장 없이 살아 있다는 것이 얼마나 큰 다행인가. 갈포댁은 사무쳐오는 서러움을 가슴으로 되밀어넣고 있었다.

우리 아들 으쩌고 있소?

갈포댁은 눈물을 훔치고 또 훔쳤다.

두 번째 진통제, 안 아픈 주사 맞고 잠들어 있어요.

워디 있소?

갈포댁이 휴우 한숨을 토하며 몸을 일으켰다.

아주머니, 좀더 진정했다가 들어가세요. 괜히…….

간호원이 떨고 있는 듯한 갈포댁을 붙들었다.

괜찮아요. 요보담 더 숭헌 일도 당허고 살었는디. 나가 그리 실없는

여자 아닝게 걱정 마씨요. (『한강』, 5-120~121)

갈포댁의 아들인 나복남이가 스텐공장에서 작업 중, 손가락 4개가 절단되는 중상으로 병원에 입원했다는 연락을 받고 병원으로 간 장면이다. 갈포댁은 경황 중에 아들이 살아 있다는 것 자체만으로도 안도를 한다. 갈포댁의 "요보담 더 숭헌 일도 당허고 살었는디"'라는 말 속에서 예사롭지 않는 삶의 저력과 애환이 묻어 있는 것을 느낄 수 있다. 이 저력과 애환은 갈포댁이 감당한 몫뿐만 아니라, 한국근현대사의 질곡의 역사를 온 몸으로 감당해야 했던 여성들의 삶을 단적으로 함축하고 있다. 아들의 불구(不具) 여부는 그 다음의 문제이다. 오직 살아 있다는 것 자체가 중요한 것이다.

『한강』의 주인공이라고 할 수 있는 유일민과 유일표의 어머니 '혜촌댁'도 강인한 삶의 생명력을 보여주는 대표적인 여성이다. 『아리랑』과 『태백산맥』이 향촌적인 배경이기 때문에 택호를 가진 여성들이 두드러지게

전경화 되었다. 그러나 한강의 배경은 향촌에서 산업화의 시대로 들어선 현실을 배경으로 한 것이기 때문에 상대적으로 택호를 가진 여성들이 전면에 드러나지는 않는다. 따라서 '혜촌댁'이란 인물도 두드러지게 드러나지 않는다. 그러나 『한강』의 전편에 이르기까지 한국 근현대사의 아픔을 고스란히 감당하는 근기 있는 여성으로 그려진다. 월북한 아버지의 업보인 연좌제 때문에 장래가 촉망받던 두 아들의 인생은 좌초되고 만다. 이런 명백한 사실 앞에서 혜촌댁이 임종 직전에 한 말은 "아버지럴 원망 말그라"이다. 혜촌댁은 조정래의 대하소설에 등장하는 택호를 가진 여성들의 삶의 배경을 완결하는 인물이라고 할 수 있다. 일제 강점기와 해방 공간에서 단절되지 못한 모순의 고리가 산업화의 시대로 이어지면서 택호를 가진 여성들의 삶은 한 시대의 질곡을 고스란히 한(恨)으로 내재화한다. 이 한은 현대사의 강인한 생명력으로 확장된다.

"우리끼리 없었응께 터 놓고 허는 소리제만, 남정네덜이라고 무슨 죄가 있다요? 사람이 사람맹키로 공평허게 사는 시상얼 맹글겄다고 나선 사람들인디, 고것이 워찌 죄겄소."

목골댁이 입바른 소리를 하고 나섰다.

"누가 들을랑가 무섭네."

장흥댁이 입 조심하라는 손짓을 했다.

"참말로 나넌 애가 터져 이눔에 시상 못 살겄소. 엊저녁에도 남정네 읊는 썰렁한 방에서 새끼 달랑 품고 잠 한숨 못 잠스로 되작되작 생각허본께. 기다 찹다. 일정때넌 일정때대로 그 고초 당험시로 근근이 살고, 해방이 됐는디도 하나또 달라진 것 읎이 살다가, 베락 맞은 거맹키로 소작꺼정 날라가뿐디다가 갇히는 신세가 되얐는디, 있는 눔덜언 이제나 저제나 양지살이고, 읎는 것덜언 이제나저제나 음지살이 허는 것도 분허고 원통헌디, 더 분헌 건 나라가 있는 눔덜 편역드는 것이요."

목골댁의 열기 받친 말을 조성댁이 막았다.

"이 사람아, 있는 사람덜이 나라 채릴 잡았웅께 그것이야 당연지사 이니겠어? 자네는 나라 따로 있고, 있는 사람덜 따로 있는 것맨치로 말얼 허는디, 이 사람아, 나라가 있는 사람덜이고, 또 있는 사람덜이 나라시."

"긍께 빌어묵을 눔에 나라고, 있는 눔덜이 요강꼭지가 된 배꼽도 모지래서 솥뚜껑꼭지가 되게 헐 욕심으로 읎는 사람덜 몰아쳐서 죄댕그는 것인디, 나라가 정헌 죄고 벌이고 다 틀려묵었다 그 말이요. 나라럴 믿느니 지 병 고치자고 아그덜 잡아다가 간 빼묵는 문딩이덜얼 믿겄소" (『태백산맥』, 3-142)

감골댁과 들몰댁 이외의 목골댁, 남양댁, 장흥택, 조성댁 등도 강인한 생명력을 가진 여성들이다. 남편이 좌익에 가담함으로써, 그녀들의 인생의 행로도 고난의 연속이다. 자신들의 의지와는 관계없이 거대한 역사의 격랑 속으로 휩쓸려 가게 된다. 네 여자들은 좌익 활동으로 잡혀 감옥에 있는 남편들을 면회하러 갔다가 만나지 못하고 돌아오는 길에 자기들의 설움을 푸념하고 있다. 그들은 삶의 애환에 동병상련의 아픔을 느끼고 있다. 그러나 그들은 일개 아녀자에 지나지 않지만, 그들이 가지고 있는 시대적인 인식은 정확하다. 작금의 혼란과 어지러움이 기득권을 가지고 있는 양반들과 지주들에 의해서 야기된 것임을 자각하고 있다. 강인한 삶의 생생력은 역사와 민족의식을 자각한 사람만의 몫이 아니다. 오히려 역사의 격랑 속에서 좌표를 잃고 방황하는 당대의 이름 없는 백성들에게서 더 질긴 생명력을 느낄 수가 있다. 그들은 지배계층에 비해서 현실정치에 직접적으로 관여하지 않기 때문에 미래에 대한 불투명한 전망을 가질 수밖에 없다. 즉 당대의 모순에 직접적으로 노출이 된다는 것이다. 또한 생리적이며, 본능적인 인간적 욕구에 충실한 사람들이다. 따라서 이런 사람들이 어떻게 역사의 격랑 속에서 삶의 방식을 수용하고 헤쳐 나가는 것이지를 살펴보는 것은 의미 있는 일이다.

5. 결론

조정래의 대하소설인 『아리랑』과 『태백산맥』, 『한강』에는 택호를 가진 여성들이 많이 등장한다. 택호는 호칭과 지칭의 일종으로서, 시집 온 며느리에게 시댁의 가문에서 붙여주는 이름이다. 결혼이 여성에게 제2의 삶을 의미한다면, 변화된 삶의 환경에 맞게 현지인들에게 새롭게 불리는 이름이 있어야 할 것이다. 따라서 택호는 제2의 삶을 의미하는 상징적 언표가 된다.

일반적으로 여성의 택호를 거론하면, 그 전제 조건으로 얘기 되는 것이 조선시대의 남존여비의 가부장제적인 유교질서이다. 택호가 경화되고 각질화된 유교질서의 산물이라는 것이다. 이러한 논리가 설득력을 가지려면 여성에게 택호를 붙여주는 행위가 시댁의 일방적인 편의주의가 작용을 해야 한다. 즉 새롭게 편입된 여성에게 이름을 지어준다면 당연히 시집의 환경과 관습에 맞는 이름이어야 할 것이다. 그러나 여성의 택호는 친정의 지명과 결부되어 불린다. 이는 시댁에서 며느리의 친정에 대한 인문지리적인 존중과 배려의 표시라고 할 수 있다. 본고의 결론을 정리하면 다음과 같다.

2.에서는 택호의 쓰임새가 여성의 출신지명과 관계됨을 살펴보았다. 아울러 여성의 친정이 의미하는 땅의 의미와 택호의 관계를 살펴보았다. 땅과 집과 사람은 삶을 영위하기 위한 조건이기 때문에, 여성의 출신지명 속에는 인문지리학적인 총체성이 묻어 있다.

3.에서는 택호는 여성의 출신지명을 바탕으로 해서 붙여지는 이름으로써, 여성이 친정을 그리워하는 '수구초심' 의 마음이 녹아 있는 것이라는 것을 살펴보았다. 또 택호는 시댁에서, 새로 편입된 며느리에게 갖추는 예우의 차원이라는 점에 주목을 했다.

4.에서는 택호를 가진 여성들의 강인한 삶의 생명력을 살펴보았다. 여

성들은 과도기적인 전환기의 역사 속에서 쉽게 상처를 받는다. 그러나 오히려 남성보다 질긴 생명력으로 끈질기게 삶에 적응한다.

참고문헌

국립국어연구원, 『표준국어대사전』, 두산동아, 1999.

김미영, 「안동 동성마을의 택호 연구」, 『비교민속학』 제22집, 2002.

김종택, 「전통사회에서의 여성의 지위」, 『여성문제 연구』, 1990.

김형국, 『땅과 한국인의 삶』, 나남, 1999.

권희돈, 『소설의 빈자리 채워 읽기』, 양문각, 1993.

왕한석, 「택호와 종자명 호칭」, 『산청어문』, 1989.

왕한석·김희숙 외 5인, 『한국 사회와 호칭어』, 역락, 2005.

조숙정, 「비친척관계에서의 호칭어의 구조와 사용방식」, 서울대 석사학위논문, 1997.

조정래, 『아리랑』, 해냄, 2003.

_____, 『태백산맥』, 한길사, 1994.

_____, 『한강』, 해냄, 2003.

한국 현대 대하소설에 나타난 반동인물의 욕망 해부
-박경리의 『토지』와 조정래의 3대 대하소설을 중심으로-

1. 서론

박경리의 대하소설 『토지』와 조정래의 소위 3대 대하소설인 『아리
랑』과 『태백산맥』 『한강』은 한국 현대 대하소설의 이정표를 새롭게 세
운 역작으로 평가받는다.[1] 특히 방대한 인물들이 펼치는 삶의 궤적은 장

---

[1] 본고가 두 작가의 작품만을 논의의 초점으로 삼은 것은, 일차적으로 대하소설로서
작품의 완성도와 대중성에 있어서 일반인들의 접근이 비교적 용이하기 때문이다. 4권의
작품을 모두 읽지 않았어도 이 작품들 속에는 드라마나 영화로 만난 작품이 있기 때문에
친숙한 느낌을 갖는다는 것이다. 물론 연구자의 역할은 여러 이유로 숨겨진 작품을 발굴,
이에 정당한 학문적 평가를 받게 하는 것이지만, 이미 대중들에게 친숙한 작품을 의미화
계량화하는 것 또한, 대중들의 개방적 호기심을 자극한다는 측면에서 연구자의 중요한 몫
이다. 또 하나는 여러 대하소설 중에 두 작가의 대하소설이 한국 근현대사를 이해하는
데 민중사적으로 소위 '조화와 궁합'이 잘 맞는 상호 보완적 관계라는 점이다. 조정래의
3대 대하소설이 한민족의 정치적 역정과 이념의 문제가 중심이라면, 박경리의 『토지』는
한국인의 정서와 감성의 문제를 가장 섬세하고 투명하게 표현하고 있는 소설이기 때문이
다. 그러나 한편으로는 조정래의 3대 대하소설이 정치적 이물감과 생경성 그리고 『토지』가
감성과 정서의 과잉이라는-불가피한-편향성을 안고 있는데, 두 작가의 해당 작품은 이를
서로 보완해 주면서 한국 근현대의 큰 흐름과 줄기를 '정치와 인간'으로 통합하면서 이해
할 수 있게 해 준다.

중한 파노라마를 연상케 할 정도로 광폭(廣幅)이 크다.

그중에서 '반동인물(an-tagonist)'[2]이 보이는 개성적 캐릭터는 소설 속에 재현된 삶의 핍진성을 감칠맛 나게 보여 주는 요소로 작용한다. 반동인물은 주동인물(protagonist)의 대의명분적 역할을 보조하며 조연으로 등장하지만, 주동인물이 지니는 정형과 평면성을 극복하고 소설 속에 활력을 불어 넣는 '의미 있는 인물'이다. 역할로 보면 뭇사람들로부터 윤리적으로 타매당하는 악역이지만, 이 악역의 충실도에 따라 한편의 소설의 완성도가 결정 될 정도로 무시 못 할 위상을 갖는다. 다양한 인물들이 등장하는 대하소설의 극적 전개과정은 갈등을 어떻게 창조하며 풀어내는가에 따라 작품성이 좌우되는데, 반동인물은 이러한 갈등의 원인자로서 적격이다. 따라서 이들이 지니는 반사회적 비인격적 요소는 적어도 소설 속에서는 불편하지만 '찰떡에 조청 궁합'[3]처럼 필요악인 셈이다. 중·단편 소설이 분량의 제약 때문에 반동인물의 내면적 필연성을 분석적으로 조명하지 못한 채 주동인물 중심으로 전개되는 경향이 강한데 비해, 대하소설은 반동인물에 대한 시점이 양면성을 띠어 그의 삶의 해석에 개방적 여지를 만든다.[4]

---

2 주인물은 프로타고니스트와 일치하지만, 부인물은 반드시 적대적인 인물만 있는 것이 아니기 때문에 모두 안티고니스트라 부를 수는 없다. 김천혜, 『소설 구조의 이론』, (문학과 지성사, 1990), 181쪽.

3 정종진, 『한국의 속담 대사전』, (태학사, 2006), 1864쪽.

4 요즘 하나의 세태로 유행 되고 있는 '나쁜 남자 나쁜 여자 시리즈'의 영화나 책 등의 선풍적 관심이 좋은 예가 될 것 같다. 재래의 윤리적·도덕적 인물이 갖는 계몽적 모범성은 다종다기의 파편화된 삶을 살아가는 현대인들에게 더 이상 정서적 자극을 주지 못한다. 실생활 속에서는 완전한 인간상으로 존경해야 할 인물이지만, 하나의 작품 속의 인물로는 소위 드라마틱한 극적 요소가 결여된 평면적 인물이기 때문에 흡입력 있는 매력적 캐릭터가 아니라는 것이다. 공자도 『論語』「雍也」편에서 군자의 道를 '行不由徑'이라고 했다. 이 말은 '군자는 큰 길을 간다.'라는 '君子大路行'과 같은 맥락으로써, 지름길이나 뒤안길을 취하지 않는 삶의 행로를 가리키는 말이다. 大義를 위해 正道를 걷는 인물이기 때문에 현실에서는 삶의 지표가 되지만, 적어도 작품 속에서는 작품의 스펙트럼을 확장하는 데 한계를

본고가 주목한 것은 두 작가의 대하소설 속에 등장하는 대표적 반동인물들의 욕망의 전개양상이다. 욕망에 대한 정의는 동서고금의 사상가와 철학자들이 인간의 제 문제를 근본적으로 탐구하고 파악하는 데 있어 근간으로 삼았던 '심학(心學)'의 바탕이다.

우선 서양의 욕망이론은 플라톤과 아리스토텔레스는 물론, 프로이트, 소쉬르, 레비스트로스, 푸코, 바르트, 알튀세르, 라캉 등으로 이어지며, 장구한 역사와 논쟁을 통한 정치한 연원을 자랑한다. 특히 프로이트 이후의 사상들이 본격적으로 욕망에 대한 정의를 내리는 과정에서 이를 체계화한 틀을 '구조주의'라고 명명했다. 구조주의는 '현상을 있게 한 이면의 작동원리를 규명하거나 찾아가는 일종의 메커니즘'을 의미한다.

동양의 대표적인 욕망에 대한 이론가는 '순자(荀子)'[5]이다. 그가 주장한 '성악설(性惡說)'도 욕망의 발현과 관계가 깊다. 순자는 욕망을 인간

가진 인물이라는 것이다. 따라서 작품의 반동인물(小人)들은 그들만이 갖고 있는 독특하며, '차별화된 삶의 행로(革面)'를 통해 독자와 관객들에게 새로운 환상과 기대를 충족시켜주고 반동인물들은 독자의 이러한 욕망을 추동한다. 삶의 정형성에서 오는 피로감을 작품 속의 욕망의 이름으로 초점화한 인물을 통해 대리 만족하고 싶은 욕망의 일단인 셈이다. 모범적이라는 평가를 받는 한 인물의 내면 속에는 그 만큼 모범적이기 위해 억누를 수밖에 없는 또 하나의 본래적이며 원시적인 자기의 모습이 있는데, 작품 속에서 욕망 실현의 욕구에 충실한 인물들을 통해 독자는 삶의 또 다른 모습과 국면을 접하면서 자신 속에 사회적 규범이란 틀로 잠복해 있는 욕망을 대리배설하는 경험을 한다.

5 欲不待可得, 而求者從所可, 欲不待下得, 所受乎天也, 求者從所可, 所受乎心也. 所受乎天之一, 欲制於所受乎心之多, 固難類所受乎天也.(사람의 욕망이란 다 얻어질 수는 없지만, 추구하는 것은 가능한 범위 안에서 얻어진다. 사람의 욕망이 다 얻어질 수 없다는 것은 그것이 하늘로부터 타고난 것이기 때문이며, 추구하는 것이 가능한 범위 안에서 얻어진다는 것은 그것이 마음에 의해 추구되는 것이기 때문이다.) 순자, 김학주 옮김, 「정명」 제16권 22편, 『순자』, (을유문화사, 2001), 647~649쪽. 순자가 제출한 '욕망의 분석은 그 출발부터 "인간은 욕망을 발산해 나가는 존재이다"라는 점을 전제한다. 왜냐하면 인간은 태어나면서 '욕망'을 가지고 있다는 점에서, '욕망'은 그 출발부터 제거되어야 할 대상이 아니라 반드시 키워 나가야 할 대상이기 때문이다. 하지만 순자는 우리가 '욕망'에 무한한 만족을 추구할 수는 없지만 '마음의 사려 판단'이라는 일정한 조건하에서만 그것에 만족을 추구할 수 있다는 입장을 표명했다. 김철운, 『순자와 인문세계』, (서광사, 2003), 113~114쪽.

존재의 필연적 근원으로 -서양의 욕망이론과 동일하게- 소멸은 원천적
으로 불가능하며, 절제를 통해서만이 현실적 삶을 관리할 수 있다고 보
았다. 욕망에 대한 고금의 공통된 인식은 욕망이 생의 본질이지만, 과도
하게 분출하면 도덕·윤리적 비행으로 흐를 개연성이 항존하는 이중성
으로 본 점이다. 욕망이 인격의 완성을 가늠하는 도덕·윤리적 기준으로
준거되어 왔다는 것이다.

문학 특히 소설에서 욕망에 대한 연구는 그동안 현대문학은 물론, 고
전문학까지 문학연구의 주요 주제로 다루어져 왔다.[6] 그러나 연구의 대
부분은 외면적으로 드러난 욕망의 현시와 유형만을 중심으로 분석을 했
기 때문에 소설 속에 표현된 인물들의 욕망을 현실적인 윤리와 질서를
기준으로 평가하는 한계를 드러냈다. 즉 객관적인 입장에서 반동인물들
이 행한 행위의 정신적 원인과 이유를 그 자체로 파악하려는 노력이 부
족했다는 것이다. 이것은 소설이라는 가상된 현실에서 그려지는 삶의 방
식조차 현실적 잣대로 인식하려는 비문화적인 경직된 태도의 소산이라
고 할 수 있다.[7] 반동인물들이 욕망실현을 위해 위반하는 사회적 합의와

---

6 우찬제, 「현대 장편소설의 욕망 시학적 연구」, (서강대 박사학위논문, 1993).
　엄미옥, 「김유정 소설의 욕망과 서술상황 연구」, (숙명여대 석사학위논문, 1998).
　성유미, 「김승옥 소설 연구」, (서울시립대 석사학위논문, 1999).
　이화경, 「이상문학에 나타난 주체와 욕망 연구」, (전북대 박사학위논문, 2000).
　이호숙, 「이태준 소설의 이중 욕망 연구」, (이화여대 박사학위논문, 2002).
　이기호, 「손창섭 소설에 나타난 욕망 발현 양상 연구」, (명지대 석사학위논문, 2002).
　이루미, 「한승원 소설 인물의 욕망에 대한 연구」, (전남대 석사학위논문, 2009).
　박청호, 「김승옥 소설의 욕망의 서사 연구」, (한국문예창작회, 2008).
　송지연, 「욕망의 윤리적 소통」, (한국문학이론과 비평, 2010).
7 최근에 출간된 『이완용 평전』이 좋은 예가 될 듯하다. 한국의 역사에서 새롭게 재해석
된 인물들이 많지만, 이완용은 이론의 여지가 없는 매국노의 상징이었다. 이완용에 대한
공개 언급조차도 그가 절대 부정할 수 없는 매국노라는 사실을 다시 한 번 주지시켜 주는
확정적 차원에 한해서였다. 그러나 『이완용 평전』은 이러한 이완용에 대한 기왕의 통념과
금기를 깨고 그의 생애를 다시 역사의 양지로 드러내 "만약 당신이라면 어떻게 했을까?"라
는 불편한 질문을 던진다. 물론 이러한 불편한 질문을 통해 저자가 의도하는 것은 현실의

통념을 단선적인 악으로 규정해서는 안 된다는 것이다.[8]

본고는 이러한 한계를 극복하고자 라캉이 구조주의에서 정의한 욕망 이론이 논의의 객관성을 높여 주는 중요한 역할을 할 수 있다고 판단하여 이에 초점을 두었다. 라캉은 욕망의 발생의 원인을 '욕구(need)가 요구(demand)되는 과정에서 발생'[9]하며, 요구가 수용되려면 사회적 합의나 승인이 전제되어야 하는데 그렇지 않은 요구일 경우 수용되지 못한다고 말하고 있다. 즉 욕구가 요구에 의해 수용되지 못할 때 '틈'이 생기며, 이 틈이 '결핍'[10]을 가져오고 이 결핍이 '욕망'이라는 것이다. 반동인물의 욕망의 전개양상을 고찰하는 데 라캉의 구조주의의 욕망이론은 인물들이 외면적으로 실현하는 욕망이 도덕 · 윤리적으로 지탄을 받을 수 있는 현실적인 부분을 상쇄하게 한다. 그 이면의 결핍된 부분을 들여다보고 확인함으로써, 개인의 욕망의 원인을 분석하는 데 유용한 측면이 있다는

성찰이겠다. 따라서 역사의 면죄부와 진실을 왜곡하는 의도가 아님은 물론이다. 하물며 소설 속에서 허구적인 반동인물의 삶을 재구성한다는 것은 이보다 훨씬 가벼운 소위 '소설적 진실'을 드러내는 것이기 때문에 유효한 것이다.

8 위반은 선의 좌절이 아니라 삶에 대한 충만한 각성이고 더 큰 성스러움으로의 도약이다. 그래서 일반적인 선악의 개념을 초월한다. 자칫 작품에 대한 이러한 해석이 소설에 나타난 구체적인 사건들, 살인, 질투, 불법, 외도, 배신, 유괴 등을 허용하거나 미화시킨다는 엉뚱한 오해를 불러일으킬지도 모른다. 그러나 그와 같은 사건들은 모두 위반의 메타포(밑줄-인용자 강조)들이다. 김명주, 「금지된 욕망, 위반, 고통, 성스러움」, 『문학과 종교』, (한국문학과 종교학회, 제15권 3호, 2010) 겨울호, 84쪽.

9 욕구가 요구에 의해 종속되는 한 주체는 소외를 겪게 된다는 것이다. 민승기 · 이미선 · 권택영 옮김, 『자크 라캉 욕망이론』, (문예출판사, 1994), 265쪽.

10 결핍은 에리히 프롬이 말한 '분리경험'의 산물과 같은 정서적 반응이라고 할 수 있다. 인간은 유아기에 어머니와의 육체적 접촉에 의해 분리감을 느끼지 못하지만, 점차 분리와 개성의 감각이 발달하면서 어머니의 육체적 현존만으로는 이미 충분하지 못하고 다른 방식으로 분리 상태를 극복하려는 욕구가 생긴다고 한다. 이러한 욕구가 실현되는 형태와 방법은, 종교와 철학을 포함한 동물의 숭배, 인간의 희생, 군사적 정복, 사치에 탐닉함, 금욕적인 단념, 강제 노동, 예술적 창조, 신의 사랑, 인간의 사랑 등 소위 인간의 문화적 행위가 분리 상태를 극복하려는 인간적 노력의 산물이며, 이것이 곧 인간의 역사라고 말하고 있다. 에리히 프롬, 황문수 옮김, 『사랑의 기술』, (문예출판사, 2010), 24~27쪽.

것이다. 한 인간이 욕망의 과도한 지향성으로 파생될 도덕·윤리적 비행의 지탄으로부터 다소 면죄부를 받을 수 있는 근거가 되며, 라캉의 구조주의의 욕망이론은 이를 설득력 있게 뒷받침 한다. 현실적 삶에서 욕망은 개인 삶의 충족되지 않는 근원적 결핍의 내면의식이다. 이는 인간의 불완전성에서 기인하며, 욕망은 결핍의 환경 속에서 자라는 자연스런 인간 조건인 셈이다. 따라서 결핍된 욕망이 충족을 지향한다는 것은 지극히 당연한 욕구이다. 욕망은 그 자체로 가치중립적이지만, 등장인물들의 삶은 채워질 수 없는 욕망의 근원적 한계 때문에 끝없이 다른 욕망을 찾아 헤매는 소위 라캉이 말한 '욕망의 환유'의 삶을 사는 인물들이라고 할 수 있다.

독자가 소설 속에서 반동인물(악역)에게 보이는 복잡한 애증의 서사는 이 같은 욕망의 근원적 결핍에 대한 연민에 기인한다. 독자들이 욕망의 발현체인 반동인물에게 보이는 시선은 이중적이다. 욕망의 화신으로 분한 현재성에 강한 거부감을 갖는 동시에 현재의 행위를 도덕·윤리의 잣대를 떠나 인과적 필연성으로 본다. 즉 반동인물이 소설 속에서 보이는 욕망 실현의 방식에 대하여 일정 부분 심리적 조력자 혹은 동조자로서의 역할을 한다는 것이다. 이는 독자가 일정부분 반동인물을 자신과 동일시하며, 자신이 투사한 욕망의 거울로 보는 측면이 있다는 것이다. 반동인물에게 보이는 독자의 욕망에 대한 이중성은 소설 전개과정에서 다양한 분광을 형성하여 소설의 진폭을 확대하는 역할을 한다. 이 과정에서 바흐친의 대화주의[11]적 관점은 반동인물이 욕망 실현에 대하여 자기 논리를 전개하거나 독자의 이해를 돕는 데 유용하게 작용한다. 두 작

---

11 타인의 의식을 객체가 아니라 동등한 권리를 가진 주체로 보는 태도이다. 다시 말하면 소설의 작중인물들이 작가의 시점이 아니라 자신들의 시점 속에 존재하는 주체들로 구성되는, 곧 인물들의 다양한 의식들의 공존과 상호작용으로 구성되는 것이 대화이론의 요체다. 김준오, 『시론』, (삼지원, 1996), 41쪽.

가의 대하소설에 등장하는 대표적인 반동인물은 『토지』의 귀녀와 조준구, 김평산과 김두수(거복이), 임이네 『아리랑』의 양치성과 백종두, 장덕풍과 이동만 『태백산맥』의 염상구 『한강』의 서동철과 강기수 등이다.

이외에도 반동인물들이 있지만 본고가 선택의 기준으로 삼은 것은 소설 속에서 이들의 상궤를 벗어난 윤리적 비행이 단순한 일회적으로 끝나는 것이 아니라, 그 비행의 결과가 사건의 발단과 소설 전개의 주요한 상호작용으로 이어지기 때문에 선택의 기준으로 삼았다. 또 이들은 세속적 평판이나 이목에 아랑곳하지 않고 자신의 현실적 욕망 실현을 최고의 선으로 여기는 이른바 전형적인 속물근성의 인물로 등장한다. 당연히 자기 방호에 뛰어난 이기적인 인물들이지만 도덕·윤리적인 가치 판단을 유보하면 자신의 욕망과 야망 실현을 위해 나름대로 치열하게 산 인물들이란 평가와 그럴만한 이유를 심층심리적인 원인에서 찾을 수 있다.[12] 특유의 영민함과 발달된 순발력을 바탕으로 상황변화에 능동적이며 적극적으로 대응하는 인물들이다. 규범(모범)적 인물의 정형성이 대신할 수 없는 전략적이며, 탄력적인 '문제적 인물'이라고 할 수 있다.

본고가 세목화한 '삶에 대한 강한 집착과 생명력', '차별과 멸시에서 파생한 원한과 증오', '물질과 富를 위한 욕망'은 두 작가의 대하소설에 등장하는 반동적 인물들에게서 보이는 일반적 현상이다. 세목화한 부분대로 특징이 있지만 이들이 궁극적으로 추구했던 것은 신분의 상승을 통한 부의 축적 혹은 부의 축적을 통한 신분의 상승이라고 할 수 있으며, 이러한 욕망 동인의 근저에는 인간적 차별과 냉대가 상호 복합적으로 자리한다.

---

12 반동인물의 욕망은 라캉이 말한 '인정욕망'이라고 할 수 있다. 라캉의 인정욕망은 상징계에 나타나는 심리 현상인데 상징계는 프로이트가 인간의 심리 발달과정의 단계에서 분류한 '남근기(phallus)'에 해당하는 시기이다. 이때 발현되는 욕망은 생물학적 본능적 욕구에 의한 것이 아니라 외적 대상 즉 타자에 의해 인정받고 싶은 사회적 욕구라고 할 수 있다.

2. 삶에 대한 강한 집착과 생명력

박경리의 『토지』의 임이네는 전남편인 칠성과의 사이에 딸 임이 그리고 이용(용이)과 재혼하여 낳은 아들 이홍(홍이) 등의 가족을 둔 아내이자 엄마이지만 끝없이 돈과 물질에 대한 탐욕으로 버림받고 소외되는 인물이다. 오히려 생명력이 강한 인물이라기보다 물질과 부를 위한 욕망이 지배적인 인물로 보인다. 아들 홍이의 결혼식 때 돈[13]이 아까워 결혼식에 참석하지 않는 장면에서 그의 극단의 환금적 욕망을 볼 수 있다. 그가 사는 이유는 오직 악의악식(惡衣惡食)하며 재물을 축적하는 것이다.

그러나 한 여인으로서 임이네의 진면목을 보여주는 것은 처절하리만큼 질긴 생에 대한 집착과 강한 생명력[14]이라고 할 수 있다. 도덕・윤리

---

13 남편 없어도 돈 있으면 산다는 배짱이었다. 용이보다, 아니 이 세상 어느 누구보다 소중한 것은 돈, 오직 돈이었다. 돈에다만 그는 그 자신의 장래를 걸었다. 박경리, 『토지』 4권, (솔, 1993), 20쪽. 임이네의 돈에 대한 탐욕은 용정에서 월선이가 차린 국밥집인 월선 옥(月仙屋)의 수익의 상당부분을 야금야금 착복함으로써 문전성시를 이루는 월선옥의 경영에 심각한 타격을 입히게 된다.

14 울부짖으며 임이네를 안았다. 임이네는 떠밀었다. 무서운 힘이었다. 용이는 나자빠지면서 무엇이 쏟아져나오는 것을 보았다. 천지가 멎어버린 것 같은, 시간도 멎어버린 것 같은 정적이, 그러고 나서 아이의 울음 소리가 파도처럼 방안에 퍼지고 울렸다. 두 주먹을 모은 채 꼿꼿하게 선 고추에서 오줌이 치솟았다. 임이네 얼굴에 승리의 미소가 떠올랐다. 일찍이 용이는 그와 같이 아름다운 미소를 임이네한테서 본 일이 없다. …(중략)… "이러고 있을 기이 아니라 보소, 탯줄부터 끊어주소. 저기, 저어기 가새하고 실이 있거마요." 용이는 가위와 실을 잡는다. "탯줄을 실로 묶어가지고 나서 짜르소. 한뼘쯤 해서 묶으고." 임이네 시키는 대로 한다. "와 그리 떨고 있소? 아이는 닦아서 저기 포대기에 싸가지고 내 옆에 눕히주소." …(중략)… 이윽고 태반이 나오고 출혈이 심했다. 용이 얼굴이 창백해진다. "걱정 말고 안태는 짚에 싸소." 충만된 기쁨을 서서히 감당해가면서 임이네는 용이에게 지시했다. 여왕벌같이 위엄에 차 있었고 자신에 넘쳐 있었다. (밑줄-인용자 강조) 박경리, 위의 책 2권, 411~412쪽. 임이네가 아들 홍이를 출산하는 장면이다. 난산의 경황 중에도 당황하는 남편 용이를 침착하게 이끌고 안심(탯줄을 자르라고)시키는 모습에서 임이네가 그동안 보여준 외적 천박성은 사라지고 쉽게 범접할 수 없는 야생적 힘과 생명을 잉태한 자의 절대적 존엄성까지

적 가치판단을 유보하고 임이네의 삶의 태도만을 본다면, 무엇이 한 인간을 자식에 대한 모성까지도 희석시킬 만큼 변질되게 만들었을까 하는 연민이 든다. 임이네의 생의 집착과 강한 생명력은 그의 풍만한 성(性)적 관능과 원시적 생산성에 기인한 바 크다.

① 임이네는 매우 건강하고 이쁘게 생긴 여자였다. …(중략)… 그 자신 자기 용모에 자만심을 갖고 있는 것은 말할 것도 없고 마을 사람들도 임이네 인물을 마을에서는 제일로 치는 데 객말이 없는 것 같았다. (『토지』, 1-75)

② 이런 호젓한 기회가 다시 있을 것 같지 않았던 것이다. 무슨 생각을 했던지 임이네는 머리에 쓴 수건을 벗어 얼굴을 닦고 손도 닦는다. 그러더니 결이 고운 무 하나를 골라 들었다. 낫으로 껍데기를 벗기고 두 쪽을 나누어 잠시 미소짓다가 밭둑을 넘어 용이 곁으로 다가선다.
"저어,"
용이 좋잖은 눈으로 돌아본다.
"이거 물이 많아서, 잡사보소, 목도 마를 기요. 요기도 될기요."
애원이었다. 눈에 가득 실린 애원의 마음, 용이는 멍하니 여자를 쳐다본다. 아무말 않고 무꼬랑지 쪽을 든다. (『토지』, 2-69)

③ 약하게 비춰주는 모깃불, 희미하게 흔들리는 여자의 모습, 오장을 후벼 파는 것 같은 여자의 흐느낌 소리, 가슴에 불이 댕겨지는 것 같은 측은한 마음은 이상한 감동을 불러일으켰던 것이다.
오랫동안 한 번도 느껴본 일이 없는 남자로서의 충동이었다. …(중략)… 용이는 그 동안 자신을 병신으로 단념하고 있었다. 그 생각은 강청댁도 했었다.

느껴진다.

용이는 강청댁에게 접근해보려고 무진 애를 썼고 강청댁 역시 애쓰는 그와 함께 노력을 했으나 남자의 기능은 영영 돌아오지 않았던 것이다. (『토지』, 2-291~292)

④ 칡넝쿨같이 줄기찬 생활력과 물가의 잡풀같이 무성한 생명력을 지닌 임이네, 식욕과 물욕과 성욕이 터질 듯 팽팽한 살가죽에 넘쳐흐르듯 왕성한 임이네는 대지에 깊이 뿌리박은 여자, 풍요한 생산(生産)의 터전이라고나 할까. 그러나 그는 접을 붙여주지 않는 꽃나무, 무정란(無精卵)[15]을 품은 슬픈 새다. (『토지』, 3-213)

①의 인용문을 통해 임이네의 미모가 경국지색은 아닐지라도 평사리에서 제일로 칠만큼 빼어나다는 것을 알 수 있다. 그의 미모는 이성의 보호본능을 자극하는 귀족적 자태가 아니라, 관능적 육감미를 발산하는 풍만하고 교태스런 다산(多産)적 미모이다. 이러한 교태는 강청댁과 월선에 대한 질투와 어우러져 묘한 성적 욕망을 자극하는 요소로 작용한다.

②는 외간 남자와의 내외(內外)가 일반화된 전통적 사회에서 그것도 유부녀인 임이네가 보이는 성적 유혹이 도발적이며 자극적임을 보여준다. 물론 이러한 유혹은 '잘난 사내' 용이에 대하여 이성이 가질 수 있는 본능적 욕망이지만—임이네 자신의 미모에 대한 자신감에도 불구하고— 이를 외면하는 용이를 꺾어보겠다는 성적 호승심과 호색녀의 육기가 복합적으로 작용한 결과이다.

③~④에서는 임이네의 생명력이 강인하지만 개화하지 못하는 '무화

---

15 이 세상 마지막이 온다 하여도 혼자만은 살아남을 것 같은 왕성한 생명력, 불모의 바위틈을 피 흘려가며 기어오르는 생명에의 의지, 무서운 힘이었다. 박경리, 앞의 책 4권, 20쪽.

과처럼 비극적 존재라는 것을 보여준다. 정인(情人)인 월선과 헤어진 후 남자로서의 기능을 상실한 용이가 임이네를 통해 성적 욕망과 억압이 해소될만큼 임이네의 성적 흡입력은 강한 자극을 준다. 그러나 임이네의 성적 욕망은 궁극적으로 건강성을 상실하고, 자신과 타인을 폭력적으로 변질되게 한다. 성적기능을 회복한 용이가 임이네와 강청댁을 오가며 행사하는 병적이며, 폭력적인 성적 일탈[16]이 이를 증명한다. 또 친아들인 홍이를 비롯하여 자신과 삶의 인연으로 관계를 맺은 사람들하고 한결같이 원만한 생명력으로 발전되지 못하고 불모적 관계로 전락한다.

⑤ 임이네는 아이들과 한 끼를 위해 보리밭에서 치마를 걷은 일이 있었고 강가 바위 뒤에서 백정에게 몸을 맡긴 일이 있었고 빈집에서도 몸을 팔았다. 몸을 맡겼던 사내는 백정말고도 소금장수, 머슴놈, 떠도는 나그네, 얼굴조차 기억할 수 없는 사내들이었다. (『토지』, 2-326)

⑥ "남의 눈이 있인께 죽물이라도 끓이오지. 너이 연놈들이 날 집구석에 콕 처박아 놓고 굶기직일 걸 내가 모릴 줄 아나! 언선스런 말 해도 나는 꼭대 위에 서 있인께, 내가 우찌 살아왔다고 그거를 모리까. 자식이 아니라 불구대천의 원수 놈, 비단가리 하나 냉기고 내가 죽을 줄 아나?" …(중략)… 며느리를 두고 안 들어올 사람이 들어왔기 때문에 병이 난 것이라 하여 굿을 하고 보연

---

16 "임이네가 마을 여자들로부터 폭행을 당하던 그때 잠시 동안 임이네가 자기 자식을 가졌다는 것을 실감했을 뿐이며 삽짝을 나서면서부터 감동을 잃었다. 그 대신 정력은 그칠 줄 모르는 듯 두 여자에게 쏟아졌고 날로 황음(荒淫)(밑줄-인용자 강조)해 갔으며 거의 광적으로 되어갔지만 그는 여자 둘을 증오하고 멸시했다. 너희들이 짐승이지 사람이냐고 욕설을 퍼붓는가 하면 나도 짐승이지 사람이 아니라 하면서 헛웃음을 웃곤했다. 그러면서도 여전히 아편쟁이처럼 육체에 탐닉하는 용이는 아무 쓸모 없는 놀량패가 되어갔다. 주막에서 술을 마시다 쌈질하는 것이 일쑤요 농사꾼이 농사지을 생각은 않고 장돌뱅이를 따라 다니기도 했으며 소를 꺼내어 장에 가서 팔아 노름에다 털어넣고 돌아오곤 했다." 박경리, 앞의 책 2권, 326쪽.

이는 나타나지도 못하게 했다. 씻은 듯이 나았다는 것은 빈말이었다. 좋다는 약은 다 먹었고 좋다는 한의는 다 찾아다니며 법석을 피웠다. 심지어는 새끼 낳은 고양이의 안태까지 뺏어다가 날 것으로 먹었을 지경이었으니까. (『토지』, 8-202~203)

임이네의 패악과 생명에 대한 집착은 남편인 칠성의 죽음을 계기로 심해진다. 살인을 공모한 자의 가족이 처한 용서받지 못할 죄는 역설적으로 임이네에게 삶에 대한 집착을 병적으로 더욱 고착시켜 주는 요소로 작용한다.

⑤에서는 임이네의 삶의 집착이 잘 나타나 있다. 그에게 매음(賣淫)은 윤리적 타락을 의미하는 것이 아니라, 삶을 위해서라면 당연히 버려도 되는 지엽적인 것에 지나지 않는다. 임이네는 생전의 칠성과 원만한 부부애를 유지하지는 못했으나 가장인 칠성의 부재는 그에게 삶과 주변이 곧 모두 '적'이라는 위기의식으로 작용, 조화와 이해의 마음보다는 자신을 과민하게 단속하는 강박관념으로 나타나게 된다. 그만큼 살인자의 가족이란 멍에는 지워지지 않는 주홍글씨로 각인된다.

특히 ⑥의 인용문에서 언급한 부분인 "새끼 낳은 고양이의 안태까지 뺏어다가 날 것으로 먹었"다는 대목에서 임이네의 삶에 대한 광적 집착의 절정을 볼 수 있다. 임이네에게 죽음은 개화하지 못한 생명에 대한 스스로의 인정이며, 패배라고 생각하기 때문에 생명 연장에 대한 집착을 포기하지 않는다.

"나가 호강은 못시켜도 세끼 밥 지대로 믹여서 착헌 놈 골라 시집보내 줄라고 혔는디. 갸가 지넌 굶으시롱도 동상덜헌티 고구마 한나라도 더 믹일라고 애쓴 인정 많은 물건이여. 다 나가 못나고 빙신이라 요런 일 생긴 것인디, 무슨 수로든 찾아내고야 말 것이여."

술이 잔뜩 취한 서동철이 한 말이었다. 그런데 그의 눈에서 눈물이 흘러내리고 있었다. 유일표는 예상 못한 서동철의 눈물에 놀랐고, 그가 누이동생에게 오빠의 정만이 아니라 가장으로서의 책임까지 느끼고 있다는 것을 알 수 있었다.[17] (『한강』, 3-259)

『한강』의 등장인물 중에서 유일민의 친구인 서동철은 유일표와 함께 가장 매력적인 인물 중 한 사람으로 강기수와는 다른 인물이다. 그의 처지는 아버지의 월북(빨치산)이라는 유일민家의 내력과 동병상련의 관계로, 기울어진 가세를 책임져야 하는 가장의 입장이다. 타고난 완력으로 약육강식이 지배적인 혼란기에 나름대로 생존과 욕망실현을 위해 강한 생명력을 보이는 인물이다. 서동철의 삶의 행로는 철공장→ 성냥공장→ 시내버스 차장→ 반공청년단→ 국토재건단→ 세븐클럽 결성 등 소위 '비빌 언덕'이 없는 열악한 현실에서 윤리적 기준을 떠나 확실한 자기 삶의 주체적 공간을 만들어 나가기 위해 아웃사이더의 뚝심을 보여주는 행로이다.[18]

작가가 소설 속에서 소주제로 세목화한 것처럼 '어떤 출세의 길'을 개척해 가는 인물이다. 소위 '정치 깡패'로 불리지만 의지가지없는 유일민 일표 형제에게 지속적인 도움과 의리를 보임으로써 독자들에게 깊은 감동을 준다. 특히 다음에 언급하는 세 장면은 서동철의 인간상을 대표적으로 보여 준다. 중정에 체포된 유일민이─임채옥이 준 사업자금을 아버

---

17 조정래, 『한강』 3권, (해냄, 2001), 259쪽.
18 유일민은 서동철이 단순한 시정잡배가 되는 것을 막기 위해 일자무식인 그에게 천자문을 사주고 신문과 무협지 등을 두루 읽어 세상의 흐름과 처세에 효과적으로 대응하도록 충고한다. 서동철은 유일민의 충고를 실천에 옮기며, 정글의 법칙이 지배적인 주먹의 세계에서 확고하게 자기 입지를 다질 수 있게 된다. 그의 이러한 용의주도한 머리와 민첩성은 생명력이 강한 삶의 바탕이 된다.

지가 준 공작금이라고 시인하라며 가한 모진 고문을 견디지 못하고—서동철을 지목 체포되지만 순순히—유일민의 처지를 생각하여—시인하는 것과 손이 잘린(스테인리스 공장) 나복남을 위해 사장을 협박 보상금을 타내 구멍가게를 내게 해준 장면 그리고 조직의 동료 곰보와 천두만에게 보인 인정은 서동철이 여타의 시정의 잡배와 다른 인물임을 보여 주며, 한국인의 마음 속에 재래적으로 잠복해 있는 '의적(義賊) 환상'을 자극하기에 충분하다.

『한강』에 등장하는 주요 인물들은 열패된 환경을 극복하기 위해 부단히 노력하는 인물들이지만, 대체적으로 수세적이거나 소극적 암울함이 지배적인 인물들이 많다. 그러나 서동철은 그가 속한 사회의 윤리적 적절성을 떠나 삶에 대한 역동적이며 진취적 열정을 가진 인물이다. 유일민 못지않은 열악한 삶의 조건에서 좌절하거나 자학하지 않고 자신에게 닥친 악조건과 당당하게 맞서 싸운다. 절박한 생존현실에서 "저게 진짜 깡패는 깡패로구나. 저것도 예사 능력은 아니지. 자식 제 길 제대로 찾아간 셈이네." 라고 말하는 유일민의 독백은 서동철의 삶을 단선적인 윤리적 기준으로 평가하는 일반성 그 이상의 의미를 갖게 한다.

3. 차별과 멸시에서 파생한 원한과 증오

『토지』의 귀녀와 김두수(거복), 『아리랑』의 양치성과 백종두, 『태백산맥』의 염상구 등은 차별과 멸시로 원한과 증오가 증폭되어 강한 욕망으로 발전하는 인물이다. 소위 '뒤끝이 있는 인물'들이라고 할 수 있다. 외면적으로는 자존심이 강한 인물로 보이지만, 사실은 타의에 의해 쉽게 상처받고 이를 보상하려는 심리가 강한 인물들로서 오히려 자존심이 '약한 인물'이라고 할 수 있다. 이들에게 삶은 자신의 열등감을 만회하는 치열한 과정인 셈이다.

①"나는 천한 종의 신세요."

"저절로 면천(免賤)이야 되겠지. 아암 되고말고."

"그것만도 아니요, 여보시요 나으리."

갑자기 놀리듯 불러놓고 귀녀는 어둠 속에서 끼둑끼둑 소리내어 웃었다.

"고래적부터 최씨네는 지체 높은 양반이고 내 피는 종이었겠소?"

"……?"

"우리 조상도 본시 종은 아니었다 합디다. 천첩의 자손도 아니었다 합디다. 재상도 역적으로 몰리면 하루아침에 멸족인데 그 틈에 살아남은 자손, 백정인들 아니 되겠소?"

말씨가 싹 달라지면서 도도하게 나온다.

"내 소원이라면,"

"……"

"그렇소, 내 소원이라면 나를 종으로 부려먹은 바로 그 연놈들을 종으로 내가 부려먹고 싶다는 그거요." (『토지』, 1-381)

②이제는 야망 때문이 아니었다. 보복 때문이다. 서희가 얼굴에 침을 뱉었을 적에 귀녀는 보복을 칼을 갈았다. 이제는 그 칼을 내리침에 주저할 것이 없는 것이다. 이미 죽이기로 작정하였고 죽일 것을 주저했던 귀녀는 아니었다. 그러나 지금 귀녀는 만석꾼 살림보다, 아니 백만 석의 살림보다 여자로서 물리침을 당한 원한이 더 강하였다. 최치수를 사랑했던 것도 아니었으면서, 지금 귀녀는 백만석의 살림을 차지하는 야망보다 노비로서 짓밟힘을 당한 원한이 더 치열하였다.

'그놈은 나를 손톱 사이에 낀 때만큼도 생각지 않았다!'

비단과 누더기를 구별하는 따위의 자존심! 야수 같은 강포수의 허신과 인간

쓰레기 같은 칠성이와의 동침을 거치면서 마지막까지 최치수에게 여자 대접
을 받고자 하는 희망은 애정일까 허영일까 또는 집념일까. (『토지』, 2-175~
176)

①~②의 인용문에서는 귀녀의 원한과 증오를 확인할 수 있다. ①에서
는 귀녀의 신분에 대한 열등감이 삶을 옥죄고 있음을 볼 수 있다. 귀녀의
신분상승에 대한 강한 욕망은 '왕후장상의 씨가 따로 없다'는 수평적 인
간관에 기초한다. 이를 긍정적인 측면에서 본다면 '근대적 인간관'이라고
할 수 있다. 신분제도 자체가 지배계급의 사회적 기득권을 연장 강화시
켜 주기 위해 인위적으로 만들어진 정치적 산물이기 때문에 이를 인정하
거나 수용해야할 객관적 필연성이 없는 것이다. 이런 면에서 귀녀의 신
분 차별에 대한 강한 욕망은 그 자체로 설득력을 지니며 삶의 입체성을
띤다.

②에서 귀녀의 인간에 대한 차별의 원망이 절정에 달한다. 서희가 뱉
은 침보다도 귀녀가 더 치욕스럽게 생각했던 것은 최치수에게 물리침을
당한 사실이다. 물론 목적을 갖고 최치수에게 접근한 것이기 때문에 그
를 사랑한 것은 아니다. 그러나 그럼에도 불구하고 최치수에게 거절당했
다는 사실[19]은 여자로서 수치심을 갖기에 충분한 것이며 거절의 이면에
노비라는 미천한 신분이 있다. 최치수에게 귀녀는 어떠한 것으로도 자극
이 될 수 없는 무관심 그 자체이기 때문에 "손톱 사이에 낀 때만큼도
생각"하지 않는 것이다. 최치수의 이 같은 태도는 양반의 뿌리 깊은 인간

---

19 최치수가 귀녀에게 냉담했던 것은 성불구인 자신의 처지를 더욱 학대하기 위한 자학
적인 행위인 측면도 무시 못 할 요인이다. 그러나 당시 이 같은 내밀한 이유를 알 수 없었
던 귀녀의 입장에서는 자신을 이성으로서 철저하게 능멸하는 것으로 오인할 수밖에 없었으
며, 이는 신분 차별에 대한 원한과 증오를 더욱 키우는 계기가 된다. 최치수가 성불구자란
사실은 그가 죽은 후, 윤씨 부인이 귀녀를 추달하는 과정에서 불가피하게 밝혀진다.

차별의 한 단면을 대표적으로 보여 주는 태도라고 할 수 있다.

③그냥 뻗치고 서 있던 거복이 순간 몸을 날렸다. 마치 소가 머리를 숙이고 뿔이 목표물을 겨냥하며 달려가는 것처럼, 소나무 둥치에 가서 머리를 처박는다. 제 머리를 처박고 또 처박으며 산이 울리는 통곡을 터뜨리는 것이었다.

"형, 형아!"

한복이 발을 구르며 소리쳤으나 추위에 얼어버린 목소리는 분명치 않았다. 눈물만 줄줄줄 볼을 타고 흘러내린다.

용이 쫓아가서 거복이를 잡는다. 솔옹이에 찍힌 이마에서 피가 흘렀다. (『토지』, 2-232)

④아버지가 관가로 끌려간 다음날 이른 아침, 안개비가 자욱이 깔린 아침이었다. 치마를 뒤집어쓰고 살구나무에 목을 맨 어머니, 시체도 살구나무도 비에 젖어 있었다. 봄을 재촉하는 실비가 새벽까지 내렸건만 움도 트지 못했던 죽은 살구나무, 까마귀들은 지붕 위에서, 정자나무 얽힌 가지 끝에서 까우까우 울었다. …(중략)… 약이 된다는 목맨 나무가 순식간에 몽다리로 변해버린 일, 최참판댁 눈이 두려워 삽짝들을 닫아놓은 쓸쓸한 마을길을 지게 송장을 지고 가던 영팔이는 땀을 흘렸고 곡괭이를 든 윤보 용이 한조가 묵묵히 걸어갔으며 지팡이를 짚고 숨이차 하며 서서방은 비탈길을 올랐었다. (『토지』, 4-83)

③의 인용문은 김두수가 아버지인 김평산이 살인죄로 죽음을 당하자 보이는 격한 반응이다. 김평산의 죽음은 최치수의 살인을 교사한 것이기 때문에 당연한 것이다. 그러나 어린 김두수에게는 김평산의 반인륜적 행위를 객관화할 수 있는 이성보다는 아버지의 죽음이, 가진 자가 약한 자에게 일방적으로 자행한 억울한 죽음이라는 생각이 자리한다.[20] 이러한

김두수의 육친에 대한 생각은 이후 그의 삶을 출세 지향적 욕망의 삶으로 견인하는 원인이 되고 최참판댁에 대한 복수의 일념으로 가득 차게 한다.

④에서 김두수는 야박한 마을 인심에 대하여 환멸을 느낀다. 어머니인 함안댁이 자살한 살구나무가 약이 된다며 서로 잘라 가지려 했던 일과 최참판댁의 눈이 무서워 함안댁의 장례식을 모른 채 했던 일에 대하여 깊은 원한을 갖는다. 그리고 김두수는 이 모든 비극의 원인의 제공자가 다름 아닌 최참판댁이라 단정 하고 이후의 그의 삶을 결정하는 원인이 된다.

⑤ 시름시름 앓던 아버지가 죽어버린 집안에 남은 것이라고는 아무것도 없었다. 다 낡은 초가집마저 병치레 빚돈으로 내주지 않을 수가 없었다. 결국 아버지가 남겨놓고 간 것은 다섯 형제간들뿐이었다. 어머니가 진일 마른일 가리지 않고 품팔이를 나다녔지만 하루 한끼를 먹기가 다급했다. 다섯 형제는 날마다 배가고파 허덕거렸다. …(중략)… 그러던 어느 날 세살짜리 막내동생이 배가 고파 울어대다가 흙을 파먹었던 것이다. 다음날로 어머니 모르게 구걸을 나섰다. …(중략)… 그렇다고 바가지를 들고 잘사는 집을 찾아다니며 밥을 얻을 수는 없었다. 바가지를 들어야 하는 창피스러움이 아직 남아 있었다. 그래서 생각해 낸 것이 생판 모르는 사람들에게 구걸을 하자는 것이었다. 그

---

20 '애비 죄도 태산 겉은데, 이쪽에서 원수를 삼았으믄 삼았지 저쪽서 원수 삼을 아무 티끌이도 없는 거 아니가.'
사리(事理)는 어찌 되었든 불행은 사리를 따져가며 찾아오는 것이 아니다. 박경리, 앞의 책 4권, 116쪽. 살인자의 아들이란 씻지 못할 주홍글씨를 각인한 채 평사리를 떠난 김두수 (거복)가 오랜 세월이 흐른 후, 용정에서 용이와 조우하는 장면이다. 김두수는 유독 용이에게만은 각별한 정을 느낀다. 최참판댁의 이목이 두려워 아무도 거들떠보지 않은 엄마 강청댁의 시신을 옮겨 묻어준 사람 중 한 사람이기 때문이다. 그러나 용이는 터무니없는 원한과 증오로 가득찬 김두수를 보면서 불안한 상념에 젓는다.

대상이 일본사람들이었다. 그들을 찾아 발길을 자연스럽게 부두로 향했다. 부두 근방에 많이 오가는 일본사람들에게 손을 내밀어 굽실거렸다. 그러나 거지들이 쉽게 하는 〈한푼 줍쇼〉하는 말은 목을 넘어오지 않았다. 생각대로 그 말이 나오기까지 사나흘이 걸렸다. 그 말을 되풀이하다 보니 희한한 생각이 떠올랐다. 한푼 줍쇼를 일본말로 하자는 것이었다. 부두 근방에서 일본말을 지껄여대는 조선사람들이 적지 않았다. 그들에게 머리를 쥐어박히고 걷어차이고 하면서 〈메군데 구다사이〉란 말을 알아내느라고 이틀이 걸렸다.

손을 내밀고 굽실거리면서 그 말을 써먹었다. 역시 짐작대로 그 효과는 금방 나타났다. 그 말을 들을 일본사람들은 놀라기도 하고 신기해하기도 하고 재미있어 하기도 하면서 동전들을 던져주었던 것이다.

그러던 어느 날 마주친 사람이 있었다. 그 사람이 우체국장 하야가와였다.
(『아리랑』, 3-265~266)

『아리랑』의 양치성은 위에서 언급한 인물들보다 윤리적 비행이 약한 인물이라고 할 수 있다. 예컨대 『토지』의 귀녀와 김두수가 소설 속에 보이는 행태는 단순한 윤리적 비행을 넘어 반도덕적 인자를 내면화, 이를 행동으로 옮길 개연성이 큰 인물로서 그려지지만 양치성은 이러한 경향을 보이지 않는다. 그렇기 때문에 독자들은 그가 이후에 보이는 입체적인 삶으로의 변신을 통한 악행을 떠나 우체국장 하야가와를 만나 사면초가의 질곡의 삶으로부터 해방될 수 있는 삶의 계기에 대하여 막연한 동질감을 느낀다. 근원적으로 반도덕적 성향이 비교적 약한 인물이기 때문에 그의 이 같은 선택에 대하여 공감을 갖는다는 것이다. 정도의 차이는 있지만, 『한강』의 서동철에게서 느끼는 막연한 연민과 닮은 점이 있다. 그러나 양치성은 차갑고 냉정한 이성을 소유한 인물이다. 어떻게 처신하는 것이 자신에게 상황을 유리하게 전개시킬 수 있는지를 아는 인물이다. 반도덕적 경향성이 약한 인물이지만, 이러한 인물이 어떠한 전기가 되면 자신이 가진 이성적 적응성에 의해 자신을 놀랍도록 합리화 하거나 잔혹해지는 인물일 수 있다는 것이다.

⑥ 큰아들 상진이가 자랑스러운 것만큼 염무칠에게 두통거리가 있었다. 작은아들 상구로 하여 속을 썩였다. 큰아들이 혀에 착착 감기는 조청이라면 작은아들은 목구멍에 걸린 가시였다. 작은아들은 소학교를 졸업시키자마자 옆구리에 끼고 장사나 착실히 가르칠 심산이었다. 그런데 미꾸라지처럼 쏙쏙 손밖으로 빠져나가기만 할 뿐 영 말을 들어먹지 않았다. 물론 무작스럽게 패기도 여러 차례 했지만 한번 비뚤어진 심성은 바로잡아지지 않았다.
작은아들이 그렇게 엇지게 된 것은 전적으로 그의 재미있어 하기도 하는데 염무칠은 그 점을 깨닫지 못하고 있었다. 봉건사회의 세습제와 유교 전통의 불문율인 장자(長子)제일주의 인습을 염무칠은 미련하도록 철저하게 지켰던 것이다. 두 아들이 어렸을 때부터 염무칠은 장남과 차남의 위치를 엄격하게 구분했다. 모든 것이 장남 본위, 장남 우선이었다. 차남은 상대적으로 무시 묵살되었다. 둘이 다투어도 작은아들이 쥐어박혔고, 명절에 쑥떡 하나라도 큰아들이 더 먹었고, 가뭄에 콩 나듯 닭을 잡으면 똥집은 으레 장남 차지였고, 그러면서도 자질구레한 심부름은 다 작은아들에게 돌아갔다. 상구는 형 상진이가 그 쫄깃쫄깃한 닭 똥집을 소금에 찍어 야금야금 먹는 것을 손가락을 물고 멍하니 바라보다가 끝내, 저 문딩이 겉은 새끼가 팍 뒤져뿌렀으면 속이 씨언 허겄다, 속으로 욕을 퍼대는 했다. (『태백산맥』, 1-126~127)

소설 『태백산맥』의 큰 줄거리는 형인 사회주의자 염상진과 우익을 상징하는 동생 염상구의 애증을 바탕으로 한 대결과 투쟁이라고 할 수 있다. 이러한 골육간의 대결과 투쟁 그리고 종국에는 염상진의 최후의 비극적 죽음의 맹아는 이미 위의 인용문에서 언급이 되었지만, 어릴 때 그의 아버지인 염무칠에 의해 배태되었다고 할 수 있다. 염무칠의 장자 제일주의는 상대적으로 염상구를 왜소하게 만들었으며 그를 일탈과 반항의 길로 이끈 원인이었다. 『태백산맥』이 외면적으로는 이념을 배경으로 하고 있지만 염상진과 염상구 형제로 압축해 보면, 염상구가 형 때문에 받은 오랜 차별과 냉대가 사건 전개의 주요 틀로 작용하고 있다고 할 수 있다. 집안의 사랑을 독차지하며, 기대주로 자란 형에 대한 열등감이 결국 골육상쟁으로 비화된 셈이다.

⑦ 그는 무시당하는 것을 그 무엇보다 치떨려했다. 아전으로 평생을 살아오면서 관상(官上)과 양반들에게 끝없이 굽실거리고 비위 맞추면서도 무시는 무시대로 당하는 것이 뼈에 사무쳤던 것이다. 학식으로나 머리로나 양반을 못당할 게 아무것도 없었다. 그런데 그 아전이라는 피를 잘못 타고나서 당하는 수모고 한이었다. 그 울분을 자신보다 더 아랫것들이나 기생방에서 풀지 않고서는 살아갈 수가 없었다. 그런데 기생년한테 면전에서 무시를 당한 것이다. …(중략)… 이년이 군수 앞에서도 이럴 것인가! 그의 뿌리깊은 열등감은 마침내 독사대가리처럼 곤두섰다. 그는 치솟는 감정을 신음과 함께 입 안에 사리물었다. 오랜 세월에 걸쳐서 익혀온 감정처리 방법이었다. 그러나 그 감정은 삭여지는 것이 아니라 가슴에 새겨졌다. 그런 다음 무슨 방법으로든 앙갚음을 하지 않고는 그는 가슴에 새긴 각인을 결코 지운 일이 없었다. (『아리랑』, 1-67~68)

위의 인용문은 『아리랑』의 백종두의 넋두리이다. 기층민들이 차별과 멸시에 대하여 느끼는 원한과 증오보다도 더 강렬하게 표현되어 있다. 기층민들이 경험하는 삶에서의 차별은 그들 자신이 가장 기층적인 계층이기 때문에 단순 비교대상이 없는데 비해, 아전은 하급관원으로서 신분적으로 중간계층에 속해 항상 양반에 대하여 심한 상대적 박탈감을 느낄 수밖에 없는 위치에 있다. 상류사회가 갖거나 누릴 수 있는 영화를 가장 지근거리에서 목도하지만, 그러한 환경 자체의 국외자가 될 수밖에 없는 현실이 그들을 더욱 왜소하게 만든다는 것이다. '원님 덕에 나팔'을 불 수 있는 위치에 있지만, 원님은 아니므로 비애의 체감이 더 크다고 할 수 있다. 따라서 이들이 이러한 박탈감을 해소할 대상으로 여겼던 것이 일반 평민들이었기 때문에 역사적으로 평민들의 피해가 컸으며, 소설 속에서도 교활한 가해자로 주로 등장하게 된다.

또 이들은 뛰어난 처세술과 예지력을 갖춘 인물이다. 양반의 비위를 맞추는 것이 이들의 처세이기 때문에 생존능력에 대한 적응력이 뛰어나다. 반면 신분적 구속력이 느슨하거나 해방이 된다면 이들은 富와 권력을 독점할 가능성이 가장 큰 인물들이라고 할 수 있다. 양반을 모시고 축적해둔 정보력과 세상에 대한 밝은 이해력은 이들이 신흥자본가로 변신하는 데 유리한 순발력을 제공해 준 다는 것이다.

4. 물질과 富를 위한 욕망

위의 소설에서 언급한 인물들의 욕망의 종착역은 결국 물질과 부의 축척에 있다. 신분의 상승과 더불어 부의 축척은 욕망의 현실적 유용성을 구체적으로 실현시키며 확인하는 수단이기 때문이다. 신분의 상승과 부의 축척은 동전의 양면처럼 맞물리는 관계이다. 신분이 상승되어야 부의 축척이 용이해지며, 부가 축척이 되어야 신분의 상승을 도모하거나 신분 상승 자에 버금가는 권력을 얻을 수 있다. 그러나 이 시기가 신분의 구별이 회석되어가는 근대의 과도기인 것을 감안한다면, 부가 전제 되지 않는 신분의 상승은 이들에게는 무용한 것이다.[21] 신분상승에 대한 집념

---

21 "정치가는 권력으로 천하를 얻고 사업가는 돈으로 천하를 얻는다. 허나 돈은 마음만

도 결국 이들에겐 신분이란 사회적 지위를 이용해 재물을 탐하려는 목적이기 때문이다. 화수분 같은 재물은 이들의 욕망을 채워줄 수 있는 허영의 산물이다.

'내 녹록한 인물이 아님을 보여 주리. 그렇다! 서울로 가자! 가서 아내와 아들을 끌고 오는 거다. 설마 내쫓지는 못하겠지. 내쫓는 날까지 어디 한번 겨루어보자. 시어머님 조씨부인은 분명 내 조부의 누이동생이었것다? 늙은 암늑대 같으니라구. 제 아무리 담력이 센들 시어머님붙이를 내어쫓진 못하리. 억만금을 준대도 끄덕 않고 내 이 집에 죽치고 있을 터이니 어디 두고보아라.' (『토지』, 2-335)

『토지』의 조준구는 위에서 언급한 인물들이 나름대로 부를 축척하기 위해 개인적 헌신과 노력으로 부를 축척한 데 비해, 그는 최참판댁의 길카리란 관계를 이용해 재산을 손쉽게 넣는다. 부의 축척이라기보다는 부의 침탈이라고 할 수 있다. 조준구의 재물에 대한 탐욕은 현재 자신의 처지를 만회할 수 있는 최적의 수단이다. 개명 양반으로 불리지만 그의 처지는 초라하기 그지없다. 안팎에서 인정받지 못하는 그는 애초부터 최참판댁의 재물에 흑심을 갖고 방문을 한다. 그의 재물에 대한 과도한 욕망 추구는 결국 그를 파산으로 몰아넣었으며 서희에게 굴욕을 당하는 원인이 된다. 현재의 부에 만족하지 못하고 끝없이 부를 확대하려다 파산을 당한다. 김평산과 더불어 내허외식(內虛外飾)의 허장성세한 인물이라고 할 수 있다.

먹으면 권력도 얻을 수 있다. 그리고 화무십일홍이요, 권불십년이라고 하지 않더냐. 열흘 붉은 꽃 없고, 10년 가는 권세 없다고 했으니 그에 비하면 수십대 뻗어갈 수 있는 사업이 훨씬 더 윗질 아니냐' 조정래, 『한강』 4권, 48~49쪽. 박부길이 아들인 박준서에게 金力의 위력을 얘기하는 장면이다.

①사철 풍류와 술이 있고 산해진미에 비단금침 은금보화, 조상의 제각(祭
閣)을 짓고 듬직한 벼슬인들 한자리 못하랴. 최가네 살림 반만, 아니 십분의
일만 가져도 어렵잖은 일이다. 황금의 무지개, 밤마다 자리에 깔아놓고 잠이
드는 황금빛의 꿈, 평산은 결코 그 꿈을 저버릴 수가 없었다. (『토지』, 1-379)

②'사람의 운이란 알 수 없는 거지. 나라고 평생 이리 살라는 법은 없다.
나는 속도 없고 쓸개도 없나? 죽일 연놈들! 옛날 같으면, 세상이 세상 같으면
어디라고 감히…… 낸들 허랑한 신세가 되고 싶어 됐나? 오냐, 좋다. 저절로
굴러온 복을 차버릴 수는 없지. 크게 한판 벌여보는 거다.' …(중략)… '본시
재물이란 들고나고 하는 거 아닌가. 고방에서 썩으면 절로 사(邪)가 나는 법인
데 최가놈 집구석의 고방에는 백 년 넘기 재물이 썩고 있었으니, 그 살을 내가
낚아채서 한번 판을 벌여보자는 거다. 김평산이 언제꺼정 노름판의 구전이나
뜯어먹고 살 수 없다, 그 말이지.' (『토지』, 1-185~186)

①~②는 잔반 출신인 김평산의 재물에 대한 무서운 집념이 잘 나타나
있다. 양반임에도 불구하고 양반 대접을 받지 못하는 현실은 김평산에게
심한 좌절과 열등감을 안겨 주었고, 김평산은 이를 일거에 만회하고자
칠성 귀녀와 함께 최치수의 살인을 공모하게 된다. 김평산의 차별에 대
한 반감은 『아리랑』의 백종두가 느꼈던 상대적 박탈감과 유사한 면이 있
지만, 재물과 부의 축적을 통한 지배력 강화에 더 가깝다. 김평산의 경우
에는 백종두와 달리 이미 잔반이지만, 양반의 지위를 가진 인물이다. 따
라서 부의 축적이야말로 잔반의 처지를 회복시켜 주는 수단이 되는 것이
다. "본시 재물이란 들고 나는 것"이란 그의 말을 통해 남의 재물을 탐하
는 것이 욕될 것이 없다는 그의 흑심을 확인 할 수 있다.

③나도 이제 멀지 않아 내 돈으로 인력거를 타고 다닐 날이 올 것이다. 족

보가 어디 밥 먹여주고, 뼈대가 어디 옷 입혀주더냐. 헐 벗고 굶주리는 것도 한도가 있지, 아이들을 다 굶겨 죽일 수야 없는 일이지. 아버지야 저승에서도 펄펄 뛰시겠지만 이제 세상이 달라졌다. 남들은 왜놈한테 붙어먹는다고 손가락질하고 욕하는지 모르겠지만, 입들 놀릴 테면 놀려봐. 난 헛껍데기 양반질 집어치우고 배부르고 실속있는 양반이 되기로 했다. 내 신세 펼 날도 멀잖았으니 어디 두고 봐라. (『아리랑』, 1-162)

④ 그는 아이들의 살오르고 윤기 흐르는 얼굴을 가늘게 뜬 눈으로 그윽이 바라보면서 가장으로서의 떳떳함과 흡족함을 맘껏 맛보고 있었다. 가장으로서의 충족감은 아이들의 그런 변화에서만 느끼는 것이 아니었다. 아이들이 전과 다르게 고분고분 말을 잘 들을 뿐만 아니라 서로 아버지에게 이쁨을 받으려고 다투는 것이었다. 아아, 권세와 돈의 힘이란 이런것 인가…… 그는 새삼스럽게 깨닫는 것이고 그리고 마음을 더 단단히 먹고는 했다.

그런데 더 기가 막히는 것은 마누라의 변화였다. 언제나 찡둥그려져 있었던 얼굴이 활짝 펴진 것은 말할 것도 없었고, 얼굴을 대할 때마다 먼저 방실방실 웃었다. 달라진 것은 그것만도 아니었다. 잠자리에의 마누라는 완전히 딴 여자였다. 전에는 먹일 것도 없이 아이만 만든다고 하여 팔을 내치며 퉁을 놓기가 일쑤였고, 어떻게 억지쓰다시피 몸을 합쳐도 마누라는 그저 장작토막일 뿐이었다. 그런데 이제 마누라는 떡판에 서 잘 매질된 뜨끈뜨끈한 찰떡덩어리였다. 마누라는 제 몸만 뜨겁고 보드랍고 찰지게 만든것이 아니었다. 남편이 달고 꼬시고 맛나게 하게 하려고 갖은 예쁜 짓을 다 하고 들었다. (『아리랑』, 1-262)

③의 인용문은 『아리랑』의 이동만의 물질과 부에 대한 탐욕스러운 집념을 보여 주는 대목이다. 재래의 신분적 장벽이 무너진 상황에서 재물과 부의 축적은 그의 말대로 "실속있는" 양반이 되는 지름길이다. 그에게 부의 축적은 민족적 도덕적·인간적인 도리를 상쇄하고도 남는 유일

한 가치이다. 부가 바탕이 되지 않는 허울뿐인 족보나 신분에 대하여 사
갈시하는 장면에서 이동만의 부에 대한 일관된 집념과 실용적 처세관을
확인 할 수 있다.

④에서 이동만은 재물의 위력을 실감한다. 재물이 자식의 순응은 물론,
심지어 잠자리에서 마누라의 요분질마저 달뜨게 할 수 있다는 사실에 흡
족해 한다. 금력이 가진 힘을 혈육을 통해 확인한 이동만의 배금주의는
하나의 견고한 신앙이 되지만, 이것이 원인이 되어 결국 죽음을 맞게 된다.

⑤어찌 된 놈의 것이, 마당에 깔린 자갈은 그냥 밟고 다녀도 되는 흔한 자
갈길 뿐인데도 짚신발에서 흙이라도 묻을까봐 마음이 쓰였고, 가끔 마루끝에
엉덩이를 걸치게 되면 옷에서 무엇이라고 묻어나 그 벌들거리는 마루를 더럽
히게 될까봐 마음이 조이고 하는 것이었다.

나도 재산이 많다, 나도 마음만 먹으면 당장 이런 데 와서 술을 얼마든지
마실 수 있다, 이런 말을 스스로에게 해가며 그런 마음을 없애려고 해보았지
만 아무 소용이 없었다.

그러나 언젠가는 자기도 양반들 못지않게 큰 호령을 해가며 일본기생들을
끼고 술을 질탕하게 마실 작정을 하고 있었다. 그때가 바로 장풍제과 사업소
를 다시 짓고 정미소를 세우는 날이었다. (『아리랑』, 3-91)

⑥정미소에 미선소까지 차려놓고 보니 계집은 따로 돈 들이지 않고도 얼마
든지 입맛 다실 수 있었다. 칠문이놈을 미선소에 얼씬을 못하게 한 것도 그
판을 독차지하기 위해서였다. 아예 미선소에 여자들을 뽑을 때부터 나이 젊고
인물 쓸 만한 쪽으로 골랐던 것이다. (『아리랑』, 5-157)

장덕풍은 보부상 출신으로서 사탕공장과 미선소 정미소를 설립 부를
축적한 인물이다. 보부상 출신답게 누구보다도 이재에 밝아 사업적 수완

이 뛰어난 인물이다. 부를 축적했음에도 불구하고 신분적 열등감은 쉽게 극복이 되지 않아 그를 왜소하게 한다. 장덕풍은 물론, 위에서 언급된 인물들이 결국 부를 축적하기 위한 집념은 자신의 욕망을 실현하거나 배설하고픈 극히 개인적 이유가 동기가 된다. 부를 통해 남을 지배함으로써 자신이 출신성분 때문에 당했던 차별과 멸시를 보상하려는 것이다. 이러한 의도는 주로 성적 탐닉과 학대[22]를 통해 보상받으려는 것으로 드러나며, 김두수와 양치성, 백종두와 염상구 등도 예외가 아니다.

> "봐라, 시상이 요런 것이다. 해묵은 놈이 또 해묵고, 심 있는 놈이 심 있는 놈을 지편으로 삼는 것이여. 그렇게 양지만 골라감서 시상 요령지게 사는 법은 어느 짝이 심있는가 딱 종그고 있다가 판이 째였다 허먼 넌 먼첨 그짝으로 찰싹 붙어야 혀. 인자 미국 시상으로 결판났응께 니넌 일본말 싹 잊어불고, 옛적에 일본말 배우든 열성으로 미국말 배와야 되야. 이 애비 시절은 다 갔어도 니 시절은 인자 새로 시작잉께로. 알겠지야?" (『한강』, 2-84)

『한강』의 강기수는 소설 속에서 가장 대표적인 반동인물이며, 물질과 부를 위한 욕망이 강한 인물이다. 대대로 내려온 친일파의 자손답게 개인의 영달과 물질에 대한 탐욕으로 점철된 인물이다.

위의 인용문은 강기수가 일본의 패망하고 미군이 진주하게 되는 정치적 과도기에 빠르게 변신 편승하려는 모습이다. 강기수의 처세술은 이후,

---

22 이 같은 행위는 에리히 프롬이 말한 '도취적 해결(합일)'을 통해 분리상태 즉 결핍(사회적 열등감)을 보상받으려는 욕망과 관련이 있다. 도취적 해결은 성적 경험과 깊이 연관되어 있는데 성적 난행이 그것이다. 사랑이 없는 성행위는, 한순간을 제외하고는 두 인간 사이의 간격을 좁혀주지 못한다. 도취적 합일의 모든 형태에는 세 가지 특징이 있다. 첫째는 강렬하고 심지어 난폭하다는 것, 둘째는 퍼스낼리티 전체에, 몸과 마음에 일어난다는 것, 셋째는 일시적이고 주기적이라는 것이다. 에리히 프롬, 앞의 책, 27~29쪽.

자유당 정권이 붕괴되고 5.16 쿠데타가 발생 정치적 생명이 위기에 처하지만, 돈과 그 돈으로 다진 지역구를 바탕으로 위기를 거듭 벗어난다. 그의 용의주도함은 남천장학사를 설립 고향(강진·장흥, 지역구)의 가난한 수제들에게 장학금과 숙식을 제공 판검사로 키움으로써, 장차 자신의 부와 권력을 공고히 하거나 확장하는 데 인적 네트워크로 활용하는 데서 확인된다.

5. 결론

박경리의 대하소설 『토지』와 조정래의 소위 3대 대하소설인 『아리랑』과 『태백산맥』그리고 『한강』은 한국 현대 대하소설의 이정표를 새롭게 세운 역작으로 평가받는다. 이 소설들은 대하소설답게 많은 인물들이 등장하지만, 특히 반동인물들이 보여 주는 욕망 실현의 집념과 방법 등은 소설 전개의 중요한 요소로 작용한다. 본고가 주목한 것은 욕망이란 인간의 근원적 욕구의 지향성을 도덕·윤리적 차원에서 분석한 것이 아니라, 라캉의 구조주의 욕망이론에 바탕을 두고 자연적이며 생래적인 인간조건의 차원에서 분석했다.

동서고금을 막론하고 욕망은 인간이 가지는 자연스러운 본능이며, 단지 이것의 과도한 추구가 도덕·윤리적 비행으로 흐를 개연성이 있다고 봤다. 최소한 필요의 범위 안에서 욕망의 추구를 인간의 자연스러운 본능으로 여겼다는 것이다. 독자들도 이들 인물들이 소설 속에서 펼치는 욕망 실현의 집념에 대하여 선악의 차원에서 쉽게 반응하는 않고 소설 속에서 전개되는 반동인물들에 대한 일종의 '불신을 자발적으로 중단(willing suspension of disbelief)'함으로써 그들의 욕망실현의 의지를 객관화하려는 자세를 보인다. 즉 도덕·윤리적 가치기준을 배제하고 삶의 생존적 현장이란 절실하고 오히려 개인적으로는 나름대로 당위성을 띠는 필연적 차원에서 이해를 한다는 것이다.

본고가 세목화한 것은 '삶에 대한 강한 집착과 생명력', '차별과 멸시에서 파생된 원한과 증오', '물질과 부를 위한 욕망의 축적' 등이다. 이런 세목화는 등장인물들의 분류의 편의를 위한 것이지만, 이들이 보이는 욕망은 특정의 세목화 부분에 한정되지 않고 공통적으로 맞물려 있는 욕망들이다. 그러나 이들의 욕망실현에 대한 집념의 원인과 동기는 다소 경중이 있기 때문에 변별점을 두었다.

'삶에 대한 강한 집착과 생명력'에서 『토지』의 임이네가 보여 주는 삶의 태도는 그녀가 지닌 원초적인 풍만한 생명력에도 불구하고 그것을 발전적으로 승화시키지 못하며 온기를 상실한 무화과적 생명력을 볼 수 있다. 『한강』의 서동철이 보여 주는 인정과 의리는 그의 삶의 행로의 윤리적 차원의 비행을 떠나 독자들에게 깊은 감동을 준다.

'차별과 멸시에서 파생된 원한과 증오'에서 『토지』의 귀녀와 김두수, 『아리랑』의 양치성과 백종두, 『태백산맥』의 염상구 등의 등장인물들이 보여 주는 욕망실현에 대한 집념이 가장 치열하게 전개된다. 특히 신분과 인간의 차별에서 오는 상대적 박탈감이 이들의 욕망실현을 추동하는 원인으로 작용한다.

또 하나 빼놓을 수 없는 것이 '물질과 부에 대한 욕망'의 집착이다. 반동인물들의 부에 대한 집념은 신분의 장벽이 희석되어 가는 근대적 조건에서 이를 상쇄해 주는 욕망실현의 최적의 수단이다. 『토지』의 김평산과 조준구, 『아리랑』의 이동만 장덕풍, 『한강』의 강기수가 보여 주는 재물에 대한 탐욕은 대단히 전략적이며 기획적이라 할 정도로 집요하며 구체적이다. 이러한 재물에 대한 탐욕이 결국 그들의 삶을 파멸로 이끈 원인이 되지만, 이들이 보여 주는 입체적인 삶에 대한 치열성은 도덕·윤리적 가치판단을 떠나 인간조건의 차원에서 음미해 볼 대목이다.

소설 속에서 반동인물의 욕망의 확대는 그 사회가 안고 있는 모순과 부조리에 의해 증폭되는 측면이 강하기 때문에, 당대 대중이 삶에 반응하는 모습들을 다양하게 바라볼 수 있는 기회를 제공해 준다.

참고문헌

1. 기본자료

박경리, 『토지』, 솔출판사, 1993.
조정래, 『아리랑』, 해냄, 1994.
_____, 『태백산맥』, 한길사, 1987.
_____, 『한강』, 해냄, 2001.

2. 논문 및 단행본

권택영 엮음·민승기 외 2인 옮김, 『자크 라캉 욕망이론』, 문예출판사, 1994.
김명주, 「금지된 욕망, 위반, 고통, 성스러움」, 『문학과 종교』, 한국문학과 종교학
          회, 제15권 3호, 2010년 겨울호.
김준오, 『시론』, 삼지원, 1996.
김천혜, 『소설 구조의 이론』, 문학과지성사, 1990.
김철운, 『순자와 인문세계』, 서광사, 2003.
박청호, 「김승옥 소설의 욕망의 서사 연구」, 한국문예창작회, 2008.
성유미, 「김승옥 소설 연구」, 서울시립대 석사학위논문, 1999.
송지연, 「욕망의 윤리적 소통」, 한국문학이론과 비평, 2010.
순자, 김학주 옮김, 「정명」 제16권 22편, 『순자』, 을유문화사, 2001.
엄미옥, 「김유정 소설의 욕망과 서술상황 연구」, 숙명여대 석사학위논문, 1998.
에리히 프롬, 황문수 옮김, 『사랑의 기술』, 문예출판사, 2010.
우찬제, 「현대 장편소설의 욕망 시학적 연구」, 서강대 박사학위논문, 1993.

이기호, 「손창섭 소설에 나타난 욕망 발현 양상 연구」, 명지대 석사학위논문, 2002.

이루미, 「한승원 소설 인물의 욕망에 대한 연구」, 전남대 석사학위논문, 2009.

이호숙, 「이태준 소설의 이중 욕망 연구」, 이화여대 박사학위논문, 2002.

이화경, 「이상 문학에 나타난 주체와 욕망 연구」, 전북대 박사학위논문, 2000.

정종진, 『한국의 속담 대사전』, 태학사, 2006.

한국 현대 대하소설에 나타난 인물들의 현실에 대한 소극적 대응 양상 연구

-박경리의 『토지』와 조정래의 '2대 대하소설'을 중심으로-

1. 서론

한국 현대 대하소설 중에서 박경리의 『토지』와 조정래의 2대 대하소설[1]인 『아리랑』과 『태백산맥』은 한민족 수난과 과도기의 역사를 사실적으로 묘파한 작품으로 평가 받는다. 한민족 수난과 과도기의 역사를 지배자의 관점이 아니라 소위 하위주체[2]들의 관점에 초점을 맞추어 역동적으로 형상화했다. 특히 일제 강점기와 해방공간에 독점적 기득권을 가진 지배 권력에 대항하여 열악한 삶의 조건을 개척해 나가는 하위주체들의 삶의 편린은 그 자체로 생에 대한 강인한 생명력과 경외감을 갖게 한다. 이는 지배자의 억압과 강권에 대응하는 방식이 산발적으로 끝나지 않고,

---

1 『아리랑』과 『태백산맥』이 수난과 과도기의 민족사를 다루고 있는 데 비해, 『한강』은 이 시기를 지나 본격적으로 근대화를 지향했던 시대를 그리고 있는 소설이기 때문에 타자의 외적 정치 개입보다는 민족 내부의 자가발전을 도모한 시기에 초점이 맞추어져 있다. 즉 민족의 수난과 과도기의 역사에 대응하는 인물들의 태도를 입체적으로 형상화하는 데는 적합하지 않아 논외로 했다.

2 '세계사적 개인'의 출현을 있게 한 요인과 원동력으로써의 대중 혹은 그 시대의 절대 다수의 구성원. 게오르크 루카치, 이영욱 옮김, 『역사 소설론』, (거름, 1987), 453쪽.

지속적이며 줄기차게 이어졌다는 것을 의미한다. 이를 가능케 했던 것이 '소극적 현실대응'[3]의 태도 때문이라고 할 수 있다.

소극적 현실대응은 적극적 현실대응과 대비되는 개념이다. 적극적 현실대응이 물리력을 비롯한 사회적 제도적 산물을 수단이나 도구로 활용하여 일정한 목적을 성취하는 데 용이한 태도라면─일반 대중의 승인과 도움을 받을 수 있는 여건이 상대적으로 수월한 측면이 있다─소극적 현실대응은 이 같은 사회적 산물과 대중의 승인을 동원하기 어려운 위치와 신분에 있는 하위주체들이 각성된 현실인식을 바탕으로 모순된 시대와 세상에 대응하는 태도이다. 그들 입장에서 가장 적극적인 현실대응 태도이며, 그 이상의 의미를 갖는다고 할 수 있다. 이런 측면에서 본다면 하위주체들의 현실대응 양상은 '수동적 적극성(passive activity)'[4]의 모습이라고 할 수 있다.

적극적인 현실대응은 어느 정도 현실과 역사적으로 일정부분 이미 그렇게 조건 된 주체들에 의해 이루어질 수밖에 없는 결정론적 측면이 있다. 이에 비해 하위주체들의 현실대응 방법은 상대적으로 열악할 수밖에

---

3 본고가 논의의 대상으로 선택한 3편의 소설에서 주요 등장인물의 소극적 현실대응의 형태를 굳이 두 가지로 선택 규정한 것은 이 두 가지의 형태가 몸과 물리력(적극) 대응이 원천적으로 불가능한 그들의 현실에서 할 수 있는 최선의 저항 형태라고 보았기 때문이다. 즉 말과 직업의 활용 그리고 부끄러움 혹은 자기 연민은 적극적인 입체성이 제약받은 상황에서 그들이 선택할 수 있는 저항의 일차적인 대표적 방법이라는 것이다. 물론 내면의식도 주체가 보여줄 수 있는 저항의 한 형태이지만 이것이 유의미한 것이 되려면 어떤식으로든 표출과 드러남을 통해 외부와의 작용이 있어야 한다. 결국 내면의식의 역할은 외적 상황의 동인으로서의 기능이기 때문에 따로 그 부분만을 세목할 필요는 없다는 것이다. 본고가 규정한 세 가지의 현실대응이 내면의식의 발로이기 때문이다.

4 T. W. Adorno, "The Artist as Deputy", in Notes to Literature I, trans. Shierry Weber Nicholsen, New York: (Colum, bia University Press, 1991), 107쪽. 최미숙, 『한국모더니즘 시의 글쓰기 방식과 시 해석』, (소명, 2000), 82쪽 재인용. 외적으로 나타난 개인의 행동이 수동적 소극적으로 보이지만, 자신의 의지가 개입된 것이기 때문에 궁극적으로는 적극적인 의지의 발현이라고 할 수 있다.

없다. 신분과 위치를 떠나 인물의 성격이 소극과 적극을 가늠하는 중요한 요소로 작용하겠지만, 제도와 권위 그리고 기존의 공인된 힘의 유무가 소극과 적극을 가늠하는 무시 못 할 요인으로 작용하기도 한다. 예컨대 한 인물의 도덕적 분노가 아무리 윤리성에 근거한 것이라도 그것이 효과적으로 발현되기 위해서는 일정한 외적 형태와 규범성을 갖추어야 한다. 우리 역사에서 조직적이지 못한 원시적 분노로 인해 얼마나 많은 하위주체들의 삶과 소망이 허무하게 파탄 났는지 기억할 필요가 있다.

실질적으로 어떠한 상황에 물리력을 동원하고 참여해 비판적 현실인식을 표시하는 것은 저항을 억압하거나 관리하는 상대가 있기 때문에 지속적일 수 없는 한계를 갖는다.[5] 따라서 현실의 소극적 대응 양상은 적극적인 현실대응 방법이 여의치 않기 때문에 선택한 불가피한 차선책의 성격을 갖지만, 내면적인 현실인식은 철저한 신념에 기초한다. 더욱 중요한 것은 이러한 신념에 기초한 현실인식은 도화선의 계기가 마련되기만 하면, 언제든지 발화할 수 있는 잠재적 휘발성이 강하다는 것이다. 소극적 현실대응 자는 소위 '뒤끝'이 있는 인물이기 때문에 저항의 형태가 은근하고 오래가는 특징을 지닌다.

그동안 한국 현대 대하소설 연구를 비롯한 일반소설의 인물연구에서는 현실에 적극적으로 참여하여 실천적인 대의명분을 앞세운 주동인물만을 상대적으로 부각시켜 온 것이 사실이다. 소위 저항문학의 주체를 주동인물로 한정시켰다는 것이다. 이러한 이유는 여러 가지가 있겠지만, 우선 특정 인물의 영웅담 연구가 지난 시대를 규정하는 데 나름대로 명확한 선명성을 확보해 주기 때문이며, 전경화된 특성을 갖는 주동인물이 연구자에게 접근의 편리성을 충족시켜 주기 때문이라고 할 수 있다. 또

---

5 소극적 현실대응은 생활 속에서의 저항이기 때문에 권력과 힘을 바탕으로 한 집단과 개인의 억압으로부터 직접적이며 전면적인 탄압을 피할 수 있다.

수난으로 점철된 한민족의 역사에서 '저항 민족주의'가 영웅사관을 정점으로 위기를 해쳐나가는 데 유용한 교육적 덕목이란 점도 고려되었을 것이다. 민족주의의 명분은 실로 누구도 뿌리칠 수 없는 역사적 힘이 있지만[6] 그 힘의 원천이 소위 민중들의 저력에서 나온 것임을 간과했다는 것이다.

그러나 대하소설은 그 이름이 의미하듯 호흡이 긴 소설로 전면에 부각되는 주동인물만으로는 소설 전개의 한계를 갖는다. 소위 주동인물을 중심으로 전개되는 짧고 강렬한 스토리 전개보다는 주변인으로 치부됐던 인물들을 주동인물과 동일한 의미로 취급하기 때문에 등장인물이 각자 자율적 독립성을 가진 개성적 인물로 그려진다. 단순히 기능적 인물로 상황과 현실에 침묵하거나 방관자적 자세를 보이는 것이 아니라, 소극적 형태이긴 하지만 그 자신이 처한 사회·역사적 조건에서 가장 적극적인 형태로 '살아있음'과 '생각하고 있음'[7]의 '표시'를 언어와 행동으로 표현하는 인물이라는 것이다. 바흐친의 '대화주의'를 모범적으로 보여주는 인물군이라고 할 수 있다.[8] 즉 주동인물이 세세하게 제시하지 못하는 현실의 저변을 그 자신의 세계관으로 사실적이며 폭넓게 보여준다.

본고가 주목한 것은 그동안 한국 현대 대하소설에서 주동인물의 적극

---

6 임지현, 『민족주의는 반역이다』, (소나무, 1999), 52쪽.

7 이러한 자기표현 행위는 푸코가 말한 '자기에의 관계'에서 비롯되는 실존의 한 형태라고 할 수 있다. 투쟁의 대상이 법이나 체제 등의 외적 타자 이전의 자기 삶에 대한 윤리적 요청이라는 것이다. 미셸 푸코, 이규현 옮김, 「앎의 의지」, 『성의 역사 1』, (나남, 2004), 155쪽. 우리 헌법 전문에서도 저항권을 명시하고 있음을 주목해 볼 필요가 있다. 이 저항권은 다른 어떤 이념과 체제 그리고 제도 이전의 천부적으로 주어진 인간 삶의 기본권이란 의미가 있다.

8 즉 소설에서의 인간은 다른 무엇보다도 최우선적으로, 그리고 언제나 말하는 인간이며, 또한 소설은 자신들에게 고유한 이념적 담론, 즉 그들 자신의 언어를 가지고 소설 속에 들어오는 말하는 사람들을 필요로 한다. 바흐친, 『장편소설과 민중언어』, (창작과비평사, 1988), 150쪽.

적 대의명분의 삶과 대비하여 소외되어왔던 주변인물들의 현실에 대한 소극적 대응 양상이 패배적인 자세에 기인하는 것이 아니라, 그들이 처한 삶의 조건에서 할 수 있는 최선의 적극적인 현실대응 양상이라는 데 주목했다. 특히 박경리의『토지』와 조정래의 2대 대하소설은 한민족의 수난과 과도기의 역사를 증언하는 대표적인 소설이기 때문에 많은 주변인들의 삶을 통해 그들의 현실대응 양상을 고찰하는 데 적합한 소설이라 판단된다. 또한 오늘날에도 여전히 소극적 현실대응—적극 그 이상의 의미를 갖는—의 태도가 '참여 민주주의'를 발전시키는 데 중요한 변수로 작용할 가능성이 있음을 상기해 볼 필요가 있다. 저항권을 바탕으로 한 시민 불복종 혹은 국민 불복종이 우리 역사에 한 획을 그은 것도 좋은 실증이 될 수 있겠다.

2. 소극적 현실대응의 의미

대하소설에서 소극적 현실대응 자에 대한 관심은 전적으로 작가의 역사의식과 시대정신 그리고 소설 전개 과정의 주제의식과 밀접한 상관성을 갖는다. 그 중에서 역사의식은 이 땅에 엄존했으나 소외되고 잊혀진 자들에 대한 작가 개인의 역사적 신원이자 복권을 소망하는 정신과 잇닿아 있다. 거대한 역사적 사건에 대한 옛날 얘기가 아니라, 이 사건 속에서 활동했던 인간들에 대한 '문학적 환기'[9]인 것이다. 역사를 연속성의 관점에서 이해하는 문학적 태도의 한 양상인 셈이다. 따라서 두 작가가 해당 작품에서 소극적 인물을 주목한 것은 이러한 인물들의 삶과 행동이 우리 역사의 오늘을 있게 한 맹아였으며, 앞으로의 펼쳐질 역사 또한 이

---

9 루카치, 앞의 책, 48쪽.

와 무관치 않다는 것을 보여 주는 일이다. 소극적 현실대응을 한 사람들에 의해 수난으로 점철된 과도기의 역사가 어느 정도 상쇄되며 위로 받는 측면이 있다는 것이다. 역사의 직접적인 책임과 무관한 이들이 오히려 이에 파생되는 비극까지 온전히 감당하기 때문에 소극적 현실대응은 수난과 고통을 안겨준 지배자의 부도덕과 대비되어 역사와 민중에 대하여 견고한 신뢰를 갖게 한다.

소극적 대응의 효과는 독자에게 자기 동일성과 깊은 공감을 불러일으킨다. 마음속에 간직하고 있으나 행위를 통해 그것을 적극적으로 실행에 옮기지 못하는 다수의 사람들에게 비록 간접적인 형태를 띠지만, 그것의 표현은 대리만족을 충족시켜주기에 부족함이 없다. 소위 '남산골샌님이 역적 바라듯'하던 차에 '가려운 데 긁어 주는 역할을 하기 때문에 파급력과 함께 현실인식을 공유하는 데 중요한 역할을 한다. 독립변수로 작용하여 더 큰 파급력을 확대 재생산할 수 있는 '마중물' 역할을 할 수 있는 힘이 있다는 것이다. 소극적 현실대응은 외적 작용에 대한 반작용을 최소화함으로써, 외부의 작용으로 인한 손실을 보존하며 안으로 내실을 기할 수 있는 태도이다. 이들의 삶의 조건은 원천적으로 지배자와 대등한 수준의 물리력을 동원하여 쟁투하거나 저항할 환경이 아니기 때문에 소극적 현실대응은 이들이 자신이 처한 환경에서 타자를 향해 선택할 수 있는 현실적으로 가장 유일한 비판적인 형태이다.

"아이고, 그까징 것이 덕언 무신 덕이라고 그런 말씸얼 허고 그러시오. 댁덜이 헌 고상에 비허면 나가 헌 일언 암것도 아닌디요. 나이만 들어부러서 뒷전에 처져 있음스로⋯⋯"

손씨는 민망해하며 말끝을 흐렸다.

"그리 말씸허덜 마시게라. 갑오년에 나서서 싸운 것이 얼매나 장헌 일허신 것인디요. 허고, 그간에 우리럴 얼매나 많이 도왔는디요. 앞에 나서서 총질허는 것만 싸우는 것이간디요, 뒤에서 믹여주고 입혀주고 재와주넌 사람덜이 없음사 의병덜이 어찌 그리 오래 쌈얼 헐 수 있었겄소. 앞에 나슨 사람덜이나 뒤에서 도운 사람덜이나 다 똑겉이 싸운 의병이 아니겄능게라." (밑줄, 인용자) (『아리랑』, 3-22)

"그리 되면 위태헌 일이 생길지도 몰르는디…… 지가 나서는 것이 어쩌겄는게라."

박건식의 말은 무척 조심스러웠다.

"아니여, 아니여, 니넌 나설 생각 말고 뒤처져 있어. 뒤이서 농사 지대로 짓고 처자식 야무지게 지켜야 혀, 그것도 아조 큰일 허능 것잉게." …(중략)…

"어허, 여러말 말어. 나가 아직 기운 펄펄허고, 그런 일이 바로 나이 묵은 사람이 맡을 일인 것이여. 허고, 땅얼 지키는 것도 중헌 일이제만 처자석 지키는 것이 더 중헌 일인 것얼 명넘혀." (밑줄, 인용자) (『아리랑』, 3-153)

위의 인용문(밑줄)은 조정래의 『아리랑』에서 지삼출이 손판석에게 한 말과 박병진이 아들 박건식에게 한 말이다. 필부필부가 소극적으로 현실에 대응하는 모습을 상징적으로 보여 주는 장면이라고 할 수 있다. 위기의 현실을 극복하기 위해 신분의 고하와 남녀노유 장유유서를 막론하고 혼연일체가 되어 각자 처한 환경에서 '깜냥껏' 최선을 다해 현실에 대응했다는 의미를 갖는다. 강개지사(慷慨之士)가 앞에서 끌어주고 필부필부가 미소망상(微小妄想) 하거나 체념하지 않고 뒤에서 미는 하나 된 힘이 오늘의 역사 발전의 초석이 되었음을 보여 주는 장면이다. 강개지사의 견인차 역할과 필부필부의 조력이 상호 작용한 것이다. 미력한 조력자라고 하지만 이들이 행위가 실존적 각성을 통해 행동으로 표출되었기 때문에 주체성을 갖는다고 할 수 있다. 대하소설 속에서 소극적 현실대응 자는 고정된 모습을 보이는 것이 아니라, 이후 펼쳐지는 상황 변화에 의해 적극적인 현실대응 자로 입체적 변신을 하기도 한다.

본고가 선택한 3편의 대하소설은 물론, 그 외의 일반소설에서도 소극적 현실대응은 적극적 현실대응 자가 경험한 입체적 삶의 맹아로 그려진 예가 대부분이다. 소설의 도입에서부터 특정 인물이 영웅적인 인물로 형상화된 것이 아니라, 소극적 현실대응을 통해 잠재적 가능성을 내포하고 있는 인물로 그리고 있다는 것이다. 이는 소설 속에서 작가에 의해 선택된 특정 인물이 예정된 목적으로 완성되어 가는 일련의 환골탈태의 과정을 보여줌으로써, 한 인물에 대한 영웅적 시각을 교정, 인간적인 보편성을 갖게 하며 아울러 소극적 현실대응의 중요성을 동시에 강조하기 위한 전략이라고 할 수 있다.

3. 언어의 유희와 냉소적 태도

‘언어의 유희와 냉소적 태도’[10]는 ‘언롱(言弄)’을 통해서 시대와 현실 그리고 대상을 풍자 비판하는 지성적 자세라고 할 수 있다. 풍자는 일반적으로 인간의 어리석음과 악덕, 부조리한 사회현실을 폭로하고 비판하는 문학형태이다. 또 가장 주목되는 것이 풍자의 어조인데 소위 ‘삐딱한

---

10 ‘언어의 유희와 냉소적 태도’에는 말이 중심을 이루지만 ‘노래’도 큰 역할을 한다. 노래야말로 외적 환경에 의해 억압된 인간의 적층된 정서를 종합적으로 환기하는 기능을 갖기 때문이다. 이러한 인물 중에는 『토지』의 서금돌과 주갑이 있지만 노래가 갖는 기능을 인지하고 그것을 현실 속에서 본격적으로 실천한 인물은 『아리랑』의 차득보 옥녀 남매와 거지할아버지가 대표적이다. 이들은 본고의 전개상 다음에 논의할 ‘직업(걸인)’을 활용하여 소극적으로 저항한 인물로 세목화했다. 걸인이라는 직업이 이들이 가진 장기인 노래를 극대화할 수 있는 수단으로 작용했기 때문이다. 이런 측면에서 본다면 이들이 업으로 하는 걸인이란 직업은 당초의 생존을 위한 절박성에서 출발하지만 이후에는 호구와 연명을 위해 비굴하게 저두평신(低頭平身)으로 일관하는 업이 아니라 다분히 의도와 목적이 있는 위장된 행위로 걸인이란 업을 활용 발전시켰다고 할 수 있다.

어조'(언어의 유희와 냉소)를 통해 제재와 대상을 깎아내린다.[11] 풍자에서 빼놓을 수 없는 것이 바로 외면적으로 드러나지 않는 이면의 공격성이다. 이 공격성 때문에 풍자는 소극적이지만 능동성을 띠며, 거시적 안목으로 통합적인 관점을 요구한다. 시대와 현실을 적확하게 진단하며, 상대의 흉중을 간파하는 혜안이 전제될 때 가능한 태도라는 것이다. 따라서 언롱은 단순한 말장난이 아니라, 인물 개인의 정신의 고양과 총체성의 외적 발현인 셈이다.

　①"윤보가 오면 무색해지겠군."
　"윤보 형님요? 아 윤보 형님이 돌아오믄 나는 때리치울 깁니다. 한 마을에 강태공이 둘 있어 쓰겄십니까."
　평산은 둑에 쭈그리고 앉는다. 엄지손가락으로 코끝을 튀기며 "상놈들이 장유유서 찾을 거 있나."
　"그런 말심 마시이소. 윤보 형님 신수 굶기는 것 못 보았으니께요."
　부모 기일에도 노름판을 쏘다니는 네 주제에 상놈 괄시하는 것이 가소롭다는 응수였던 것이다.
　한조는 다래끼를 밀어내며 낚싯줄을 던진다.
　"윤보는 딸린 식구가 없어 그렇다 하더라도 자네야 그렇질 못한데 허구헌 날 이러고 있으면 농사는 누가 짓나."
　"지보고 물었십니까?"
　"강바람보고 물었을까."
　"하항, 뽕나무집 농사는 종놈들이 짓구마요."
　한조는 평산의 집 앞에 서 있는 초라한 뽕나무 한 그루를 두고 뽕나무집이라면서 빈정대었다. (『토지』, 1-337)

---

11 김준오, 『시학』, (삼지원, 1996), 264~265쪽.

②"저기 숭어양반 오시누마요."

"뭐 숭어양반?"

평산이 한조의 눈길이 간 곳을 좇는다. 조준구가 이쪽을 향해 어슬렁 어슬렁 걸어오고 있었다.

"숭어양반이라니,"

"아따 피라미양반이 있으믄 숭어양반도 있일 거 아니요."

평산은 어이가 없어 웃는다.

"낚시질만 닮아가는 줄 알았더니 자네 언변도 닮아가는구먼."

"누구 말입니까? 윤보형님 말입니까? 아, 곰보말고는 닮아서 버릴거 하나 없지요. 김훈장도 그 형님한테는 꼼짝 못하니께요."

"저 양반이 날 찾아오나?"

한조는 고개를 돌리고 낚싯대 끝을 노려본다. 아무 기척이 없는가, 그는 돌아앉은 채 다시 지껄였다.

"저런 양반이 원님이라면 아마도 송덕비가 설 깁니다. 남원부사 변학도는 동헌에 높이 앉아서 춘향이 볼기짝 때리는 거로 정사를 삼았다 카지마는 저 양반이사 조석으로, 비 오는 날 초상집 개도 아니겄고 마을 농사 형편 소상하게 돌아보니, 아이 어른 할 거 없이 밥 잘 먹었느냐, 병 안 들었느냐, 허 참 이 고을 원님 아닌 게 한이고 최참판댁 당주나으리 아닌 게 한이구마요."

…(중략)…

"자리를 바까야겄구마. 개명 양반 보면 개기들이 더 약삭빨라져서 잇갑만 뺏아 묵을 기니, 한나절이 넘었는데 겨우 한 마리,"

한조는 낚싯대를 걷고 일어섰다.

"지는 갑니다."

평산이에게 시늉만의 허리를 굽히고 조준구는 본체만체 가버린다.[12] (『토

12 박경리, 앞의 책 1권, 338~339쪽.

위의 인용문 ①~②는 박경리의 『토지』에 나오는 장면으로 정한조의 상대에 대한 언롱의 극치가 잘 나타나 있다. 김평산과 조준구는 소설 속에서 최참판댁 몰락의 직접적인 원인을 제공한 탐심으로 가득 찬 반동인물이다. 조준구는 김평산과 귀녀 그리고 칠성이 최치수의 살인을 모의하는 음모를 눈치 채지만 이를 묵인하거나 방조한다. 자신이 해야 할 일을 이들이 먼저 하는 셈이기 때문에 조준구의 입장에서 보면 '손 안 대고 코 푼 격'이 된다. 간접적으로 최치수의 죽음을 교사한 측면이 강하다고 할 수 있다.

그러나 현실적으로 이들은 영락했을지언정 주변 평민들에게는 여전히 기득권을 가진 지배자의 신분을 유지하고 있다. 비록 몰락한 잔반이지만 김평산의 신분은 평민 위에 군림할 수 있는 양반의 신분이다. 조준구 또한 개명양반이란 허울로 불리지만 외면적으로는 문명을 상징하는 서울과 연계된 인물이며, 비록 최참판댁의 길카리이지만 이러한 친소관계는 대인관계에서 원만한 대접을 받는 원인이 된다. 따라서 뭇사람들은 현실적으로 그들의 가진 사회 역사적 배경을 전적으로 무시할 수 없게 된다. 정한조의 언롱은 이러한 현실적 권위에 대한 비웃음이기 때문에 예사롭지 않은 것이며, 그렇기 때문에 정곡을 찌르는 통쾌함이 배가 되는 것이다.

두 인물의 행태를 싸잡아 비난하며 던진 '피라미 양반과 숭어 양반이 압권이다. 특히 김평산의 일그러진 삶의 모습은 익히 보아온 터라 더 새로울 것이 없지만, 조준구는 아직까지 그의 흉중을 드러내 놓지 않고 기회만을 엿보고 있는 잠행의 시기였기 때문에 상대적으로 정한조의 '빈정댐은 조준구의 의도를 간파한 혜안이라고 할 수 있다. 실제로 이 시기에 조준구는 평사리 사람들에게 환심을 사려고 마음에 없는 과도한 친절을 베풀고 있었으며, 개중에는 이러한 조준구의 의도된 환심 행위를 진심으로 받아들이는 이들도 있었기 때문이다. 이는 정한조가 보인 언롱이 단순히 상대에 대한 감정적 사갈시가 아니라, 지적 작용에 의한 현실인식이라는 것을 의미한다.

이러한 정한조의 비판의식이 그의 올곧은 천성과 의리에서 기인한다는 것을 다음에서 확인할 수 있다. 함안댁의 초상집에 평소와 달리 최참판댁의 눈이 무서워 동네 사람의 문상이 없자 "의리란 그런 게 아니요. 땅마지기나 얻었다고 감지덕지 하는 게 의리란 말이요. 평생 면천(免賤)도 못할 천성이지."라고 말하는 장면에서 확인된다. 문상을 가고 싶어도 최참판댁의 소작농의 신세이기 때문에 눈치를 볼 수밖에 없는 동네 사람들의 속물근성에 대하여 일갈하는 장면이다. 결국 정한조의 이러한 비판정신은 조준구가 씌운 누명에 의해 일경에 의해 총살을 당하는 비극으로 이어지는 원인이 된다.

"소인은 참판댁님댁 땅 한뼘도 부치묵지 않는, 목수를 생업으로 살고 있십니다마는 집은 맨들어내도 땅에서 나는 곡식을 맨들어내는 재간이야 있겄십니까. 그런데 나리께서는 곡식을 고루 나누어주신다고 말심하시는데 여기 온 우리말고 또 몇 집은 수수알갱이 한톨구경 못했십니다. 혹 최참판댁 마님께서 돌아가싰을 적에 눈물 흘리는 것을 나리께서 보시고, 헤헤헤……그거사 객담이고 참말이제, 이제사 눈물 나무마요."

"아가리 닥쳐라? 주제넘은 놈! 땅도 안 부치는 놈이 무슨 연고로 나타나서 이러쿵저러쿵 지껄이는 게냐"

"말심은 맞십니다. 소인이 나설 계제가 아닌 것도 잘 알고 있십니다. 허나 굶는 놈이 어찌 염치를 알겄십니까. 염치 있는 허윤보도 아니겄고 아마도 걸구신이 그리 시키는 상싶십니다. 한데 이 댁 마님께서 살아 기실 적에는 숭년이 들믄 온 동네 걸구신을 믹이주심서 이 허윤보를 굶어주게 내비리두시지는 않았심다. 어찌 된 까닭인지 모르겠십니다마는, 마님 돌아가싰을 때 눈물을 많이 흘린 까닭인지 모르겠십니다마는 눈물 때문에 굶어죽을 수는 없는 일이겠고 또 굶어죽는다 카더라도 사유나 알아야겠고 해서 소인이 이 댁 당주이신 애기씨께 여쭈어봤습지요. 우째서 마님 살아 기실 적에는 이 윤보놈도 굶어죽게 안 하싰는데 이번에는 이리 많은 사람을 굶어 죽게 하십니까 하고 곡식이 더 가는 집도 있고 덜 가는 집도 있는데 우리네는 숫제 곡식 한톨 못 받았으니 우찌 된 연고입니까 하고 여쭈어봤습지요."

완전히 희롱이다. 장날이면 장바닥에 나타나는 각설이떼처럼 몸짓하며 목소리하며……조준구는 분을 못 참아 부르르 떤다. (『토지』, 3-94~95)

『토지』에서 윤보는 대표적인 '서사인(庶士人)'[13]적 인물이라고 할 수 있다. 일반 평민이면서 선비적 기질과 강인함으로 불의와 모순에 굽힐 줄 모르는 반항(저항)정신을 가진 인물이다. 반항이란 어휘가 주는 부정적 어감 때문에 선입견을 잘못 가지기 일쑤지만 그것은 의(義)를 실현하겠다는 적극적인 노력인 것이다.[14] 마을의 대소사에 관여하여 부당한 처사에 바른말(쓴 소리)을 하는 것은 물론, 당대의 시대정신인 동학운동에 가담하거나 의병활동을 하는 것 등을 통해서 지사적인 의기를 품은 인물이라는 것을 알 수 있다. 이런 그가 조준구의 악행을 그냥 보고 넘어갈리 만무하다.

---

13 평민의 신분이라도 선비나 사대부를 질투하거나 부러워하지 않고, 끊임없이 지식과 견문을 확장하여 육체노동을 신성시하는 사람은 평민이되 평민에 머물지 않는다. 사회적 지위가 오른다는 말이 아니라, 고귀한 인격을 갖게 된다는 말이다. 바로 이 이념과 행동에 의거해 사서인(士庶人) 또는 서사인(庶士人)이 태어나는 것이다. 정종진, 『한국 현대 대하소설 탐구』, (태학사, 2009), 117쪽. 이 두 부류의 인물(계층)들은 전통시대에 제도적 관습적으로 당연시됐던 신분적 제약을 초월하여 현실에 능동성을 보여주었다는 점에서 지와 행을 모범적으로 실천한 인간상을 보여준 인물이라고 할 수 있다.
14 정종진, 「임꺽정의 義사상 표현 기법」, 『국제문화연구』 제19집, (청주대 국제협력 연구원, 2001), 240쪽.

위의 인용문은 흉년이 들자 조준구가 기민쌀의 배급을 통해서 평사리 사람들을 이간시키려다 윤보에게 언롱을 당하는 장면이다. 윤씨 부인의 생전에는 기민쌀의 배급이 친소관계를 떠나 골고루 배급이 되었지만, 이후 최참판댁의 실권을 장악한 조준구는 기민쌀의 배급을 자신에게 호부한 것을 기준으로 기민쌀을 배급하여 사람들의 원성을 샀다. 이 같은 조준구의 행위는 최참판댁을 중심으로 누대에 걸쳐 견고하게 다져진 '식구공동체'[15]의 질서를 이간시키려는 불순한 의도를 담고 있다.

"의병은 왜눔들 몰아내자 카는 기고, 또 하나는 도적질 해묵고 나라 팔아묵을라 카는 벼슬아치들을 치자 카는 긴데, 그기이 다 똑같은 긴데 와 동학은 나쁘다 카고 의병을 옳다 캅니까?"

"이노오옴! 충성하고 불충이 어찌 같단 말이냐!"

"그렇다믄 생원님, 똑같은 일이라 캐도 상놈이 하믄 불충이고 양반이 하믄 충성이라 그 말심입니까?"

비로소 김순장은 윤보에게 놀림을 당하였다는 것을 깨달은 모양이다.

"이놈 듣기 싫다! 냉큼 가지 못할까!"

윤보는 길섭, 도랑을 흐르는 물에 짚세기 바닥을 점벙점벙 적시면서 "그런데 생원님은 아침부터 이슬 밟고 어디 다니오십니까? 하고 능청스럽게 딴전을 폈다. 주거니받거니, 이 같은 수작은 이들에게는 처음이 아니다. 신분이 다르

---

15 '식구'의 사전적 의미는 "같은 집에서 끼니를 함께 하며 사는 사람"이다. 이는 혈연적인 의미로 그 뜻을 국한하는 '가족'과는 다른 의미이다. '식구'의 구성원이 될 수 있는 것은 혈연을 바탕으로 한, 가족이 아니어도 일정기간 동안 함께 기거하며 끼니를 같이 먹는 관계면 누구나 식구가 성립된다. 전통 시대에는 한 지역 공동체에서 오랫동안 지리적 공간적으로 동일한 문화와 관습을 공유하고 소통하며 살았기 때문에, 같은 집에서 끼니를 함께 먹는 관계가 아니어도 넓은 의미에서 식구라는 '가족유사적'인 공동체의 의미로 쓰였다. '같은 밥을 먹는다'는 뜻이 아직까지도 우리 사회에서 강한 결속력과 연대감을 상징하는 것은 시사하는 바가 크다. 강찬모, 「떠남'과 '돌아옴'을 통한 고향의 재인식 과정」, 『한국문학이론과 비평』, (한국문학이론과 비평학회, 2008), 395쪽.

고 서로 늘 의견이 다르면서 이상하게 배짱이 맞는다고나 할까, 아니 서로 정이 통한다 해야 할 것 같다. 꾸짖는가 하면 놀림을 당하고 그러면서 이들 사이에는 미묘한 우애가 흐르고 있었다. (『토지』, 1-128~129)

위의 인용문은 윤보가 골수 유생인 김훈장에게 하는 공격적 질문이다. 이렇듯 윤보는 신분을 초월하여 평사리에서 일정한 권위와 영향력을 유지하고 있는 김훈장과도 시국에 대하여 기탄없이 이야기를 나누며, 때로는 유자의 편협한 고루성에 갇혀있는 그를 언롱을 통해 어르고 때리고 달래기까지 한다. 이러한 모습을 통해서 윤보의 식견과 인품의 크기를 촌탁해 볼 수 있다.

그러나 윤보의 선비적이며 지사적 의기는 강한 것만이 아니다. 선비라고 하여 늘 대의에 골똘할 수는 없는 일이다. 유연성을 지니지 못한 정신은 결코 큰 정신이 될 수 없다. 시종일관 이성만을 내세운다면 인간에 대한 이해가 부족할 수밖에 없다.[16] 윤보는 거대담론이 강요하기 쉬운 이념적 원리성에 빠지지 않고 보편적인 인간애를 생활 속에서 실천하는 인물이다.[17] 윤보의 이러한 인품은 평사리라는 좁은 지역공동체에서 뭇 사람들에게 신뢰와 믿음을 받는 요인이 되며, 그의 주변에는 늘 상식과 도리를 최고의 인간적 덕목이라고 여기는 필부필부가 모여든다. 여론을 모으고 소통하는 이러한 친화력은 그를 자연스럽게 마을의 중심인물로 부각시키는 요인이 된다. 목수라는 직업 또한 그의 방랑적 기질과 함께

---

16 정종진, 「한국근현대시의 선비정신 연구」, 『어문연구』 36, (어문연구학회, 2001), 321쪽.

17 본시 떠돌면서 내일을 생각하여 오늘을 사는 윤보의 성미가 아니었으므로 늙은 노새에 실어온 곡식도 반은 자신이 먹고 반은 나무가죽을 벗기는 노파나 아이들에게 나누어주었고, 초봄에서 늦은 봄까지 일해서 번 품삯도 비싼 곡식을 팔아먹기도 하고 없는 사람들에게 몇 낱씩 나누어주기도 해서 정작 어려운 고비에 이르러 바닥이 나고 말았다. 박경리, 앞의 책 3권, 93쪽.

욕망을 버리고 덧없이 살고자 한 표랑과 자유의지를 상징적으로 보여주는 것이라고 할 수 있다.

> 억만장자 연대 밑에
> 홀로 앉아서 우는
> 저 과수야―
> 너는 살아 애썩이고
> 나는 죽어 살썩이고
> 썩이기는 일반이라야―

윤보였다. 낚싯대를 들고 돌아서서 노래를 부르고 있었다. 그는 윤씨 부인 일행이 지나가고 있는 것을 의식하고 있는 듯싶었다.

…(중략)…

가마에 앉은 윤씨부인은 윤보를 안다. 동학군을 따라다녔던 일도 알고 있었다. 방금 부르던 노래는 자기를 향한 조롱인 것을 느끼고 있었다. 그러나 그는 최참판댁의 소작인도 아니요 상민이지만 어느 누구에게도 매여 살기를 싫어하는 자유인이며 방랑자요 자기 존엄을 위해서는 한치의 양보도 없는 대담한 사내[18]라는 것도 윤씨부인은 알고 있다. 쓴웃음을 띠고 윤씨부인은 햇빛이 튀고 있는 강변을 바라본다. (『토지』, 2-313~314)

위의 인용문에서 윤보의 초탈한 삶의 철학을 확인할 수 있다. 초탈한 삶의 철학은 생사관으로 이어지기 때문에 한 인간의 삶의 총체성을 엿볼

---

[18] 인류의 수많은 투쟁과 희생의 역사는 개별적 존재로서의 인간적 존엄을 성취하는 데 바쳐진 기록이라고 할 수 있다. 김문주, 「기독교 신앙과 양심의 인간주의」, 『문학과 종교』 제14권 3호, (한국문학과 종교학회, 2009), 63쪽. 현실에 대한 소극적 대응도 필부필부들이 인간적 존엄성을 성취하기 위해 헌신한 삶의 태도라고 할 수 있다.

수 있다. 윤보가 이러한 초탈한 삶의 철학을 가졌기 때문에 불의와 모순에 대한 윤리적 감수성이 예민하며, 냉소적 태도를 견지할 수 있는 것이다. 윤보와 윤씨 부인은 태생과 출신 그리고 가문에 의해 본인의 의지와는 무관하게 근본적인 지향점이 다를 수밖에 없는 운명을 가진 사람들이지만, 옛말에 '고수는 고수를 알아본다'는 말이 있듯이 윤씨 부인이 정의한 윤보에 대한 인간평-"자기 존엄을 위해서는 한치의 양보도 없는 대담한 사내"-은 시사하는 바가 크다. 윤보의 초탈하며 치열한 삶의 이면에는 이렇게 자기 존엄을 훼손하는 일체의 외적 타자에 대한 윤리적 분노가 잠재되어 있다.

이외에 서금돌과 주갑[19]이는 정한조와 윤보에 비해 상대적으로 언어의 유희와 냉소적 태도가 현실 속에서 본격적으로 전경화되는 인물은 아니지만, 노래와 가락을 통해 시대적 아픔이 주는 굴곡 많은 삶의 애환을 해학과 풍자로 승화시킨 인물이라고 할 수 있다. 서금돌이 주어진 현실을 묵묵히 견인하며, 생활과 규범 본능에 충실한 인간형이라면 주갑이란 인물은 외형적으로 깝신거리는 인물이지만 작가는 소설 속에서 그를 탈속한 자유인으로 그리고 있다. 이들의 언어의 유희와 냉소는 특정한 대상이나 상황 속에서 발산되는 것이 아니라, 삶의 내재적 모순과 존재의

---

19 '허허어 참, 저 사내는 전생에 새였을까? 노송 위에 홀로 앉은 한 마리 학이었을까? 혜관은 용정 올 때 구름을 뚫고 이동해가는 철새 생각을 한다. '저 사내 어느 구석에 저리 귀한 곳이 있었던고? 반하게 예뻐 보이는 군 그래. 소리 공부 안 해도 명창이다, 허 참.' 박경리, 앞의 책 9권, 234쪽. 박경리 자신도 생전에 『토지』의 등장인물 중에서 주갑이란 인물에 대하여 가장 애정이 가는 인물이라고 말한 바 있다. ("오히려 내가 『토지』 같은데, 설명하기는 쑥스럽지만, 누구를 제일 좋아하느냐 하면 주갑이가 제일 좋다, 그런 얘기를 하거든요. 자유인, 완전한 자유인이기 때문에 작가가 무심히 써 놓고도 나중에 보니까 주갑이가 좋다.") 송호근, 「사회학자 송호근의 '작가 박경리론'」, 『가설을 위한 망상』, (나남, 2007), 281쪽. 이용도 죽기 전에 아들 홍이에게 서금돌과 주갑이의 생이 가장 부러웠다고 고백할 정도로 그는 풍진세상을 냉소적으로 비웃으며, 바람처럼 물처럼 일정한 틀에 얽매이지 않고 주유천하 하면서 인간에 대한 따뜻한 이해의 마음을 소유했던 인물이다.

근원에 대한 보다 깊은 사유에서 비롯되는 특징이 있다.

"말 꼬랑댕이 잡고 사람 월기지 마써요. 공산당은 너나 읎이 공평하게 사는 시상 맹근다는 말얼 두고 허는 소리요. 그런 시상이 꿈속에서나 있고, 말로나 있는 것이제 사람이 사는 시상에 워디 있을랍디여. 우리 냄편 따라 공산당 허는 농꾼덜도 다 그 말만 믿고 나선 것이제라. 대대로 물림허는 가난에 한이 맺히고, 배운 것 읎이 무식헌 농꾼덜이 그런 조청맹키로 달디단 말에 워찌 귀 솔깃혀지지 않겠소. 우리 남편맹키로 식자깨나 들었다는 사람덜이 가난허고 불쌍헌 사람덜헌테 죄 많이 짓고 있는 것이제라. 그라고 워디 빨갱이 된 사람 덜만 귀 솔깃혔을랍디여. 쎄고쎈 가난헌 사람덜언 나라가 금허고 순사가 겁난께 표식 안 내서 그렇제 다 귀 솔깃해 있구······" (『태백산맥』, 2-215)

『태백산맥』에서 염상진 아내 죽산댁이 토벌대장 임만수의 취조에 물러서지 않고 언롱을 바탕으로 대거리하는 상면이다. 지역 방언의 관습적 표현과 어조가 죽산댁의 언롱을 한층 고조시키며 감칠맛 나게 하고 있다. 죽산댁은 강인한 생명력과 끈기를 가진 인물이다. 염상진의 부재 속에서도 가장의 역할을 훌륭히 수행하며 자식을 돌보는 인물이다. 무서울 정도로 주어진 현실에 헌신적으로 몰두하는 우직한 성격의 소유자이지만, 남편인 염상진의 대의와 공산주의관을 적확하게 인식하고 있는 부창부수의 인물이라고 할 수 있다. 염상진이 벌교를 점령했을 때 자신이 당한 고통을 갚기 위해 충동적인 한 풀이를 하거나 경거망동하지 않고 은인자중하며 신중함을 보이는 인물이다. 죽산댁의 강인함은 계엄사령관 백남식의 취조에 "온냐 이눔아, 나럴 쥑여라아. 부부지간이면 정이나 통하제 사상할라 통허는지 아냐, 요런 돌대그빡, 문뎅이 자슥아!"라며 대들어 백남식을 무는 장면에서 다시 한 번 강하게 각인된다. 이는 한 인물의 언롱이 가능한 것은 그 이면에 이 같은 원시적 현실인식의 견고성이 있기 때문이며, 언롱이 한낱 실천이 결여된 말의 일회적 경박성이 아님을 단적으로 보여준다. 따라서 언롱은 이러한 원시적 현실인식의 견고성을 훨씬 섬세하고 세밀하게 정제된 후에 표출하는 고도의 '소금기 있는 지성적 언어'라고 할 수 있다.

4. 직업을 활용한 현실대응

등장인물의 직업을 활용한 현실대응은 오늘날의 다변화된 시대의 직업의 의미와는 다르다. 농업 중심의 미분화된 전근대 사회에서 직업의 범주는 농업 인구가 절대 다수를 차지하고 있었기 때문에 농업 이외의 직업을 예외적인 일에 종사하는 것으로 인식하는 경향이 컸으며, 이러한 희귀성은 직업의 고하를 막론하고 그 존엄성을 폄하하는 원인이 되었다. 아래에 등장하는 인물들이 바로 대하소설 속에서 공동체의 신성과 금기 터부와 폄하의 예외적 직업을 바탕으로 현실에 대응해 나가는 인물들이라고 할 수 있다. 그러나 이러한 신성과 금기 터부와 폄하의 직업이 역설적으로 그들이 나름대로 깜냥껏 소극적 현실대응을 해 나가는 외피 역할을 충실히 하는 요인으로 작용한다.

조정래의 『아리랑』에서는 차득보 옥녀 남매와 거지 할아버지가 '걸인'이란 직업 아닌 직업을 활용하여 현실에 소극적으로 대응한 인물이라고 할 수 있다. 타인으로부터 멸시와 조롱을 당하는 걸인이란 업은 이들이 장기인 '노래'를 통해 현실을 풍자하고 비판케 하는 충실한 외피 역할을 한다.

① 설한풍 몰아치는 허허벌판 만주땅에
　풍찬노숙 뼈깎으며 왜놈들과 싸우기 그 몇몇 해이던고

일년이 십년 되고 십년이 이십년 되어

고향땅이 그리워라 처자식이 목메어라

그래도 굽히지 않은 뜻 일편단심 구국이라

나라 찾아 깃발 날려 금의환향 하렸더니

에고오 어인 일로 갇힌 몸 되었는고

에고오 어찌타 옥사가 웬말인고

어화 원통해라

아이고 절통해라

이대로는 못가겠다 이대로는 못가겠다

원통하고 절통해서 이대로는 못가겠다. (『아리랑』, 10-168)

② 밭은 털려서 신작로 되고요

집은 털려서 정거장 되네에

…(중략)…

문전옥답 털려서 신작로 되고오

<u>말깨나 허는 놈 감옥소 간다아</u> (밑줄, 인용자) (『아리랑』, 5-326)

③ "긍께로 사람덜이 말로 못허는 것을 우리가 대신해서 속 풀어 주는 것이 장타령이다 그런 말이다. 알아듣겠냐?"

"사람덜이 말로 못허는 것이 머신디요?"

득보는 의아스러운 얼굴이었다.

"그려, 요새 조선사람덜이 질로 미와험스로도 내놓고 욕 못허는 인종덜이 누구제?"

"고것이야 왜놈덜이제라."

"아이고, 똑똑타!" 늙은 거지는 득보의 등을 토닥거려 주고는, "바로 고것이 단 말다. 요새 시상에서 왜놈덜헌티 당헌 사람덜이 얼매나 많고, 그 분헌 맘덜이 얼매나 속에서 끓겄냐. 근디도 차마 말로넌 못허고 모다 끙끙 앓고만 안 있냐. 고 분헌 맘 원통헌 사연얼 장타령으로 엮어 틉지고 한시런 소리로 읊어 대먼 얼매나 속이 씨언해허겄냐!"그는 제풀에 신명이 오르고 있었다. (『아리랑』, 5-322)

위의 인용문은 차득보 옥녀 남매와 거지 할아버지가 장타령과 노래를 통해 일제의 음흉한 흉중을 싸잡아 비판하는 장면이다. ①은 옥사한 의병대장 송수익을 위해 옥녀가 부른 진혼가이며, ②는 차득보가 호구를 위해 거지 할아버지에게 배운 개작된 「아리랑」을 부르는 장면이다. 이들 남매는 부모의 원수를 갚기 위해 자신이 처한 열악한 조건에서 '노래'란 장기를 가지고 일제의 만행에 대하여 현실을 비판하고 있다. 특히 차득보는 '왜놈들에게 욕해대는 「장타령」을 불러 널리 사람들에게 전파하는 것'이 현실적으로 부모의 원수를 갚는 일이라고 굳게 믿는다. ③에서 거지 할아버지는 소극적 현실대응의 수단으로서 노래가 갖는 효용성을 잘 규정하고 있다. '차마 말로 하거나 드러내 놓고 문제를 삼을 수 없는 일'을 노래가 대신 할 수 있다는 것이다.

현실대응 방법의 적합성의 문제를 떠나 ①의 송수익의 옥사와 ②에서 부분적(밑줄)으로 언급한 대목인 "말깨나 허는 놈 감옥간다"라는 노랫말은 직접적 현실대응 자가 처하게 되는 불행한 결말을 보여 주는 장면이다. 이러한 행위는 영웅적인 기질을 소유한 범상치 않은 인물들의 행위에 해당한다. 따라서 필부필부가 현실적으로 할 수 있는 일은 ③에서 거지 할아버지가 말한 대로 간접적 소극적 비판을 통해 사람들에게 대리만족을 충족, 현실인식을 공유하게 하는 일이 적극적인 현실대응 이상의 효과가 있는 태도라고 할 수 있다.

"그 부탁은 다름이 아니라, 정 사장이 이번에 바닷물을 채우려고 했던 논들

을 그대로 뒀다가 농지개혁 때 작인들에게 넘겨주라는 내용의 말을 끼워넣어
달라는 거예요. 그렇게만 되면 가족들이 망자의 말인테 안 들을 수가 없을 것
이고, 그 논들이 작인들의 손으로 넘어가게 되면 자그만치 이백 명 이상이나
되는 사람들의 생계문제가 해결되는 거예요. 그렇지 않고 가족이 딴 사람 앞
으로 명의변경을 해버리거나, 사방으로 처분해버리면 지금 소작을 부치고 있
는 사람들은 어찌 되겠어요. 소화씨도 아다시피 그 논 때문에 지금 열 두 사람
이 잡혀 들어가 있잖아요."

　　이지숙이 숨이 가쁠 정도로 빠르게 말을 해냈다.

　　"진작에 그 말씸부텀 허실 일이제라. 지가 워치케든지 혀보도록 허겄구만
요." (『아리랑』, 5-119~120)

　　염전 개발을 목적으로 땅을 사들인 정현동은 전 지주에게서 땅을 부처
먹던 소작인들을 그 땅에서 내쫓게 된다. 결국 소작인에게 원성을 사게
되어 죽임을 당한 후, 무당 소화가 씻김굿을 하려던 차에 이지숙의 부탁
을 받은 소화가 이지숙의 요청을 받아들임으로써 소작인들이 땅을 되찾
게 된다. 씻김굿의 와중에서 '손대잡이'를 하게 될 순서에 소화의 입을
통해 나오게 될 망자인 정현동의 땅에 대한 말을 의식적으로 왜곡 끼워
넣어 잘못된 행위를 바로 잡아 달라는 것이다. 무당 소화는 세상 사람들
이 터부시하며 괄시하는 자신의 업으로 많은 사람들에게 생계의 문제를
해결한 셈이다. 무당이라는 직업이 갖는 금기와 신성을 한껏 활용한 것
이다. 이밖에도 소화는 정하섭과 그의 모친 사이에서 정하섭의 빨치산
활동자금 모금에 중간역할을 훌륭히 하며, 정하섭과 연정을 키워 아들까
지 낳는다.

　　이들 이외에 대하소설 속에 등장하는 승려들이 직업을 활용하여 소설
전개에 활력을 불어 넣는 인물들이다. 대표적인 인물로서 『토지』의 우관
선사와 혜관 『아리랑』의 운봉 그리고 『태백산맥』의 법일과 운정스님 등

이다. 이들은 한결같이 뭇사람들이 승려에 대하여 갖고 있는 재래의 종교적 신성성과 불교 특유의 익명성을 바탕으로 역사적 사건과 상황을 객관화하거나 소설 속 중심인물이 지향하는 궁극적인 의지를 직간접적으로 조력 혹은 견인하는 역할을 한다. 이들의 가슴 아픈 남다른 사연[20]이 승려가 된 원인이기 때문에 차후 소설 전개에 있어 이들의 동선은 승려가 갖는 은폐성과 결부되어 현실에 대한 소극적 적극성을 띠게 된다는 것이다.

5. 부끄러움과 자기 연민

'부끄러움과 자기 연민'은 적극적 현실대응을 하지 못하는 인물이 그러한 자신의 용렬함을 자책하면서 선택하게 되는 소극적 현실대응의 한 방법이라고 할 수 있다. 특히 부끄러움과 자기 연민은 윤리성으로 이어지기 때문에 한 개인이 처한 현실과 삶의 조건을 규정하는 데 가장 기본적 실천성이 내재되어 있는 원초적 정서이다. 또한 욕망 발현에 인간적으로 충실한 필부필부와 달리, 규범적인 행위 준칙을 삶의 전형으로 여기는 지식인 혹은 지도적인 인물들에게서 나타나는 모습이라고 할 수 있다. 사회 역사에 대한 책임의식 때문에 갈등하며, 고민하는 인물이 느끼는 마음인데 3편의 소설에서 행동의 표출 형태는 자학적이거나 뭇 사람의 언행을 타산지석으로 삼아 현실에 매진 혹은 내핍하는 형태로 드러난

---

20 소설 속에서 드러나는 출가의 원인은 인물의 비중과 흐름에 따라 깊이가 다르게 전경화 되지만 한결같이 이들이 소설 전개에서 주동인물과 그 주변 상황에 적지 않은 영향을 주는 인물로 그려지고 있는 것으로 보아 당시대의 환경과 사회적 모순이 출가의 동기가 되었음을 추측해 볼 수 있다. 따라서 이들이 소설 속에서 지향하는 삶 또한 사회개혁적인 윤리적 역사에 관심을 가질 개연성은 그만큼 높다고 할 수 있다.

다. 내핍도 일종의 자학적 행위이지만, '살림'이란 가정 경제의 테두리 안에서 이루어지진다는 점이 외적 자학의 행위와 구별된다고 할 수 있다. 따라서 아래에 인용될 신세호의 자학의 형태와 김사용의 자학은 외적 행동과 내적 절제라는 점에서 다소 차이가 있다고 할 수 있다. 같은 지식인이라고 해도 개인의 영달에 탐닉하는 인물들이 항존하는 현실에서 이 같은 부끄러움과 자기 연민의 소극성은 자신과 독자들에게 깊은 연민을 불러일으킨다.

> "술 잡숩고 또 면사무소 앞이다 오짐얼 깔기셨당마요."
> …(중략)…
> "아부지가 술취허셨다고 암디서나 그러는 것이 아니단 말이오. 왜놈덜 점방 앞, 왜놈덜 집, 왜년덜 모여 떠드는 디, 요런 디다만 오짐얼 깔기신당게라."
> …(중략)…
> "아매 그것이 사둔 어런 별세허신 소식 듣고 한두 달 지냄서 시작된 것인디. 경찰서에 끌려 들어간 것이 어디 한두 번이간디요. 그려도 술취해 헌 일이다가 연세가 많으시고, 아부지가 통 몰르는 일이라고 잡아띤게 순사덜도 어찌헐 도리가 없는 것이제라."

송중원은 큰 충격을 받고 있었다. 그건 아버지가 돌아가시고 나서 장인이 선택한 저항의 한 방법이었던 것이다. 지난날 동네사람들을 중심으로 세금불납운동을 펴기도 했던 장인은 그런 것이 용납되지 않는 상황에 처해 선택한 것이 그 외로운 저항인 것 같았다. 의관을 점잖게 차려입은 장인이 술이 취해 오줌을 갈겨대고 있는 모습은 상상이 되지 않았다. 송중원은 자꾸 눈물이 나려고 했다. …(중략)… '오줌대감', 그 별명이 슬프고도 눈물겨웠다. 장인의 그 행위가 창씨개명을 거부한 것보다 더 크고 강하게 느껴졌다. 대감이라는 말 속에는 사람들이 장인의 뜻을 다 알아차리고 있다는 의미가 담겨져 있었던 것이다.[21] (『아리랑』, 11-157~158)

『아리랑』의 신세호는 송수익과 동문수학한 친구이다. 처음에는 송수익의 대의를 위한 충정을 이해하지 못했으나, 송수익이 의병전쟁에 참가하여 의롭게 싸우는 모습을 보고 송수익의 애민의 마음을 이해하게 된다.

위의 인용문에 나타난 신세호의 일탈행위는 대의를 위해 싸우자는 송수익의 부탁을 거절한 일에 대한 부채의식의 발로라고 할 수 있다. 송수익이 품고 있던 대의를 뒤늦게 알게 된 자신의 어리석음을 자책하며 자학하는 연민스러운 행위이다.

이 같은 신세호의 일탈행위는 골수 유행으로서 믿을 수 없을 만큼의 경이적인 일이다. 통렬한 자기부정을 통해 각성된 현실인식의 한 표현이라고 할 수 있다. '자신의 옳지 못함을 부끄러워하고 남의 옳지 못함을 미워하는 마음'인 '수오지심(羞惡之心)'의 복합적인 마음이 자학적 행동으로 나타난 결과이다. 이는 성리학에서 말하는 사단칠정(四端七情) 중 수오지심이 '의(義)'의 단서가 된다는 점에서 결코 수세적인 단순 소극성으로 치부할 수 없는 이유가 된다. 수오지심의 단서인 의가 궁극적으로 실천을 전제로 하는 행동 원리이기 때문이다. 이외에도 신세호는 농민들에게 토지신고서를 작성해 주고 서당을 열어 후학을 가르쳤으며, 머슴을 해방시키고 자신이 직접 농사를 지어 지식인으로서의 지행을 실천적으로 보여주었다. 또한 장자인 송수익의 부재로 어려운 생활을 하는 그의 가문을 물심양면으로 돕고 송수익의 장남인 송중원을 사위로 맞아들임으로써 송수익에 대한 부채의식을 보상하려는 노력을 지속한다.

그건 장인이 개인적으로 할 수 있는 저항이고 투쟁이었다. 그리고 그 행위는 창씨개명 거부와 함께 결코 무의미한 것도 아니었다. 집단성과 실효성이 없을 뿐 많은 사람들에게 경각심을 불러일으키고 있었고, 투쟁의 상징성 같은

---

21 조정래, 『아리랑』 11권, (해냄, 1994), 157~158쪽.

것을 띠고 있었다. 만해 한용운이 집을 지으면서 총독부 쪽을 바라보지 않으려고 그 반대쪽인 북향으로 집을 앉혔다는 이야기가 묘한 파장으로 사람들의 가슴을 울렸었다. 운동의 실효성만으로 따진다면 만해의 그 행위야말로 소극적이고 무의미할 뿐이었다. 그러나 그 행위가 많은 사람들의 가슴을 울렸던 것은 만해가 표현한 투쟁의 상징성 때문이었다. 만해의 행위에 비해 장인의 행위는 훨씬 더 적극적이고 구체적일 수 있었다. 다만 차이가 있다면 명망성이었다. 만약 만해가 장인과 같은 행위를 몇 년에 걸쳐서 계속해 오고 있다면 어찌 되었을 것인가. 아마 전국이 떠들썩했을 것이다. 아니, 그 영향력으로 만해는 1년을 넘기지 못하고 감옥살이를 하게 되었을지도 모른다. 어쨌거나 그 행위는 장인의 유일한 선택이었다. 그런데 자신이 막고 나설 만한 명분도 논리도 없었다. 처남의 말마따나 장인이 유치장에 갇히고 주먹다짐을 당하고 해가며 그런 행위를 한다고 왜놈들이 오줌에 떠내려갈 것도 아니고 독립이 될 것도 아니었다. 그러나 그건 장인 앞에 내세울 논리가 될 수 없었다. 장인이 그 사실을 모르시 않기 때문이나. 장인은 그 사실을 엄연히 알면서도 그 행위를 선택한 것이었다. (『아리랑』, 11-208~209)

사위인 송중원이 장인인 신세호의 일탈행위가 갖는 의미에 대하여 묻는 장면이다. 소극적 현실대응이 가지는 개인적 의미는 물론, 시대적 당위성과 역사적 맥락까지 구체적으로 나타나 있어 신세호의 일탈행위가 단순한 개인적 저항 차원을 넘어 고도로 계산된 전략적 차원의 저항임을 엿볼 수 있다. 실제로 술에 취하는 것이 아니라, 술을 빙자한 일탈행위이기 때문에 귀가하면 본래의 정제된 모습으로 돌아온다. 의식적으로 하는 일탈행위이기 때문에 더욱 연민스럽다.

송중원은 필부필부의 소극적 현실대응력이 얼마나 큰 의미가 있는지 한용운의 그것과 견주면서 설득력 있게 말하고 있다. 한용운같이 전국적인 명망가가 신세호처럼 규범을 벗어던진 일탈행위를 했다면 송중원의 말처럼 일제는 그 파급성이 미치는 영향 때문에 즉시 그를 감옥에 넣었을 것이다. 한용운의 명망성이 갖는 파급력 때문이다. 그러나 신세호의 행위는 그의 낮은 인지도 때문에 그 파급성이 상대적으로 약해도 한용운의 명망성이 갖지 못하는 이면의 자유로움으로 지속성을 담보 받을 수 있는 장점이 있다. 지역공동체의 존경받는 지식인인 신세호의 지속적인 일탈행위가 점진적이지만 넓고 깊게 저변으로 확산될 수 있는 장점이 있다는 것이다. 소극적 행위가 지니는 위대한 역설적 효과라고 할 수 있다.

"쥔어런, 지넌 사서삼경이 먼지넌 몰라도 왜놈덜이 우리 웬순지넌 알고, 사람 사는 것이 옳은일에 나서야 되는 것인지넌 아는 구만이라."

머슴 지삼출이 의병으로 나서며 한 말이었다.

그때까지만 해도 심덕좋고 기운좋은 머슴이 동학군이었다는 것은 땅짐도 못하고 있었던 것이다. 처자식을 남겨둔 채 훌훌히 떠나는 사내 지삼출이 그렇게 실해 보일 수가 없었고, 사람의 마음이 그렇게 깊을 수 있다는 것을 새삼스럽게 깨닫기도 했다. 그리고 그가 떠난 허전함 속에서 부끄러움은 오래 가시지 않았다. 헌병대의 감시와 시달림 속에서도 지삼출의 처자를 지키려고 애썼던 것은 그 부끄러움을 다소라도 덜고자 했던 것인지도 몰랐다.

박병진은 주먹을 꼭 쥐며 눈을 내리감았다. 지삼출의 담력을 닮아야한다고 스스로를 일깨우고 다짐했다.

지삼출은 당장 눈앞의 잇속이라고는 아무것도 없는데도 목숨을 내걸고 나섰던 것이다. 그러나 자신은 빼앗긴 농토를 찾으려는 잇속으로 나서는 것이었다. 그러면서도 앞을 막아서는 산부터 느끼는 것이었다. 나이 탓으로 돌릴 일이 아니었다. 그건 좀스러운 변명이었다. 나이 마흔아홉이면 중늙은이를 넘어 늙은이로 접어드는 나이였다. 손자들까지 보았으니 더 바랄 것도, 부러워할 것도 없는 나이였다. 세상이 태평하고 집안이 무고하면 무병장수나 바라겠지만 형편은 그 반대였다. 농토를 다 뺏기고 왜놈들 소작인 노릇을 하게 되면 아들은 갈데없이 종놈 신세인 것이고, 손자새끼들은 거지꼴을 면할 수 없게 될 터였다. 자손들이 그런 꼴을 당할 때 어른이 해야 할 일은 너무나 자명했다. (『아리랑』, 3-147~148)

머슴 지삼출의 순수한 대의적 언행에 부끄러움을 느끼며, 농토의 강탈이 가져올 가족사의 비극에 대한 박병진의 깊은 자기 연민의 모습이다. 자신의 하는 행동과 지삼출의 행동을 사리와 대의로 인식하며 자책하고 있다. 그러나 머슴인 지삼출의 언행을 통해 자신의 현재의 모습을 성찰한다는 것 자체가 앞으로 박병진의 현실대응이 예사롭지 않음을 암시하는 것이라고 할 수 있다. 신분과 계층의 현재적 우열에 매몰되지 않고 대상과 환경을 반영적으로 본다는 것은 그만큼 확장될 개연성이 있는 인물이라는 것을 의미한다.

지삼출과 비교하며 자신의 사리의 근거로 든 농토 회복의 문제도 박병진 자신이 말했던 것처럼 단순히 빼앗긴 개인 땅에 대한 원론적 회복의 욕심의 문제가 아니기 때문에 개인의 사리의 문제로 치부할 일이 아니다. 특히 전근대인이 갖는 땅에 대한 애착은 '사유지'의 범위를 초월하여 그 자신이 말했듯이 "목숨"이며 더구나 식민지의 상황이고 보면 땅은 부모이고 나라이며 국가이기 때문에 이후 잃은 땅을 찾으려는 박병진의 적극적 현실대응은 그가 자책했던 사리의 문제가 아니라 대의를 위해 싸우는 적극적인 현실대응이라고 할 수 있다. 같은 처지의 마을 사람들의 의견을 하나로 모아 연대하며 조직화하는 그의 행동은 생활 속에서 하는 '작은 해방 운동'이라고 할 수 있다. 결국 박병진의 잃은 땅 찾기는 실패로 돌아가고 끝내 옥사하고 말았지만, 아버지인 박병진의 이러한 고뇌와 행동을 지근거리에서 보며 성장한 아들 박건식에 의해 적극적인 항일 운동으로 이어지게 된다.

아버지가 향교에 발길을 끊다시피한 것은 범준 형님 사건이 발생한 다음부 터였다. "찬을 세 가지 이상 올리지 말 것이며, 명절이라 하더라도 떡을 두 가지 이상 해서는 안 된다"는 엄명이 내려졌다. …(중략)… 그런 생활의 내핍 이 형의 고생을 함께 아파하는 가족으로서의 유대감만이 아니라 독립자금을 마련하는 한 방법으로 이중효과를 거두고 있다는 사실을 범우가 깨달을 것은 이삼 년이 더 지나서였다. 아버지는 예사롭지 않은 슬기를 발휘한 것이었다. 그뿐만 아니라 아버지는 형으로부터 비롯되는 시련과 고통에 의연하게 맞서 고 꿋꿋하게 이겨나갔다. 아버지는 회고취미에 빠져 있는 족보뿐인 양반의 후 예도 아니었고, 선대가 물려준 농토나 타고 앉아 소작인들의 등껍질이나 벗기 려는 포악한 지주도 아니었다. 아버지는 큰아들과 함께 나라 잃어버린 백성으 로서의 삶을 살아내려고 애쓰고 있었다. 그건 경이롭게까지 느껴지는 사실이 었다. (『태백산맥』, 1-152~153)

『태백산맥』의 김범준 김범우의 부친인 김사용은 중도적 인물로 분류 할 수 있다. 『아리랑』의 신세호처럼 조선조 마지막 골수 유생인 인물이 다. 누대로 내려온 땅의 권력 기반을 바탕으로 포악한 삶을 산 일반 지주 와 달리 양심적 삶을 산 지주이다. 그가 장자인 김범준에게 독립자금을 대 주기 위해 내핍의 생활을 하게 되는 것은 바로 그가 양심적 지주였기 때문에 가능한 행동이라고 할 수 있다. 망국의 현실이지만 지주가 누릴 수 있는 기득권이 현존함에도 불구하고 김사용은 아들의 독립운동이라 는 대의를 간접적으로 돕기 위해 자신이 현실적으로 할 수 있는 일을 생활 속에서 실천하게 된다. 김범준으로 인해 받게 되는 일경으로부터의 고초와 물질적 손해도 묵묵히 견디며, 독립운동에 몸 바치는 아들을 자 랑스러워하는 모습은 아들에 대한 부끄러움과 자기 연민의 발로 때문이 라고 할 수 있다.

또 소극적 현실대응 양상 중에서는 공동체의 구성원들이 맞게 되는 위기의 순간에 '문화적 정체성과 저력'이 결속력을 강화하는 역사적 힘으로 작용하기도 한다. 예컨대 『아리랑』에서 하와이 이주 한인 노동자 중, 주만상의 장례식을 치르기 위해 방영근을 비롯한 한인 이주 노동자들이 '조선식 장례의식'을 고집하며 현지 루나들과 갈등 끝에 결국 이를 끝까지 관철시킨 것 등은 소극적 현실대응이 결코 나약한 자의 패배적 행동이 아니라는 것을 입증한다. 장례식 전까지 각기 다른 이해관계 때문에 분열되었던 이주 한인 노동자들은 주만상의 장례식을 기점으로 민족의식을 각성하는 계기가 된다. 이국땅에서 장례식이라는 동질의 문화경험을 통해 그동안 망각하고 있었던 자신들의 역사적 현실적 환경을 다시 한 번 확인하는 시간이 되었기 때문이다. 장례의식은 예부터 신분의 고하를 막론하고 그들이 현실적으로 처한 환경에서 가장 융승하며 엄숙하게 치르는 문화의 결정체로서 현재와 과거 그리고 미래를 성찰하게 하는 근원적인 실존적 사건이기 때문이다.

6. 결론

지금까지 본고는 박경리의 소설 『토지』와 조정래의 2대 대하소설을 중심으로 한민족의 수난과 응전의 역사를 인물들의 '현실에 대한 소극적 대응 양상'의 관점에서 살펴보았다. 현실에 대한 소극적 대응 양상은 적극적 대응 양상과 대비되어 부정적으로 보일 수 있지만, 각 인물들이 처한 사회와 역사 그리고 현실의 제약 조건 속에서 그들이 할 수 있는 '가장 적극적인 대응 이상의 의미'를 갖는다. 적극적인 대응이 물리력을 비롯한 사회 제도적 산물을 동원하기가 나름대로 용이한 계층(인물)이 주로 선택하는 데 비하여, 소극적 대응은 환경적으로 하위주체와 정신적으로 갈등하는 내면적인 인물이 선택하게 되는 측면이 강하다. 분류의 편의를 위해 적극과 소극으로 나누었지만, 소설 속에서 소극적 양상을 보이는 인물들은 사실 그들이 처한 입장에서 가장 적극적이며, 능동적인 행동을 보이고 있는 인물이라고 할 수 있다. 따라서 중요한 것은 대응의 외적 양상이 아니라 어떤식으로든 대응하려는 현실인식이라고 할 수 있으며, 소극적 대응은 이에 대한 개인의 최초의 의미 있고 실존적인 행동이라고 할 수 있다.

그동안 한국현대소설에서 인물연구는 역사와 사회현실에 적극적으로 대응하는 인물을 중심으로 연구되어 왔다. 물론 이러한 이유의 역사적 민족적 당위성을 모르는 바 아니지만, 한민족 수난의 역사의 극복과정에는 수많은 사람들의 소극적인 현실대응이 위기로 점철된 시대를 슬기롭게 극복하는 데 적잖이 일조한 것 또한 사실이다. 적극적 현실대응이 갖지 못하는 은근한 지구력과 이면의 행동이 저변으로 확산되어 큰 역할을 했다는 것이다.

소설 속에서 소극적 현실대응 양상은 '언어의 유희와 냉소적 태도', '직업을 활용한 현실대응', '부끄러움과 자기 연민' 등으로 나타난다. '언어의 유희와 냉소적 태도'에서는 『토지』의 정한조와 윤보가 조준구와 김평산의 흉중을 간파하며, 정곡을 찌르는 '언롱(言弄)'을 보인다. 특히 조준구의 경우, 소설의 전개 과정에서 아직은 그의 악행이 본격화되지 않고 주변사람들에게 자신의 인격을 미화하는 시기였기 때문에 정한조와 윤보가 보인 언롱이 예사롭지 않은 것이다. 서금돌과 주갑이도 언롱에 관해서 빼놓을 수 없는 인물이다. 『태백산맥』의 염상진의 아내 죽산댁의 언롱도 남편인 염상진의 대의를 정확히 인식하며 토벌대장 백남식을 조롱한다. 죽산댁은 일개 힘없는 아낙 그 이상의 현실인식을 바탕으로 남편이 가는 길에 대하여 깊은 신뢰를 보낸다.

'직업을 활용한 현실대응'에서는 주로 사회적으로 폄하되거나 터부시하는 직업을 가진 즉 신성과 금기의 직업을 가진 인물들의 현실대응을 살펴보았다. 이 같은 직업의 인물로는 걸인과 무당 그리고 승려가 있다. 걸인으로는 『아리랑』의 차득보 옥녀 남매와 거지 할아버지가 있으며, 이들은 걸인이라는 직업을 활용하여 노래와 타령이 갖는 강한 전파력을 의도적으로 이용하여 현실을 비판한다. 무당으로는 『태백산맥』의 소화가 있다. 그는 무당이라는 직업이 갖는 금기와 신성을 한껏 활용하여 소작인들이 잃었던 땅을 찾아주며, 정하섭의 빨치산 활동자금 모금에 중간역할을 훌륭히 수행한다. 승려로는 『토지』의 혜관선사와 우관 『아리랑』의 운봉 그리고 『태백산맥』의 법일과 운정 등의 스님이 있다. 특징적인 점은 이들에 대한 뭇사람들의 신성과 터부 금기가 역설적으로 이들이 소설 전개에 있어 중심인물과 밀접하게 호흡하는 원인으로 작용한다는 점이다.

'부끄러움과 자기 연민'을 보이는 인물은 『아리랑』의 신세호와 박병진, 『태백산맥』의 김사용과 등이 있다. 『아리랑』의 신세호의 소극적 현실대응 양상은 소설의 등장인물들의 행동 중에서 독자들에게 가장 큰 연민과 함께 슬픈 공감을 불러일으킨다. 어느 길이 옳은 길인지 앎에도 불구하고 성격적 환경적 조건 때문에 갈등하며 괴로워하는 모습이 곧 자신의 모습이라고 생각하기 때문이다. 박병진의 지삼출의 대의에 대한 부끄러움과 가족에 대한 자기 연민은 개인적인 사리의 문제가 아니라 '작은 해방운동'이라는 데 의미가 있다. 김사용이 아들인 김범준의 독립운동을 지원하기 위해 내뿝하는 검약은 소설 속에서 권세를 누리는 당시의 보편적 지배계층과 선명하게 구별이 된다.

참고문헌

1. 기본자료

박경리, 『토지』, 솔, 1993.
조정래, 『아리랑』, 해냄, 1994.
_____, 『태백산맥』, 한길사, 1987.

2. 단행본 및 논문

강찬모, 「'떠남'과 '돌아옴'을 통한 고향의 재인식 과정」, 『한국문학이론과 비평』,
　　　한국문학이론과 비평학회, 2008.
게오르크 루카치, 이영욱 옮김, 『역사 소설론』, 거름, 1987.

김문주, 「기독교 신앙과 양심의 인간주의」, 『문학과 종교』 제14권 3호, 한국문학
　　　과 종교학회, 2009.
김준오, 『시학』, 삼지원, 1996.
미셸 푸코, 이규현 옮김, 「앎의 의지」, 『성의 역사』 1, 나남, 2004, 155쪽.
바흐친, 『장편소설과 민중언어』, 창작과비평사, 1988.
백낙청, 「역사소설과 역사의식」, 『창작과비평사』 5호, 1967 봄호.
송호근, 「사회학자 송호근의 '작가 박경리론'」, 『가설을 위한 망상』, 나남, 2007.
임지현, 『민족주의는 반역이다』, 소나무, 1999.
정종진, 『한국현대 대하소설 탐구』, 태학사, 2009.
_____, 「임꺽정의 義사상 표현 기법」, 『국제문화연구』 제19집, 청주대 국제협력
　　　연구원, 2001.
_____, 「한국 근현대시의 선비정신 연구」, 『어문연구』 36, 어문연구학회, 2001.

대하소설에 등장하는 여성의 인물 유형 연구
-여사(女士)적 인물을 중심으로-

1. 서론

선비는 우리말에서 학식과 인품을 갖춘 사람에 대한 호칭이다. 특히 유교전통에서는 유교적 이념을 구현하는 인격체를 가리키며, 사회적으로는 독서를 기본 임무로 삼고 관직을 담당하는 신분-계급을 가리킨다. 한자어에서는 주로 '사(士)'자가 선비와 같은 뜻으로 쓰이며, 그 밖에 '유(儒)'자나 '언(彦)'자도 선비라는 뜻을 지니고 있다.[1] 유교 질서의 사회에서 지배계층을 담당했던 계층이다.

선비는 전통적으로 남자를 가리키는 것이지만, 선비로서 지켜야 할 가치 규범으로서의 인륜과 의리를 지키는 여자들도 선비에 상응하는 대우를 받기도 한다. 여성들에게는 효도와 충성의 규범에 더하여 정절이 요구되며, 강상을 지키며 학행을 갖춰서 선비다운 행실이 있는 여성을 '여사(女士)'[2]라 일컬어 높이기도 한다. 글자대로 해석하면 '여자 선비'가 된다.

1 금장태, 『한국의 선비와 선비정신』, (서울대학교출판부, 2000), 3쪽.
2 어떠한 식구를 딸리시려나?/훌륭한 여자를 내려 주신다네./훌륭한 여자를 내려 주시

그러나 오늘날에는 여사의 호칭을 결혼 한 여성에 대한 일반적 경칭으로 뭉뚱그려 부르고 있어 여사의 의미가 명실공(名實共)히 부합했던 당초의 의미가 퇴색한 감이 있다. 여사라는 경칭이 보편성을 가지는 것은 긍정적이나, 인격에 걸맞은 이름이 부여되지 못하고 여성을 지나치게 세속화하거나 폄하하는 호칭으로 불리는 경우가 있다.

대중매체, 특히 기혼 여성을 소재로 다룬 TV나 영화 등에서 그들의 인격을 성(性)적으로 비하하거나 모욕하는 조롱석인 호칭으로 불리는 경우가 많다. 불륜의 대상인 여성의 호칭을 여사로 부름으로서, 여사가 갖는 당초 어원의 순수성을 일상적으로 왜곡하고 있다는데 그 심각성이 있다. 이는 남성에게 부여되었던 '선비'라는 호칭이 시대를 초월해서 절대정신으로 계승되는 현실과 대조를 이룬다.

따라서 본 논문은 이렇게 왜곡 분식(粉飾)되어 이제는 당초 의미가 희석되어진 여사의 호칭에 의미를 재구(再構)하는데 초점을 둔다. 호칭은 부르는 것이기 때문에 관계를 전제로 하는 것이고, 이 관계는 당초 언어가 지녔던 의미를 왜곡하게 되면 사람 사이의 수평적 질서를 깨뜨린다. 여성에게 여사라는 이름을 되돌려 주는 것은 이름에 의해 왜곡되었던 그들의 삶의 본래성을 찾아 주는 일이다.

특히 여성들은 전통적으로 음지(陰地)에서 희생과 질곡의 삶을 살았다. 희생적인 삶이 대외적으로 가치 있게 조명되거나 평가되지 못한 채, 역사의 뒤켠에 묻힌 삶이었다. 이러한 여성들의 삶을 대하소설 속에서 규명해 보는 것은 여성들의 삶을 창조적으로 현재화하는 일이다. 이는 또한 페미니즘(feminism)의 차원에서 여성이 젠더(gender)적인 성의 억

고/따라서 자손들도 낳게 되리라. 其僕維何오/釐爾女士로다/釐爾女士요/從以子孫로다. 리가원·허경진 공찬, 「大雅·生民之什」(旣醉), 『시경』, (청아출판사, 1999), 300쪽. 주자는 '여사'를 선비의 행실이 있는 사람이라고 해석하고 있다. 금장태, 앞의 책, 63쪽. 각주 3).

압을 극복하고 주체적인 인격을 획득하는 일이다. 대하소설은 그 방대한 분량과 많은 여성 등장인물들을 통하여 여사적인 삶의 유형3을 탐구하는 데 도움을 준다.

본고는 한국 현대 대하소설에 등장하는 여성들의 선비적인 정신을 고찰해 보기로 하겠다. 단, 기본 텍스트를 박경리의 『토지』와 조정래의 『아리랑』, 『태백산맥』, 『한강』 그리고 최명희의 『혼불』로 한정한다. 본고가 위의 텍스트를 기본 논의로 선택한 것은 역사적으로는 '근대'와 '현대', 이념적으로는 '보수'와 '진보'의 과도기를 상징적으로 다룬 작품이기 때문이다. 갈등과 대립이 첨예하게 노정된 현실에서 작품에 등장하는 여성 인물들은 그들의 삶 속에서 소극성을 벗어버리고 입체성과 역동성을 띤다.

2. 여장부(女丈夫)적 인물

'장부'의 사전적 의미는 '다 자란 건장한 남자'이다. 성인으로 갓 성장한 남자를 가리키는 단어지만, 사전적 의미 이상을 갖는다. 사내들이 한 인간으로서 완성을 지향하는 것이 '대장부'이기 때문이다. 그러나 성인 남자를 규정하는 개념에 한정하지 않고 '장부'란 단어에 접두사적인 성격을 갖는 '여(女)'를 붙여 '여장부'로 표현함으로써, '남자 이상으로 굳세고

---

3 한국현대문학에서 인물 유형 탐구는 꾸준하게 천착되어 온 영역이다. 그러나 대부분 단편과 장편소설, 그리고 남성 인물 중심에 국한되었고, 대하소설과 여성의 인물 유형만을 독립적으로 구분해서 연구되지 않았다. 또 단편과 장편소설에서 여성의 인물 유형을 구분해서 논한 것도 가부장적 사회에서 남성에게 차별과 억압을 당하는 대상으로써, 수동적이며 피동적인 측면에 초점을 맞추어 재래적 가치에 편승, 여성 인물에 대한 새로운 시각을 보여주지 못했다. 따라서 본 논문이 미력하나마 위의를 획득할 개연성이 있다면, 대하소설에서 능동적이며 적극적인 여성 인물을 발굴하여 선비적인 측면에 관심을 갖고 역사적인 여성 인물 유형을 논의의 대상으로 선택한 점일 것이다.

기개 있는 여자를 가리키기도 한다.

본고는 전통적인 유교사회에서 성(性)과 신분체제에 종속되지 않고 주체적인 의식을 바탕으로 자신의 삶을 개척한 여장부적인 인물들의 삶을 주목했다. 대하소설 속에 등장하는 여장부적인 인물들은 일반적으로 가문적 여사, 민중적 여사, 이념적 여사, 풍류적 여사 등 네 가지의 유형[4]을 보인다.

1) 가문적 여사

대하소설 속에 반가의 여성으로서 장부적인 기개를 드러내는 대표적인 가문적 여사는 『토지』의 '윤씨 부인'과 그의 손녀인 '서희', 그리고 최명희의 『혼불』에 나오는 '청암 부인' 등이다. 이들 여성의 공통점은 신분적으로 명망 있는 사대부의 가문으로 출가를 해서 기울어져 가는 가문을 일으켜야 하는 막중한 책임을 지닌 여성들이다. 서희의 삶은 두 부인의 삶과는 구별이 되지만, 쇠락한 가문을 일으켜야 하는 책임의식에서는 동일한 조건을 가진 여성이다. 이들 세 명의 여성들은 전통의 수호자로서 존재한다.

---

4 네 가지의 여성의 인물 유형을 여장부적인 인물의 하위 개념으로 분류하는 것이 합당한 것이냐의 논란이 있을 수 있다. 한 인물의 내적 요소에는 딱히 한 가지로 정의할 수 없는 중층적인 복합성이 있기 때문이다. 위에서 분류한 여장부적 인물의 하위 개념들은 전통적으로 선비라 자인했던 남성들의 몫이었다. 소위 장부들인 사내들의 역할이었다는 것이다. 그러나 우리의 격동의 근현대사에서 남성에 의해 파생된 질곡의 역사를, 그들에게 억압되었던 여성들이 인고로 개척한 사실은 시사하는 바가 크다. 이것은 그 사회가 안고 있었던 자기모순을 드러내는 동시에, 남성과 대등한 여성의 기개가 성적인 차별에 의해 왜곡되었다는 것을 반증하는 것이다. 다분히 문제적(?)이며 역설적이다. 오히려 한국 근현대사에서 여성은 여장부라기보다는 장부 그 자체의 사회 역사적 책임 의식을 떠안으며 살아 왔다. 제도적으로는 남성에게 종속된 삶을 강요당했지만, 유동적인 현실과 대면할 때는 남성들의 역할을 뛰어 넘는 기개를 보였다.

윤씨 부인과 청암 부인은 '청상(靑孀)'이다. 사대부의 가문으로 출가해서 규범적인 삶을 살았으나, 남편의 죽음을 계기로 기존의 삶과 구별되는 삶을 산 여성들이다. 남편이 담당했던 가정과 사회적인 역할까지 감당했다. 따라서 현실은 이들에게 여성으로서의 부드러움보다는 남성의 굳세고 강한 측면을 요구한다. '외유내강(外柔內剛)'이 아니라 '외강내강(外剛內剛)' 해야 하는 삶의 모습을 띤다. 서희의 삶은 가문을 재건해야 하는 책임에 대해서는 윤씨 부인이나 청암 부인과 동일한 조건이지만, 두 여성의 삶의 공간보다는 역동성을 띤다. 다음의 글을 통해 이들 세 여성이 가문을 위하여 자신을 단속하고 강고한 현실과 대면하는 장면을 확인해 보기로 하겠다.

삼년을 넘게 두문불출 끝의 오늘 나들이를, 그것도 윤씨 부인 난생 처음 땅을 둘러보는 행각인 것이다. …(중략)… 윤씨부인은 자기 죽음이 가까워오고 있으리라는 예감 아래 가엾은 환이에 대한 조처를 생각해보는 데 저항을 느끼지 않는다. 사십년 가까운 세월을 최씨 가문에 머슴살이를 했다는 기분에서, 엄청나게 불리어나간 재산의 일부를 자기 마음대로 처분할 수 있는 것에 저항을 느끼지 않는다. 결국 자기는 최씨 문중의 사람이 아니었고 다만 타인, 고공살이에 지나지 않았었다는 의식은 그의 죄책감을 많이 무마해주는 결과가 되었다. 나는 당신네들 편의 사람이 아니요, 나는 저 죽은 바우나 간난할멈, 월선네와 같은 처지의 사람이었소, 윤씨부인은 그렇게 말하고 싶은 것이다. 자신의 권위와 담력과 두뇌는 오로지 최씨 문중에 시종하기 위한 가장에 지나지 않았다는 것을 말하고 싶은 것이다.
…(중략)…
"고단하냐?"
윤씨부인은 서희에게 물었다.
"아니옵니다."

"농사꾼들은 우리가 타고 온 그 길을 노상 걸어다니지."

"예. 알고 있습니다."

"앞으로 며칠을 더 다닐 것이다. 너의 땅을 눈여겨 보아두어야 하느니라."

"예." (『토지』, 2-306~316)

최참판댁의 주인 윤씨 부인이 자신의 죽음을 예감하고 앞으로 최참판댁의 주인이 될 어린 손녀인 서희를 대동해 최참판댁의 광활한 농토를 둘러보는 장면이다. 윤씨 부인은 출타에 즈음하여 그동안 마음속에 담아두었던 소회(所懷)를 드러낸다. 여성으로 위기에 처한 가문을 책임져야 했기 때문에 접어둔 인간으로서의 솔직한 속내를 드러내며 상념에 젖는다. 윤씨 부인은 자신의 권위와 담력과 두뇌가 모두 '최씨가문을 위한 것'이라고 말한다. 한 인간과 여성으로서 평범성을 유예하고 최씨가문의 벌열(閥閱)을 위해 헌신했다. 배다른 아들 '환이'가 광에 갇혔을 때, '어머니로서 모성에 의해 풀어준 일을 아무런 저항감을 느끼지 못했다거나, '자신이 불린 재산이지만 최씨가문의 재산을 처분하는데 아무런 저항감을 느끼지 못했다'는 구절은 시사하는 바가 크다. 최씨가문에 청상으로 헌신한 일생에 대한 최소한의 보상적인 정서이다.

특히 하인으로 부렸던 바우와 간난할멈, 월선네에게 동류의식을 느끼는 구절에서 장부적인 윤씨 부인의 이면에 있는 인간적인 수평적 정서를 확인한다. 자신은 오로지 최씨가문의 '고공살이'에 지나지 않았다는 구절에서, 평범한 여성의 길을 포기한 것이 결국 최씨가문을 일으켜야 한다는 의무감이 원인이라는 점을 알게 된다. 의무란, 보람과 기쁨보다 인간적인 욕구를 억제하며 자신을 견인해야 하는 고행의 길이다. 그럼에도 윤씨 부인이 어린 서희를 대동하고 최씨가문의 땅을 둘러보는 것은, 가문이란 것이 결코 개인의 명리(名利)와 호불호(好不好)를 떠나 자신의 후사에게 고스란히 전수해 주어야 할 '지엄한 대상'이기 때문이다. 윤씨 부인이 서희에게 한 말—"농사꾼들은 우리가 타고 온 그 길을 노상 걸어 다니지." "앞으로 며칠을 더 다닐 것이다. 너의 땅을 눈여겨 보아두어야 하느니라."—이 이를 증명한다.

　　내심 서희는 본연을 존경하지 않았고 땡땡이중을 조금 면한 정도로밖에는 생각지 않아, 설법에는 흥미가 없었다. 다만 세상 돌아가는 물정을 알기 위해 사람 모이는 장소에 나왔을 뿐이다. 그리고 한편으론 친일할 생각은 추호도 없었지만 서희는 먼 앞날의 계획을 위해, 일본 영사관과 밀접한 관계가 있는 최기남과 법회에 나올 것을 권유하러 온 최기남의 처로부터 호의까지는 몰라도 악감은 사지 않게 처신해야 한다는 생각도 있었다. (『토지』, 4-172~173)

　　용정으로 이주 한 후, 서희의 삶은 오로지 최씨가문을 다시 일으켜 세우기 위한 집념의 삶 그 자체였다. 처녀의 몸으로 사교적인 인간관계를 염두에 두고 친일파와 영향력 있는 일본인들을 사귀는 일은 서희의 이 같은 집념이 잘 드러난 행위이다. 서희에게는 나라와 민족의 추상적인 개념보다는 가문이라는 현실적이며 당면한 문제가 절대적인 가치가 되는 셈이다. 서희는 나라와 가문의 순망치한(脣亡齒寒)의 관계를 인식하지 못한다.

　　'내 원수를 갚기 위해선 무슨 짓인들 못할까보냐. 내 집 내 땅을 찾기 위해선 무슨 짓인들 못할까보냐. 삭풍이 몰아치는 이 만주 벌판에까지 와가지고 그래 독립운동에 부화뇌동하여 고향으로 돌아 갈 수 없는 몸이 될 수는 없지. 그럴 수는 없어. 내 넋을 이곳에 묻을 수는 없단 말야! 원수를 갚을 수만 있다면 내 친일인들 아니 할 손가? …(중략)… 악전이면 어떻고 친일파면 어떻소? 내 일념은 오로지 잃은 최참판댁을 찾는 일이오, 원수를 갚는 일이오.' (『토지』, 4-174~175)

위에 인용된 말을 통해서 서희의 가문지상주의적 집념이 드러난다. 이러한 서희의 생각은 앞으로 길상과 갈등하며, 불화를 일으키는 잠재적인 요인으로 작용을 한다.

"공노인."

"예."

"이게 집문서 곳간 뒤에 있는 땅문서요."

"……"

"거두어두시오."

공노인은 한참 동안 말이 없다. 그는 벌써부터 짐작하고 있었던 것 같다.

"물려줄 자손도 없는 저에게 집문서 땅문서가 무슨 소용이겠습니까. 하나 연해주에 계시는 분을 위해 보관하겠습니다."

서희는 공노인을 빤히 쳐다본다.

"그것은 공노인이 알아 하실 일, 내 뜻은 아니오."

"예. 하오나 이 집은 일하는 분들 숙소로 삼겠습니다. 땅도 역시 그분들 소용에 따라서 쓰여질 것이고요. 그것만은 저로서도 분명히 하고 싶습니다. 지본의를 알아주시란 얘기는 아니겠습니다만, 이 늙은 것도 태어난 강산을 잊지 못하니까요."

그 말은 서희에 대한 마지막의 일침이었고 가족을 버리고 떠난 길상을 위한 변호도 포함되어 있었다. (『토지』, 6-410)

서희의 부의 축척에 직접적인 영향을 준 '공노인'이 용정에서 서희와 이별을 앞두고 하는 말이다. 공노인은 서희의 과도한 '가문중시'에서 비롯된 민족과 주변인들과의 불화에 대하여 '뼈있는 말'을 한다. 공노인이 말한 '연해주에 있는 사람들'이란, 길상과, 독립운동 하는 사람들을 말한다. 자기가 준 집문서와 땅 문서를 공노인 뜻대로 하되 '내 뜻은 아니다라고 분명한 선을 긋는 서희의 말은 이중적인 의미가 있다. 이제 와서 공치사(功致辭)를 들을 이유가 없다는 서희 특유의 강한 자존심의 발로이기도 하고, 독립단체를 도와 가문이 피해를 보는 일이 없어야 한다는 것을 한 번 더 강조한 뜻이다.

최명희의 『혼불』에 등장하는 청암 부인은 『토지』의 윤씨 부인과 서희가 가진 장점을 골고루 가진 여성이다. 윤씨 부인과 서희가 정(靜)적인 여장부라면, 청암 부인은 동(動)적인 여장부이며, 두 여성에 비하여 남성적이다.

> "저수지를 파고 넓히는 것을 일개 백성의 뜻이나 힘으로 하기에 벅차고도 분에 넘치는 일 아니겠습니까?
>
> …(중략)…
>
> "네 말이 맞지 않은 것은 아니다. 그렇지만 사람은 자기 몫을 스스로 알아야 한다. 한 섬지기 농사를 짓는 사람을 근면하게 일하고 절약하여 자기 가솔을 굶기지 않으면 된다. 그러나 열 섬지기 짓는 사람은 이웃에 배 곯는 자 있으면 거두어 먹여야 하느니라. 백 섬지기 짓는 사람은 고을을 염려하고, 그보다 다른 또 몫이 있겠지. 우리 가튼, 집이라도 그냥집이 아니라 종가다. 장자로 내려온 핏줄만 가지고 종가라고 한다면, 그게 무에 그리 대단하겠느냐? 그 핏줄이 지닌 책임이 있는 게야. 장자란 누구냐? 아버지와 맞잡이가 되는 사람 아니냐? 아버지를 여의면 장자가 아버지 역할을 한다. 그래서 장자는 소중하고 귀한 사람이지. 그렇다면 그런 장자로만 이어져 내려온 종가란 문중의 장자인 셈이다. 어른인 게지. 어른 노릇처럼 어려운 게 어디 있겠느냐? 제대로 할라치면, 이 세상에서 제일 힘들고 어려운 것이 어른 노릇이니라." (『혼불』, 1-153~157)

위의 장면을 통해서 청암 부인의 총체적인 성격과 그녀의 인격의 깊이를 알게 된다. 전통사회에서 저수지를 파는 일은 여성으로서 감히 엄두도 못 내는 역사(役事)이다. 사람의 인력은 물론 많은 물자와 제반 공력(公力)을 들여야 하는 국가적인 일이다. 그것을 일개 아녀자의 힘으로 한다는 것이 무모해 보인다. 그러나 청암 부인은 '가진 사람들의 사회적인 책임의식'을 생각한다. 개인이 가진 사회적이며 경제적인 크기만큼의 몫을 생각한다. '종가(宗家)'란 단순히 한 가문의 혈통적인 보존에만 연연하는 편협한 존재가 아니라, 그 혈통 속에 흐르는 역사의식까지 포함하고 있어야 한다는 점이다. 이것은 『토지』의 최참판댁의 여성들이 보여준 개인주의적 가문의 가치와 비교가 된다. 청암 부인은 성격은 '창씨개명'의 소용돌이 속에서 확연히 드러난다.

"도대체 사람에게 가장 큰 욕이 무엇인가? 성을 간다는 게 아닌가? 금수도 제 종자 자기 조상의 모습을 그대로 닮고 이름 또한 그렇게 불리거늘, 우리가 소를 돼지라고 하고 돼지를 닭이라 부르는 일이 있는가? 하물며 사람이 어찌 조상의 성을 버리고 근본을 바꿀 수 있을꼬, 같은 성씨의 사람들이나 종항간에라도 그 부모의 제사는 따로 모셔 섬기거늘, 보도 듣도 못한 일본 귀신들을 참배하게 하는 것도 내 우습게 여기었는데, 이제 화서 창씨를 하라니. 이게 무슨 변괴야……."

청암 부인의 눈매에 푸른 서리가 서린다. 노기가 전신에 팽팽하다.

"성씨도 바꾸고 이름도 일본인같이 다 부르대도, 호적에 본관은 그대로 남겨 둔다 합니다."

기표가 말한다.

"그게 무슨 조선 사람 근본을 챙겨 줄라고 그러는 것이 아니라 하데. 문제가 생겼을 때 조선인, 왜인을 구별하기 위해서라던데?"

기채가 버선발 쓸던 손으로 수염을 쓸며 기표를 보고 대꾸한다.

기표는 아무 대답도 하지 않았다.

"성씨를 지키지 못한 사람이 이름인들 제대로 간수하며, 쓰지도 못할 호적이 문서 귀퉁이에 엎어져 있다 한들 어찌 대수가 있겠는가. 축대에 작은 쥐구멍 하나 뚫리면 제방이 무너지는 것을 한순간의 일이라. 성씨를 잃어버린 다음에 무엇으로 무엇을 지킨단 말인고." (『혼불』, 1-208~209)

『토지』의 윤씨 부인은 시기적으로 창씨개명 이전에 죽었기 때문에 창씨개명에 대한 태도를 알지 못한다. 그러나 윤씨 부인의 내면적이며 정적인 성품으로 미루어 가문을 우선시 했을 것으로 보인다. 서희의 경우는 적극적으로 창씨개명을 했다. 특이한 점은 두 가문 모두 가문을 수호해야 하는 것을 최대의 가치로 생각하고 있는데 창씨개명에 대한 대응방식에는 차이를 보인다. 가문과 창씨개명은 도저히 동화될 수 없는 이질적인 것이기 때문에 두 가문이 창씨개명에 대하여 선택할 대응방식도 제한적이며 동일한 것이어야 한다. 그러나 두 가문이 창씨개명에 대응하는 방식은 전혀 다르게 나타난다. 최참판댁의 여성들은 가문을 지키기 위하여 친일을 했으나, 청암 부인은 가문을 지키기 위하여 창씨개명에 단호한 거부감을 드러낸다.

『토지』의 윤씨 부인과 서희, 『혼불』의 청암 부인은 여성으로서 안정적이며, 규범적인 환경에 의해 보호 받지 못하고 기울어져 가는 시댁의 가문을 일으켜 세우기 위하여 헌신한 여성이다. 가문을 지키고 보존하기 위하여 현실과 마주 하는 대응방식에는 차이를 보이고 있지만, 전통적인 유교사회에서 남자의 역할까지 감당하면서 한 가문의 영광을 위해 일신의 삶을 희생했다는 공통점이 있다. 윤씨 부인과 서희와 달리 대의(大義)에 민감한 청암 부인은 이념적인 여사로 발전할 잠재태를 가진 인물이다. 그러나 가문적인 여사가 민중적인 여사와 풍류적인 여사로 발전할 가능성은 상대적으로 희박하다. 출신성분이 사대부 가문이라는 귀족성 때문이다.

2) 민중적 여사

대하소설 속에 등장하는 여성들의 인물 유형은 대부분 '민중적 여사'[5]
이다. 도덕적 결함 인물을 제외하고 당대의 현실을 묵묵히 감당해낸 여
성들을 '민중적 여사'라고 칭해도 무방하다. 민중적 여사는 모순된 현실
의 가장 큰 피해자이며, 당대의 절대 다수의 기층적인 저변의 삶을 대변
한다. 사회·역사적인 가치를 위하여 실천성을 담보하지 못하지만, 사람
으로서 지켜야 할 '강상(綱常)'의 법도와 '도리(道理)'를 본능적으로 체득
한 여성들이다. 민중적 여사의 몫은 현실을 '증명'하는 역할을 한다.

민중적인 여사는 가문과 이념을 위한 여사의 사이에서 현실을 감당하
는 순응적 여성이다. 그러나 민중적인 여사는 역사의 체험적 증언자로서
의 역할을 함으로써, 역사와 시대의 큰 물꼬를 트는 여성이다. 대하소설
속의 대표적인 민중적 여사는 『토지』의 봉순네와 함안댁, 『아리랑』의 감
골댁, 부안댁, 『한강』의 혜촌댁 등이다.

> 윤씨부인은 울기 시작했다. 산산조각이 난 모습이었다. 이 세상 어디서도
> 볼 수 없는 가련한 여인의 모습이었다. 봉순네도 따라서 울기 시작했다.
> "마님."
> 눈물을 닦은 봉순네 눈은 얼어붙은 것 같았다. 그런가 하면 열에 들떠서
> 떨고 있는 것 같았다. 그는 결심을 한 것이다. 봉순네로서는 목숨을 걸어놓고
> 하는 모험이었다. 아니, 자기 목숨 하나만을 걸어 놓고 할 수 있는 일이었다면
> 그는 진작 결심을 했을지도 모른다.

---

5 본고는 '민중'의 개념 정의를 당사회의 절대 다수를 차지하는 공동체의 구성원으로서,
당시대의 정치 사회적으로 파생된 산물을 '희로애락'으로 승화시키는 일반 대중으로 보았
다. 역사인식을 내면화하고 있는 인물이다.

"귀녀를 추달해보십시오." (『토지』, 2-214~215)

봉순네가 윤씨 부인에게 귀녀가 최치수를 죽인 범인일 수 있음을 애기하는 장면이다. 주변의 현상과 사물을 보는 심미안이 예사롭지 않다. 봉순네는 최참판댁의 '침모(針母)'이다. 주인에 귀속된 하인적인 신분은 아니지만, 최참판댁의 대소사에 깊이 관여를 하는 집사(執事)적인 역할을 담당하는 인물이다. 특히 윤씨 부인이 자기의 심중을 터놓을 정도로 믿고 의지하는 인물이다. 아들의 죽음으로 절망에 빠져 있는 윤씨 부인이긴 하지만, 누구에게나 자신의 허물어진 슬픔을 보이지는 않는다.

봉순네가 윤씨 부인과 최서희에게 헌신하는 것은 신분적인 관계로 형성이 된 인위적인 환경 때문만이 아니다. 윤씨 부인이 한 가문을 일으켜 세우고 지켜나가는 일에 원칙과 정도(正道)를 몸소 실천해 보였기 때문에 우러나오는 존경심이다. 모성이 결핍된 서희에게는 딸을 둔 어미의 마음으로 보살핀다. 측은지심(惻隱之心)의 발로이다. 신분적인 의무감을 초월하여 인간에 대한 도리와 의리를 지킨다. 간난할멈(김서방댁)의 삶도 봉순네의 삶과 같은 범주의 삶이다.

"막달네 콩밭에 들어가고도 모른다 하겠느냐."
"예? 그, 그런 일 없습니다! 제가 하지 않았소!"
매가 날았다. 아랫도리를 후려쳤다.
"아이고!"
함안댁은 미친 듯이 아이를 때린다. 아랫도리고 어깨죽지고 가리지 않고 매질을 하면서 눈물을 줄줄 흘린다. 거복이는 고함을 지르면서 방문을 헤매었다. (『토지』, 1-348~349)

김평산의 아내 함안댁이 큰 아들인 거복이에게 매를 드는 장면이다.

손버릇이 안 좋고 행동이 거친 아들을 닦달하는 장면이다. 거복이의 행동은 철없는 개구쟁이의 치기 어림을 벗어 난지 오래다. 잔반(殘班)으로 몰락한 처지에서 남편과 아들의 도덕적 일탈과 잦은 비행은 마지막 남은 함안댁의 '자존심'에 회복하지 못하는 상처를 주기에 충분한 일이다. 함안댁의 자존심은 결국 그녀를 죽음으로 몰고 가는 원인이 된다. 함안댁은 남편인 김평산이 최참판댁의 죽음을 사주했다는 것이 밝혀지자, 스스로 목숨을 끊는다. 도덕과 윤리는 표면적으로 드러난 인간 행위의 질서이며 도리이다. 따라서 남의 눈에 비추어진 나의 모습이 결국 도덕·윤리의 잣대가 된다. 이런 면에서 함안댁의 죽음의 원인은 '남볼썽'의 모습에 절망을 했기 때문이다.

'어무님, 지는 형같이 안 될 깁니다. 좀더 크면 우리집에 돌아가서 산소 돌보고 살겠십니다. 형은 버린 자식으로 생각하시이소. 어머님 말심대로 착하고 어진 사람 돼서 남의 입정에 안 오르게 할 것입니다. 쌀인 죄인 자식 소리 안 듣게 하겠십니다.

오냐, 내 자식아, 나는 너만 믿고 살았네라,'

신열로 두 볼이 붉었던 함안댁의 얼굴이 생시같이 눈앞에 떠올랐다. (『토지』, 3-113)

둘째 아들인 한복이의 말을 통해 그가 함안댁이 '남볼썽의 모습'을 행동의 규범으로 삼고 있다는 것이 확인된다. 남의 '입정'에 오르내리는 것을 치욕으로 생각하고 있는 함안댁의 생각으로 미루어 보아, 남편과 거복이가 주변 사람들로부터 손가락질 받는 행동은 그녀의 죽음을 충분히 예상하게 한다. 도리를 저버린 혈육(父子)에 대하여 한 남자의 아내와 어미로서, 최소한의 도리를 죽음으로써 속죄한다.

함안댁의 속죄가 가지는 궁극적인 지향점은 둘째 아들인 한복이의 '사람됨'에 있다. 함안댁의 이런 서원(誓願)은 한복이의 행동에 규범성으로 인식 되어 삶의 지표가 된다. 함안댁의 죽음은 이런 면에서 필연성을 띤다. 함안댁의 인간에 대한 도리가 아들인 한복이의 삶을 밝혀 주는 서광(曙光)이 되기 때문이다.

> 그녀는 언제부터인지 모르게 노래를 읊조리며 걷고 있었다. 무언가 서러움이 서리고 애절함이 사무치는 느릿한 가락은 끝날 줄을 모른 채 길고 긴 들녘 길처럼 한없이 이어지고 있었다.
> 녹두장군이 사형을 당하자 여인네들의 입에서 입으로 전해지며 남몰래 불리어지고 있는 노래였다. 그건 전봉준 장군에 대한 애도가이면서, 돌아오지 않는 남편들에 대한 망부가였고, 이기지 못한 싸움에 대한 비원가였다.
> 감골댁은 그 노래를 끝없이 되풀이하며 앞서 가버린 남편을 만나고 있었고, 언제 돌아올지 모를 아들 걱정을 삭이고 있었다. (『아리랑』, 1-24~25)

민중적 여사는 가족을 부양해야 하는 현실적인 책임 때문에 이념형 여사로 발전하지 못하지만, 사회·역사적인 모순의 원인이 어디에 있는지 인식하는 여성이다. 사회의 기층적인 체험을 통해서 본능적으로 '촉수(觸手)'가 예민하기 때문이다. 그들은 동학혁명의 결과로 생긴 아픈 상처를 단순한 개인사로 함몰시키지 않고 역사의식으로 확장한다. 감골댁과 여인네들의 입을 통해서 불리는 '파랑새 노래'가 그것을 증명한다.

> "아녜, 자네 맘 다 알어. 허나 자네 남정네가 주색잡기를 히서 집안살림 망치고 처자석 고상시킨 것 아니덜 안혀. 그런 못된 남정네덜이 쌔고 쌘 판인디, 손샌이야 다 장헌 일 허다가 그리 된 것잉게 자네가 맘얼 넓게 묵어야 쓰네. 하먼, 손샌이야 장헌 남자제."
> …(중략)…

"그리 장헌일얼 혔다고 누가 알아주기럴 허요, 묵을 것이 생기기럴허요. 그 저 숨어사니라고 정신없고, 쫄쫄이 배만 곯제. 다 소양없는 짓이구만이라."

"아니시, 아녀. 다 시국이 잘못돼서 그런 것이제 옳은 일이야 언제고 옳은 일이고 장헌 일이야 언제고 장헌 일인 것이여. 그것이야 맘 통허는 사람끼리 야 다 아는 일이시. 자네야 그저 맘 넓게 묵고 기운 내소. 나 겉은 사람도 사는 것 봄스로 말이시. 어쨌그나 남정네가 옆에 있는 것언 천복잉께." (『아리랑』, 3-228)

부안댁의 남편인 손판석이 중국인 부두 노동자들과 싸움에서 크게 다치자, 감골댁이 상심한 부안댁을 위로하는 장면이다. 위의 대화 부분에서 감골댁의 인품이 잘 드러난다. 감골댁은 손판석의 행위를 '장헌일'로 의심의 여지없이 규정함으로써, 그의 현실인식이 예사롭지 않음을 보여준다. '옳은 것은 언제고 옳은 것'이라고 규정하는 모습에서 역사의식이 내재된 민중적인 여사의 기개가 드러난다.

일반적인 시각으로 보면, 손판석과 중국인의 싸움은 단순한 '패싸움'처럼 보인다. 그러나 감골댁은 그 싸움의 원인이 민족적 차별에서 비롯된 일로 파악한다. 그녀가 파랑새 노래를 부르며 현실의 아픔을 내재화하는 행위가 사적(私的)인 아픔을 달래려는 소아적인 행위가 아님이 증명된다. 민중적 여사는 가문적 여사를 제외하고 이념적 여사와 풍류적 여사로 발전할 수 있는 맹아(萌芽)이다. 가족 부양이라는 책임 때문에 실천성에 있어서는 소극성을 띠지만, 역사의 전환기에 기폭제 역할을 하는 인물이다.

3) 이념적 여사

이념적 여사는 가문적인 여사와 민중적인 여사가 갖는 한계를 극복하고 능동적으로 역사 발전에 개입하는 여성이다. 가문적인 여사의 혈통 지상적 편협성과 민중적 여사의 가족 부양의 한계를 극복한 인물이다. 특징적인 점은 이념적 여사가 민중적 여사에서 발전했다는 점이다. 막심 고리끼의 소설 『어머니』에 나오는 주인공, 빠벨의 어머니의 모습과 같은 여성이다. 대하소설 속에서 이념형 여사로 발전하는 여성은 조정래의 소설 『아리랑』의 필녀와 수국이, 윤선숙, 『태백산맥』의 소화와 외서댁, 이지숙, 박난희 같은 여성들이다. 특히 필녀와 수국이, 소화와 외서댁은 민중적인 여사가 사회·역사적인 현실에 모순을 자각하면서 이념적 여사로 발전하는 대표적인 인물이다.

> 화전민 손씨와 그 가족들은 송수익과의 이별을 못내 아쉬워했다. 밥상 시중을 들어주었던 큰딸 필녀는 눈물까지 글썽거렸다. 산생활을 하는 처녀답게 사냥을 잘한다는 그녀는 곧 산토끼를 잡아 맛있게 반찬을 해주겠다고 약속했던 것이다. (『아리랑』, 2-161)

필녀가 '산처녀'라고 하는 것은 두 가지의 성격을 갖는다. 첫째, 환경적인 요소가 갖추어 지면 능동적이며, 충성스러운 인물로 발전 하는 잠재적인 능력을 갖고 있다는 점이다. 현실에 오염이 되지 않은 순박성이 있기 때문이다. 둘째, 필녀 스스로 자기가 갖고 있는 '원시성'을 자각하지 못하면 현실 순응적인 인물로 만족하기 쉽다는 점이다. 그렇기 때문에 진화의 계기를 제공해 주는 결정적인 전기가 필요하다. 결국 이 같은 필녀의 유동적인 환경은 송수익이라는 인격자를 만나면서 긍정적으로 진화하는 인물로 변하게 된다. 사회·역사적인 현실과 모순의 국외자로 있던 필녀가 이념적인 여사로 차원 변화를 한다.

송수익 선생님의 가르침으로 여자도 독립운동을 해야 된다는 마음을 다지게 되었고, 일본군 국경수비대의 장교 마누라들이 총 쏘는 훈련을 받는다는 소문을 듣고 얼마나 놀라고도 열이 올랐던가. 송수익 선생님 몰래 필녀와 자신에게 총쏘기를 가르쳐준 마음 넉넉한 삼출이 아저씨가 있는 그곳으로 돌아가고 싶었다. (『아리랑』, 7-87)

수국이는 감골댁의 '셋째 딸'이다. 예부터 '셋째 딸은 보지도 않고 데려간다'는 말이 있다. 자식 중에서 셋째 딸이 차지하는 사랑과 친밀도를 나타낸 말이다. 수국이도 예외는 아니어서 감골댁이 '금지옥엽(金枝玉葉)'으로 키운 딸이다. 그러나 '미인박명(美人薄命)'이라고, 빼어난 외모 탓으로 뭇 사내들에게 여성의 성(性)을 잃게 되면서 파란만장한 삶을 산다. 아리랑에서 가장 입체적이며 굴곡이 많은 인물이다. 산 처녀였던 필녀의 삶의 환경이 여전사로서 변화할 수 있는 자연적인 조건인데 비하여, 수국이의 여전사로의 변신은 하나의 '경이(驚異)'이다. 온실 속에서 자란 화초가 온실 밖의 지난한 삶의 조건과 생존을 위해 싸우면서 이념적인 여사로 변모하기 때문이다.

『태백산맥』에 나오는 소화와 외서댁도 이념적인 여사의 전형을 보여준다. 공통적인 점은 이들의 차원 변화의 뒤에도 『아리랑』의 필녀와 수국이처럼 남자의 개입이 전기가 된다는 점이다. 우연이든 필연이든 사회·역사의 모순을 자각하는 계기를 남자를 통해서 깨닫는다. 이때 남자는 이성으로서의 존재가 아니라 하나의 '상징'이다. 나를 자각하게 하는 외부적인 타자로서의 의미이다. 『아리랑』의 윤선숙과 『태백산맥』의 이지숙과 박난희도 이념적인 여사로 분류되지만, 필녀와 수국, 소화와 외서댁의 경우처럼 사회·역사의 원시적인 환경에서 차원 변화를 경험한 여성은 아니다. 일정한 교육을 받은 지적인 여성들이기 때문에 민중적인 여사에서 이념적인 여사로 입체적인 변모를 한 그들보다 진폭이 크지 않다.

4) 풍류적 여사

풍류의 의미는 다의적이다. '운치', '풍류자적(風流自適)', '음풍농월(吟風弄月)' 등의 말로써 옛 사람들의 고아한 멋과 낭만적인 정취를 표현하는데, 이러한 풍류란 용어는 중국에서 온 것이다. 현재 중국인들의 사용하는 풍류의 의미는 주로 남녀 간의 애정과 당대(唐代)의 신진 선비들이 기생들과 모여 놀던 곳, '풍류수택(風流藪澤)'에 비롯되어 사용되었다. 그러나 본래의 의미는 이러한 불건전한 의미가 아니고 풍속교화의 개념으로 쓰였다. 남자에게 사용될 때에는 재기와 학문이 뛰어나지만 세속의 예법에 구속되지 않는 걸출한 인물을 지칭한다. 풍류라는 말이 여자를 지칭할 때는 재기나 학문과는 무관하게 주로 여인의 자태와 기질에서 발하는 아름답고 멋스러운 태기운(神胎氣韻)을 나타난다. 이른바 '여인의 아름다운 자태에서 발하는 멋(風流臬那)'이란 말이 대표적인 예이다.[6] 본고에서는 대하소설 속에 등장하는 풍류적인 여사를 여인의 아름다운 자태에서 발하는 '멋'과 '기질'의 '예인(藝人)'적인 측면에서 고찰해 보겠다.

대하소설에서 '풍류적 여사'의 예인적인 멋과 기질은 '소리'와 관련되어 드러난다. 전통시대에 소리꾼인 광대(廣大)는 사회의 기층적인 신분으로서, 천시와 멸시를 받았던 사람이다. 특히 여성이 소리를 업으로 하는 것은 '청루문화'[7]의 노리개적인 것으로 치부되기도 했다. 따라서 소리

---

6 최병규, 『풍류정신으로 보는 중국문학사』, (예문서원, 1998), 16~17쪽.

7 '青樓'란 용어는 원래 妓女와 전혀 관계가 없는 어휘였다. 그 예로 曹植의 '美女篇'에 "青樓臨大路, 高門決重關"가 있다. 그런데 唐代와 와서 그것은 점차 광범위하게 기생집으로 지칭되었지만, 그렇지 않은 경우도 있었다. 예를 들어 보면 孟浩然의 '賦得盈盈樓上女'에서의 "夫婿久離別, 青樓空望歸"는 옛 의미로 사용되었으나, 杜牧, '遺懷', "十年一覺揚州夢, 贏得青樓薄倖名"이나 李商隱의 '風雨'"黃葉仍風雨, 青樓自管絃"은 바로 기녀들이 살고 있는 세계를 일컫는 것이다. 그 후 宋·元이래로 갈수록 古意를 벗어나 후자의 의미로 사용되었다. 최병규, 앞의 책, 17~18쪽 각주 9) 인용.

190   한국현대소설 탐구

를 하는 여성들의 일생은 기구한 삶 자체였다. '소리 때문에 기구한 것인지, 기구하기 때문에 소리를 하는 것인자' 동전의 양면처럼 그들의 일생에는 소리가 중심이 된다. 대하소설 속에 소리를 업으로 하는 풍류적 여사는 『토지』의 봉순이와 『아리랑』의 옥비 등이다. 그들의 삶은 기구하다. 소리하는 장소의 환경 자체가 청루적인 환경이기 때문이기도 하겠지만, 그들의 성장 과정에서 비롯된 삶의 결핍된 조건들이 한 몫을 한다.

  '평생을 재미있게 살 수 있지. 부르고 저븐 노래 불러가믄시로 입고 저븐 옷도 입을 기고 분단장 곱기 해서 오늘은 이 좌석에 내일은 저 좌석에, 만천 사램이 우청좌청하믄시로, 그 인물에 그 목청을 썩이믄 머할 기고?'
  평생을 비단옷에 분단장하고 노래부르며 마음대로 사는 세상, 봉순이의 마음은 그곳으로 끌려간다. 방랑벽이 있던 아비의 피 탓인지 모른다. 아니면 운봉(雲峰) 깊은 곳에서 명창을 꿈꾸던 봉순네 조부의 피 탓인지도 모를 일이다. (『토지』, 3-287~289)

봉순이의 풍류와 노래는 타고난 소질과 '끼(氣)'가 있어 보인다. 길상을 사모하면서도 다른 꿈을 꾸는 봉순이의 마음을 통해서 일부종사하기는 어려운 운명임을 보여 준다. 노래를 여기(餘技)로 즐기는 것이 아니라, 자신의 주체적인 삶의 방편과 목적으로 인식하고 있다. 봉순은 명창의 꿈을 실현하지 못하고 결국 비극적인 삶을 마감하지만, 그녀가 선택한 삶은 주체성을 띤다. 여사(선비)의 길은 결과로서 증명되는 것이 아니다. 그가 선택한 삶이 자신의 의지와 뜻에 의해서 능동성을 띠느냐가 여사적인 삶으로서의 관건이다. 봉순이 소리를 배우기 위해서 읍내에 있는 소리꾼인 배서방을 찾아가는 장면에서 확인된다.

  공허는 옥녀를 유심히 쳐다보았다. 표나게 빼어난 인물이 아니었다. 그렇다고 못난 얼굴은 전혀 아니었다. 그만하면 예쁜 축에 드는 생김이었다. 그런데 생김새보다 더 두드러진 것이 있었다. 그 얼굴에 감돌고 있는 야릇한 기색이 었다. 그 기색은 어찌 보면 색정 같기도 했고, 또 어찌 보면 냉기 같기도 했다. 그런 얼굴의 인상은 약간 야한 듯하면서도 야무지게 보였다. 그만하면 소리꾼 으로 인물치레는 넉넉하다고 공허는 생각했다. (『아리랑』, 8-83)

옥녀의 자태가 풍류적이며 관능적인 기품임을 알 수 있다. 빼어난 소리와 함께 그 소리를 뒤받침 해줄 자태도 그만하면 빠지지 않는 축에 든다는 것이다. 소리꾼에게 있어 '인물치레'[8]는 소리꾼이 갖추어야 할 덕목 중에서 중요한 조건 중에 하나이다. 그러나 이것이 두드러지게 되면 소리를 구성하는 직접적인 요소들 인, '사설', '득음', '너름새'가 부차적으로 치부될 수밖에 없다. 이런 측면에서 공허가 본 옥녀의 전체적인 자태는 소리가 중심이고, 자태가 빠지지 않게 보완해 주는 체용(體用)관계를 말하고 있는 것이다. 소리꾼으로서, 이상적인 조화를 이루고 있다고 할 수 있다.

"니넌 그냥 앉그라." 옥녀의 양아버지는 손짓을 하고는, "니넌 인물로 그만 허면 되았고, 청(목청)이야 타고난 것이고, 총기 좋은디다가 맘 강단지고, 양친 잃고 오빠 생이별헌 한할라 짚은께 소리꾼으로야 구색이 꽉 채인 것이다. 근 디 시상 올리는 명창이 되자면 그런 구색만으로넌 안 되는 거이다. 그저 자나 깨나 앉으나 스나 독공(獨功)얼 해야 쓴다, 독공 명념혀라." 그는 옥녀를 똑바로 쳐다보았다. (『아리랑』, 7-285)

---

8 동리 신재효는 그의 「광대가」에서 소리하는 법례라 하여 '인물치레', '사설치레', '득음', '너름새'의 네 가지를 든 바 있다. 박영주, 『판소리 사설의 특성과 미학』, (보고사, 2000), 179쪽.

소리를 가르쳐준 양아버지가 옥녀를 떠나보내며 하는 당부의 말이다. 4년 여 동안 소리 공부를 한 끝에 명창으로서의 자질을 갖추게 되자, 옥녀는 양아버지를 떠난다. 봉순이의 삶이 자기의 한과 서러움에 매몰된 삶이라면, 옥녀의 삶은 능동적인 입체성을 띤다. 명창이 되고자 하는 신념이 강하다. 오빠인 득보의 생활을 돕고자 잠시 기생집에 머물러 오빠에게 경제적으로 도움을 주기로 결심을 하고 이러한 외도를 오히려 "소리하는 팔자를 타고 난 여자들이 임시로 그 길을 거치는 건 흉도 아니고 흠도 아니었다"라고 여길 정도로 대범하다. 자신이 이루고자 하는 꿈을 초지일관 잊지 않고 있다.

『아리랑』 전편의 등장인물 중에서 옥녀가 차지하는 비중이 크다. 친일파인 이동만의 가계와 독립운동가인 송수익 가계에 이르기까지 연(緣)을 맺고 있기 때문이다. 옥녀는 단순히 소리를 파는 여성이 아니다. 그의 소리 속에는 왜놈들에게 죽은 아비의 원혼이 서려 있다. 옥녀의 성격은 소리꾼의 나약성과 예인적인 섬세성을 탈피한다. 자신을 팔아 넘겨 오빠와 생이별을 하게 만든 주모(酒母)를 찾아가 '대거리'를 하는 행동이 이를 증명한다.

수백명이 이루고 있는 물결은 너무나 커 보였고, 지주네 기와집은 너무나 작아 보였다. 지주 앞에서는 꼼짝을 못하는 소작인들이 그리 당당하고 어기찬 것이 놀랍고도 신기했다. 혼자서는 힘없는 사람들도 많이 뭉쳐지면 그렇게 힘이 생긴다는 것을 처음 느꼈다.

옥녀는 그 사람들을 보며 아버지를 생각했다. 집에는 논이 조금밖에 없어서 아버지는 소작농사도 지어야 했다. 아버지는 지주네집에 갔다 오면 언제나 속이 상해 술을 마시고는 노랫가락을 뽑았다. 그런데 아버지는 몇 마지기 안 되는 논마저 토지조사사업으로 빼앗기게 되자 홧김에 지주총대인 나기조를 병신이 되게 때린 죄로 왜놈들에게 죽게 되었다. 그 일은 일곱 살 때 당한 것인데도 꼭 어제 일처럼 기억이 생생했던 것이다. 아버지가 그리울 때도, 어쩌다 아버지 비슷한 사람을 보아도 그때의 일을 너무나 또렷하게 떠오르고는 했다. (『아리랑』, 7-290~291)

옥녀의 집에 비극은 옥녀로 하여금 예사롭지 않은 소리꾼이 되게 하는 요인이 된다. 이 같은 옥녀의 비극적인 환경은 예인적으로는 봉순과 마찬가지로 '천심만혼(天心萬魂)'을 체득, 한(恨)을 삭이고 승화시키는 것으로 나타난다. 현실적으로는 세상을 보는 시야와 가치관이 넓어져 인간의 실존적인 문제까지 확장된다. 따라서 옥녀의 이후의 삶도 아버지의 억울한 죽음과 관계된 민족의 현실과 무관하지 않다. 또 옥녀가 분명한 현실인식을 갖게 되었다는 것은, 음주가무적인 난잡(亂雜)한 환경을 능히 극복할 수 있는 힘이 생겼다는 것을 의미한다.

환갑이든 생일이든 즐거운 잔치에다 소리 속을 아는 청중들의 열렬한 갈채가 있으면 흔쾌하게 술 한 잔 못 따를 것이 없었다. 그런데 귀인이라고 말하는 상좌에 앉혀진 것들은 가당찮게도 왜놈들이 태반이었다. 그것들에게 술 한 방울이라도 따를 수는 없었다. 가슴에 총을 맞은 아버지의 부르짖음이 지금도 귓속에 쟁쟁했다. 그동안 왜놈들이 낀 술자리에서 소리를 한 것은 여러 번이었지만 왜놈들에게 술을 따른 일은 한 번도 없었다. 앞으로도 그런 일은 없을 것이다. (『아리랑』, 8-186~187)

이렇게 옥녀는 소리를 하되, 분명한 이념을 가지고 있는 여성이다. 풍류적인 여사이지만, 이념적인 여사로 발전할 수 있는 여지가 많은 인물이다. 후일 독립자금9을 내며, 송수익의 둘째 아들인 송가원, 그리고 공

9 소위 "개처럼 벌어서 정승처럼 쓴다"라는 속담은 옥비를 두고 하는 말이겠다. 화류계

허와 함께 독립운동에 투신하는 것 등이 이때 싹튼다. 필녀와 수국이가 민중적 여사에서 이념적인 여사로 발전했다면, 옥녀는 풍류적 여사에서 이념적인 여사로 발전했다. 변신에는 내면적인 자기 아픔과 연민이 동인으로 작용을 한다. 민중적 여사에서 이념적인 여사로의 변신과 풍류적 여사에서 이념적 여사로의 변신은 모두 자기 허울을 벗는 차원 변화의 아픔을 통해서 형성이 된다.

3. 결론

전통사회에서 '선비'에 대한 칭호는 남성의 전유물이었다. 사회·신분적인 계급을 의미했기 때문이다. 가부장제적인 사회에서 여성은 상대적으로 선비라는 호칭으로부터 소외된다. 그러나 『시경』의 「大雅·生民之什」편에 보면 남성의 선비에 상응하는 개념으로 '여사(女士)'라는 구절이 나온다. 여사라는 호칭이 오늘날 결혼한 여성에게 붙이는 일반적인 경칭으로 쓰이는 것과 차이가 있다. 여성에게도 선비라는 호칭을 붙여 주었다는 것을 의미한다. 따라서 본고에서는 한국 현대 대하소설에 등장하는 여성들의 인물 유형을 능동적인 여장부적 관점에서 분류하여 살펴보았다. 여장부적 인물의 유형은 네 가지로 나뉜다.

첫째, 가문적 여사이다. 가문적인 여사는 반가(班家)로 출가를 한 사대

적인 불투명한 생활에서 독립자금을 내는 것은 쉬운 행위가 아니기 때문이다. 옥비의 이런 행위는 서희와 선명하게 비교가 된다. "'이곳 수천 리 타국에까지 온 이유가 뭐였느냐 말씀이오. 내 돈이 아까워 군자금을 아니 낸 것이 아니었소. 당신네들에게 협력을 한다면 나는 내 희망을 버려야 하는 게요. 나는 원수의 힘을 빌어 원수를 칠 것이오. 생각해 보시오. 기백, 기천의 군병에다 여인네들이 비녀 가락지 뽑아서 마련한 군자금으로 왜군을 물리치겠다는 생각, 그건 마음일 뿐이오. 애국심일 뿐이오. 그리고 결국엔 헛된 꿈일 뿐이오.'" 박경리, 앞의 책 4권, 175쪽.

부의 여성을 말한다. 대하소설에서 등장하는 가문적인 여사는 박경리의 『토지』의 윤씨 부인과 서희 그리고 최명희의 『혼불』의 청암 부인 등이다. 또 윤씨 부인과 서희가 민족의 현실을 도외시한 채 가문지상주의의 편협성에 빠져있는데 반해서, 청암 부인은 가문의 보존과 민족의 현실을 등가로 생각함으로써 차별성을 지닌다. 청암 부인은 출신성분이 귀족성임에도 불구하고 이념적인 여사로 발전할 개연성을 가진 인물이다.

둘째, 민중적 여사이다. 민중적인 여사는 반가의 여성이 아니라, '여염집 여성'들이 대부분이다. 당 시대의 절대 다수의 여성으로서, 현실의 모순과 수난에 직접적으로 노출이 되는 여성이다. 사회의 모순의 원인을 인식하고 있으면서 가족 부양의 생계적인 책임 때문에 실천성을 담보하지 못하는 한계를 지닌다. 그러나 '도리'와 '의리'를 바탕으로 기층의 삶을 통해서 역사를 증언한다. 『토지』의 봉순네, 함안댁, 『아리랑』의 감골댁 등이 이에 해당하는 여성들이다. 이념적 여사와 풍류적 여사의 바탕이 된다.

셋째, 이념적 여사이다. 이념적 여사는 민중적 여사가 능동적으로 발전한 여성이다. 이념적 여사는 사회·역사의 모순에 직접적인 피해를 체험하면서 실존적인 자각을 바탕으로 이념적인 여사로 발전한다. 『아리랑』의 필녀와 수국이, 윤선숙, 『태백산맥』의 소화와 외서댁, 박난희와 이지숙 등이 이에 해당하는 여성들이다.

넷째, 풍류적 여사이다. 풍류적 여사는 여성이 선천적으로 타고 난 자태와 맵시, 그리고 예인적인 재능을 가진 여성을 말한다. 대하소설에 등장하는 여성들이 가진 재능에는 '소리'가 중심을 차지한다. 『토지』의 봉순은 자기의 설움과 환경적인 조건을 극복하지 못하고 결국 비극적인 죽음을 맞게 되지만, 길상에게 자신의 인생을 의지하지 않고 소리의 삶을 주체적으로 개척한다. 『아리랑』의 옥비는 소리꾼으로서의 길을 스스로 개척한 것은 물론이고 민족에 대한 현실인식을 갖고 있으며, 결국 독립운동에 투신하는 전사적인 삶을 산다. 민중적인 여사가 발전하여 이념적인 여사로 변신했듯이, 옥비는 풍류적 여사에서 이념적인 여사로 능동적으로 변신한 여성이다.

한국 현대 대하소설에서 여성의 인물 유형을 여장부의 '여사적인 관점에서 탐구하는 것은, 문학작품 속에서 소외 되었던 여성의 삶을 가치 있게 평가하는 긍정적인 일이다. 또한 한국의 대하소설에 등장하는 주요 여성 인물들이 앞에서 규정한 네 가지 인물 유형으로 등장하는 이유는 동아시아의 문화적 환경과 한국적 특수성에서 기인한다. 동아시아의 문화 환경은 유교적 질서로 형성된 여성에 대한 차별이며, 한국적 특수성은 근대 이후 겪었던 국권 상실과 분단의 정치적 상황이다.

결국 본고가 주목하려 했던 점은 여성이 남성과 대등한 존재인데도 불구하고, 역사 사회적으로 억압을 받음으로써 본래성을 드러내지 못했다는 일이다. 따라서 본고는 왜곡되어 잠재태로 남아 있던 여성의 기개가 한국적인 특수성에서 분출한 환경을 대하소설 속에서 고찰해 봤다. 이는 한국근현대소설에서 여성의 역할이 서사적으로 필연성을 갖는 요인으로 작용한다.

위의 소설에 등장하는 여사적 인물들은 현실에서 수 없이 좌절하거나 상처받지만, 결국 이에 굴하지 않고 여성 특유의 은근함과 부드러움으로 생명성을 담지한다. 이는 남성(선비)의 비타협적 대쪽 기개와 대비되는 것으로써 여사적 인물의 고유성을 드러낸다.

참고문헌

1. 기본자료

박경리, 『토지』, 솔출판사, 1994.
조정래, 『아리랑』, 해냄, 2002.
_____, 『태백산맥』, 한길사, 1989.
_____, 『한강』, 해냄, 2003.
최명희, 『혼불』, 한길사, 1996.

2. 단행본

금장태, 『한국의 선비와 선비정신』, 서울대학교출판부, 2000.
리가원·허경진, 『시경』, 청아출판사, 1999.
박영주, 『판소리 사설의 특성과 미학』, 보고사, 2000.
이상섭, 『복합성의 시학』, 민음사, 1996.
최병규, 『풍류정신으로 보는 중국문학사』, 예문서원, 1999.

한국 현대소설에 나타난 무당과 무당에 대한 에로티즘 연구
-한승원의『불의 딸』과 조정래의『태백산맥』, 박경리의『토지』를 중심으로-

1. 서론

한국현대소설에서 무속적 소재가 주요 배경으로 등장하는 것은 낯설지 않은 장면 중에 하나다. 이는 인간의 삶 속에서 무속이 갖는 보편성과 아울러 한국인의 의식 속에 무속적 정서와 친밀하게 소통할 수 있는 내재적 원리가 있기 때문에 가능한 일이다. 시공간을 초월한 무속적 보편성은 삶의 비극적 조건을 개선하고자 하는 인간적 염원에서 비롯된다. 삶의 기쁨보다는 고난의 환경을 극복하려는 소박한 믿음이 기복적인 바람을 통해 현실화되었다고 할 수 있다.

근대적 가치로 계량화 할 수 없는 미분화된 사회에서 무속은 특정한 공간의 생활공동체 구성원들이 자신들에게 닥친 현실의 고난을 타개할 수 있는 최선의 수단이었다. 생존의 문제가 제한된 현실에서 택할 수밖에 없는 절박함이 무속적 지향으로 견고화된 셈이다. 그러나 무속은 규명되지 않는 신비주의와 주술적 요소로 뭇사람들의 일상성을 호도할 수 있다는 염려와 우려도 상존했다. 이러한 이유로 무속은 문명의 진화에 역행하는 비과학적 요소로 인식되어 왔으며, 전통적으로 한국 무속에서

무당은 팔천(八賤)의 하나로 꼽혀 천민으로서 사회적 차별을 받아왔다.[1]

한국 무속은 합리성을 기저로 유입된 근대의 이성과 필연적 갈등을 빚는다. 무속은 급속한 근대로의 이양 과정에서 기독교를 바탕으로 한 서구의 소위 합리적 이성에 비해 비과학적으로 인식되어 청산해야 할 대상으로 전락하고 말았다. 그러나 한국현대소설에서 근대 이후 소외와 금기의 대상으로 전락한 무속이 지속적으로 형상화된 것은 무속적 정서 속에 시대를 초월하여 소통할 수 있는 보편적 원리와 한국적 특수성이 있기 때문이다. 특수성 원리의 근원은 한국 무속의 오랜 전통과 역사성이 갖는 힘에서 비롯된다. 그 중에서 빼놓을 수 없는 것이 한국적 특수성에서 기인하는 무속의 연원이다. 무속은 한국인에게 오랫동안 생활 속에 내재화된 전통문화이며 삶의 원형이다. 딱히 종교라는 개념으로 규정되기 이전부터 삶과 분리할 수 없는 일체성으로 융합되어 왔다.[2]

특히 무당[3]은 "귀신을 섬기며 길흉을 점치고 굿을 하는 여자"[4]를 가리

---

1 최길성, 『새로 쓴 한국무속』, (아세아문화사, 1999), 18쪽.

2 역사적으로 무속은 외래 종교의 수용 과정에서 탄압과 억압을 받았지만, 외래 종교가 정착하여 생경성을 탈피 토착화 하는 데 바탕이 되었다. 무속이 외래 종교 수용의 한국적 토착화를 결정하는 중요한 요소로 작용했다는 것이다. 또 하나 빼놓을 수 없는 사실은 '단군(Tangun)'이란 말이 몽고어 'Tangri'와 동일하다는 것이다. 'Tangri'의 우리말은 '단골' 혹은 '당골'이다. 우리 주변에서 무당을 '당골네'와 '단골네'로 부르는 것을 흔히 볼 수 있는 것도 이러한 어원에 근거한 현상이라고 할 수 있다.

3 국립국어연구원, 『표준국어대사전』, (두산동아, 1999), 2,232쪽. 무당의 어원은 무당의 어근인 '묻-'이다. 15세기 어에 '묻그리(占)'가 있는데, 이는 '묻'과 '그리'의 합성어이다. '묻'은 말의 뜻이고 '그리'도 말의 뜻을 지니고 있다. 묻다(問)의 '묻-'도 말의 뜻을 지닌다. 묻는 것은 말에서 이루어지기 때문이다. 따라서 '말'의 고어는 '묻'이 된다. 만주어에서 무단 (mudan, 音, 聲, 響)이 있다. 이 말의 어근은 '묻-'으로 국어의 묻다(問)의 어근 '묻-'과 일치한다. 무당은 신과 인간의 중간에서 말의 중개자 역할을 한다고 하겠다. 신화적으로도 부족 국가 시대의 통치자는 무당이면서 임금(君)으로서 신과의 교섭자였다. 그의 활동은 초인적인 것으로 인식되었다. 무당은 신열(神悅, ecstasy)을 공동사회의 이익을 위해 활용하는 신성자였다. 무속·민속적 차원에서 무당은 춤으로써 무아의 경지에 이르러 탈혼(脫魂)의 과정을 거쳐 신과 접하게 되고, 신탁(神託)을 통하여 반신반인(半神半人)의 기능을 가지며, 죽은 이의 넋을 빙의하여 산 사람과 대화를 나누는 영매(靈媒)로 간주되었다. 또, 이런

키는데 무속적 행위의 결정체로서 굿 행위의 핵심적 주체라고 할 수 있다. 무당은 무속의 꽃인 셈이다. 한국현대소설에서 무당은 남자 무당인 박수에 비해 상대적으로 문제적 요소가 많기 때문에 소설 속에서 주요 소재로 활용된 폭이 컸다. '문제적 요소'란 인류 역사에서 남성에 비해 여성이 갖는 부정과 금기 그리고 희생제의로서의 역할을 의미한다. 더구나 무당은 그 직업적 특수 신분에서 오는 신성성으로 인해 인간의 욕망을 끊임없이 자극하는 이성의 대상이기도 하다. 신성성은 금기의 영역을 만들었고 금기는 위반하면 안 된다는 성역이다. 이를 위반할 때 저주와 징벌이 따른다는 무속적 믿음이 금기를 견고하게 하는 요소가 되었지만 그렇다고 위반이 줄어든 것은 아니다. 빠따이유가 말한 것처럼 "아무리 많은 금기도 위반에 종지부를 찍게 할 수는 없는 것"이다. 금기가 인간의

과정을 통하여 신비한 능력을 부여받은, 반성인(半聖人)적인 존재로서 신과 인간과의 중간에서 인간의 뜻을 신에게 전달하고, 소원을 성취시킬 수 있는 예지를 지녔다고 믿는다. 따라서 재화를 방지하기 위해 무당을 통해 신과 접촉하여 재난을 탐지하거나 방지하기도 한다. 질병이 생기면 무당을 불러 굿을 하는 까닭도 이와 관련된다. 한국문화상징사전편찬위원회, 『한국문화상징사전 1』, (동아출판, 1992), 273~274쪽.

4 여성이 세상이나 사회적 제도에 대해 모순과 갈등을 일으켜 한이 되면 죽어서도 원한을 가진 원령(怨靈)이 된다. 유교의 제사에서는 여성도 제사의 대상이 되지만 그것은 일정한 조건을 구비한 사람에 한한다. 결혼한 사람이라는 것만으로는 부족하다. 남편은 부인의 제사를 지낼 수 없고, 자식만이 모친을 제사 지낼 수 있다. 부자관계가 강한 반면에 모녀관계는 매우 약하다. 실제 인정상으로도 오히려 모녀관계가 깊은 것이 상례이면서도 대치되는 사회제도 속에 산다. 이것이 제사에 잘 반영되어 있다. 여성의 원령을 달래는 것은 주로 샤머니즘이다. 샤머니즘은 주로 원령 즉 악한 신령과 관계한다. 유교의 제례는 주로 정상적인 죽은 조상을 모시는 것이 기본이지만, 샤머니즘은 불행한 죽음이나 사고로 죽은 사람의 원령을 달래는 것이 주요한 기능이다. 그러므로 샤머니즘은 주로 원한이 많은 강한 여성과 밀착되어 있다. 여성들이 샤머니즘에 깊은 관심을 가지는 것은 이러한 샤머니즘이 가지는 강한 매력 때문이다. 여성이 무당이 되는 율이 많은 것도 이러한 상황을 말하는 것이다. 이것은 반드시 부계사회에만 한하는 것이 아니고 보편적으로 존재하는 듯하며, 특히 사회적 제도가 여성과 심한 갈등이 나는 사회일수록 샤머니즘과 강하게 밀착되어 있다고 할 수 있을 것이다. 여성은 비교적 쉽게 신이 내리고 무당이 되는가 하면 신이 내리는 장면에 잘 심취하여 동조한다. 이러한 분위기 환경 속에서 샤머니즘이 존재한다. 최길성, 『한국인의 울음』, (밀알, 1994), 219~220쪽.

욕망을 자극하기 때문이다. 한국현대소설에서 그려진 무당의 에로티즘[5]은 금기에 대한 욕망을 자극한 결과 성취한 세계라고 할 수 있다.

무당은 처녀[6]로서 타의에 의해 신 내림을 받아 무녀의 길로 들어선 여자로 시기적으로 성적 관능과 에로티즘의 억압이 심한 여자라고 할 수 있다. 이성과의 육체적 접촉을 금기하는 환경에서 신과의 접신을 통해 대상에게 메시지를 중개하는 역할은 무녀가 금기의 환경에서 할 수 있는 제한된 발산과 소통 중에 하나이다. 이성을 통해 해소하지 못한 축적된 성적 에너지를 굿이란 행위를 통해 대리 확장한다는 것이다. 그러나 대리확장은 그 자체로 지엽적이고 온전한 하나의 행위가 아니기 때문에 무당의 성적 에너지는 일반 여성에 비해 그만큼 강한 인화성을 가진 잠재태로 은폐되어 있는 상태라고 할 수 있다.[7] 처녀인 무당과 그를 둘러싼 금기의 신비적 요소는 욕망을 자극하는 에로티즘으로 전이될 개연성이 크다는 것이다. 한국현대소설에 등장하는 무당도 이러한 금기의 영역을

---

[5] 생식에 목적을 둔 성행위는 인간을 포함한 모든 유성동물의 공통된 행위이다. 그러나 유독 인간만은 성행위를 에로티즘으로 승화시켰다. 단순한 성행위와 에로티즘은 우선 그렇게 구분된다. 에로티즘은 아기나 생식 등 자연 본래의 목적과는 별개의 심리적 추구이다. 죠르쥬 바따이유, 조한경 옮김, 『에로티즘』, (민음사, 1997), 9쪽. 바따이유는 에로티즘을 불연속적인 개체 즉 유한하고 제한적인 인간이 연속성을 추구하고자 하는 근원적인 욕망에서 비롯되며 이를 실현하는 방식 중에 하나가 이성 간의 육체적인 교합이라고 보았다. 따라서 바따이유가 정의한 에로티즘은 일종의 생명 연장의 욕망에 대한 존재의 자기 구현이란 발전적 의미를 갖는다.

[6] 무당은 결혼할 수 있으나 무당과 무당이란 직업이 사회적으로 터부시된 천직이었기 때문에 공식적인 결혼을 꺼리는 경향이 많았다. 이러한 이유로 한국현대소설 속에 등장하는 무당은 사회적으로는 대부분 처녀가 많다. 이는 무당이란 은폐성과 더불어 처녀의 성적 환상이 금기를 위반, 극적 전개를 확대하기 위한 작가의 중요한 전략적 요소 때문이라고 할 수 있다.

[7] 이러한 억압의 세계는 라캉이 말한 상상계의 '아버지의 법'에 의한 것이다. 프로이트가 개념화한 '남근(phallus)'의 지배 세계로, 주체는 어쩔 수 없이 순응하지만 이는 어쩔 수 없이 마지못해 타협하는 '유예적 순응'으로 저항과 위반의 기운을 잠재적으로 내장하고 있다.

위반하는 에로티즘으로 형상화되어 왔다. 소설 속에 등장하는 무녀가 소설 전개의 주요 인물로 소설의 긴장감과 흥미를 유발하는 갈등관계의 핵심적 역할을 한다는 것이다. 주동인물의 삶에 영향을 미치며, 그와 함께 비극적 조건을 공유하는 인물이다.

본고는 무당이 단순히 성적 호기심과 쾌락적 성을 위한 소위 '마취적 성'8의 대상이 아니라, 소설 속에 구현되는 한국적 삶의 애환과 한의 중심에 깊이 있게 저변화되는 대상이라는데 초점을 맞추었다. 한국현대소설에서 무속을 배경으로 한 작품이 적지 않으나9 본고는 한승원의 『불의 딸』이 한국문화에서 무속이 가지는 의미와 무속의 신비적 환상성을 충실히 반영하고 있다고 보아 논의의 중심에 두었다. 또 조정래의 『태백산맥』과 박경리의 『토지』도10 함께 살펴보겠다.

2. 금기와 욕망의 대립

금기와 욕망의 대립은 신성의 세계와 인간의 세계를 구분 짓는 경계에

---

8 쉬폴리 포테치는 성과 성서의 이라는 글에서 성을 세 가지 종류로 분류하고 있는데 꽤나 설득력 있으며 성행위의 유형을 분류하는데 도움을 준다. 생산적 성, 관계적 성, 마취적 성이 그것인데 생산·관계적 성은 긍정적인 반면 마취적 성은 부정적인 것이다. 정종진, 『한국 현대 대하소설 탐구』, (태학사, 2008), 244쪽 재인용.

9 김동리, 「무녀도」, 『한국문학 전집 7』, (문학과지성사, 2006); 김동리, 「달」, 『김동리 전집 2』, (민음사, 1995); 황순원, 『움직이는 성』, (문학과지성사, 1980); 황순원, 「세레나데」, 『황순원 전집 1』, (문학과지성사, 1980); 윤흥길, 『장마』, (민음사, 1980); 이청준, 『신화를 삼킨 섬』, (열림원, 2003); 이제하, 『풀밭 위의 식사』, (강천, 1991); 천승세, 『신궁』, (고려원, 1990).

10 본고가 거론하는 『태백산맥』과 『토지』의 인물들 간의 에로티즘의 극대화는 신분적 차이라는 사회적 금기가 한 원인으로 작용 더욱 애절하게 한다. 그러나 이들 관계의 신분적 차이는 단순한 신분적 차이가 아니라, 상대가 '무당 출신'이라는 데 문제적이다. 무당처럼 재래적 천민출신의 신분을 가진 계층들이 있지만, 무당이 이들과 다른 점은 에로티즘을 발현하게 한다는 것이다. 따라서 신분의 차이에서 에로티즘을 논하게 되면 일반화로 흐르기 쉽기 때문에 본고는 무당이라는 특정한 계층이 갖는 개성적 측면에 더 주목했다.

서 갈등하는 모습이다. 위반을 추동하는 욕망과 이를 제지하는 금기에 대한 두려움이 동시에 인간의 내면에 상충하지만, 결국 인간은 금기의 신령한 영역을 위반한다. 이는 인간의 욕망이 금기를 위반하여 받게 되는 징벌과 저주의 두려움을 상쇄할 만큼 크다는 것을 반증하며, 욕망의 본질이 에로티즘이라는 것을 의미한다. 금단의 영역이 주는 호기심이 에로티즘으로 전이되었다고 할 수 있다. 금기와 욕망의 대립은 기존 질서의 순응과 폭력적 파괴 사이를 고민하는 두 저울추의 팽팽한 긴장의 모습이지만, 욕망의 유인에 의해 위반된 금기는 선악을 초월하여 개인 삶의 질적 깊이를 가능케 한다. 위반은 금기에 순응하는 삶에서 느끼지 못하는 창조적이며 동물적인 에너지를 발산케 한다.[11]

바위샘 근처의 어둠 저쪽에 희끗한 것이 눈에 띄었다. 그것은 말라서 죽은 소나무의 벌거벗겨진 큰 줄기였다. 흰 몸을 외틀고, 팔과 다리를 비꼬아젖힌 소나무의 큰 줄기에 하얀 허물 같은 게 붙어 움직거렸다. 아니 버리적거리고 있었다. 신음소리를 바로 그 흰 허물같은 물체가 냈다. 그는 말뚝처럼 박혀 선 채 성한 한 쪽 눈을 크게 뜨고 버리적거리는 흰 허물같은 것을 바라보았다.
그는 진저리를 쳤다. 온몸의 털들이 모두 빠져 날아갔다. 동시에 눈앞이 보얗게 흐려졌다. 이를 물면서 마음을 다잡고 그 흰 물체 앞으로 발을 옮겼다. 그것은 흰 치마저고리를 입은 여자였다. 여자는 벌거벗겨진 나무줄기를 끌어안은 채 몸부림을 쳤다. 입속말로 헛소리하듯이 중얼거렸다. …(중략)… 그는 흰 나무 줄기한테서 빼앗듯이 여자의 손목을 잡아챘다. 여자는 그가 그렇게

---

11 금기를 범할 때, 특히 금기가 우리의 마음을 아직 옭아매고 있는데도 불구하고 충동에 무릎을 꿇을 때, 우리는 진실이 무엇인지를 비로소 번뇌와 함께 깨닫게 되는 것이다. 금기를 준수하고 금기에 복종하면, 우리는 더 이상 그것을 의식할 수 없다. 그러나 그것을 범하는 순간 우리는 고뇌를 느끼며, 고뇌와 함께 금기가 의식되고, 죄의식도 체험하게 된다. 이러한 고뇌와 죄의식 끝에 우리는 위반을 완수하고, 성공시킨다. 죠르쥬 바따이유, 앞의 책, 41쪽.

해주기를 기다리고 있기라도 했던 듯 허물어지듯이 땅바닥에 쓰러져 누웠다. 그가 그녀의 옷자락을 헤쳤다. 그녀의 몸은 식은땀으로 흥건히 젖었다. (『불의 딸』, 108~109)

한승원의 소설 『불의 딸』 중, 똘쇠가 가막섬에서 꾸실이란 무당을 만나 육체관계를 맺게 되는 환상적 장면이다. 똘쇠가 가막섬 바위샘 근처에서 경험하게 되는 몽환적 체험은 흰 저고리를 입은 여인이 무당이란 것을 인지한 후 느끼는 신비적 현상이다. 가막섬이 무당이나 점쟁이들이 치성을 드리는 장소라는 것을 어머니로부터 들었기 때문이다. 따라서 똘쇠가 무서움을 느끼면서도 꾸실이가 있는 쪽으로 발을 옮기는 것은 무당과의 성적 접촉이 금기사항으로 저주와 징벌이 수반된다는 것을 알고 있음에도 불구하고 한 위반행위이다. 무서움과 공포는 금기에 대한 두려운 정서이지만, 결국 똘쇠의 위반의 욕망을 제어하지 못하고 경계를 무너뜨린다. 똘쇠의 이 같은 에로티즘은 비록 몽환적 상태라도 그동안 그의 삶에서 한 번도 경험하지 못했던 능동적인 자기실현의 행위라고 할 수 있다. 똘쇠의 금기에 대한 위반의 암시는 이미 그가 10살 때 어머니와 함께 처음 왔던 바위샘에서 비롯된다.

한데 왜 그랬을까. 이상하게도 그때 그는 오줌이 누고 싶어졌고, 청록색의 이끼가 낀데다 보랏빛 그늘이 잠겨 있는 바위샘 속의 물에다가 그 오줌을 갈기고 싶은 충동이 일었다. (『불의 딸』, 106)

소설 『불의 딸』에서 바위샘은 일명 '각시샘'으로도 불린다. 이는 예사롭지 않은 뜻을 가진다. 원형상징에서 '샘'은 여자의 '자궁'을 의미한다. 형태의 동일성과 함께 습한 환경은 생명을 키우는 질료로서의 역할을 하기 때문이다. 따라서 똘쇠가 이상하리만큼 각시샘을 보고 오줌을 놓고 싶은 충동이 일어난 것은 강력한 성적 접촉을 욕망하는 것이라고 할 수 있다. 이때 똘쇠의 원초적 욕망은 충족되지 않는다. 아직 성인의 주체적 성으로 개화되지 못한 소년이기 때문에 휘발성이 강한 잠재적 성으로 내면화된다. 이후 다시 찾은 각시샘에서 똘쇠는 각시샘 한가운데에 유년시절부터 억압되었던 '오줌의 방사'를 실행에 옮긴다. 이는 똘쇠의 성적 억압이 꾸실이란 무당을 통해 해소되며, 향후 두 사람의 관계가 육체적으로 발전할 것임을 암시하는 것이다. 이 실행은 각시샘을 보는 순간, '오줌 방사'의 강력한 충동 → 방사의 의도적 실행 → '꾸실이와의 성적 접촉'으로 시간의 추이에 따라 필연적인 일관성으로 나타난다.

대장장이 사내가 용왕례와 관계하는 것도 금기와 욕망의 대립 속에서 대장장이 사내가 주체적으로 선택한 위반의 결과이다. 그는 이미 기혼자로서 대장장이 家에 데릴사위이다. 관습적으로 가정이란 틀에 소속되어 일탈이 금기시된 환경이지만, 대장장이는 이를 위반하고 용왕례와 함께 마을을 떠난다. 불을 다루는 대장장이와 그 수단인 망치질, 그리고 놋주발에 물을 반복적으로 떠 주는 용왕례의 행위는 이미 기존의 관습으로 제어하지 못할 만큼 관능적이며 에로티즘이 깔린 상징적 '몸짓'이다.

주목해야 할 점은 금기와 욕망의 대립 속에서 금기를 위반하는 주체가 무당에 대한 남성의 행위뿐만 아니라, 무당의 남성에 대한 성적 욕망 또한 강렬하다는 것이다. 무당도 뭇 남성과 관계를 맺으면 신벌을 받는다는 금기에 대한 자기 억압이 남성이 느끼는 무당의 금기 못지않지만, 그만큼 위반의 강도가 강력하기 때문에 충만한 에로티즘으로 전이될 개연성이 크다.

그의 가슴에 이마를 댄 용례는 두 손을 뻗어서 그의 목을 끌어안았다. 용례의 손은 차갑게 얼었다. 그는 온몸을 떨었다. …(중략)… 꽹 사라진 골짜기의 어둠을 바라보던 그녀가 그의 앞을 가로막아서면서 허리를 껴안았다. 그의 가슴에 얼굴을 묻었다. 고개를 쳐들고, 그의 목줄기와 턱과 볼에다 입술과 코를 비벼댔다. (『불의 딸』, 187~188)

용왕례가 대장장이에게 표현한 적극적 행정표현이다. 처녀시절 용왕례는 대장장이를 사모했으나, 무당집 딸이라는 사회적 편견과 금기에 의해 자신의 마음을 접어야 했다. 그러나 대장장이를 향한 연모의 정은 사라지지 않고 더욱 강하게 내면화되어 교합을 극적으로 만드는 요인이 된다. 용왕례가 대장장이를 만나 관계를 맺은 것은 무당이 된 후의 일이기 때문에 금기를 위반하는 강도가 훨씬 문제적이다. 무당집 딸이라는 이차적 관계에서조차 넘지 못한 금기의 벽을 무당이 된 후에 넘었다는 것은 에로티즘에 대한 욕망 실현의 욕구가 그만큼 강렬했다는 것을 반증한다고 할 수 있다.

눈을 감은 내 머릿속에는 불이 가득 찼다. 강강수월래와 들놀이와 용왕제가 연출되고 들끓던 모래밭에서 치솟고 있는 불이었다. 바닷물 속에서 불끈 일어선 듯한 시꺼먼 모래등 위에서도 타올랐다. 그 불길 속에서 어머니는 너울너울 춤을 추고 있었다. 그 어머니가 강강수월래와 들놀이의 설소리를 하던 젊은 여자로 바뀌었다. 그 여자의 하얀 얼굴이 머릿속을 메웠을 때, 사진기자가 내 가슴을 파고들었다. (『불의 딸』, 259)

용왕례의 아들인 화자가 진도 영등제를 취재하러 간 현지에서 함께 동행한 사진기자와 관계를 맺는 장면이다. 화자는 낮에 영등제에서 보았던 장면들을 회상하며 설소리하던 이복동생이 어머니로 오버랩 되고 다시 사진기자로 현현된다. 사진기자는 화자와 특별한 호감을 갖고 있는 사이가 아니다. 그런데도 화자가 그와 관계하는 것은 이복동생과 어머니에 대한 환상 때문이다. 따라서 사진기자와 관계했다는 것은 화자가 결국 이복동생과 어머니를 근친상간(상피)했다는 것을 상징하는 것이다. 금기와 욕망 사이에서 화자는 금기 위반의 강도가 가장 강한 '근친상간'12을 함으로써 욕망을 선택한다.

조정래의 『태백산맥』13에서 무당 월녀와 정참봉 그리고 그들 사이에서 태어난 딸 소화와 정참봉의 손자 정하섭의 복잡한 인과관계는 무속의 세계와 필연적 관련이 있다. 월녀와 소화 두 모녀는 남성과의 관계가 무속과 세속적으로 모두 금기에 속한다는 것을 깊이 인식하면서도 끝내 거부하지 못하고, 운명이라는 거역할 수 없는 초인간적 이름으로 수용한다.

서로 눈길이 마주쳤다. 월녀는 눈길을 떨구었다. 남자냄새가 정신이 아뜩해지도록 가슴 속을 휘돌았다. 솔잎냄새 같기도 하고 치자꽃냄새 같기도 했다. 월녀는 남자의 힘에 이끌려 섞여 들렸다. 남자의 손이 저고리섶을 헤치고 들었다. 월녀는 꿈을 꾸는 것만 같았다. 모든 것이 아슴하고 아련할 뿐이었다.

---

12 레비스토로스는 근친상간을 금지(近親禁婚, incest taboo)함으로써 인간은 자연적 상태에서 비로소 문화의 상태로 들어설 수 있게 되었다고 말했다. 이 제도는 문명사회나 미개사회를 막론하고 인간사회에서는 어느 곳에서든지 보편적으로 나타나는 현상일 뿐만 아니라, 인간을 동물로부터 구별시켜 주는 경계선이다. C. 레비-스트로스, 박옥줄 옮김, 『슬픈 열대』, (한길사, 1998), 75~76쪽. 그러나 정신분석학에서는 근친상간에 대한 원초적 욕망은 문화란 외피에 의해 치장되거나 잠식된 듯 보이지만 사라지지 않고, 잠재된 욕망으로 내면화 되어 있다고 말하고 있다.
13 조정래는 『태백산맥』에서 월녀와 소화 두 모녀를 성적 환상이 짙은 에로티즘과 금기와 욕망을 추동하는 대상으로 묘사하고 있다. "그녀는 굿판도 굿판이지만 그 미모가 빼어났다. 고운 얼굴뿐만 아니라 정갈한 춤으로 단련된 그녀의 몸매는 가냘픈 듯하면서도 탄력이 넘쳤다. 마흔이 넘기까지만 해도 수많은 남자들의 비릿한 눈길이 그녀의 몸을 더듬어내리고는 했지만 그래도 견뎌낼 수 있었던 것은 무당이었던 까닭이다. 무당을 탐하거나 잠자리를 잘못했다가는 귀신붙어 급살을 맞거나 병신을 면치 못한다는 속설 때문에 남자들은 함부로 범접하지를 못했던 것이다. …(중략)… 어미의 미모를 타고난 소화는 한떨기 꽃이었고, 어미의 눈웃음과 수다스러움이 자칫 천박으로 빠지기 쉬운 데 비해 소화는 웃음이 없고 말수가 적은 품이 어떤 기품까지를 느끼게 했다." 조정래, 앞의 책 1권, 12쪽.

남자가 진하게 필요한 것도 아니었고 그렇다고 거부하고 싶지도 않았다. 남자가 노를 젓는 대로 흘러가는 배이고 싶었다. (『태백산맥』, 2-76)

월녀와 정참봉, 소화와 정하섭의 금기 위반은 서로의 뜻에 의한 위반의 성격이 짙다. 신분의 위계가 분명한 지역공동체에서 월녀에게 정참봉은 언감생심의 존재지만 자신의 욕망을 수용한다. 정참봉 또한 "삼십 줄의 무당이 혼자 사는 외딴집에서 밤을 새우느니 빗길을 가는 편이 한결 나았을 것"이라고 후회하는데 이는 정참봉이 금기에 대한 두려움을 갖고 있었다는 것을 의미한다. 그러나 정작 당시 정참봉의 심정은 은연중 성적 욕망 실현에 대한 기대를 어느 정도 인지 혹은 합리화를 할 정도로 강했다고 할 수 있다. "아무도 본 사람이 없는데 무당집에서 하룻밤 비 피했대서 죄 될 것 있는가"라고 자위하며, 월녀와 결국 운우지정을 맺게 되는 사실에서 확인된다. 이들은 순간적으로 금기와 욕망이 대립하여 갈등하지만, 끝내 욕망을 선택함으로써 에로티즘을 구현한다. 두 사람의 인연은 이후 소화(월녀의 딸)와 정하섭(정참봉의 손자)의 운명적인 관계로 이어진다.

그녀가 아무런 주저 없이 신당의 문을 열었을 때 정하섭은 왈칵 두려움이 끼쳐오는 것을 느꼈다. 그네들의 신을 모신 방에서 그 짓을 하면…… 그때 끼쳐오는 두려움은 이성적 판단이나 논리적 비판으로 물리쳐지는 성질의 것이 아니었다. 그건 어떤 신성한 대상을 모독함으로써 필연적으로 받게 되는 초인간적인 재앙을 무서워하는 본능적 잠재의식의 발로였다. …(중략)… 그는 아랫목에 깔린 요 위에 앉아 그때까지 신고 있던 구두를 서둘러 벗었다. 그리고 웃저고리를 벗다가 아무 기척이 없는 소화 쪽으로 고개를 돌렸다. 그는 멈칫했다. 그녀는 벽을 바라보고 앉아 소리없이 저고리를 벗어내고 있는 참이었다. (『태백산맥』, 1-83~84)

정하섭과 소화의 인연은 정하섭의 소학교 4학년으로 거슬러 올라간다. 정참봉의 49제 날 월녀가 정인인 정참봉의 씻김굿을 하러 정하섭의 집에 갔을 때 만남[14]으로써 이미 시작된다. 넘지 못할 금기라는 사실을 인지하면서 성장했지만, 이들의 마음속엔 서로에 대한 애틋함이 남아 있었기 때문에 해후한 이후 강렬한 에로티즘으로 급속하게 전이가 된다.[15] 이들의 발전적 에로티즘은 서로 능동성을 띠지만 소화가 정하섭보다 더 적극적이다. "신령님의 뜻"과 "운명"이라며, 무당에게 가장 신성한 공간인 신방으로 정하섭을 인도한 것은 소화였다. 신벌(神罰)에 대한 두려움도 소화의 에로티즘의 욕망을 잠재우지 못한다. 신성한 공간을 위반했다는 의미가 크면 클수록 소화가 느끼는 에로티즘의 강도와 폭은 그만큼 큰 것이다.

무당의 딸이다. 무당의 딸이다. 그는 소화의 얼굴을 떨쳐내려고 안간힘하며 스스로에게 일깨웠다. 언제부터인지 모르게 소화는 의식 속에서 다시 물러갔고, 그 기억은 오랜 시간의 누적 속에 잊혀져버렸다. 그런데 숙성한 여자의 냄새를 의식하는 순간 그 기억은 의식의 저 어두운 심연으로부터 한 줄기 빛으로 뻗어올라와 확 불을 켠 것이다.

그는 거칠게 꿈틀거리는 감정을 억제하느라고 주먹을 말아쥐었다. 그리고 자신은 목숨과 바꿔야 될는지 모를 위기상황에 처해 있음을 스스로에게 일깨우며 피를 역류시키고 있는 격정의 정수리에 냉수를 끼얹었다. (『태백산맥』, 1-21)

---

14 이때 정하섭은 소화에게 황금빛 비파 두 개를 내보이며 먹으라고 호의를 베풀지만 소화는 부끄러워 한 개만 집는다. 정하섭이 화를 내며 나머지 비파를 땅에 내팽개치려하자 소화는 정하섭을 급히 말리며 "아녀 나랑 함께 하나씩 묵잔 것이여"라고 말한다.

15 두 사람 사이의 금기는 물론 결과적으로 고모와 상피 붙은 꼴이다. 그러나 친척이라는 사실을 모르고 한 관계이기 때문에 금기라는 억압이 에로티즘으로의 전이를 추동하는 주요인은 아니다.

정하섭의 의식 속에 불현듯 떠오른 소화에 대한 정하섭의 자기 반응의 모습이다. '무당의 딸'이란 말을 되뇌고 있는데, 이는 정하섭의 소화를 향한 연모의 크기만큼 무당의 딸이란 현실적인 금기가 정하섭의 의식을 제어하는 적지 않은 억압기제로 작용하고 있다는 것을 반증하는 것이다. 소화가 주도적으로 인도한 신방을 보고 정하섭이 "이 방은" "이 방은"이라며 머뭇거리고 저어하는 것도 금기를 위반하고 있는 것에 대한 두려움과 공포 탓이라고 할 수 있다. 또 정하섭은 소화에 대한 자신의 마음이 자칫 목숨까지 위태로울 수 있는 위험한 생각이라는 것을 인지하지만, 결국 정하섭은 소화와 관계를 맺음으로써 욕망을 선택한다. 이런 정하섭의 태도에서 금기를 위반하는 것에 대한 두려움과 공포가 심리적 억압기제로 작용하면서도 한편으로는 에로티즘을 극대화하는 복합적 요소로 작용하고 있음을 볼 수 있다.

박경리의 『토지』에서도 월선과 용이의 금기와 욕망에 대한 에로티즘이 애절하게 나타나 있는 것을 볼 수 있다. 두 인물의 이루어 질 수 없는 질긴 인연과 사연은 『토지』의 무게감과 품위를 고양시킨다.

갓을 방바닥에 짓밟아버리고 망건을 벗겨 팽개치고 전복을 갈기 갈기 찢어 낸다. 용이는 성난 짐승 같았다. 그는 신위 모셔놓은 곳으로 달겨들었다.
"이, 이러지 마소 추, 추굴 받으믄 우짤라고 이, 이러요!"
용이 허리를 껴안으며 월선이 소리쳤다.
"우, 우리가 멋 땜에 못 만났노! 서, 설마 그 까닭을 모르지는 않겠제?"
"아, 아, 아요."
월선이는 사시나무 떨듯 떨었다.
"그, 그라믄 와 이 짓을 하노."
"아, 아, 아요."
"내 눈이 멀어도 좋다. 내 입이 막혀도 좋다. 불을 싹 질러버릴 기다! 영신이 어디 있노!"

…(중략)…

용이는 여자의 등을 다독거리다가 촛불을 껐다.

가는 몸이 바스라지고 으깨어져서 끝내는 세상에서 없어지기를 바라기라도 하듯 용이는 전신의 힘을 죄어 여자를 포옹하고 월선이는 비명을 깨물며 부질 없는 말을 지껄인다.

"가, 가소. 이, 이러믄 안 될 기요. 보고 저버서, 어, 얼굴만 보고, 우, 울타리 라도 보고, 이러믄 안 될 기요."

…(중략)…

용이는 공포하게 날뛰었다. 여자를 사랑하는 짓이 아니었다. 여자를 짓밟고 자기 자신을 짓밟고. 그 폭력에 놀란 월선이는 몸을 일으키려 안간힘을 썼으 나 끝내는 그도 고행을 감수하는 가냘픈 짐승이 되어 축 늘어지고 말았다. (『토지』, 1-174~175)

금기를 위반하여 받게 되는 신벌에 대한 두려움은 남성인 용이보다 월선이 쪽이 강하다는 알 수 있다. 일반적으로 무당과 관계한 남성쪽이 신벌에 대한 두려움이 강하게 드러나는데 『토지』에서는 월선이쪽이 강 하게 나타난다. 이는 월선이 무당이 아니며, 신벌을 받게 될 용이를 염려 한 까닭이라고 할 수 있다. 무당집인 월선의 집에서 그와 관계를 맺는 용이는 영신이란 존재를 믿지 않는다.[16] 오히려 영신이란 재래의 편견이

---

16 '월선이 따라댕기지 마라. 영신이 노염하싰으니 눈알 빠질 기다.'
마당에 퍼질러앉아 몽롱한 눈으로 바라보며 말하던 무당 월선어미 얼굴이 떠오른다. '그라믄 내 눈 뽑으소. 눈은 하나만 있어도 안 되겠소?' 박경리, 앞의 책 1권, 173쪽. 월선에 대한 용이의 사랑을 단념케 하기 위해 생전에 월선내가 용이에게 신벌에 대한 경계 를 얘기하는 장면이다. 그러나 당초부터 이용은 이런 터부를 초월할 정도로 월선을 향한 사랑이 지극하다. 이런 용이 월선을 선택하지 않았던 것은 무당이기 때문이 아니라, 조강지 처(강청댁)를 버리면 안 된다는 부모의 뜻이 있었기 때문이다.

자신들을 갈라놓은 원인이라며, 신방에 들어와 월선과 광기의 정사를 벌인다. 월선도 애초에 신벌에 대한 두려움이 있어 용이를 거부했으나 결국 용이를 받아들인다.

또『토지』에서는 칠성과 귀녀가 정사를 나누었던 장소가 '삼신당(三神堂)'이다. 삼신당은 산모와 아기를 점지해 주신 신을 모신 공간으로 생명과 다산을 기원하는 무속적 장소이다. 칠성과 귀녀가 이러한 금기의 장소에서 관계를 맺는 의미는 금기에 대한 위반의 욕망을 극대화함으로써, 현실적 조건을 초월하고자 하는 뜻이 내포된 까닭이라고 할 수 있다.[17] "구석지에 꼭 처박혀 감히 동자불을 쳐다보지 못하고 두려움 때문에 눈을 크게 벌리고 있는" 칠성도 금기에 대한 두려움이 엄습하지만 귀녀와의 성적 욕망[18]을 선택한다. 이들이 금기가 지배하는 신성한 공간에서 이를 위반하는 것은 위반에 대한 두려움과 공포 못지않게, 그들이 하는 행위가 신성한 장소라는 절대공간을 배경으로 하는 하나의 거룩한 의식이라고 믿기 때문이다.

3. 위반과 징벌

금기를 위반하거나 거역하면 그에 대한 혹독한 징벌이 수반된다. 그러

---

17 삼신당은 최치수의 증조모가 지은 곳이다. 귀녀는 이곳에 자주 들러 "최씨 가문의 씨종자 아들 하나가 소원이요."라며 축원을 하곤 한다. 그리고 끝내 이곳에서 최치수의 살인이 공모되며, 그 계획의 결정적 행위인 칠성과의 교접이 이루어지게 되는 공간이다. 소설 속에는 이들이 삼신당의 연원에 대하여 알고 있다는 구절이 언급되지 않지만, 상식적으로 누대로 마을공동체를 이어 온 구성원들이 삼신당의 기원을 모른다고 보기는 어렵다. 따라서 이러한 공간을 활용하여 저간의 계획을 모의한 것 자체가 다분히 의도적이며, 금기에 대한 도발적 행위라고 할 수 있다.

18 이들의 관계에서 성적 욕망이 목적을 위한 수단으로 기능하는 성격을 갖기 때문에 상대적으로 성적 욕망은 목적을 위한 욕망보다 작을 수밖에 없다는 것이지 정도의 차이가 있을 뿐, 이성 간의 성적 접촉 자체에서 오는 쾌락적 느낌 자체가 없다는 것은 아니다.

나 실제 징벌의 여부를 떠나 오랜 세월 동안 금기가 신성성으로 견고하게 굳어져 위반에 대한 심리적 억압을 가중시키는 역할[19]이 크다고 할 수 있다. 금기에 대한 두려움과 공포는 여기에서 비롯된다. 그러나 동시에 금기를 위반하려는 인간의 집착은 금기의 절대성만큼 호기심을 충동한다. 금기를 위반함으로써 받게 되는 징벌의 두려움은 오히려 이 순간 에로티즘을 증폭시켜 자신을 초월하는 정념으로 작용한다. 바따이유가 말한 것처럼 "전복을 통해 초월을 맛보고픈" 인간의 욕망이 이를 상쇄케 하는 원인이라고 할 수 있다.

> 쓰고 쓰고 또 써도 계속 넘치기만 하는 힘, 그것은 어쩌면 병이었다고 그는 말했다. 그 병은 바로 자기가 저지른 죄에 대한 벌을 받은 것이었는지도 모른다고 했다. 죄도 보통 사람한테 지은 것이 아니라고 했다. 신 내린 여자를 건드린 죄라는 것이었다. (『불의 딸』, 88)

똘쇠의 금기의 위반에 대한 징벌은 참혹하다. 무당 꾸실이를 범했기 때문에 그 죄의 징벌로 둘의 사이에서 태어난 자기 딸인 용왕례와 부부의 연을 맺어 살게 된다. 똘쇠의 금기의 위반에 대한 죄의 대가는 근친상간이라는 참혹한 결과로 나타난다. 또 돌쇠가 꾸실이와 관계한 이후 몸에서 나타나는 이상 징후는 금기를 위반했기 때문에 받는 징벌로써 일종

---

19 이 같은 심리적 억압은 세 소설 곳곳에서 등장인물들의 대화를 통해 드러나는데, 대표적인 경우가 『태백산맥』의 염상구이다. 염상구는 『태백산맥』에서 자신의 권력을 이용 성적 욕망을 끝없이 추구하는 인물이다. 그러나 소화에게만은—강한 성적 욕망을 느낌에도 불구하고—재래적으로 굳어진 신성의 침범으로 받게 될 징벌을 우려 위반을 감행하지 못한다. "저, 저 살랑살랑 흔드는 방뎅이 좀 보소. 저년 니노지가 아매 낯짝 이쁘게 생긴거 맨치로 쫄깃쫄깃헌 것이 꼭 겨울꼬막 맛일 것이다. 헌디, 신 내린 무당 잘못 건드렸다가는 급살을 맞든가 병신이 된다니께 말이여, 화아, 저것 한번 조지고 급살을 맞을 수도 없고, 운 좋아 급살을 면해야 병신이 되는 건디, 와따매 참말로 사람 환장허겄네잉." 조정래, 앞의 책 1권, 190쪽.

의 엑스타시의 강신(降神)적 현상이라고 할 수 있다.

　　그전부터도 가끔 그러기는 했었지마는, 두 해 동안 떠돌아다니다가 돌아온 뒤부터는 더 자주 멍청히 서 있기도 하고, 잠을 자다가 한 밤중에 일어나서 불을 댕기고 대장일을 하기도 하고, 밤새도록 어디를 어떻게 돌아다녔는지 바짓가랑이를 후줄근히 이슬에 적셔 가지고 새벽녘에 들어오기도 했어라우 (『불의 딸』, 159)

　　위의 인용문은 용왕례와 처음으로 살았던 대장장이 노인이 용왕례와 헤어진 후 돌아와 밤이 되면 몽유병 환자처럼 방황하던 때를 그의 아내가 회상하고 있는 장면이다. 대장장이가 몽유병 환자처럼 방황하는 것도 일종의 금기의 위반에 대한 징벌적 현상이라고 할 수 있다. 대장장이에게 먼저 구애를 한 것이 용왕례였으며, 용왕례는 대장장이가 젊은시절에 마음에 두고 있었던 남자였기 때문이다. 그러나 대장장이가 받은 징벌로 똘쇠와 같은 근친상간적 징벌이란 측면에서 결코 가볍지 않은 징벌이라고 할 수 있다. 대장장이의 장인과 용왕례의 어머니인 꾸실이가 정인의 사이였기 때문이다. 친족적 근친상간은 아니지만 안면이 있는 사이에서 벌어진 관계이기 때문에, 대장장이가 받은 징벌을 메타 하는 역할을 한다고 할 수 있다.

　　이장인 최용호가 죽임을 당한 것도 꾸실이의 저주가 원인이 되었을 개연성이 크다. 최용호는 일본 순사와 함께 서낭당을 부수고 꾸실이의 신당까지 침입하여 용왕례를 범하기에 이른다. 무당에게 신당은 가장 신성하며, 부정으로부터 보호되어야 하는 신령한 공간이다. 서낭당과 신당을 부수는 최용호에게 꾸실이가 한 절규의 저주는 당장 현장에서 실현되지는 않았지만, 이후 최용호의 죽임을 통해 복선으로 암시된다. 이는 꾸실이의 저주가 실현된 의미를 가진다고 할 수 있다.

소설에서 불은 용왕례의 성적 욕망을 촉발하여 욕망의 강도를 나타내는 매개라고 할 수 있다. "하루라도 불을 안 보면 못 사는 여자였고 또 그 불을 활활 타오르는 불이어야만 직성이 풀리는 여자였다'라는 대장장이의 말은 용왕례의 성적 에로티즘의 에너지를 의미한다고 할 수 있다. 용왕례가 불에 타 죽었을 것이라고 예단하는 대장장이의 말은 "에로티즘이 죽음까지 파고드는 삶"이라고 말한 바따이유의 말을 연상하게 한다.

『태백산맥』에서는 월녀와 정참봉의 관계가 소화와 정하섭의 관계로 이어지는 것이 징벌의 의미라고 할 수 있다. 무속을 주제로 한 소설 속에서 근친상간은 가장 참혹하며 비인간적 징벌의 형태를 띤다. 이는 무속이외의 소설에서도 동일하게 나타난다. 이유는 근친상간이 인간이 범할수 있는 가장 미개하며, 원시적인 반문명적 성격을 띠고 있기 때문이다. 더구나 그 행위가 문명적 조건에서 이루어진 행위라면 기존의 가치 규범에 대한 중대한 도전으로 간주, 반인륜적 폐륜으로 단죄를 받게 된다. 동시대의 보편적 인간의 길에서 의도적으로 배제되는 지속적 소외를 경험한다는 것이다.

소화는 어머니의 갑작스러운 죽음에 대해 죄의식과 아울러 의문을 품고 있었다. 주위의 가까운 사람들에게는 어머니의 죽음은 당연한 결과로 받아들여질지도 몰랐다. 그러나 자신에게는 분명 '갑작스러운' 죽음이었다. 어머니의 병증은 심한 편이었다. 앓은 기간도 짧지는 않았다. 그렇다고 그리 빨리 돌아가실 것 같지는 않았다. 계속 병구완을 해오면서 소화는 그 점을 어느만큼 확실하게 느끼고 있었다. 어머니의 상태는 호전될 가망은 보이지 않았지만 그렇다고 더 악화될 기미도 없었던 것이다. (『태백산맥』, 2-58~59)

월녀의 병중 갑작스러운 죽음은 소화의 의문에서 알 수 있듯이, 자신의 딸 소화와 정참봉의 아들 정하섭과의 관계를 알고 난 후에 받은 충격 때문이다. 소화의 출생의 비밀이 알려지기란 이젠 원천적으로 불가능하다. 당사자인 정참봉과 월녀가 죽었기 때문이다. 따라서 소화와 정하섭이 뭇사람들로부터 받게 될 반인륜적 패륜 이라는 낙인에서 외면적으로는 자유로울 수 있는 조건이지만, 월녀의 죽음을 앞당긴 원인이 소화와 정하섭의 관계를 월녀가 인지한 것 때문이라는 사실에는 변함이 없다. 즉 월녀를 직접적으로 죽음에 이르게 한 원인이 자신의 저지른 근친상간에 대한 원죄의식의 결과라는 성격이 짙다는 것이다. 월녀가 마지막에 속으로 부르짖었던 말도 "안뒤여, 안뒤여, 술도가집 아들허고는 하늘이 두 쪽이 나도 그 짓혀서는 안뒤여"였다.

그러나 한편으로는 그 자체가 선악의 문제와 결부된 일방적 윤리성으로만 규정되는 것은 아니다. 세계(환경)와 대결하는 문제적 인간의 심리적·육체적 동선을 확대하는 개연성으로 작용하는 역할을 하기 때문이다. 특히 소화의 인생역정은 정하섭과의 관계 이후 파란으로 점철된 삶을 살게 되는 데, 이런 삶의 행로를 단순히 징벌의 대가로 치부할 수 없다는 것이다. 설령 징벌의 대가라고 하더라도 두 사람의 에로티즘은 기존의 삶을 초월하는 의미를 내포하고 있기 때문이다. 기존의 평면적인 삶에서 체험하지 못하는 새로운 세계를 경험하게 한다는 것이다. 이 체험이 성의 탐닉이나 쾌락의 천착이 아님은 물론, 기존 삶에 대한 자각과 각성으로 연결된다는 점에서 의미가 있다. 소화가 정하섭을 통해 현실인식과 역사인식을 자각하는 것이 좋은 예라고 할 수 있다.

박경리의 『토지』에서 삼신당을 범한 귀녀와 칠성 그리고 이들을 뒤에서 사주한 김평산이 결국 죽음을 당하는 것도─살인을 공모한 윤리적 범죄에 대한 법적 단죄가 죽음의 직접적 원인임은 물론이지만, 신성한 공간을 침범했다는 사실에서 얼마든지 문학적 메타 기능을 확장할 수 있다. ─더구나 앞에서 언급을 했지만, 삼신당을 지은 사람이 최치수의 증조모라는 사실을 상기한다면, 이들의 단죄가 금기를 위반한 징벌의 대가라는 데 큰 이의가 없다.

또 한 가지 주목해 볼 부분은 작가의 선악관에 의해 징벌이 부과되고 있다는 것이다. 칠성과 귀녀의 사이에서 두메가 탄생한 것이 아니라, 귀녀와 강포수 사이에서 두메가 탄생되었다는 사실을 유추해 보면 납득이 된다. 칠성과의 육체적 관계가 먼저 임에도 회임되지 않고 늦게 상관한 강포수에 의해 두메가 태어난 것은, 평산과 칠성으로 상징되는 개과천선이 원천적으로 불가능한 악에 징벌을 가하려는 작가의 잠재적 의도가 반영된 결과라고 할 수 있다. 귀녀에게 보이는 작가의 태도는 김평산과 칠성의 그것과는 근본적으로 다른 애증의 태도라고 할 수 있다. 귀녀의 신분적 차이에서 오는 분노의 기원을 심정적으로 어느 정도 이해하고 있다는 반증이라는 것이다. 따라서 귀녀의 죽음을 김평산과 칠성의 죽음과는 근본적으로 차별성을 두었다.[20] 이들이 죽음 앞에서 보이는 추태와 달리 귀녀의 죽음은—"그리고 여자는 세상을 원망하지 않고 죽었다."[21]—마치 순교자의 죽음처럼 고결하며 엄숙하게 그리고 있다.

이처럼 작가가 귀녀에게 보이는 애증은 이후 강포수란 인물을 통해 보다 긍정적으로 발전 승화된다. "내 그간 행패를 부리고 한 거는 후회스러바서 그, 그랬소. 포전(圃田)쪼고 당신하고 살 것을, 강포수 아, 아낙이 되어 자식 낳고 살 것을, 으으흐흐……".[22] 이 부분은 귀녀가 강포수에 대하여 때늦은 회한을 보이는 대목인 데, 작가의 소박한 '지아비관(인생관)'과 일치하는 대목이다. 박경리는 그의 유고 시집인 『버리고 갈 것만

---

20 이는 조정래가 『태백산맥』에서 월녀와 정참봉에서 비롯된 소화와 정하섭의 근친상간의 반인륜적 행위를 사회적 통념에 의해 전개하지 않고 승화시키려는 의지에서도 동일하게 확인된다.

21 박경리, 앞의 책 2권, 245쪽.

22 박경리, 위의 책 2권, 244쪽.

남아서 참 홀가분하다』의 「일 잘하는 사내」란 시에서 "다시 태어나면/
일 잘 하는 사내를 만나/깊고 깊은 산골에서/농사짓고 살고싶다"라고
말 한 바 있다. 박경리는 인간의 선에 대한 믿음을 귀녀의 최후를 통해
보여준다. 월선과 용이란 인물도 박경리의 이러한 잠재적 선악의 윤리관
에 의해 승화로 발전된 관계라고 할 수 있다. 이들의 승화는 월선에게
뚜렷한 데, 피붙이가 아닌 홍이를 위한 월선의 숭고한 헌신과 사랑에 의
해 확인된다.

4. 결론

지금까지 본고는 한국현대소설에 나타난 무당과 무당에 대한 에로티
즘을 한승원의 『불의 딸』과 조정래의 『태백산맥』, 박경리의 『토지』를 중
심으로 살펴봤다. 한국현대소설에서 무속은 한국인의 집단무의식의 한
원형을 보여 주는 근거로 적지 않게 선택된 주제였다. 그러나 한편으로
는 합리와 과학을 전면에 내세운 근대성에 매몰되어 타파하거나 버려야
할 야만적 유산으로 타매당하기도 했다. 특히 무당은 "귀신을 섬기며 길
흉을 점치고 굿을 하는 여자"를 가리키며, 무속적 행위의 결정체로서 굿
행위의 핵심적인 '문제적 주체'라고 할 수 있다. 문제적 요소란 인류 역사
에서 남성에 비해 여성이 갖는 부정과 금기 그리고 희생제의로서의 역할
을 의미한다. 더구나 무당은 그 직업적 특수 신분에서 오는 신성성으로
인해 인간의 욕망을 끊임없이 자극하는 이성의 대상이기도 하다.

한국현대소설에 등장하는 무당은 대부분 처녀인 경우가 많은데 이는
작가의 전략적 선택으로 시기적으로 성적 관능과 에로티즘의 억압이 심
한 여자를 의도적으로 선택한 결과이다. 처녀인 무당 자신과 외적 시선
그리고 그를 둘러싼 금기의 신비적 요소가 욕망을 자극하는 에로티즘으

로 전이될 개연성이 크다는 것이다. 무당에 대한 에로티즘도 외적 시선이 금기를 위반한 결과이지만, 무당 그 자신이 무속의 세계에서 금기하는 것을 위반하며 얻게 되는 에로티즘도 위반의 크기를 팽창하는 요소라는 것이다.

무당 자신과 무당을 향한 시선들은 무당이란 전통적이며 관습적인 금기가 있음에도 불구하고 결국 욕망을 제어하지 못하고 금기를 위반한다. 금기를 위반하면 필연적으로 받는다고 믿었던 징벌에 대한 두려움이 현존함에도 이들은 위반을 통해 더 깊은 세계를 경험한다. 위반을 통해 경험하는 또 다른 세계와의 만남이 결국 위반이 주는 고통을 상쇄하기 때문이다.

한승원의『불의 딸』에서 똘쇠와 꾸실이란 무당, 대장장이와 용왕례, 조정래의『태백산맥』에서 월녀와 정참봉, 소화와 정하섭, 박경리의『토지』에서 월선과 용이, 칠성과 귀녀 등이 서로 에로티즘으로 전이되는 과정에서 무당(무속)과의 이러한 배경과 인연은 에로티즘을 강하게 충동하거나 확장하는 요인으로 작용한다. 이와 더불어『토지』의 경우 작가의 잠재의식적 선악관이 징벌의 과정에서 해당 인물에 투영된 점도 살펴봤다.

참고문헌

국립국어연구원,『표준국어대사전』, 두산동아, 1999.
김동리,「무녀도」,『한국문학 전집 7』, 문학과지성사, 2006.
_____,「달」,『김동리 전집 2』, 민음사, 1995.
박경리,『토지』1권, 솔출판사, 1993.
C. 레비-스트로스, 박옥줄 옮김,『슬픈 열대』, 한길사, 1998.
윤흥길,『장마』, 민음사, 1980.

이제하,『풀밭 위의 식사』, 강천, 1991.

이청준,『신화를 삼킨 섬』, 열림원, 2003.

정종진,『한국현대 대하소설 탐구』, 태학사, 2008.

조정래,『태백산맥』, 한길사, 1986.

죠르쥬 바따이유, 조한경 옮김,『에로티즘』, 민음사, 1997.

천승세,『신궁』, 고려원, 1990.

최길성,『한국인의 울음』, 밀알, 1994.

_____,『새로 쓴 한국무속』, 아세아문화사, 1999.

한국문화상징사전편찬위원회,『한국문화상징사전 1』, 동아출판, 1992.

황순원,『움직이는 성』, 문학과지성사, 1980.

_____,「세레나데」,『황순원 전집 1』, 문학과지성사, 1980.

한승원,『불의 딸』, 문학과지성사, 1983.

'떠남'과 '돌아옴'을 통한 고향의 재인식 과정 연구
―이문구의 『관촌수필』―

1. 서론

한 작가가 명망 있는 작품 하나로 그 존재 가치를 인정받는다고 했을 때, 이문구에게 『관촌수필』은 오늘날의 작가 이문구를 문학사적으로 자리매김 한 작품이다. 그는 등단 이후 70년대 관(官) 주도의 산업화 과정에서 소외되고 훼손된 농촌[1]과 농민들의 삶을 그의 문학의 일관된 주제로 형상해 왔다. 또 해체되어 가는 농촌의 현실을 직접적으로 그리지 않은 작품[2]에서도, 중심과 제도권에서 권외로 부처된 민중의 변방적 삶[3]을

---

[1] 본고는 농촌과 고향을 등가적인 것으로 규정을 하고 논의를 전개하려 한다. 70년대 우리사회는 본격적인 산업화로 진입하려는 시기였지만, 아직도 전 국민의 5할 이상이 농업에 종사했던 시기였다. 또 재래적인 가치가 전체성을 띠고 있던 미분화된 사회였기 때문에 농촌은 사회 구성원들의 시원적 의미를 띠는 공간으로 인식되는 땅이다. 더구나 이문구는 고향이 농촌(충청도 대천)이기 때문에 그에게 고향은 곧 농촌이며, 농촌은 곧 고향과 동일한 의미인 셈이다.

[2] 대표적인 작품으로 「장한몽」(1970), 『매월당 김시습』(1992) 등이 있다.

[3] 이문구의 변방적 삶에 대한 관심과 애정은 그의 문단 데뷔 작품인 「다갈라 불망비不忘碑」(1963)에서부터 싹트기 시작하여 그가 말년에 쓴 작품인 『내 몸은 너무 오래 서 있거나 걸어왔다』의 「장곡리 고욤나무」(2000)에서 한층 더 깊어진다. 그는 이 작품에서 쩔레나무,

지속적으로 오로지했다.

근대로 넘어오면서 농촌은 더 이상 과거의 모태적인 자족의 환경으로 남아 있지 않는다. 어떤 식으로든 외부의 영향을 받게 됨으로써, 과도기적인 심한 문명의 적응기를 거친다. 농촌은 해체와 상실 그리고 타파로 규정되어 버려야할 공간으로 인식되어 많은 사람들이 고향을 등진다.[4] 이문구는 이렇게 훼손된 농촌의 현실 문제를 본격적으로 다루기 전에 마지막으로 존재하는 고향의 자족적인 정서와 인물들을 상기하는 차원에서 『관촌수필』을 쓴다.[5] 『관촌수필』은 이문구가 훼손된 농촌과 고향을 쓰기 위하여 마지막으로 남아 있는 고향의 옛 모습과 나누는 '이별 여행'이며, 고향에 바치는 '헌사(獻辭)'인 셈이다. 사회과학적인 측면과 연계된 농촌의 구조적 문제를 형상화하기 위하여 사전 '정지 작업'의 일환으로 쓴 작품이다.

이문구는 '고귀한 야만인'같은 농민상을 깨부쉈다는 점에서도 성공한 리얼리스트이다.[6] 이 같은 추정이 가능한 것은 『관촌수필』이 평자들로부터 들었던 '감상적 회고주의'의 정서가 이후의 작품들에서는 보이지 않는

화살나무, 소태나무, 개암나무, 싸리나무, 으름나무, 고욤나무 등 경제성과 선호도가 떨어지는 나무를 소재로 하여 인간과 나무(자연)의 존재론적 동일성을 그렸다.

4 산업화의 와중에서 겪게 되는 우리의 농촌 문제는 영국의 엔클로쥬어(enclosure)운동과 유사한 면을 갖는다. 자본가들은 농사짓는 농민의 땅을 대량으로 사들여 말뚝을 박아 담을 쌓고 양을 방목하는 목장으로 화하게 하였다. 사람 먹을 곡식을 심던 땅이 양의 방목지가 되면서 농민들은 농촌에서 밀려 도시의 밑바닥 노동자로 전락하게 됨으로써 자본주의 발생의 전기가 되었다. 박태순, 「농촌 현실과 농민 문학」, 『대학문화』 6, (서울시립대, 1982), 187쪽.

5 『관촌수필』에서도 농촌의 현실 문제가 드러난다. 『관촌수필』자체가 산업화로 인해 변화된 농촌의 모습을 전제로 하고 있기 때문이다. 그러나 이는 고향 기행의 감상적 정서를 극대화하는 외면적 모습의 일환일 뿐, 사회 경제사적인 구조적 원인은 제기 되지 않는다.

6 유종호, 「한국소설과 농민」, 『고대문화』 19, (고려대, 1979), 161쪽. 기존의 농촌소설은 30년대 소설을 제외하고, 6,70년대 대부분의 소설들은 근대화로 인한 농촌의 부정적 현실을 반영하기보다는 농촌의 현실을 낭만적이며 목가적인 이상향으로 그렸다.

다는 점이다. 이문구의 고향은 단순한 예찬의 대상이나 복고적 향수의 대상이 아니라, 적대의 외부세계로부터의 보호적인 동시에 세계 속에 거주할 힘을 제공하는 공간이고 인간과 세계와 우주를 이해하는 토대로서[7]의 의미가 있기 때문이다. 기존의 개화와 계몽의 대상이었던 농촌을 민족의 삶의 원형적 토대로서 주체적으로 인식했다는 것이다. 즉 전근대적인 패배주의로 왜곡되었던 농촌과 그 주인인 구성원들의 삶의 모습을 도시와 지식인들에 의해 종속된 관계[8]로 파악하지 않고, 그 자체로 존엄성 있는 생명적 존재로 여겼다는 것이다. 어느 시대나 고향의 상실과 훼손은 있었으나, 산업사회는 이전의 전통시대와 비교하지 못하는 단절을 보인다. 과거와 현재의 이질감이 그 어느 시대보다 간극이 깊은 시대였기 때문에 현대인이 바라 본 고향의 상실감이 증폭된 시기였다.

본고에서는 이문구의 『관촌수필』의 배경인 고향(대천)을 '떠나기'와 '돌아오기'[9]를 통해서 '재인식하는 과정'을 고찰하려 한다. 이 같은 과정은 고향에 대한 내밀한 '아픔'과 마주하면서 시작된다. 상처를 '덧내고 보듬음'으로써 개인은 사회·역사적인 존재로 실존적인 자각을 경험하게 되며, 고향은 복고적·퇴행적 공간이란 잔상(殘像)을 극복하고 현실적인 힘의 공간으로 재인식 된다.

---

7 김정아, 「이문구 소설의 토포필리아 연구」, (충남대 박사학위논문, 2004), 14쪽.

8 이문구 소설에서 농촌과 농민의 외형적 모습은 산업화에 의해 훼손되고 변화를 겪는 모습으로 그려지지만, 농민들의 의식과 행동은 이 땅의 주인이라는 분명한 인식 아래 주체적이며 자율적 건강성을 보인다. 이러한 모습은 등장인물들이 사용하는 언어, 즉 문체에서 그 독보적인 위의(威儀)를 획득한다.

9 종교 학자 '존캅'은 『대화를 넘어서』의 책에서 '건너가기'와 '돌아오기'의 과정을 통해서 '창조적 변화'가 일어난다고 했다. 이문구가 『관촌수필』에서 고향을 '재발견'하는 것도 떠남과 돌아옴의 창조적 변화가 바탕이 되었기 때문이다. 고향에 정착했다면 고향을 재발견하지 못했을 것이다.

2. 자기 응시와 상처 덧내기

자신의 존재와 실존을 마주하는 '자기 응시'는 용기가 필요한 행위이다. '들여다보는 행위' 자체가 반영적인 '되묻기'의 행위로써, 자기의 실체를 발견하는 일이기 때문이다. 이러한 행위는 나의 존재가 단독자로서 개별적인 존재가 아니라, 과거의 조상과 연결 되어 있다는 혈육 공동체를 확인하는 작업이기도 하며 세계와의 관계를 생각하는 것이기도 하다. 그러나 이런 탐색은 세계와 만남 이전에 자기 혈족의 뿌리를 거슬러 올라가는 근원으로부터 시작된다. 탐색의 조건도 가문의 영화(榮華)보다는 초라하게 영락(零落)한 가문의 몰락과 잇닿아 있다. 자기 응시를 하는 성찰의 행위는 외부적인 지향이 장애를 입고 좌절을 경험한 뒤에 발생하는 반성적인 성격을 갖고 있기 때문에 '상실의 아픔과 관계된다. 상실감은 그동안 사회적 존재로서 본질을 잃고 살아가던 개인에게 자기를 되돌아보게 하는 기회를 제공한다. 이문구에게는 그 매개가 '왕소나무'와 '집'이다.

1) 왕소나무

겨울비를 맞으며 고향을 찾아보기도 처음인 데다 정 두고 떠났던 옛 산천들이 돌아보이자, 나는 설레이기 시작한 가슴을 부접할 길이 없었다.

나는 한 동안 두 눈을 지릅뜨고 빗발무늬가 잦아가던 창가에 서서, 뒷동산 부영재를 감싸며 돌아가는 갈머리부락을 지켜보고 있었다. 마음이 들뜬 것과는 별도로 정말 썰렁하고 울적한 기분이었다. 내 살과 뼈가 여문 마을이었건만, 옛 모습을 제대로 지키고 있는 것이라곤 아무것도 없던 것이다. 옛 모습으로 남아간 것이 저토록 귀할 수 있을까.

그 중에서도 맨 먼저 가슴을 후려친 것은 왕소나무가 사라져버린 사실이었다. 분명 왕소나무가 서 있던 자리엔 외양간만한 슬레이트 지붕의 구멍가게

굴뚝만이 꼴불견으로 뻗질러 서 있던 것이다. (『관촌수필』, 8)

이문구에게 '왕소나무'는 상실의 아픔을 통해서 고향을 새롭게 재정립하는 대상이며 고향을 대표하는 상징물이다. 고향의 정서가 심상적인 것은 실재하는 표상적인 공간이나 사물과는 달리 내면적인 공간에 지향성으로 다가가는 비실체적인 상징적 대상[10] 때문이다. 그 대상은 유기물은 물론, 무기물까지도 물활론(物活論)적인 생명성을 획득한다. 따라서 고향에서 경험한 것들은 구체적이며 개별적인 삶의 형태로 이미지화되어 '전체성'을 띤다. 이문구에게 왕소나무는 단순히 실재하는 소나무의 한 종류가 아니라, 가계의 뿌리를 상징하는 근원적인 버팀목이다. 왕소나무가 서 있는 고향의 모습, 즉 풍경[11]은 내면적인 심상 속에 그려지는 고향의 총체성이다.

이렇게 왕소나무는 고향의 상징적인 심상으로서, 집성촌인 관촌부락에서 한산 이씨의 구심적 역할을 하는 정신적 지주이다. 이러한 상징성 있는 소나무가 사라졌다는 것은 이문구에게 정신의 한 축을 잃은 것과 같은 상실감으로 다가온다. 십여 년 만에 귀향에서 첫 번째로 목도하게 되는 고향의 균열이다.

이제 완전히 타락한 동네구나―나는 은연중 그렇게 중얼거리고 있음을 깨달았다. 마을의 주인(왕소나무)이 세상 뜬지 오래라니 오죽했으랴 싶기도 했다. (『관촌수필』, 9)

---

10 현존재와 관계없이 고향에 존재했던 대상이나 사물들은 심상적으로 영원성을 갖는다.
11 풍경이란 우리 외부에 실재하는 것이 아니라, 우리 의식에서 만들어진 역사적 산물이 된다. 요컨대 풍경이란 우리 외부에 존재하는 자명한 것이 아니라, 우리의 심상에 의해 선택되는 것, 선택되어 온 것이다. 풍경이라는 것은 조망되는 자연측에 존재하는 것이 아니라, 조망하는 인간측에 존재하는 것이다. 조망하는 인간이 없다면 풍경이라는 것은 존재하지 않는다. 이효덕, 박성관 옮김, 『표상공간의 확대』, (소명출판사, 2002), 42~43쪽.

왕소나무 한 그루가 없어졌다고 관촌부락이 타락했다고 말하는 것은 다분히 자기 주관적 정서에 기인한다. 그러나 왕소나무가 4백여 년 동안 한 마을을 지키고 있는 존재라면 그 의미는 남다르다. 마을 사람들의 삶을 관장하고 지키는 수호신과 같은 존재였기 때문에 인격화되고 신성시했을 것이다. 자아의 마음속에 절대적으로 존재하는 대상은 객관적인 척도와 기준으로 평가할 수 없는 성질을 가진다. 왕소나무는 백석의 시 「남신주의 유동 박시 봉방」의 '갈매나무'와 고은의 「자작나무 숲으로 가서」의 '자작나무'와 상반되는 정서를 담고 있다. 위의 두 시의 갈매나무와 자작나무가 현실의 절망과 체념 속에서 굴하지 않고 자신의 염결성을 확인하는 다짐의 매개적 대상이라면, 이문구에게 왕소나무는 절망과 아픔을 확인하는 상처 덧내기의 대상이다.[12]

2) 집

왕소나무가 고향과 마을을 전체적으로 상징하는 외재적 대상이라면, 이문구에게 '집'은 왕소나무의 포괄적인 의미보다 한층 근원적으로 만나는 시원적 공간이다. 바슐라르가 말한 '세계의 구석'[13]이다. 모태에서 나와 처음으로 만나는 세계가 집이다. 가장 구석진 공간이면서 세상으로 향하는 가장 큰 열린 세계이다. 집은 자아가 이질적으로 만나는 첫 번째의 공간이면서, 세상으로부터 보호 받는 원형적 공간이다. 세상에 존재하는 또 다른 어머니의 자궁과 같은 공간이다.

---

12 이문구와 백석, 고은이 느끼는 정서는 왕소나무의 부재와 갈매나무, 자작나무의 존재라는 '현재성'의 여부에 기인한다.

13 가스통 바슐라르, 『공간의 시학』, 곽광수 옮김, (동문선, 2003), 77쪽.

내가 살았던 옛집의 추레한 주제꼴에 한결 더 가슴이 미어지는 비감으로 뼈져려하고 있었으니까. 비록 얼핏 지나치는 차창 너머로 눈결에 온 것이긴 했지만, 간살이 넉넉한 열다섯 칸짜리 꽃패집의 풍채는커녕, 읍내 어디서라도 갈머리 쪽을 바라볼 적마다 온 마을의 종가(宗家)나 되는 양 한눈에 알겠던 집이 그렇게 변모할 수가 있을까 싶던 것이다.

그것은 왕소나무의 비운 버금으로 가슴을 저미는 아픔이었다. (『관촌수필』, 10)

이문구에게 집의 쇠락은 고향의 상실을 선명하게 환기해 주며 자신을 실향민으로 인식케 하는 대상이다. 왕소나무가 누대 혈족의 이념적 명징성과 윤리성을 상징한다면, 집은 가까운 혈족의 현실적 삶을 경계 짓고 보호해 주는 가족적인 인정미를 상징한다. 개별적이며 구체적인 삶의 체험들이 묻어 있는 성장의 공간이다. 왕소나무에 비하여 상대적으로 인간적인 체취가 강하다.

6.25가 난 해에 우리집은 망했다. 전쟁의 참화를 우리처럼 혹독하게 입은 집도 드물리라 싶은 쑥밭이었다. 할아버지는 그해 섣달에 세상을 떠나셨다. 아들과 큰손자를 앞세우고 떠난 거였다. 사랑마루엔 삼 년 동안 거적과 대지팡이가 놓여 있었고 말꼬지의 베중단은 목대단 시신처럼 맥없이 늘어져 있었다. 물론 내가 사용하는 것들이었다. (『관촌수필』, 32)

이미 이문구의 집은 6.25가 나던 해에 사실상 우애와 화목을 바탕으로 한 사랑의 공간으로서의 기능을 완전히 상실한다. 물리적인 집은 존재하지만, 그 속에서 소통되어야 할 인간적 관계망은 단절이 된다. 결국 이문구는 잔인하게도 두 번에 걸친 집의 상실을 통해 고향의 현실의 모습을 직시한다. 왕소나무의 사라짐과 집의 쇠락은 6.25가 가져다준 아픈 가족사에 기인한다. 6.25의 참극이 없었다면 고향을 떠나지 않았을 것이고 고향을 떠나지 않았다면-물론 근대화의 물결과 전통적인 가치 사이의 상충하는 면이 비등하겠지만-적어도 왕소나무와 집은 타의에 의해서 허무하게 사라지지 않았을 것이다. 이문구는 자기 응시를 통해서 상처를 덧냄으로써 과거와 작별을 준비한다. 이문구에게 '관촌 기행'은 아직도 고향에 남아 있을 자아의 낙원적 그리움과 체취에 대한 기대감이 여지없이 무너져 버리는 '아픈 여정'이 된다. 이제 고향은 심상적으로만 존재하는 공간이 된다.

3. 고인(古人)을 호명하여 현재화하기

이문구의 귀향은 의식을 치르는 사제(司祭)같이 엄숙함이 배어 있으며, 그의 귀향은 기억 속에 존재하는 인물들의 체취를 현재화하는 작업이다. 과거의 시간으로 회귀하여 화해로운 시절과 동일성[14]을 회복하고자 한다. 아픔과 상처까지도 화해로움에 동화된다. 관촌에 살았던 인물들을 호명[15]하는 행위는 경화(硬化)되고 각질화된 고향의 의미에 새롭게

---

[14] 동일성은 객관세계의 상실과 자아상실이라는 두 가지 위기감에서 야기된다. 주체로서의 자아가 타인들 또는 외부세계와 조화를 이루고 있느냐 그렇지 않으면 대립 갈등을 일으키고 있느냐, 그리고 어제의 나와 오늘의 나는 같은가 다른가, 도대체 진정한 나는 무엇인가 등의 여러 문제는 바로 동일성의 문제인 것이다. 전자는 자아와 세계와의 일체감 결속감으로서의 동일성의 문제로, 후자는 자아의 재발견이라는 개인적 동일성의 문제로 집약된다. 김준오, 『시론』, (삼지원, 2003), 393쪽.

[15] 개인에게 부여된 이름은 개인정체성의 대체물이라고 할 수 있으며, 이름이 없는 존재는 자기 존재를 결여할 수밖에 없다. 이름이 등재되는 경로를 따라가면 한 인간의 일생이 확인되며 그와 함께 그의 정체성 형성 과정, 그가 자신은 어떤 존재라고 여기는 확인의 과정이 수반된다. 여기서 호명 행위는 정체성을 부여해 주는 것의 상징으로 읽을 수 있으며, 그것을 통해 나의 존재의 근원과 이 세상에서의 나의 자리가 어디인가를 반추해 볼수 있게 한다. 김정숙, 『한국현대소설과 주체의 호명』, (역락, 2006), 16쪽. 호명되는 행위

생기를 불어 넣는 일이다. '왕소나무'와 '집'이 상처를 덧냄으로써 상실된 고향의 현재성을 냉정하게 확인시켜 주는 대상이라면, '고인을 호명하며 현재화'하는 행위는 고향의 현재성이 주는 상실감을 위무해 주는 자기위로의 연민스러운 행위이다. 이는 성인이 되는 과정에서 거쳐야 하는 통과의례인 세 가지 단계 중에서 '재생의 과정'[16]과 같다.

이 같은 호명행위는 가깝게는 할아버지와 아버지 등의 '혈족에 대한 애증'으로, 넓게는 이문구 가계와 근친 관계에 있는 '식구(食口)'에 대한 그리움'과 관촌에 살았던 공동체 구성원들로 확대된다. 이들 인물들은 비록 현실에서는 다시 볼 수 없는 인물들이지만, 알튀세르가 말한 것처럼 남이 불러 줌으로써 다시 주체적으로 재생되거나 태어나는 의미를 가진 인물이 되는 것이다.

1) 혈족에 대한 애증

아주 어려서부터 이렇게 되기까지, 우리 가문을 지킨 모든 선인 조상들의 심상은 오로지 한 분, 할아버지 그분의 인상밖에는 없었기 때문이다.

그것은 내가 그리워해온 선대인인 어머니나 아버지, 그리고 동기간들이 아니었다는 뜻이기도 하다. 고색창연한 이조인이었던 할아버지, 오직 그분 한

는 피동성을 띤다. 타자에 의해 내가 규정되기 때문이다. 그러나 이러한 과정을 통해서 나는 비로소 타자에게 의미 있는 주체로서 각인이 되며, 타자와의 관계에서 생명성을 획득한다. 또 호명(呼名)하는 행위는 '초혼(招魂)'의 행위와 같은 것으로 단순히 한 인물을 회상하거나 추억하는 것으로 끝나는 일회적인 행위가 아니다. 공동체에 귀속됐던 모든 사람들과 일체의 체험을 공유하는 것을 의미한다.

16 성인과정의 세 단계는 '고통'과 '죽음'과 '재생'이다. 『관촌수필』에서 고통은 근대화로 신음하는 농촌의 훼손된 모습이고, 이 훼손된 고통의 모습이 보다 확장된 죽음으로 이어진다는 데 그 심각성이 있다. 확장된 죽음은 이러한 현실이 그 자체로 끝나는 것이 아니라, 공동체 구성원들의 정서와 가치 그리고 그것을 감싸고 있는 환경까지 훼손한다는 점에서 유기체의 단절을 의미한다.

분만이 진실로 육친이요 조상의 얼이란 느낌을 지워 버릴 수 없는 거였고, 또 앞으로도 길래 그럴 것 같이 여겨진다는 것이다. 받은 사랑이며 가는 정으로야 어찌 어머니 위에 다시 있다 감히 장담할 수 있을까마는, 그럼에도 삼가 할아버지 한 분만으로 조상의 넋을 가늠하되, 당신 생전에 받은 가르치심이야 말로 진실로 받들고 싶도록 값지게 여겨지는 터임에, 거듭 할아버지의 존재와 추억의 조각들을 모든 것의 으뜸으로 믿을 수밖에 없던 것이다. (『관촌수필』, 7~8)

이문구에게 할아버지의 존재는 왕소나무와 등가이며, 인격 형성의 절대적인 영향을 끼친 가장 가까운 혈육이다. 이문구가(家)의 비극적 가족사 탓이긴 하지만, 부모가 생존해 있을 때에도 할아버지의 손자에 대한 사랑은 각별했다. 부모의 역할을 할아버지가 대신했다. 일반적으로 할아버지가 손자에게 올바른 훈육을 가르칠 수 있는 것은 '거리 설정'을 잘하기 때문이다.

아버지와 어머니의 자식에 대한 사랑이 직선적이며 소유적인 관계라면, 할아버지와 할머니의 손자녀(孫子女) 사랑은 에돌거나 은유적인 넉넉한 사랑이 특징이다. 부모보다는 한 아이의 인격을 객관적이며 자율적 존재로 인정한다. 『관촌수필』에서 할아버지가 손자인 나(이문구)에게 집념하는 것은 할아버지의 자식이자 나의 아버지가 자신의 정신세계로부터 일탈했기 때문이다. 가부장제의 유교적 가치관이 지배적인 할아버지와 사회주의의 이념에 경도되었던 아버지는 그 추구하는 세계관이 근본적으로 다르다. 이것은 인간을 대하는 태도에서 극명하게 나타난다. 할아버지는 상·하의 주종관계의 중시로, 아버지는 인간이 신분의 차별 없이 평등하게 사는 수평적 인간관으로 나타난다.

할아버지는 자기 품을 벗어난 아들을 체념하는 대신 손자인 이문구에게 강한 애정을 쏟는다. 그러나 '두 볼 자손 더 귀엽다'는 속담에서 알 수 있듯이 할아버지가 손자인 이문구에게 집념하는 까닭은 인간의 본능에 연유한 측면이 강하다. 즉 종족보존본능이 1대만 확인되는 자식에 비하여 2대까지 확인이 되는 손자에 대해서 기대와 애정이 훨씬 강하게 표현되는 것이다.[17] 할아버지와 이문구의 관계는 이러한 중층적 관계이다.

아버지는 어떤 면에서 보면 할아버지보다 더 완고한 구석이 없지 않았던가 싶다. 곁들여, 할아버지에게 부족했던 도량과 포용력을 넉넉하게 갖춘 사람이었다. 그것은 지하 조직을 전문으로 했던 당시로서는 매우 적합한 처신책이며 처세술이었을 것이었다. 그러나 자식들에 대한 훈육만은 서슬이 퍼렇게 냉엄했다. 뿐만 아니라 세 고을(보령·서천·청양)의 지하당을 창설하고 이끌었던 책임자로서 하루도 편할 날이 없었음에도, 매사에 지극히 의연하고 여유 있고 묵중한 자세로 일관하고 있었다. 나는 그런 아버지를 늘 어려워하고 있었다. 두려워하고 있었다고 해야 옳을 지도 모른다. 소문난 달변가이면서도 집안에서는 늘 과묵한 성격이었고, 그런 과묵과 침착 냉정한 거동이 느껴질 때마다, 나는 인자함이나 너그러운 관용보다는 위엄과 투지를 엿보이면서 방구석의 재떨이 마냥 움츠려들기만 했던 것이다. (『관촌수필』, 45~46)

어린 이문구에게 아버지는 감히 범접하기 어려운 외경(畏敬)스런 존재다. 할아버지처럼 육친의 정을 내려 받을 수 있는 관계가 아니다. 그의 아버지가 사회주의 이념에 경도되어 대외적인 활동에 전념 한 탓에 자식에 대한 사랑도 애잔한 섬세함보다는 한 인격체로 강하게 키우기 위한 뜻이 있었던 것으로 보인다. 그러나 유년의 시기는 이러한 아버지의 내

---

17 정종진, 「이문구 소설의 선비정신 연구」, 『국제문화연구』 제20집, (청주대 국제협력 연구소, 2002), 181쪽.

면화된 의도를 느낄 정도로 세계와 소통하는 데 한계가 있다. 이것은 후일 이문구가 가족임에도 불구하고 아버지를 육친의 그리움보다 타자적 존재로 인식하는 요인으로 작용한다. 아무튼 이문구의 아버지의 대한 외경스러움은 아버지를 초월하고자 하는 극복의 마음과 아버지에 대한 사랑의 갈증을 할아버지에게 푸는 것으로 복잡하게 나타난다.

> 원, 아이 손마디가 이렇게 무뎌서야……천상 연장 들고 생일이나 헐 손이구나……아, 그 섬뜩하던 순간을 어찌 잊으랴. 아버지는 단 한 마디, 할아버지 귀에도 안 들렸을 만큼의 한탄 아닌 푸념을 했건만 나에게는 뇌성벽력이나 다름없는 거였다. 내가 정신을 되찾았을 때 아버지는 이미 자리를 뜨고 없었다. 밖에서 손님이 찾는 소리가 났던 것도 나는 못 알아들었던 것이다. 나는 그처럼 무색하고 무안할 수가 없었지만, 우선은 호구를 벗어난 듯한 안도감에 부랴부랴 안방으로 달아나 버렸었다. 그때 찾아왔던 그 낯선 손님 또한 두고두고 얼마나 고맙게 여겨지던지.
> 나는 남다른 재주를 못 타고난 자신이 죽고 싶도록 부끄럽고 원망스러웠다. 치욕이요 망신이었다. 아버지는 그 날 이후 두 번 다시 내게 글씨를 가르치고 싶지 않은 모양이었다. 그러나 나는 아무도 모르게 헌 신문지를 어두컴컴한 골방 구석에 쌓아놓고 앉아 몇날 며칠을 거듭거듭 연습했었다. 수치와 모멸을 만회해야만 살겠던 것이다. (『관촌수필』, 47)

이문구가 아버지에게 느낀 점은 무서운 '공포의식'이다. 정상적인 부자 간의 관계에서 붓글씨를 제대로 쓰지 못한 것이 아들에게 자존심의 상처라든가 흉이 되지는 않는다. 그런데 이문구는 아버지 앞에서 보였던 자신의 무능함을 치욕과 망신으로 생각한다. 이런 무능함을 만회하고자 아무도 모르게 헌 신문지를 어두컴컴한 골방 구석에 쌓아 놓고 몇날 며칠을 거듭거듭 연습한다. 아버지의 존재를 자신의 분신이자 보호자라는 '바람막이'로 여기는 것이 아니라, 잠재의식적으로 동등한 자격을 가진 동성으로서 인식하고 있다. 이문구는 아버지에게 오이디푸스 콤플렉스를 갖는다.

한 손으로 주안상 가장 자리를 두들겨가며 앉아서 노래하는 어른, 코와 눈이 그렇게 크고 음성 또한 굵직한 신사, 그이는 아버지였다. 나는 가슴이 벅차올라 숨조차 제대로 쉴 수가 없었다. 황홀하기도 하고 의심스럽기도 하여 얼마를 두고 뚫어지게 바라보았으나 분명 아버지였다. 당신으로서는 도저히 있을 수 없는 일에 도취된 모습이기도 했다. …(중략)… 다시 한 번 뜻하지 않는 일이 벌어졌음이니 그것은 아버지가 일어나서 어깨춤을 추기 시작한 거였다. 그때까지 내가 알고 있던 아버지는 그렇게 평범한 사람이 아니었다. 할아버지 앞에서는 항상 무릎 꿇고 조아려 공손하기가 몸종과 다름없었지만, 처자 앞에서는 단란하고 즐거워 웃더라도 결코 치아를 내보인 일이 없게 근엄하되, 한내천 백사장에 강연장이 설치되면 뜨내기 장돌뱅이까지도 전을 걷어치울 정도로 수천 군민이 모여들게 마련이었으며, 산천이 들렸다 놓는다 싶게 불 뿜듯 웅변을 했는데, 그때마다 청중들로부터 청중보다 더 우렁찬 환호와 박수갈채를 얻고 당신을 알고 있던 모든 사람들한테 선생님이란 경칭을 받았던, 저 만치 멀리로 건너다보이며 어렵기만 한 사람이었다. 어디 그럴 법이 있을 수 있단 말인가. 남의 집 울 안 출입에 노래가락과 어깨춤……신기함과 경이로움을 주체하지 못해 나는 몹시 당황했지만 그러나 그런 거북스러움은 슬멋슬멋 가셔지고 있었다. (『관촌수필』, 172~173)

아버지의 예기치 않은 인간적인 모습은 이문구로 하여금 아버지를 이해할 수 있는 소통의 근거를 마련했다는 점에서 의미가 있다. 근엄과 경외의 대상이었던 아버지의 모습은 장삼이사(張三李四)의 평범한 사람들과 다름이 없다.

위의 장면에서 할아버지의 유교적인 윤리관과 아버지의 민중적인 윤리관의 차이점을 발견한다. 아버지의 이 같은 행위는 천성적인 낙천적 성격에서 연유된 것이 아니다. 자신의 이념에 부흥하기 위하여 신념에 따른 전략적인 행위이다. "나중에 안 일이지만, 어머니에게 평생 처음으로 보인 일이란 그날 밤에 아버지가 손수 행한 바를 모두를 말함이었다. 귀로에 한 쪽 발을 헛디뎠던 일도 그 중에 포함되어 있었다. 아버지의 양말 한 짝이 마당가 우물 도랑물에 젖어 있었다는 것이다. 어쨌든 그날 밤에 있었던 아버지의 거동은 오랫동안 여러 동네의 큰 화젯거리였을 줄 안다. 모두들 처음이여 아울러 마지막일 터임을 미루어 볼 줄 알았기 때문이었다."[18] 그의 아버지는 이념의 특성상 조직을 비밀에 부쳐 은밀하게 활동해야 할 책임을 맡고 있는 위치에 있었기 때문에 자신에 대해서는 엄격한 사회적 책임을 적용했다. 이러한 환경이 결국 자신의 가족들과의 관계에서도 예민한 경직성으로 나타난다.

2) 식구(食口)에 대한 그리움

이문구의 『관촌수필』에 등장하는 인물들은 사회적으로 성공한 부류의 지위에 있는 사람들이 아니다. 하나같이 세태의 파고(波高)에 예민하게 반응하며 상처받는 필부필부(匹夫匹婦)들이다. 이들은 사회적 변혁의 주체도 아니고 소설적 전형성을 보여주는 문제적 개인도 아니다. 그럼에도 작가는 그들의 생김 그대로를 그리는데, 이는 무엇보다도 그들이 실재한 사람들이기 때문이다.[19] 본고는 이문구의 소설 『관촌수필』에 등장하는 이러한 인물들을 식구(食口)[20]라는 일반명사로 규정을 하고 논의를 전개

18 이문구, 앞의 책, 173쪽.
19 이만교, 「이문구 소설 연구」, (인하대 박사학위논문, 2004), 35~36쪽.

하려 한다.

일반적으로 소설에 등장하는 인물은 주동인물과 이에 대응하는 반동인물이 사건의 전체적인 흐름을 이끈다. 특히 반동인물은 자신의 의지와는 무관하게 그의 행동 하나 하나가 주인공의 캐릭터를 전경화 하는 데 중요한 역할을 한다. 이러한 목적은 작가가 독자에게 대조 감정을 불러 일으키기 위해 의도적으로 설치한 문학적 장치 때문이다. 이러한 이유로 이문구의 『관촌수필』에 등장하는 인물들은 반동인물일지라도 기본적으로 작가의 따뜻한 시선을 받는다. 『관촌수필』이 고향이라는 자족적 공간에 대한 기행과 회고를 바탕으로 쓴 작품이기 때문이다.

『관촌수필』의 이야기의 전개 과정은 작가의 혈족을 회억(回憶)하거나 호명하는 행위가 주변 인물들로 옮겨지면서 확대된다. 이는 공동체적 삶의 희구(希求)로 이어진다는 점에서 의의를 가진다. 대부분의 등장인물도 현대의 삶에 각성을 갖게 하는 요긴한 인물들이다. 급속한 산업화로 사라진 우직하고 인정스러운 인물들을 호명하여 현대적인 삶의 가치에 경종을 울리고 있다. 옹점이와 석공, 신현석, 복산이, 대복이 등이 바로 그런 인물들이다. 이들 중 가장 전통적인 가치를 함유하고 있는 인물은 '옹점이'와 '석공 신현석'이다. 이문구가 이들을 회억하는 것은 물신화된 현대의 삶을 치유할 수 있는 대안적인 인물이기 때문이다. 옹점이와 석공 신현석은 삶의 건강성과 낙천성을 겸비한 인물이다.

---

20 '식구'의 사전적 의미는 "같은 집에서 끼니를 함께 하며 사는 사람"이다. 이는 혈연적인 의미로 그 뜻을 국한하는 '가족'과는 다른 의미이다. '식구'의 구성원이 될 수 있는 것은 혈연을 바탕으로 한, 가족이 아니어도 일정기간 동안 함께 기거하며 끼니를 같이 먹는 관계면 누구나 식구가 성립된다. 전통시대에는 한 지역 공동체에서 오랫동안 지리적 공간적으로 동일한 문화와 관습을 공유하고 소통하며 살았기 때문에, 같은 집에서 끼니를 함께 먹는 관계가 아니어도 넓은 의미에서 식구라는 '가족유사적'인 공동체의 의미로 쓰였다. '같은 밥을 먹는다'는 뜻이 아직까지도 우리사회에서 강한 결속력과 연대감을 상징하는 것은 시사하는 바가 크다.

그런 경황이었음에도 불현듯 옹점이를 생각했던 것은, 물론 갈래갈래로 여러 가닥이 난 감회가 뒤섞인 데다. 서른이 넘은 나이가 무색하게 너무 감상에 젖어 있었기 때문일 것이며, 가슴에 서려 멍울졌던 회포와 더불어 그리움이 움튼 추억이었을 지도 몰랐다. 그녀는 나보다 10년이 위였지만, 노상 동갑내기처럼 구순하게 놀아주었으며, 내가 아망을 떨거나 핀잔 듣고 토라져 우울해하며 자기 신세를 볶을 적에도 언제나 한결같이 감싸주었고, 즐거움과 스산함을 함께 나눠 갖는 든든한 보호자 역할도 겸하고 있었다.

어딘가 션찮거나 무슨 일로 부르터서 밥먹기를 거부하면 덩달아 숟갈을 들지 않았고, 앓아 누워 약 먹기 싫다고 몸부림치며 울어대면 약 종발을 든 채 그 큰 눈이 눈물에 젖으며 함께 아파하기를 마지않던 그녀였다. (『관촌수필』, 65~67)

고향의 모습이 눈에 들어오자 가장 먼저 떠올랐던 인물이 '옹점'이다. 이문구에게 고향과 등가적인 것은 할아버지와 왕소나무가 있지만, 혈족이 아닌 인물 중에서 혈족과 동등한 그리움의 대상이 옹점이다. 오히려 옹점이는 이문구에게 어머니와 누나의 역할을 대신해 주는 인물이다. 옹점이는 천성적으로 공명(共鳴)과 감응(感應)을 할 줄 아는 인물이다.

어머니의 걱정처럼 그녀는 오종종하거나 소갈머리 오죽잖은 짓을 가장 싫어했고, 남의 억울한 일에는 팔뚝을 걷어붙이고 나서서 뒵들어 싸워주며, 부지런하려 들기로는 남보다 뒤처짐이 없었던 것이다. 대소간에 대사가 있을 때마다 그녀가 징발됐던 것도 남의 집 뒤수쇄에 뛰어난 능력을 보였음이니, 온갖 일의 들무새요 안머슴이었던 것이다. (『관촌수필』, 75)

『관촌수필』에 등장하는 인물 중에서 옹점이가 가장 입체적이며 역동성 있는 발전적 인물이다. 자신이 처한 환경을 체념을 통해서 극복하는 것이 아니라, 자신의 의지에 의해서 삶을 변화시키는 인물이다. 오지랖이 넓고 능청스럽기까지 하다. 옹점이의 삶의 주체적인 변화는 약장수를 따라다니며 '가수'가 된 점에서 절정에 이른다. 옹점이의 성격은 태생적인 '틀'로 규정할 수 없다. 가부장제의 유교적 지배질서에서 여자의 능동적인 삶이란 규범성을 벗어난 것으로 치부되기 때문에 비난의 원인이 되며, 평범하게 한 가정을 일구는 보수적 삶을 최상의 덕목으로 여긴다.

이 같은 환경에서 옹점이의 변신은 필연적인 성격을 띤다. 이것은 옹점이가 미래에 처하게 될 자신의 사회적 신분의 고하를 막론하고 자기의 삶을 주체적으로 선택했다는 점에서 근대적인 성격을 가진 인물이다. 평범하고 안락한 '여성으로 살기'를 포기하고 '인간으로 살기'를 선택한 삶이기에 역동적이며 주체성을 가진다. 옹점이를 제외한 인물 중에서 이문구가 특별히 애착을 갖는 인물이 '석공 신현석'이다. 신현석에 대해서는 육친보다 더 친밀한 혈육적 그리움을 갖는다. 옹점이와 함께 이기적이며 개인주의적인 현대적 인간관을 극복할 수 있는 인물이다.

> 7월 삼복 땡볕 아래의 남의 무덤을 파고, 8월 장마 궂은 밤비 속에서는 갓난애 무덤을 꾸려냈다. 동네에서 죽은 어린애 관은 거의 석공 혼자서 지고 올라가 매장해 주기 일쑤였던 것이다. 들으나마나한 공치사 몇 마디 외에 아무런 보수도 없던 일을, 마치 그런 일에 봉사함만이 자기의 직분이며 도리인 것처럼. 수술하다 목숨을 거둔 피투성이 이웃 송장도 혼자 업어 나르고, 술 취해 장바닥에 자빠진 사람은 도맡아 구완해주기를 일삼고 있었다. 상한 시체 염을 해주고, 묵은 산소 면례가 있어 파분이 되면, 썩은 관을 먼저 뜯어내던 이도 맡아 놓고 석공이었다. (『관촌수필』, 188)

이문구가 석공에게 육친적 그리움을 갖는 이유는 그가 살신성인하는 완전한 인간상을 보여주고 있기 때문이기도 하지만, 자신의 가계와 특별한 관계를 갖기 때문이다.[21] 석공은 옹점이와 달리 자기 삶에 대한 주체적인 성격을 보여주지 못한다. 오히려 석공이 사람들과 맺는 관계는 봉건적인 주종관계로 볼 수 있기 때문에 근대성이 결여된 인물이라고 할 수 있지만, 현대인의 마음속에 이상적으로 존재하는 인물이다. 전통적 삶의 관점에서 본다면, '인(仁)'[22]한 사람이다.

> 여관이 워느 쪽에 더러 있다? 석공은 나더러 묻고 말했다. 더웁구 물컷 있구 허니, 잠은 여관에 가 널찍허게 잘라네야
> 듣던 중 별소리라며 온 가족이 말렸지만 그네들도 고집을 누그릴 기색이 아니었다. 나는 그네들을 저만큼 큰길 앞까지 따라나가 안내했다. 여관이 정해진 것을 보고 돌아서는 내 귀를 불러 석공은 이렇게 속닥거렸다. 자네 서운하게 생각 마소. 우리는 연태까장 객지 나와 여관잠을 한 번을 못자봤거든…… 실은 오늘 저 여편내 원 풀어줄라구 영업집에서 잘라구 허는 게여…… (『관촌수필』, 194)

위의 얘기는 석공이 서울에 올라와 종합진찰을 받은 뒤 병원에서 가까운 이문구의 집에서 유(留)하기를 거부하는 장면으로 석공의 인품을 단적으로 보여 준다. 석공의 인간에 대한 자세는 '관계'라는 구분을 거부한다. 모든 일을 자신의 일로 생각하기 때문에 가능한 성품이다. 보상적인

---

21 "헤아려보면 석공은 삼대(三代)에 걸쳐 우리 집안의 불행들을 뒤치다꺼리한 셈이었다. 할아버지로부터 나의 동기까지, 그의 비명(非命) 및 천수(天壽)에 의한 별세(別世)를 지켜보았고 아울러 신후(身後)의 휴게처마저 자기 손으로 치장해 주지 않았던가." 이문구, 앞의 책, 192쪽.

22 "인한 사람은 자기가 서고자 하면 남부터 서게 하고, 자기가 뜻을 이루고자 하면 남부터 뜻을 이루게 한다. 가까이 자기에게서 미루어 남까지 이해하는 것이 바로 인의 방도라 할 수 있다." 夫仁者, 己欲立 而立人, 己欲達 而達人. 能近取譬, 可謂仁之方也已. 김학주 역주, 『논어』「옹야편」, (서울대학교출판부, 2003), 226~227쪽.

반대급부는 애초에 존재하지 않는다. 그동안 이문구가(家)에 대한 희생적 헌신에 비추어 본다면, 당연히 하룻밤 정도로 유할 수 있는 것이 인지 상정이지만 석공은 이것마저도 거부한다. 폐를 끼치고 싶지 않기 때문이다. 오히려 거두절미 사양하는 것이 상대방에 대한 예의가 아니라고 생각하여 '여관 경험이 없는 아내에게 도회 문명의 맛을 보여 주기 위함'이라고 말하는 장면에서 상대방에 대한 따뜻한 인간적 배려를 느낀다.

이문구는 이들 두 인물 외에 소위 부정적이라고 할 수 있는 인물들에 대해서도 따뜻한 시선을 고정시킨다. 솔이 엄마와 학로(솔이 아빠)의 행동에 대해서도 그들을 비난하기에 앞서 독자들에게 그렇게 만든 환경적 요인을 생각하게 한다. 징집을 피할 요량으로 방구석에서 생활하는 남편과 이런 남편 대신 생활 전선으로 뛰어 들어 거친 세파와 싸워야 하는 솔이 엄마 모두 시대적 환경의 피해자들이다. 결국 솔이 엄마의 외도와 학로의 의처증으로 솔이 엄마가 가출을 하면서 파국을 맞게 되지만, 이문구는 이들의 파행적 삶에 대하여 담담하게 증언할 뿐이다. 인간성의 극한을 보여 주는 전쟁의 참화 속에서 온전한 삶의 조건을 기대한다는 것은 애초부터 불가능한 것임을 알기 때문이다.

4. 결론

본고는 이문구가 그의 소설 『관촌수필』에서 '떠남'과 '돌아옴'의 과정을 통하여 고향을 재인식하고, 화해롭던 고향의 기억을 통해 현재성의 의미를 재구하는데 초점을 두고 연구했다. 이문구의 『관촌수필』은 감상적인 회고주의적 성격을 가진 것으로 평가받는 일면도 있지만, 이후의 소설들에서는 근대화와 산업화의 파고 속에서 현실적으로 훼손된 농촌의 모습을 그리고 있기 때문에, 『관촌수필』은 이문구가 심상적으로 존재하는 고향에 대한 마지막 '기행적 성격'을 갖는 작품이다. 이러한 기행은 현실적으로 변해버린 고향을 정면으로 응시하고 사실로 수용해야 하는 '자기 응시'의 아픔을 전제로 한다.

'자기 응시'는 자신의 근원적인 존재를 되묻는 실존적 행위로 용기가 필요한 일이다. 이러한 자기 탐색의 행위를 통해서 이문구는 역설적으로 과거의 상처를 건드리어 덧내 치유의 해결책을 모색한다. 상처를 덧내는 데 대상화되는 소재가 '왕소나무'와 '집'이다. 왕소나무는 누대 혈족의 명징성과 윤리성을 상징하는 이념적 의미를 갖고, 집은 가까운 혈족의 현실적 삶을 경계 짓고 보호해 주는 가족적인 인정미를 상징한다.

'고인을 호명하며 현재화'하는 작업은 할아버지와 아버지 등 '혈족에 대한 애증'과 이문구의 가계와 관련된 '식구(食口)'에 대한 그리움'을 대상으로 한다. 할아버지는 아버지보다 더 강렬한 흡입력으로 자신을 견인한 정신적 지주이다. 이에 비해 아버지는 사회주의자의 냉철한 이성과 금욕적인 생활 철학으로 무장한 경외의 인물로서, 이문구는 아버지에게 오이디푸스 콤플렉스의 심리 상태를 보인다.

'식구에 대한 그리움'은 이문구 가계와 근친적 관계에 있는 인물들이며, 대표적으로 옹점이와 석공 신현석 등이 있다. 이들은 강한 현재적 요청이 있는 인물들이며, 개인주의가 만연된 현대에 복원해야 할 인물들로 그려진다.

이렇게 70년대는 산업화 근대화로 농촌공동체가 급속히 해체되어 가던 시절이었다. 이문구는 『관촌수필』을 통해서 유년의 추억이 깃든 '관촌'을 기행하며, 훼손된 고향의 모습을 목도하고 비감해 하지만 바로 현실을 직시한다. 이러한 현실 직시는 이문구가 앞으로 천착하게 될 소설의 재료가 자본화된 농촌의 현실에 있음을 짐작케 한다. 『관촌수필』의 문학적 의의는 고향 상실의 회고적 잔상에 오래 머물러 있지 않고 변해버린 고향의 모습을 수용하며, 새로운 시각으로 고향을 바라보는 건강한 관점을 제공했다는 데 있다. 이제 모태적 공간으로서의 고향은 심상적으로만 존재한다. 농촌의 자본화가 현실이 되었기 때문이다.

참고문헌

가스통 바슐라르, 곽광수 옮김, 『공간의 시학』, 동문선, 2003.

김준오, 『시론』, 삼지원, 2003.

김정숙, 『한국현대소설과 주체의 호명』, 역락, 2006.

김정아, 「이문구 소설의 토포필리아 연구」, 충남대 박사학위논문, 2004.

김학주, 『논어』, 서울대학교출판부, 2003.

박태순, 「농촌 현실과 농민 문학」, 『대학문화』 6, 서울시립대학교, 1982.

송희복, 「남의 하늘에 붙어 산 삶의 뜻」, 『작가세계』, 겨울호, 세계사, 1992.

유종호, 「한국소설과 농민」, 『고대문화』 19, 고려대, 1979.

이경숙, 『완역 도덕경』, 명상, 2003.

이만교, 「이문구 소설 연구」, 인하대 박사학위논문, 2004.

이문구, 『관촌수필』, 문학과지성사, 1991.

이효덕, 박성관 옮김, 『표상공간의 확대』, 소명출판사, 2002.

정종진, 「이문구 소설의 선비정신 연구」, 『국제문화연구』 제20집, 청주대 국제협력연구소, 2002.

이문구와 이문열 소설의 유교의 휴머니즘 연구
―이문구의 『관촌수필』과 이문열의 『그대 다시는 고향에 가지 못 하리』를 중심으로―

1. 서론

7, 80년대 한국현대소설에서 작가가 작품에 현실을 담아내는 방법은 편의상 두 가지의 유형으로 분류할 수 있다. 첫째, 산업화의 개발논리에 의해 소외와 하위주체로 전락한 음영(陰影)적 가치들의 초점을 맞추는 유형과, 둘째, 산업화로 확장된 삶의 다양한 모습과 인간 의식들을 형상화하는 유형이다. 이문구는 전자의 가치에 중심을 두었고, 이문열은 후자의 가치에 중심을 두었다. 이들이 7, 80년대 한국현대소설에서 문단의 중견으로 자리를 잡은 이유도 이러한 한국현대소설의 일반적 형상화의 유형을 일관되고 깊이 있게 천착했기 때문이다. 산업화로 파생된 한 세대의 변화를 증언하는데 각자의 자리에서 고향과 전통적 삶에 대한 가치를 충실하게 '역할분담'[1]을 한 셈이다. 역할분담의 내재적 동력이 '유교정신

---

[1] 이문구의 소설은 공동체의 붕괴를 촉진한 근대성 비판으로 나타나지만, 이문열의 소설은 근대성의 비판보다는 복고적 회고주의와 개인사에 초점을 둔 귀족적 상고주의에 대한 동경으로 나타난다.

의 구현'이며, 이는 곧 상실된 '고향'의 재발견 혹은 지향성으로 이어진다.

이들에게 고향은 근대에 의해 지체되었던 전통적 삶에 대한 향수(鄕愁)를 유교주의를 통해서 현재화하는 공간이며 대상이다. 전통적 삶 자체가 유교주의를 배경으로 하고 있기 때문에, 두 작가에게 있어서 유교주의는 고향의 의미를 찾는 수단이자 목적이라고 할 수 있다. 이러한 인식은 물질화된 현대사회에서 유교주의가 더욱 유용하다는 믿음을 기초로 한다. 이들에게 고향은 '사라진 것들에 대한 그리움'이며, 그리움의 진폭은 그것들이 존재했던 '땅(고향)'에 대한 '일체의 것'들을 포함한다. 또이 공간은 '비동시성의 동시성'[2]의 폐해가 가장 극심했던 공간이기도 하며, 이러한 원인을 제공한 것이 근대화와 산업화이다.

이들은 물질의 포만과 팽창으로 채울 수 없는 여백을 전통적 삶의 가치를 회억하는 것으로 충족하고 있다. 급격한 산업화로 고향은 더 이상 자족적인 공간으로써의 의미를 상실하고 물질화 된다. 작품 곳곳에서 두 작가는 근대적 가치[3]의 유입에 대한 부정과 회의를 제기한다. 이들의 이러한 논리의 이면에는 서구주의가 가져 온 개인주의와 물질의 탐닉에 대한 부정적 인식이 자리한다. 근대의 전제 조건으로서 전통단절론자들이 절연(絶緣)의 변(辯)으로 내세웠던 유교적 가치에 대한 근본적 성찰이 제고되어 있다. 일명 '유교 바로 보기'라고 할 수 있다.

---

2 박명림, 「근대화 프로젝트와 한국민족주의」, 역사문제연구소 편, 『한국의 '근대'와 '근대성' 비판』, (역사비평사, 1996), 311쪽.

3 일반적인 역사발전의 단계에서 근대적인 가치는 서구주의를 의미한다. 여기에는 직선적인 서구의 역사관과 역사는 진보하는 것이라는 그들의 논리가 내재되어 있다. 그러나 동양의 전통사상에서 역사는 순환론적인 관점으로 파악하여 서양의 직선적인 역사관과는 근본적으로 다른 가치 의식을 갖고 있다. 즉 무의식중에 근대는 서구의 대타적이며 종속적인 관계로서의 의미를 가지는 것이기 때문에 근대의 성격을 규정하는데 예민하다. 이러한 제 문제를 염두에 두면서, 본고에서는 근대의 개념을 서양의 직선적인 역사관에 기초한 것으로 논의를 전개하고자 한다.

유학이 시대의 흐름에 탄력적으로 대응하지 못하고 낡은 인습에 안주하여 스스로 자생과 갱신의 길을 포기한 결과 혹독한 외부의 비판에 직면했던 것은 사실이다. 그러나 문명의 편리성이 가치의 효용성을 제고시켜 주지는 못했다. 오늘날 도덕과 윤리의 상실을 말하고, 그것을 회복하는 수단으로 인간적인 유대감을 말하는 현실은 여전히 사람과의 관계망을 소중히 여기는 유교적 가치가 유용하다는 것을 반증하는 것이다.

한국근현대소설에서 근대의 수용은 유교주의와 결별로 시작되며, 이광수의 『무정』을 필두로 하여 진행된다. 이렇게 부정된 유교주의가 반세기가 지난 후, 이문구와 이문열에 의해서 향수되고 있음은 우리의 근대의 수용 과정에서 간과했던 정신적 가치가 추수주의로 일관했음을 보여주는 것이다. 근대는 의식주를 해결하는 일차적인 생존의 문제에는 기여를 했지만, 산업화의 정점에서 많은 부정적인 면을 노정시켰다. 대표적인 부정적인 면으로 물신주의와 이기주의를 들 수 있다. 본능적으로 자기현시를 욕망하는 인간의 생리를 인정한다 해도 공동체의 삶의 질서는 남의 이목이 나의 생활을 절제하는 최소한의 도덕·윤리적인 행위의 준칙으로 작용하는 역할을 한다. 공동체의 삶은 욕망을 조절하거나 절제하도록 구성원들 간의 합일이 전제된 사회라는 것이다. 그러나 근대가 가져다 준 산업화의 현실은 공동체의 붕괴로 각자의 삶이 파편화 원자화되어 재래의 공동체의 묵시적인 합의가 더 이상 윤리적 행위의 준칙으로 작용할 수 없게 했다. 근대의 수용은 필연성을 띠는 것이지만, 주체적·자율적으로 취택하여 수용하지 못한 결과이다. 근대의 타율적인 수용은 전통의 창조적인 변이까지를 버려야 할 유산으로 여겨 현대적 의의에 대한 연속성을 위축시켰다.

특징적인 점은 두 작가의 전통적 삶에 대한 역할분담의 차이가 이들이 산업화의 거대 담론으로 파생된 현실을 다르게 조명하는 원인이 된다는 점이다.[4] 역할분담이란 타의에 의해서 강제되는 것이 아니라, 자신의 삶의 내력과 총체성에서 비롯되는 내면화와 정체성의 결과이기 때문에 신념의 결정체라고 할 수 있다. 이문구의 『관촌수필』과 이문열의 『그대 다시는 고향에 가지 못 하리』는 두 작가가 유교주의를 바탕으로 고향이라는 공통적인 공간에 주목을 한 작품이지만, 산업화의 거대 담론을 다루는데 차별적으로 적용되었던 역할분담이 다르게 나타난 작품이다. 이들에게 고향은 공통적으로 바흐친이 말한 크로노토프(chronotope)[5]가 복합적으로 융화된 공간이라고 할 수 있다.

본고에서는 이들 두 작가의 유교의 휴머니즘의 공통성이 작품 속에서 어떻게 다르게 나타나는가에 대하여 논할 것이다. 이들의 차별성은 '양반문화를 회억하는 장면'과 '전통적 인물군의 재생' 그리고 '현실을 대하는 상반된 태도'에서 구체적인 간극을 보인다. 이 간극은 향후 두 작가의 문학적 지향점과 밀접한 상관성이 있다.

2. 양반문화의 회억(回憶)과 자아동일성

이문구의 『관촌수필』과 이문열의 『그대 다시는 고향에 가지 못 하리』[6]에서 양반문화의 회억에는 은성했던 가문과 고향을 상징하는 '객관적 상관물'로부터 시작된다. 객관적 상관물은 소설에서 메타기능을 하는 시(詩)적인 개념으로 특정한 대상과 공간이 개인의식에서 차지하는 독특한

---

4 두 작가의 정신 지향은 유교주의에 바탕을 두지만 이문구는 공동체를 바탕으로 한 인정주의에 경도된 측면이 강하고, 이문열은 현학적이며 교양적 유교주의에 경도된 측면이 강하다. 따라서 작품의 성향도 이문구가 단순 소박한데 비해서, 이문열은 장식적이며 기교에 능한 모습을 보인다.

5 미하일 바흐쩐, 『장편소설과 민중언어』, 전승희 외 옮김, (창작과 비평사, 1988), 260쪽. 문학작품 속에 예술적으로 표현된 시간과 공간 사이의 내적 연관을 말한다.

6 앞으로 인용할 소설의 제목은 편의상 『그대 다시는~』으로 줄여서 쓰겠다.

정신현상이다. 특정한 대상과 공간이 그 주변적 세계를 인지하는데 분리되지 않고 하나의 이미지로 상징화하는 동일성의 영역이다.

그 대상과 공간이 이문구에게는 '왕소나무'이며, 이문열에게는 '어림대(御臨臺)'이다. 화자에게 고향을 규정하는 표징적 대상과 공간은 그 사실성 여부를 떠나 영원성으로 각인 된다. 영원성으로 각인된 대상과 공간은 완전하게 이미지화 되어 신화성을 획득, 고향 혹은 세계의 안위를 관장하는 수호신으로 확장된다. 두 소설에서 화자에게 선택된 객관적 상관물인 왕소나무와 어림대는 그들 가문의 영지(領地)를 지키는 물활론(物活論)적 존재로서의 기능을 한다. 세계를 자아화하여 독특한 의미망을 형성한다. 어떤 측면에서 왕소나무와 어림대는 두 작가에게 페티시즘의 대상이 되어 의미를 확장하는 역할을 한다. 균질적 공간이 파괴되고 경험되는 성현의 의미라고 할 수 있다.[7] 성스러운 공간은 모든 인간의 삶 속에서 엄청나게 중요한 위치를 차지한다. 왜냐하면 성스러운 공간을 통해 인간은 다른 세계, 즉 신적 존재나 조상의 세계와 교통할 수 있기 때문이다.

이와 같은 모든 성스러운 공간은 저 너머의 초월적인 존재를 향한 열려짐을 표상한다.[8] 예컨대 유치환의 시 「울릉도」에서 울릉도, 윤동주의 시 「별헤는 밤」에서 '북간도' 그리고 바스콘셀라스의 「나의 라임오렌지나무」의 '라임오렌지 나무'와 같은 심상의 매개물이다. 이들 대상은 각각 근원적 향수에 대한 그리움을 상징하며 화석화된 실체로 존재하는 것이 아니라, 생물적인 심상으로 궁핍한 현실을 견인하는 역할을 한다.

---

7 성현이란 일반적 경험으로 얻어진 인식에서 비롯된 현상이 아니라 초경험적인 인식으로 각인된 대상과 공간에서 의미화 되는 현상이기 때문에 세계의 균일성과 일상성의 파괴를 통해 드러나는 초월적 인식의 산물이다. 즉 개인 경험의 특별함이 고양된 아우라라고 할 수 있다.

8 M. 엘리아데, 박규태 옮김, 『상징, 신성, 예술』, (서광사, 1991), 191~192쪽.

왕소나무와 어림대는 작가 가계의 내력과 함께한다. 조상의 은덕을 기리는 것을 존재의 근원으로 여기는 전통적인 유가적 가풍의 향촌에서 왕소나무와 어림대는 '봉금(封禁)'의 영역으로 보호하는 신성한 존재이다. 왕소나무의 훼손과 어림대를 범접하려는 외부의 의도를 통해서 고향은 타자화 되며 타자의 원인인 근대와 필연적으로 만난다.

이문구의 왕소나무와 이문열의 어림대는 양반문화를 회억하는 상징적 매개물이라는 공통점을 갖지만, 이들이 작품 속에서 전개하는 고향 문화에 대한 향수는 다르게 나타나는 복선 역할을 한다. 이문구가 왕소나무의 부재에 대하여 "이젠 완전히 타락한 동네구나"라고 탄식하며 고향의 훼손과 왕소나무의 부재를 등가적으로 인식하는데 반해서, 이문열은 어림대의 훼손의 위기를 가문의 단합과 용맹한 친족(교리 어른)의 힘으로 극복했다는 것을 강조함으로써 차별성을 드러낸다.

이런 차이는 두 작가의 전기적인 가계의 내력에 기인하는 것으로 보인다. 이문구의 가계는 분단과 한국전쟁의 와중에서 일패도지(一敗塗地)의 길을 걷지만, 이문열의 가계는 켜가 두꺼운 벌열의 가문 덕분으로 급격한 쇠락의 길은 면하게 된다. 아버지의 월북으로 개인사로는 연좌제의 묶여 여러 제약을 받지만 이문구처럼 혈족의 참화는 경험하지 않는다. 이러한 이유로 이문구가 회억하는 양반문화는 땅과 사람을 바탕으로 한 인정주의9로 형상화되며, 이문열이 회억하는 고향은 방계의 혈족들이 아직도 즐비하여 그 영향력을 미력하게나마 행사하고 있는 토호(土豪)적 고향으로 형상화 된다. 따라서 이문열의 소설에서는 이문구가 고향에서 느끼는 비애보다 귀족적이며 유가적 낭만성이 짙게 슴베여 있다.

---

9 넷째 아들인 그가 갑자기 장남이 되어 버린 참혹한 가계의 비극은 그에게 허무의식을 심어준 것이 아니라, 오히려 인간세계에 대한 존엄성과 온정으로 내면화 된다.

3. 전통적 인물군의 재생

이문구와 이문열의 두 소설에서 전통적 인물 즉, 유교적 가치에 충실한 인물들이 주요인물로 등장한다. 대표적인 인물로는 이문구의 '할아버지'와 이문열의 '정산선생'이다. 근대문화의 유입으로 세상의 풍속이 전래와 다르게 변해가도 이들이 보여 주는 유가적인 근엄한 정신주의는 오히려 더 현학적이며 강고하게 나타난다.

①"세상이 아무리 앞뒤가 옳어졌더래두 가릴 게라면 가려야 쓰는 게여. 생치(生雉)는 양반 반찬이구 비닭이는 상것들이나 입에 대는 벱이니라."
(『관촌수필』, 19)

"그 상것들 자식허구 워치기 한자리에 앉혀놓고 읽힌단 말이냐. 페에엥-"
(『관촌수필』, 38)

② "마을을 아주 떠나던 날까지도 일가 손윗사람이 아닌 이에게는 무슨 경어나 존칭을 써본 적이 없었다. 할아버지의 지시였고 곁에서 배운 버릇이었다. 나이가 직수굿한 어른들한테는 으레건, 김서방, 최서방 하며 성 밑에 서방이란 명칭을 붙여 불렀고, 어지간한 청장년들한테는 덮어 놓고 아무개아무개 하며 이름을 부르곤 했었다. 그것은 동네 아낙네들한테도 마찬가지였었다. 아무개 어머니 아무개 아줌마니 하고, 그 집 아이의 이름을 빌어 썼던 것이다." (『관촌수필』, 23)

위의 ①~②의 인용문에서는 이문구 할아버지와 그의 영향을 받은 손자인 이문구의 지엄한 가문의식이 잘 나타나 있다. 특히 ①에서 할아버지가 비유한 '꿩과 비닭'은 이문구 할아버지의 유교적 신분주의를 상징적으로 나타내는 말이다. 이문구 할아버지의 유교적 정신은 사농공상을 바탕으로 한 강고한 유교적 신분질서의 구별에 있으며, 가문에 대한 무한한 자부심이 현재의 영락한 삶의 현실에서도 이를 초연하게 극복할 수 있는 원동력으로 작용한다. "부디 족보만은 잘 간수해야 허느니라……" 라고 말한 할아버지의 유언에서 그의 유가적인 혈통주의를 확인 할 수 있다. 이문구의 할아버지가 개인사적인 가문의 안위에 진력한 사람인데 비하여, 정산 선생은 유교적인 안목과 깊이가 있는 인물이다. 보다 사회적이며 역사적인 인물이라고 할 수 있다.

① "장부 한 번 뜻을 세우면 오직 그 뜻을 향해 나아갈 일이다. 만약 세상이 받아 주지 않으면 물러서서 때를 기다릴 일이다. 기다려도 때가 오지 않으면 그대로 조용히 늙어 죽을 일이다…….
무릇 문사(文事)에 일향호착(一向好着)함은 장부의 뜻을 빼앗는 법, 눈 앞의 작은 이익과 헛된 이름에 미혹되어 큰 뜻을 버리고 매문(賣文)하는 도배를 나는 가르친 적이 없다……." (『그대 다시는 고향에 가지 못 가리』, 48)

② "비록 바다 건너 기약 없는 몽진(蒙塵)이지만, 그래도 일편 옥엽(玉葉)이 남아 있다는 것은 신자(臣子)된 자의 큰 위로였다. 그런데 마지막 옥엽이 떨어졌다. 나는 오백 년 사직을 위해 울고, 외롭게 남은 나를 위해 울었다. 이제 내가 기약했던 날은 영영 오지 않는다. 그 날 이후 내 유일한 기다림은 빨리 늙어 죽는 것뿐이다." (『그대 다시는~』, 52)

정산 선생이 기거하는 곳은 '청려(靑藜)'라는 당호(堂號)를 가진 집이다. 청려란 당호는 '명아주 지팡이에 불을 지펴 어두운 세상을 밝혔다'는 고사에서 따 온 것이다. 이는 정산 선생이 사사로운 개인을 떠나 대의명분에 입각한 인품을 지닌 인물이라는 것을 의미한다.

①에서는 "궁색하면 홀로 자신을 선하게 하고, 현달하면 아울러 천하를 선하게 한다"[10]라는 맹자의 말이 상기된다. 선비가 뜻을 펼 기회를 얻지 못하면 초야에 묻혀 학문과 수양으로 더욱더 깊이 자신을 닦아 가야하며, 높은 지위에 올라 뜻을 펼 기회를 얻으면 천하를 올바르게 이끄는 것을 사명으로 해야 한다는 것이다.[11] 이런 삶의 자세는 자신의 가치관이 올바로 정립되지 않고서는 취할 수 없는 고매한 태도라고 할 수 있다.

이 같은 자세에는 자신의 역량을 과신하고 출사하여 순리를 역행하려는 불순한 도덕적 비행이 끼어들 여지가 없다. '진인사대천명(盡人事待天命)'이라는 자연의 섭리를 믿고 자신을 갈고 닦을 뿐, 그 결과에 대해서는 시비를 생각하지 않는다. 정산선생의 위와 같은 생각이 위대한 것은 끝내 자신의 능력을 펼칠 수 있는 환경이 조성이 되지 않을 때를 전제로 하고 있기 때문이다. 또 곡학아세(曲學阿世)를 경계하는 경구적인 의미라고도 할 수 있다. 학문이 세상을 구세(救世)하는데 쓰이지 않고 특정한 개인을 위해서 쓰일 때를 경계하는 말이다.

②에서는 일본에 볼모로 잡혀 간 영친왕의 서거 소식을 듣고 정산 선생이 느꼈던 비감이다. 진부하리만큼 낡은 보수적인 생각처럼 들리지만, 의리를 지키는 것을 생명처럼 중히 여기는 선비의 자세를 엿볼 수 있다. 임금을 위한 충성이란 임금 개인에게 예속된 종적 복종을 뜻하는 것이 아니다. 그것은 군신관계로 맺은 의리에 따라 신하로서의 책임을 다한다는 의리정신의 실천이다.[12] ①의 곡학아세(曲學阿世)가 이해관계에 의한 화학적인 결합이기에 종국에는 파멸을 가져 오게 하는 반면 ②에서 임금

---

10 이가원 譯解, 「盡心章句」 상, 9 『공자·맹자』, 한국사상대전집 1, (학원출판사, 1987), 346~347쪽.

11 금장태, 『한국의 선비와 선비 정신』, (서울대학교출판부, 2000), 39쪽.

12 금장태, 위의 책, 73쪽.

과 나의 관계는 인간 개인으로 맺어진 순수한 의리의 관계이기 때문에 이로 인해 파생되는 것들을 상쇄하고 그것 자체로 의미를 가진다. 정산 선생의 생각은 근왕주의에서 뚜렷하게 나타난다. 이외에도 이문열의 『선택』에 등장하는 장씨 부인[13] 등도 정산 선생과 같이 이문열의 가문과 귀족적 벌열주의를 대표하는 범주의 인물이라고 할 수 있다.

> 이 백성이 어찌 이리 경조부박(輕佻浮薄)하단 말이냐? 양왜(佯倭)의 침노로 왕홀(王忽)을 빼앗긴 나라가 어찌 우리 조선뿐이란 말이냐. 안남도, 캄보디아도, 라오스도 그랬지만 광복이 되자 일단 그들은 왕정(王政)을 복고시켰다. 그 다음 왕가가 자진해서 왕권을 백성에게 되돌렸건, 혁명에 의해 쫓겨났건 우선은 계승자를 왕위에 올렸다.[14] (『그대 다시는~』, 49)

망국의 책임론에서 자유로울 수 없는 왕조임에도 불구하고 그 왕조를 부활시키는 것이 순리라는 정산 선생의 생각은 단순한 복벽주의(復辟主義)를 넘어서는 것으로써, 그의 역사 인식이 결코 예사롭지 않음을 보여준다. 타의에 의해 인위적으로 끊긴 왕조의 역사이기 때문에 광복은 이에 대한 복고적인 절차로부터 시작되어야 한다는 것이다. 이것이 전제가 될 때, 앞으로 펼쳐질 다른 체제의 역사에서도 연속성이라는 역사적 대의명분을 유지할 수 있기 때문이다. 정산 선생의 얘기는 '한시성(限時性)'

---

13 『선택』은 페미니즘 소설이 주류를 이루는 시점에 이문열이 계간지 『세계문학』에 발표한 작품으로 이문열의 13대 할머니 정부인 안동 장씨의 인생을 모델로 쓴 작가의 가부장의식이 그대로 드러난 장편소설이다. 시대가 달라져 양성평등이 현실화되고 있는 사회상을 호의적으로 받아들이지 못한 작가는, 여성들이 본분을 수행하지 않고 목소리만 커진다고 판단하고 현대여성들에게 본보기가 될 만한 여인상을 역사 속에서 발굴하여 제시하고자 했으나 의도와는 달리 페미니즘을 둘러싼 논쟁과 함께 논란을 불러일으켜 발간과 동시에 한동안 화제의 중심에 서게 되었다. 김미옥, 「이문열 소설 연구」, (성신여대 박사학위논문, 2005), 101쪽.
14 이문열, 앞의 책, 49쪽.

을 전제로 왕조의 해체 과정을 합리적 절차에 따라 진행한 후, 그 다음은 역사 발전 단계에 따라 백성의 자각된 선택에 따르면 된다는 것을 의미한다. 근대와 함께 유입되기 시작한 민주공화주의적 정치체제는 역사의 거스를 수 없는 대세이기 때문이다. 정치가 돌발변수가 많은 상황적 특수성과 복잡성을 지닌 생물체라는 것을 감안한다면, 정산 선생의 이 같은 생각은 단순하고 순진한 도식적 생각이라 할 수 있다. 그러나 그 이후에 펼쳐진 파행의 근현대사를 생각해볼 때, 이러한 생각을 도식주의자의 고루한 원리주의라고 단정할 수 없게 한다. 정산 선생의 생각은 흑백논리가 지배적인 당시의 사회에서 매우 불온하게 치부될 생각이지만, 한편으로는 현상의 이면을 가로지르는 혜안이라고 할 수 있다. 이문열은 「제1차 광복전쟁사」,[15]에서 고종의 역할을 역사적 사실이 아닌 픽션으로 과대 포장한 전언을 통해 정산 선생의 근왕주의는 곧 이문열 자신의 그것이기도 하다는 것을 분명히 보여 준다.

이 같이 이문구와 이문열에게 할아버지와 정산 선생이 유교정신을 대표하는 상징적인 인물이라면, 다음의 거론 될 인물들은 유교적 인정주의를 대표하는 인물들이라고 할 수 있다. 당대의 유교적인 가치 체제에서는 특별할 것이 없는 필부필부(匹夫匹婦)의 인물들이지만, 현대적 의미에서는 희소성 있는 인물들이기 때문에 시대적으로 유용한 인물이라고 할 수 있다.

---

15 "만약 우리 마지막 임금님께서 자신을 베어가며 새로운 충성의 구심점(求心點)을 마련해 주시지 않았더라면 우리는 갑작스런 권위의 부재로 큰 혼란에 빠져들었을 것이다. 흐지부지 사라져 버린 옛 권위에 대한 실망은 전통 속에서 어떤 원칙과 방향을 찾으려는 우리의 노력을 가로막았을 것이고 맹목적일 만큼 어떤 새로운 것에서 그것들을 찾게 만들었을 것이다. 백 사람이 백 가지 주장을 내세우고, 천 사람이 천 가지 길을 걷게 되었을 것이다. 그러나 충성의 구심점이 없고 확립된 권위가 없으니, 시비는 커지고 다툼은 격화될 것이며, 분열과 반목은 이 겨레의 보편적인 고질이 되고 말았을 것이다."조남현, 「소설공간의 확대와 사상의 실험」, 『이문열 특집 작가세계』 여름호, (세계사, 1989), 81~82쪽 재인용.

이문구의『관촌수필』에서「행운유수」의 '옹점이',「녹수청산」의 '대복이',「공산토월」의 '석공',「관산추정」의 '유천만' 등이 그들이다. 특히 작가는 옹점이와 석공에게는 혈육적인 근친성을 갖는다. 옹점이와 석공은 작가의 개인적 체험과 그의 가계에 직접적으로 영향을 준 사람들이다. 옹점이는 엄마 혹은 누나의 역할을 대신해 준 인물로서, 작가의 어린시절 인격 형성에 영향을 준 인물이다. 작가에게 옹점이가 이성의 존재로서 모태적인 포근함과 향수를 자극시키는 역할을 했다면, 석공에 대한 작가의 마음은 보편적인 인간애로 확장된다.

　　"헤아려보면 석공은 삼대(三代)에 걸쳐 우리 집안의 불행들을 뒤치다꺼리
　　한 셈이었다. 할아버지로부터 나의 동기까지, 그의 비명(비명) 및 천수(天壽)
　　에 의한 별세(別世)를 지켜보았고 아울러 신후(신후)의 후게처마저 자기 손으
　　로 치장 해 주지 않았던가." (『관촌수필』, 192)

　이문구의 회상은 신분적인 우열 덕분으로 수혜를 받은 자의 값싼 감상적 그리움으로 치부될 소지가 있다. 그러나 그것을 상쇄하는 것은 '인간적인 상호성'이다. 작가는 물리적인 도움으로 석공의 어려운 처지를 해결해 주지 못하지만, 그에 대한 애틋한 마음을 지속적으로 유지하고 있다. 이것은 과거의 종적인 관계에서 수혜를 받았던 시절을 그리워 한 것이 아님을 증명한다. 현실의 불편 때문에 예우를 받았던 과거를 반추한 것이 아니라는 점이다. 또한 석공 같은 인물은 현대성의 기준에서도 절실히 요청이 되는 보편적인 인간상이라고 할 수 있다.
　이문열 소설에 등장하는 인물들은 가문과 관계된 족친과 그 혈족들이란 특징이 있다. 영남은 퇴계의 뿌리 깊은 성리학의 맥이 시대를 초월해서 굳건히 그 사람들의 의식의 세계를 지배하는 '유림의 땅'이다. 동질적 철학적 사상을 공유한 공간은 정서적·문화적으로 사람들의 삶의 관계

를 그물망처럼 촘촘히 연결시키는 역할을 한다. "문중은 전통적으로 떠돌다 들어온 타성에 강한 편견을 가지고 있었다"에서 알 수 있듯이 타성에 대해서는 강한 배타성을 드러내는 대신, 그들만의 삶의 공동체는 상대적으로 더욱 공고해 지는 특징이 있다. 그러나 이러한 관계망은 오히려 타인과의 관계보다 혈족간의 관계에서 상처와 대립이 심화되는 갈등의 요인이 된다. 가문이라는 피의 전통이 순수성 이외의 것에 대해서는 추상같은 단죄를 가하는 윤리로 작용하여 그들에게 멍에를 씌우기 때문이다. 종갑씨, 종손, 윤호, 순실누님, 희아주머니 등이 그러한 인물들이라고 할 수 있다. 혈연 공동체의 피의 윤리가 이들을 좌절케 하는 주요한 원인으로 작용한다.

① 그때쯤이었다. 갑자기 둘러싼 구경꾼들을 헤치고 어른분네 세 분이 나타났다. 세 분 모두 노기로 삼엄한 표정이었는데, 그 중 한 분은 자루 달린 바가지에 무언가를 떠오셨다가 대뜸 종갑씨에게 퍼부었다. 오줌이었다.

"이 씨도 잊어버린 놈아. 어디서 풍류질이냐?"

다른 두 분도 노한 목소리로 거들었다.

"거곡장(長)이 이 꼴을 보았으면 구천에서 통곡할 게다.

거곡은 종갑씨 부친의 택호(宅號)였다. 갑작스레 오줌 벼락을 맞은 종갑씨는 얼떨떨한 표정이었다. 그러나 이윽고 정신을 수습한 그는 얼굴을 씻을 것도 잊은 채, 참담한 몰골로 놀이판을 빠져나갔다.

이 철없는 것들아. 이걸 구경하라고 끌어 들였느냐 족인이 사당패가 되어 돌아도 네놈들은 부끄럽지도 않느냐?"[16] (『그대 다시는~』, 66~67)

② 네가 잘 기억할는지 모르지만 우리집을 한 번 떠올려 봐라. 이름이 좋아

---

16 이문열, 앞의 책, 66~67쪽.

종가였지, 얼마나 참담했었나…….

종손의 자리가 권위였고 혜택이었던 시절은 할아버지의 대(代)로 끝장이
나고 말았지. 변변한 전답이나 돈으로 바꾸어 써도 되는 종물(宗物) 역시 일생
을 청담(淸談)과 풍류로만 흘려보내신 그분대에 깡그리 거덜났어. 아버님 대
에 와서는 의무만 남은 거야. 문중은 쌀 한 톨 내놓지 않으면서도 간섭만은
예전과 다름 없었다. 제사는 격식을 갖추어라. 손님 응대에는 범절이 있어야
한다. 그게 사흘돌이로드는 제사와 줄을 잇는 손님에게 해야 할 마땅한 도리
라는 거야. 견디다 못해 위토(爲土)라도 한마지기 팔면 괴변으로 여기면서도,
천한 생업으로 종손의 품위를 잃어서는 안된다. 어떤 일이 있어도 문중을 지
켜라. 뿐인가, 보통학교도 안 보내놓고 종손은 문장이 있어야 하고, 보학(譜學)
에 밝아야 한다…….[17] (『그대 다시는~』, 137~138)

①과 ②에서 종갑씨와 종손이 받았던 가문의 냉대는 그들이 원인 제공
을 한 것이기 때문에 겪는 수모지만 타성받이에 비해 가혹하다고 할 수
있다. 혈족으로서 그들의 결함을 감싸 안는 인정의 기미가 보이지 않는
다. 종갑씨에 비해 ②의 종손이 고향을 떠나 되 돌아 갈 수 없는 사정은
수긍이 간다. 경제적인 뒷받침이 전무한 상태에서 종손으로서의 책임만
을 강요하는 현실은 자기가 처한 환경과 더불어 견디지 못할 상황이었을
것이다. 비석의 순수성에 대한 명분만을 고집하는 문중의 원리주의에 비
해, 종손이 성대씨의 요구를 수용하면서 자신의 앞일을 도모하려는 것은
극히 자연스러운 일이다. 일정한 생활력이 바탕이 되어야 인간적인 예와
도리를 다하는데 문중의 종손에 대한 기대와 바람은 '항심(恒心)'만을 강
하게 오르지 한다. 이 밖에 윤호, 순실 누님, 희아주머니도 가문의 순수성
이란 족쇄에 희생양으로 바쳐진 인물들이라고 할 수 있다.

---

17 이문열, 앞의 책, 137~138쪽.

4. 현실을 대하는 상반된 태도

두 작가의 소설은 현재성에 바탕을 두고 과거를 회억하는 복고적인 구조를 갖고 있다. 과거를 회억하는 데 인간의 사회적 삶의 관계망인 정치·역사적인 모순까지를 삽입할 필요까지는 없는 것처럼 보인다. 과거는 기억하는 사람에게 그 나름의 원초적이며, 그 자체로 순수한 그리움의 원형적 세계이기 때문이다. 또 개인적으로 깊은 내상이 슴베여 있다고 하더라도 시간의 중층성은 과거를 윤색하게 한다. 이것이 과거를 대하는 사람들의 일반적인 모습이다. 그러나 과거의 어떤 시점에서의 체험이라는 것도 당시의 사회적 관계망에 의해서 발생한 것이기 때문에 사회적 현상과 영향관계에 놓여 있을 수밖에 없으나 다만 뚜렷하게 인식하지 못했을 뿐이다.

두 작가는 향토와 가문의 시혜성의 혜택을 받는 위치에 있었기 때문에 과거를 회억하는데 주관적인 정서가 다분하며 일정한 낭만성까지 띠고 있다. 따라서 근현대의 산업화로 인해서 파괴된 농촌의 몰락과 퇴락에 대하여 깊은 성찰이 결여 되어 있다. 이들은 귀향하여 퇴락한 농촌의 현실을 보고 가슴 아파하면서 그 근원에 대한 탐색을 본격적으로 제기하지 않는다.

그러나 이문구는 『관촌수필』 이후에 이전까지의 소설의 정서와 다른 농촌의 현실에 대하여 주목하는 일단의 소설들을 선보인다. 즉 『관촌수필』은 사회과학적인 측면과 연계된 농촌의 구조적인 문제를 형상화하기 위하여 수순을 밟은 작품이다. 따라서 『관촌수필』은 이문구가 훼손된 농촌과 고향을 쓰기 위하여 마지막으로 남아 있는 고향의 옛 모습과 나누는 이별 여행이며, 고향에 바치는 헌사인 셈이다.[18]

---

18 강찬모, 「'떠남'과 '돌아옴'을 통한 고향의 재인식 과정」, 『한국문학이론과 비평학회』

이문열은 그의 소설 자체가 인간의 존재와 실존에 관한 문제제기를 주로 한 작가이다. 같은 향촌적인 기질을 공유하며 동시대의 사회·역사적인 환경 속에서 성장했지만, 이문열은 이문구보다 소위 이념적으로 귀족적 낭만성이 짙은 사람이다. 「長者의 꿈」, 「壯麗했느니, 우리 그 落日」, 「제 1차 광복전쟁사」 등에서 보수적 양반정신[19]이 잘 나타나 있다. 삶의 공동체로서의 고향의 모습에 초점을 두는 것이 아니라, 가문과 양반문화로 상징되는 특권신분에 대한 권력적 지배 향수의 지향성이 중심을 이룬다. 따라서 이후의 작품들에서 이문구처럼 농촌의 문제를 현실적인 역학관계에서 파악하려는 모습이 나타나지는 않는다.

이문열 저의를 정확하게 읽기 위해서는 「알 수 없는 일들」, 「운수 좋은 날」, 「沖積世 그후」, 「구로아리랑」 등과 같이 오늘의 세태나 풍조를 우려하는 눈빛으로 바라본 작품들의 존재를 염두에 두어야 한다. 왜냐하면 이런 작품들은 복고조의 노래를 부르지 않으면 안 될 부정적인 삶의 모습을 잘 보여주기 때문이다.[20] 그러나 이 같이 외면적으로 드러난 이문열의 일련의 작품 내용들이 가지는 의도는 조남현의 지적처럼 조선왕조가 망한 후 '님'의 부재라는 엄연한 현실로부터 오는 '옛것'에의 향수 혹은 귀족적 가문주의에 대한 그리움을 드러내기 위한 뜻이 숨어 있는 전략적 의도라고 할 수 있다.

이문구는 『관촌수필』 후반부 즉, 「관산추정」에서 고향의 현실을 목도

제38집, (한국문학이론과 비평, 2008), 346쪽.

19 "역사상 한 집단 또는 한 민족의 문화는 대중 일반의 공통된 수준이 아니라 소수 엘리트의 정신적 성취로 대표되어 왔어. 양반은 그런 우리 민족의 엘리트였으며, 그 정신은 바로 우리 문화의 정화(精華)였다. …(중략)… 양반정신은 그것이 우리 민족의 보편적인 성향으로 발전될 수만 있다면 그 어느 것보다도 훌륭한 민족성이 될 수 있음을. 학문에 대한 존중, 예술에 대한 사랑과 이해, 엄격한 도덕률, 청빈과 지조, 매운 얼, 그리고 자존심과 긍지─그런 것들은 어느 것 하나 버릴 것이 없어." 이문열, 앞의 책, 197~198쪽.

20 이문열, 위의 책, 81쪽.

하게 된다.

"저것들이 와서 돈지랄만 허구 가면 좋겄는디 공짜가 읎데. 딱 한 가지가 속을 쎅인단 말여. 물런 다 그렇다는 게 아니라, 일부 몰지각헌 인사가 그야말루 내 입에서 공해란 말이 나오게 헌다구." 하여 내가 다시 물으려 하자,

"아까 자네 올 때 내가 돼지 줄 풀을 허쳐놓구 뭘 찾었는지 말헐까?"

"농약 묻은 풀이나 독초?"

"돼지 죽일까 싶어 사람 묻은 약을 먹은 게여."

"무엇 묻은 무얼 찾어?"

"사람 약."

복산은 그것이 콘돔이라고 말했다.

"다른 디는 몰라두 여기는 해수욕장이 곁에 붙어서 그런지 여름 내내 풀새밭에 가면 그게 널려 있다시피 허거던. 물길 뚝섹이, 유수지 언저리, 논두렁……풀만 흙 안 뵈게 자랐다 허면 으레 그게 있는디, 꼴 비는 사람이 일일이 그걸 개려가면서 낫질허겠나……한번은 김응필이라구 요 옆댕이 사는, 간사지 농사짓는 사람인디, 하루는 느닷없이 다 큰 돼지가 죽어버리더란 말여."

"……"

…(중략)…

"애들이 뭐 아나, 풍선모냥 생겼으니 장난감인 중 알지. 저 너르고 좋은 들판에 애들을 못 내보낸다면 말 다했지. 애들 키울 수가 있나, 짐승을 제대루 칠 수 있나……제기, 세상 좋아진더니 원……" (『관촌수필』, 249~250)

『관촌수필』이 「공산토월」까지는 사라져 간 인물들에 대한 그리움과 인정주의가 지배적인 정서를 이루고 있으나, 「관산추정」과 「여요주서」, 「월곡후야」에서는 산업화로 변질된 농촌의 인정과 사람들의 행태를 그리고 있다. 바다가 인접한 삶의 환경은 자연스럽게 그 환경을 즐기려는

외지인들이 붐비게 된다. 낚시와 해수욕이 그 대표적인 예이다. 그들이 쓰는 경비로 인해 지역이 경제적으로 혜택을 누리기는 하지만 그 폐해가 만만찮다. 고성방가와 함께 타락한 성 개방 풍조의 백태는 독자에게 실소와 충격을 준다. 풀 섶에 널브러진 '콘돔'을 먹은 돼지가 죽었다는 것이 대표적인 예이다. 희화적인 일이지만 단순히 그것으로 웃어넘길 수 없을 정도로 고향은 이미 산업화의 말초적인 정서에 오염 된지 오래인 것이다. 작가가 할 수 있는 일이란 그저 고향의 현실을 확인하는 일 뿐이다.

작가는 산업화로 변질된 고향의 모습을 마주하며 날이 선 자극을 받지 않는다. 농촌과 고향의 훼손된 모습은 당초부터 복합적인 구조적 문제에 기인하는 것이기 때문에 어느 한 개인의 탄식과 의지로 해결될 수 있는 문제가 아니기 때문이다. 콘돔이 널브러진 들판에 아이들을 내 보낼 수 없는 현실에 대하여 탄식하는 복산이에게 화자가 해 줄 수 있는 말이 고작 "그야 어디라구 안 그럴까만. 공해부터 평준화돼가는 것도 아닐테구"라는 체념과 방관자적인 말을 하는 것도 이 때문이다. 낚시꾼들이 켜 놓은 카바이트의 불빛을 보고 이제는 없어진 줄 알았던 동화 속의 '도깨비불'이라 착각하며 감회에 젖는 화자의 모습[21]에서 화해로웠던 고향으로의 회귀를 꿈꾸는 소망의 일단을 확인할 수 있다. 이 장면을 물색 모르는 장면이라고 할 수 있지만, 화해로웠던 과거로 회귀를 꿈꾸는 화자의 환시가 작용한 결과라고 할 수 있다. 그만큼 화자의 고향 상실에 대한 내상이 깊은 것을 의미하는 장면이며, 이문구 문학의 지향점을 유추할 수 있는 장면이기도 하다.

---

21 나는 마당을 가로질러 가면서 무심결에 개펄 쪽을 둘러보다가 소스라쳐 놀라며 그 자리에 굳어버리고 말았다. 아 -나는 참으로 오랜만에 가슴이 벅차오르는 것을 느꼈다 도깨비불- 그렇다. 왕대뫼 밑 먹탕곳 개펄에 푸른 빛을 내뿜는 도깨비불이 즐비하게 늘어서 있던 것이다. 이문구, 앞의 책, 246쪽.

이문열의 소설 『그대 다시는 고향에 가지 못 하리』에서 농촌의 현실문제는 비중 있게 다루어지지는 않는다. 다만 「장자의 꿈」에서 혈족인 윤호의 넋두리를 통해 농촌의 현실이 안고 있는 구조적인 문제가 짧게 언급되고 있을 뿐이다. 이는 곧 이문열의 현실인식이라고 할 수 있지만, 행동이 결여된 일반적 수준의 현실인식이라고 할 수 있다. 윤호의 귀향은 실패한 낙향이 아니고 전도가 유망한 자가 용의주도하에 선택한 자율적 결정에 의한 귀향이었다. 그러나 이렇게 계획된 귀향이 실패로 돌아감으로써, 그 이면에 중층적 문제들이 복잡하게 얽혀 있음을 간접적으로 제시한다. 즉 유교와 양반문화의 정신을 회복하려는 그의 신념이 애초부터 이루어 질 수 없는 사상누각임을 암시하고 있다. 윤호의 귀향이 처음부터 목가적인 낭만성을 띠고 경솔하게 결정한 낙향이라는 것이다. 따라서 이문열에게 고향과 유교적 휴머니즘은 그 개방성에 대한 믿음을 상실한 채 일회성을 띠게 된다.

윤호는 땅을 사서 농사를 짓지만 현실적인 장애에 부딪쳐 처음에 계획했던 아이들의 전통적인 교육과 양반문화의 실현이 불가능하게 된다. 윤호가 꿈꾸었던 '재생의 신화', '부활의 신화'는 유예가 되며, "때가 오면 반드시 옛 고향을 되찾을 수 있을 거다"라고 다짐을 하지만 공허하게만 들린다. 유교적 휴머니즘의 현재화와 보편화가 아닌 개인과 가문에 국한된 귀족적 벌열주의만을 꿈꾸기 때문이다.

이문구의 고향과 농촌은 공동체의 복원을 통한 화해로운 과거의 현재화에 초점을 두며, 이문열의 고향과 농촌은 영화로웠던 벌열 가문의 영락한 현실에 대한 개인적 안타까움과 아픔으로 개별화 된다. 이문구에게 고향과 농촌은 아픈 공간이지만 다시 보기를 통해 재생되는 사회학적 공간이라면, 이문열에게 고향과 농촌은 자신의 현재의 왜소성을 만회시켜 주는 극히 사적인 '마취적 공간이라고 할 수 있다.

5. 결론

이문구와 이문열은 7, 80년대 한국현대소설에서 개성적인 주제와 문체로 주목을 받은 작가들이다. 이문구는 산업화로 파생된 음영(陰影)적 가치들을 일관되게 주목한 작가이며, 이문열은 인간 삶의 존재방식을 그 특유의 낭만적이며 유려한 문체로 형상화했다. 특히 두 작가는 이문구의 『관촌수필』과 이문열의 『그대 다시는 고향에 가지 못 하리』에서 차별성을 드러낸다. 고향과 유교적 휴머니즘이란 공통된 대상과 사상에서 차별성을 보이기 때문에 문제적이다.

두 작가의 차별성의 중심에는 근대와 산업화에 대한 가치판단이 자리한다. 이문구가 작품 속에서 근대에 대한 비판적 태도를 암시하고 있는데 반해서, 이문열은 가문에 대한 복고적 회고에 초점을 맞추며 근대에 대해 어떤 언급이나 전망을 하지 않는다. 이들이 유교주의로 상징되는 공동체의 회복을 염원했으면서도 현실을 드러내는 방법에는 차이점을 보인다는 것이다. 이문구가 가족애를 바탕으로 한 '공동체의 인정주의'에 중심을 둔 반면, 이문열은 귀족적 가문주의에 대한 복고를 꿈꾸는 것에 중심을 둔다. 유교적 휴머니즘에 대한 강한 향수를 바탕으로 하고 있으면서 두 작가가 고향과 현실을 바라보는 관점이 다르게 나타난다.

산업화는 근대를 동력으로 경제적인 풍요를 가져다주었지만 여러 부정적인 문제를 발생한다. 전통을 버려야 할 유산으로 인식하고 급속하게 서구 추수주의에 경도됨으로써 정체성에 회의를 제기한다. 이러한 이면에는 산업화를 지향하면서 배격했던 전통과 유교주의에 대한 반성과 성찰이 제고된다.

'양반문화를 회억'하는 장면에서도 이문구와 이문열은 차별성을 드러낸다. 두 사람에게 '왕소나무'와 '어림대(御臨臺)'는 각각 고향과 세계를 상징하는 '객관적 상관물'로서 '동일성'의 대상이다. 그러나 이문구는 '왕소나무'의 훼손을 고향의 부재와 등가 시키는데 반해서, 이문열은 '어림대'를 혈족의 은덕으로 훼손될 위기를 극복하고 현재까지 엄존하는 영향력 있는 대상으로 부각한다.

'전통적 인물군의 재생'에서는 이문구가 인정주의에 바탕을 두고 공동체적 인물을 회고하고 있으나, 이문열은 가문 지상주의가 강고한 영남 유림의 방계 혈족들을 회상하고 있다.

'현실을 대하는 상반된 태도'에서 두 작가는 급속한 산업화로 인해 해체되어가는 농촌의 현실을 그리고 있다. 이문구의 고향인 대천의 향락과 이문열 혈족인 윤호의 낙향과 정착 그리고 실패를 통해서 산업화가 가져다 준 어두운 면을 드러낸다. 그러나 이문구가 훼손된 고향을 '다시보기'를 통해 유교적 온정주의에 대한 소망을 꿈꾼 반면, 이문열의 고향에 대한 현실 인식은 극히 사적인 낭만성으로 개별화 된다.

이렇게 이문구와 이문열의 두 소설에서는 유교의 휴머니즘에 대한 현대적 유용성이 강하게 제기되고 있다. 이들은 외면적으로 고향을 회억하며 유교의 휴머니즘에 대한 향수를 그리워하지만, 고향과 유교적 휴머니즘을 회억하는 목적과 유교의 현대적 유용성의 실현에 대해서는 차별성을 보인다. 그것이 이문구에게는 인정주의를 바탕으로 한 소박성으로, 이문열에게는 교양을 바탕으로 한 귀족적 낭만주의로 형상화되어 차별성을 드러낸다.

참고문헌

1. 기본자료

이문구, 『관촌수필』, 문학과지성사, 1997.
이문열, 『그대 다시는 고향에 가지 못 하리』, 나남, 1986.

2. 논문과 단행본

강찬모, 「떠남과 돌아옴을 통한 고향의 재인식」, 『한국문학이론과비평』 제38집,
     한국문학이론과 비평학회, 2008.
금장태, 『한국의 선비와 선비 정신』, 서울대학교출판부, 2000.
M. 엘리아데, 박규태 옮김, 『상징, 신성, 예술』, 서광사, 1991.
미하일 바흐찐, 전승회 외 옮김, 『장편소설과 민중언어』, 창작과 비평사, 1988.
박명림, 「근대화 프로젝트와 한국민족주의」, 역사문제연구소 편, 『한국의 '근대'
     와 '근대성'비판』, 역사비평사, 1999.
이가원 譯解, 「盡心章句」 상, 9 『공자·맹자』, 세계사상대전집 1, 학원출판사, 1987.
이미옥, 「이문열 소설 연구」, 성신여대 박사학위논문, 2005.
조남현, 「소설공간의 확대와 사상의 실험」, 『이문열 특집, 작가세계』 여름호, 세
     계사, 1989.

부인명(夫人名) 소설에 나타난 여주인공의 성(性)의 자각 과정 연구
−정비석의『자유부인』과 로렌스의『채털리 부인의 사랑』을 중심으로−

1. 서론

'부인(夫人)'은 '남의 아내를 높여 이르는 말', '고대 중국에서, 천자의 비(妃) 또는 제후의 아내를 이르던 말', '예전에, 사대부 집안에서 남자가 자기 아내를 이르던 말', 고려 시대의 왕녀의 칭호 가운데 하나이다.[1] '부인(夫人)'은 '부인(婦人)'의 호칭과 구별 된다. 부인(婦人)의 호칭은 '남의 아내가 된 여자이다. 존칭의 의미보다 일반적인 대상 호칭에 불과하다. 동양에서 부인(夫人)의 호칭은 가부장적 사회에서 여성의 주체적인 모습을 외연적으로 드러내는 '지위'를 나타내기도 한다. 여성의 성(性)은 시 댁의 성(姓)과 결합되지 않고 성 뒤에 부인의 호칭을 더함으로써, 자신의 고유성을 증명하는 근거가 된다. 남존여비의 전근대적인 주종관계의 잔재가 남아 있는 현실[2]에서 주목해 볼 대목이다.

---

[1] 김희숙 외 2인,『우리말글 조금만 알면 쉽다』, (청운, 2006), 195쪽.
[2] 특히 조선 중・후기에 경직화된 유교주의는 지금까지 영향력 있는 잔재로 남아 사람들의 정신과 생활을 무의식적으로 단속하는 억압적 기제로 작용하고 있다. 이 시기를 제외하고 역사적으로 여성의 성은 적어도 남성의 성과 대등하거나 평등을 지향한 관계라고

한국근현대소설에서 부인명을 제목으로 쓴 소설[3]은 다수가 있지만, 정비석의 『자유부인』과 같이 대중성과 상업성을 동시에 아우른 작품은 없다. 이 같은 성공이 가능했던 이유는 작가가 당대 대중들의 성에 대한 현실적 욕망을 자극했기 때문이다.[4] 전통적인 가부장제 사회에서 성은 금기(禁忌)의 대상으로 외부로 표출되거나 양지화되면 안 되는 속박(束縛)의 대상이었다. 특히 『자유부인』은 6.25전쟁이 끝난 직후 신문을 통해 연재 한 소설이기 때문에 그동안 억압된 대중의 성적 갈증을 해소해 준 작품이다. '가뭄에 단비 오듯'대중들의 가려운 곳을 긁어 주는 '효자손'역할을 했기에 폭발적인 반응을 얻었다. 작품 속에 등장하는 부인명은 제목에 등장하는 부인명보다 다양하다. 예컨대『토지』의 윤씨 부인이라든가 『혼불』의 청암 부인 등이 대표적이다. 서양의 대표적인 부인명 소설[5]은 로렌스의『채털리 부인의 사랑』과 플로베르의『보바리 부인』, 에마뉴엘 아루상의『에마뉴엘 부인』, 버지니아 울프의『댈러웨이 부인』등이 있

할 수 있다. 기존의 역사적인 사료와 최근 양반가 무덤 속에서 발굴 되는 부장품들 속에서 속속 확인이 된다.

   3 최찬식, 『자작부인』, 1926. 이무영, 『목석부인』, 1930년대. 이석훈, 『백장미부인』, 1930년대. 유주현, 『장미부인』, 1963. 방인근, 『나비부인』, 1964. 전병순, 『현부인』, 1965. 전병순, 『안개부인』, 1968. 김승옥, 『강변부인』, 1973. 박기원, 『학부인』, 1978. 최희숙, 『1980, 서울부인』, 1979. 허재원, 『맹교수부인』, 1980. 김지연, 『옹담부인』, 1986. 최범서, 『퍼지부인』, 1994. 등이 있다. 최미진, 「부인명 대중소설에 나타난 여성의식 연구」, 『현대소설연구』 제21호(한국현대소설학회, 2004), 2쪽 각주 5) 참조.

   4 『자유부인』은 1954년 서울신문에 연재되어 여성의 성에 대한 당시대의 금기를 위반했다고 하여 많은 비판을 받은 소설이다. 그러나 한편으로는 연재와 동시에 서울신문의 판매부수가 급격히 늘어났던 점 그리고 연재가 종결되면서 종전의 판매 부수가 급격히 감소된 구체적 사실을 통해서 당 시대 대중들의 외면적으로 억압되었던 성의 욕구를 대리적으로 발산할 수 있는 해소물이었다고 할 수 있다.

   5 라파에트, 『클레부 공작부인』, 엘케슈미터, 『자르토리스 부인의 사랑』, 호프만, 『스퀴데리 부인』 등이 있다. 대표적인 희곡은 조지 버나드쇼의 『워렌 부인의 직업』이 있다. 일본은 1920년 도쿄일일신문과 오사카 매일신문에 연재되었던 기쿠치 칸의 『진주 부인』이 대중들에게 큰 반향을 일으켰다.

다.

동양에서 부인(夫人)의 호칭은 여성 자신의 '출신 지명'과 '성'뒤에 붙
어 가부장제 사회에서 여성의 고유성을 드러내는 근거가 된다. 그러나
서양은 부인의 호칭 앞에 가문과 남편의 성이 옴으로써, 동양보다 오히
려 여성의 신분을 남자와 주종관계로 여기고 있다. 이것은 일반적으로
동양보다 개방적이며, 근대적인 진보관을 가진 것으로 여기는 서양 문화
의 인식에서 주목해 볼 대목이다.[6]

본고가 이들 작품을 공통적으로 주목 한 것은 '부인(夫人)'이라 존칭되
는 기혼 여성이, 도덕·윤리적인 사회의 관습을 일탈하여 당대 사회의
금기에 당당하게 저항한 여성을 그리고 있기 때문이다. 결혼으로 맺어진
남편과 사랑을 한다면 윤리적 논쟁이 안 된다. 부인이란 기혼 여성이, 그
것도 사회적 지위가 있는 신분으로 다른 남자와 애정 행각을 그렸기에
문제적(?)이다.

그러나 본고는 남녀의 성의 차별이 엄존하는 당시 현실에서 이들 두
여주인공의 애정 행각을 자유를 갈구하는 인간의 보편적인 가치의 재발
견이란 측면에서 긍정적으로 주목했다. 어떠한 이유로도 성의 향유 자체
를 여성이 자의식[7]을 획득하는 수단이라 하여 도덕적으로 권장할 수는

---

6 우리 역사에서 남존여비로 상징되는 여성에 대한 차별은 임진란 직후인 조선 중·후
기라는 것을 감안할 필요가 있다. 정치적인 필요에 의해서 문화가 변환된 것이다. 따라서
여성에 대한 차별의 역사는 특정한 기간에 유교주의가 고착화되면서 정치적인 지배 이념의
필요성 때문에 인위적으로 파생된 산물이라고 할 수 있다. 그러나 문화는 정치적인 부침
속에서도 강한 생명력을 갖고 있다. 고려시대의 여성의 개방성과 진취성이 하루아침에 단
절이 될 수는 없었을 것이다. 조선 중·후기의 화석화된 유교주의 속에서도 전대의 개방적
인 문화가 일상적인 규범 속에서 사라지지 않고 끈질긴 생명력으로 흔적을 남겼을 것이다.
성과 부인 혹은 친정의 지명과 결합된 부인의 호칭도 이러한 전대의 개방적인 문화의 잔재
들 중에 하나라고 할 수 있다.

7 융은 개인의 의식이 타인과 구분되거나 개별화되는 과정을 개성화라고 했다. 인격의
발달 과정에서 개성화와 의식은 항상 보조를 같이 한다. 의식화의 시작이 곧 개성화의
시작이다. 의식의 증가에 따라 개성화도 완성되어간다. 자기 자신과 주변 세계에 대한 자

없다. 두 여주인공의 성의 일탈이 대등해야 할 성이 '젠더(Gender)'적인 성으로 폄하되어 여성의 자유와 인권을 억압하는 이념으로 작용했기 때문에 이에 대한 저항의 의미를 갖고 있다는 것이다. 사회제도와 도덕률이 여성의 성을 억압하는 바탕 위에서 남성중심으로 형성된 단단한 도그마라는 것이다. 따라서 두 여주인공의 애정행각은 이에 대한 자유의지 차원에서 저항의 의미를 갖기 때문에 당대에 파생된 윤리 논쟁도 성의 자유와 평등을 추구하는 여성의 입장에서 보면 또 다른 억압의 현상이라고 할 수 있다.

2. 성의 존재양식과 사회적 환경

성(性)은 인간의 '존재양식과 사회적 환경'에 의해서 규정되고 영향을 받는다. 성 자체가 인간관계 속에서 친밀한 접촉과 만남을 통해 획득하는 유대감의 특별한 '경험'이기 때문이다. 인간 스스로 개별적인 존재양식에서 성은 성립하지 않는다. 둘이 양립할 때만이 성적인 유대감을 갖는다. 그러나 사회적 환경은 양성의 존재에 의해서 성립된 성의 역할이 힘의 우열이 생기면서 남성중심으로 변화되었다. 권력을 담당한 층에 의해 성의 향유가 특권화 되어 성이 속박과 금기의 대상으로 전락했다. 인류의 역사는 이러한 힘의 우위를 바탕으로 남성이 여성의 성을 제약하거나 구속해온 역사이다. 사회적 환경, 즉 남성중심의 사회에서 성은 동등한 관계를 상실하고 왜곡 분식(粉飾)되었다.

각이 없는 사람에게서는 개성화가 충분히 이루어질 수 없다. 의식의 개성화 과정을 통하여 새로운 요소가 생겨난다. 융은 그것을 자아(ego)라고 불렀다. 켈빈 S. 홀, 버논 J. 노드비, 김형섭 옮김, 『융 심리학 입문』, (문예출판사, 2004), 53~54쪽. 결국 자의식은 의식의 확대를 통해 자기의 본래성을 인식하는 정신의 작용이라고 할 수 있다.

봉건적이며 전근대적인 역사의 이면에는 억압된 여성의 성이 희생으로 존재한다. 반면 인류의 발달과 진보에는 여성의 성의 해방의 역사가 그 궤를 같이한다. 근대에 들어와 민주주의의 이념과 제도가 여성의 인권을 개선하면서 발전했다는 사실은 시사하는 바가 크다.

최근에는 페미니즘(feminism)의 단계를 넘어 에코페미니즘(Ecofeminism)이 활발하게 논의되고 있다. 에코페미니즘은 '자연(환경)과 여성의 합성어'이다. 에코페미니즘은 전근대의 여성에 대한 차별에 국한하지 않는다. 인류의 발달과 문명의 진보에 늘 자연과 여성이 희생되었다는 논리를 전개한다. 성의 담론이 여성이라는 개별적인 주체를 뛰어 넘어 억압의 대상을 확장한다.

성의 역사는 철저하게 정치적인 담론에 의해서 규정되어 왔다. 정치적인 담론이란, 힘의 논리를 말하는 것이고 힘의 논리는 현실에서 강자가 약자를 지배하며 종속시키는 질서로 작용한다. 그러나 성은 인간의 생리적이며 본능적인 자연스러운 욕구의 표출이다. 이것을 인위적으로 봉쇄하면 할수록 병리적인 현상이 발생한다. 음성적인 특징에서 일반적으로 나타나는 현상이다. 성은 억압할수록 기형적인 형태로 표출된다.

『자유부인』과 『채털리 부인의 사랑』의 시대적 배경은 '6.25 한국전쟁'과 '1차 대전'이 끝난 직후이다. 전쟁이 끝났지만 혼란의 상처가 치유되기 않고 상존하는 시기를 배경으로 한다. 전쟁이란 생사의 갈림길에서 기존에 일상적으로 표출한 본능적인 생의 욕구들이 억압 받는 시기이다. 삶의 지속이란 명제 앞에 인간적인 욕구 중에서 성의 욕구는 '의식주'의 욕구에 비해 지엽적인 것이 된다. 그러나 성의 욕구는 소멸된 것이 아니라, 일시적인 잠재태로 무의식에 가라 앉아 있을 뿐이다. 오히려 성은 생사의 갈림길에서 더욱 강하게 충동하는 성질을 갖는다. 삶에 대한 연속성 자체가 성을 통하지 않고는 충족되지 않기 때문이다. "8.15 해방이 실질적으로는 8년 후인 오늘에야 온 것만 같았다"는 오선영의 말을 통해 사회의 억압적 환경이 이완됨으로써 생기는 자유의 본질이 결국 성적 충만과 동의어임을 증명한다.

『채털리 부인의 사랑』에서 콘스탄스 채털리 부인의 성의 일탈의 원인도 남편을 불구로 만든 전쟁과 그로인해 종전 후에 발생한 암울한 사회 환경이다. 성적인 순결을 강요하는 사회 환경에서 현실적인 성의 결핍은 외부로 해소되지 못하고 정신을 황폐하게 만들어 채털리 부인이 생에 대한 무기력증으로 이어져 점점 야위어 가는 원인이 된다. 이 모두가 남성 중심의 사회 환경이 성의 존재양식을 억압했기 때문에 파생된 병리적 현상이다.

3. 두 여주인공의 성의 자각과정

정비석의 『자유부인』의 주인공 오선영과 로렌스의 『채털리 부인의 사랑』의 주인공 콘스탄스 채털리 부인이 성(性)적으로 자각하는 과정은 동일하게 '권태(倦怠)'[8]와 관계 한다. 권태란, 변화 없는 일상적 생활에서 발생하는 정신적 신체적 '감각의 둔화'이다. 결혼 초에 충족되었던 사랑이 시간이 지나면서 이완되었기 때문에 발생한 심리적 현상이다. 이들 두 여주인공이 권태를 극복하는 방법은 외부 대상의 성적 자극에 의해서다.

이 같은 방법을 통해서 이들은 삶의 새로운 세계에 눈을 뜬다.[9] 즉 당

---

8 플로베르의 『보바리 부인』에서 여주인공인 보바리 부인도 권태에서 비롯된 신경성 질환을 앓고 있다. 프로이트도 신경증의 원인을 억압의 산물이라고 보았다.

9 오선영에게 대문 밖의 세계는 신천지이다. 대문을 기준으로 안쪽은 노예의 공간이며, 밖은 갇혔던 종달새의 비상으로 여기는 자유의 세계이다. 채털리 부인도 남편인 클리포드와의 정신적 사랑에 지쳐 생활의 권태에 빠진다. 결국 그녀는 정신적 사랑에 증오심을

대의 금기를 당당하게 '위반'한다. 죠르쥬 바따이유는 "아무리 많은 위반도 금기에 종지부를 찍을 수는 없다"[10]고 말했지만, 이 말은 금기에 중심을 둔 말이다. 반대로 '아무리 많은 금기도 위반에 종지부를 찍을 수 없다고 말하는 것이 오히려 이 두 소설이 가지는 문제적 성격을 단적으로 함축하는 말이다. 이렇게 두 여주인공의 금기 위반의 직접적인 원인은 남편의 성의 위축과 왜소화가 원인이다. 결혼은 남녀의 육체적인 관계가 합법적으로 용인 되는 제도이다. 성적 충족이 법으로 인정되는 '사회적 약속'이다. 그러나 이들 두 여주인공은 이 같은 결혼의 함의에서 본질적으로 소외된다. 이는 '에로티즘의 결핍'이다.

이 부분에서 작가의 의도가 엿보인다. 대상이 존재해야 하는 구체적인 성적인 행위에서 작가는 남성의 성적 무능력을 전경화함으로써, 여주인공의 성적 일탈을 합리화하는 전략을 보인다. 남성의 성적 부재를 전제하고 이에 대한 여성의 일탈에 면죄부를 준다. 이것은 당시대에 첨예한 윤리적 논란이 불가피한 성에 대한 작가의 배려이다. 지배 권력인 남성 혹은 그들의 남성 편향적인 성적 가치관에 동조하는 일반 독자들의 작품에 대한 반론을 염두에 둔 설정으로 보인다. 그들을 납득하게 만들어 생산적인 논쟁의 장으로 유인하려는 포석을 깔고 있다는 것이다. 가열될 윤리적 논쟁을 예상하여 작가가 남성들의 성의 무능력을 전제했다. 남편으로부터 성의 만족을 얻고 있는 여성이 성적 일탈을 했다면, 그 행동은 윤리적으로 논쟁의 여지가 없는 명약관화한 비판의 대상이 된다. 그것은 성의 방종이기 때문이다.

갖게 되고 자기 기만이라고 단정하게 된다.
10 죠르쥬 바따이유, 『에로티즘』, 조한경 옮김, (민음사, 1997), 51~52쪽.

1) 성적 일탈과 자각의 매개물

오선영과 채털리 부인의 성적 일탈과 자각의 매개물은 '춤'과 '숲'이다. 성적 권태를 표출하는 수단이다. 오선영의 일탈은 '화교회(花交會)'의 모임과 '화장품 가게'의 경영으로 이어진다. 모두 여성의 대외적인 활동과 관련된다. 여기에 춤은 이들 대외적인 활동을 교양 있게(?) 뒷받침 해주는 촉매제 역할을 한다. 춤은 대문 밖의 '신세계'에서 오선영이 환상을 자극하는 일탈의 매개물이다. 춤이 원숙해짐에 따라 자신의 본분에서 멀리 벗어나 일탈의 범위와 강도가 대담해진다. 춤은 오선영의 성적 일탈을 부추기는 환상의 매개물이자, 성의 자각에 눈을 뜨게 해주는 이중적인 의미를 갖는다.

> 오선영 여사는 열심히 스텝을 따라갔다. 스텝을 밟으면서도, 마음은 형용할 수 없는 감격에 사로잡혀 있었다. 이성의 품에 안겨 보는 것도 또 하나의 감격적인 사실이거니와, 자기 몸에 대해 새로운 가치를 발견했다는 것도 또 하나의 감격이었다. (『자유부인』, 76)

오선영이 대학생 애인인 신춘호와 춤을 추면서 느끼는 감격이다. 오선영은 표출되지 못하고 내재되었던 여성으로서의 가치를 춤을 통해서 재발견한다. 춤은 내면의 세계를 육체의 동작으로 표현하는 '무언의 언어'이기 때문에 정신과 육체가 조화롭게 합일되어야 한다. 특히 육체는 춤의 동(動)적인 특성을 바탕으로 상대를 유혹하는 강력한 흡입체이다. 오선영이 젊은 신춘호와 춤의 짝이 된 사실은 아직도 그녀의 육체가 관능적임을 보여 주는 일이다. "남편은 십 년 동안이나 부부 생활을 해 오면서도 한 번도 아내의 육체를 칭찬해 준 적이 없었다"라는 오선영의 독백을 통해 그녀의 성적 결핍을 확인한다.

(오늘밤에는 우리 집에서 마음을 푹 놓고 한 번 놀아 보았으면……)

춘호의 좁은 방에서 마음을 졸여가며 도둑질하듯 하기보다는 넓디넓은 자기 집 안방에서 멋대로 춤을 추어 보면 살이 찔 것 같았다. 문제는, 아이들이었다. 아이들이 보는 데서 신춘호의 품에 안겨 돌아가기가 쑥스러웠던 것이다. 그러나 한 번 내킨 마음을 억제할 수는 없었다.

"애들아! 너희들 전축소리 한 번 들어 보지 않을래?" (『자유부인』, 159)

오선영은 남의 이목을 의식하지 않고 이젠 자기 집 '안방'으로 신춘호를 유인하여 춤을 추려는 계획을 하고 있으며 또 그것을 실행에 옮긴다. '아이들'과 '안방'은 오선영과 장태연이 '부부'라는 것을 보여 주는 성스러운 상징적 대상이자 공간이다. 이곳을 범했다는 것은 오선영의 탈선이 경계의 영역을 넘었다는 것을 의미하며, 춤이 탈선을 유혹하는 강력한 매개물이라는 점을 보여준다. 채털리 부인의 성적 일탈과 자각은 '숲'이 제공한다.

그녀는 전보다 더 건강해졌다. 좀 더 잘 걸을 수가 있었다. 그리고 숲속에 들어가자 정원 속처럼 바람결이 부드럽고 피로하지도 않았다.

그녀는 세계를, 저 끔찍스러운 고기가 썩은 것 같은 사람들을 잊고 싶었다. '그대들은 다시 태어나리라! 나는 육체의 부활을 믿는다. …(중략)… 드디어 그녀는 숲 저쪽에 있는 빈터로 나왔다. 이끼가 낀 돌집이 보였다. 그것은 땅속에 파묻힌 버섯의 살처럼 따뜻하게 햇빛을 담뿍 받아 장밋빛으로 보였다. …(중략)… 그녀는 귀를 기울이면서 걸어갔다. 그러자 어린 전나무 숲 사이로 나 있는 좁은 오솔길이 눈에 띄었다. 그 길은 어디로 나갈 수 없을 듯한 길이기도 했으나 누군가가 자주 다닌 길 같기도 했다. 그녀는 대담하게 그 길을 따라갔다. (『채털리 부인의 사랑』, 122~125)

숲은 원시성과 생명력 그리고 시원성을 상징한다. 성경에도 태초에 '아담'과 '하와'가 나체로 살았던 곳이 '에덴동산'이다. 에덴동산은 자족적이며 모태적인 숲을 의미한다. 또 숲은 외계 세계와 구분이 되며 욕망이 꿈틀대는 공간이다. 본능적인 욕망은 불순한 것이 아니라 플라톤이 말한 '이데아'의 세계이다. 현실적으로 윤리적 가치에 의해서 제약당하는 동일성에 대한 강력한 지향을 견인하는 공간이 숲이다. 경계 밖의 미진(微塵)을 씻어 주고 본질적 욕망을 숨 쉬게 하는 공간이다. 따라서 회귀 본능이 강하다. 채털리 부인이 숲을 자주 산책하는 것은 잃어버린 성적 본능과 자의식을 회복하고자 하는 행위이다. 채털리 부인은 이 숲에서 '산지기인 멜더스'를 만난다.

채털리 부인의 숲에 대한 친화성은 산지기를 만나기 위한 복선적인 성격을 벗어나 그 전에도 그녀가 자기의 존재를 자주 회의하며 고뇌했던 공간이다.

> 그것은 틀림없이 불안이었다. 그녀는 정원을 빠져나가서 클리포드를 그대로 내버려둔 채 양치류 덤불 속에 가끔 엎드려 있곤 했다. 집에서 도망쳐⋯⋯ 그녀는 집에서, 그리고 누군가로부터 도망칠 수밖에 도리가 없었다. 숲은 유일한 피난처이고 성역이었다. (『채털리 부인의 사랑』, 33)

2) 작가가 의도한 남편의 역할

오선영의 남편 장태연은 대학교수이며 한글학자이다. 상아탑이라는 한정된 공간에서 아이들을 가르치는 '선생님'이다. 전통적으로 선생이라는 직업이 가지는 고정관념은 상호침투적인 개방성과 일정한 거리를 둔다. 원칙과 규범을 훈육하는 직업이기 때문에 다분히 도식적이며 보수적인 성격을 벗어나기 어렵다. 더구나 6.25가 끝난 직후는 여러 경로로 외래의 선진문화가 홍수처럼 밀려들어오는 시기로써, 실용적인 가치가 유용성 측면에서 극대화되었던 시기이다. 이러한 때 작가는 장태연의 직업을 대학교수이며, 그것도 실용학문의 교수가 아닌 한글학자로 설정한다. 사회적인 지위와 명예로는 권위와 안정성을 갖지만, 새로운 자극을 원하는 오선영에게는 삶의 권태로 이어질 개연성이 큰 인물과 직업이다. 또 장태연 교수가 갖고 있는 성에 대한 인식도 전통적인 가부장적 가치에 머문다. 그는 오선영과 성적인 관계를 통한 부부애의 실현보다는 학문연구에만 몰두하는 '백면서생(白面書生)'이다.

이 같이 장태연이란 인물의 성격과 직업을 통해서 작가의 의도적인 서사 전략을 확인한다. 소설의 결말 부분에서 작가의 가부장제적인 교훈성이 드러난다. 이는 오선영의 탈선을 비도덕적인 일탈로 규정하여 상대적으로 장태연에게 면죄부를 주는 요인이 되지만, 그가 아내의 탈선의 한 원인자임을 보여 주는 일이다.

『채털리 부인의 사랑』에서 채털리 부인의 남편은 1차 대전에 참전했다 불구가 된 인물이다. 불구가 되기 전에도 채털리 부인은 남편에게 성적인 만족을 얻지 못했다. 채털리 부인은 남편이 갖고 있는 귀족적인 풍모와 교양을 통해서 정신적으로 만족을 느끼는 인물이다. 그러나 오선영과 채털리 부인은 애초부터 성적인 충족을 위해서 입체적인 변신이 잠재적으로 가능한 인물이다. 이들이 입체적 변신이 가능한 이유는 이중성이 강한 인물이기 때문이다. 오선영이 장태연과 결혼한 것은 학문연구에 오로지 하는 모습에 감동한 까닭이다. 당시대에서 혁신적이라 할 만큼 오선영은 장태연에게 '프러포즈'를 했다. 오선영의 적극적인 성격을 통해서 앞으로 전개될 그의 성적 개연성을 확인한다. 채털리 부인의 성격도 입체적 인자를 가진 인물이다. 동양문화와 차이는 있지만, 그녀는 학창시절의 연애 경험을 다만 상대방과 '대화하는 것'과 동일한 일상적인 '접촉'에 불과한 일로 여긴다.

두 여주인공이 성적으로 일탈을 경험하게 되는 근본적인 이유가 다르다. 이렇게 다른 부분이 성적으로 일탈을 가속화한 원인이 된다. 소설 『자유부인』에서 오선영의 결혼 전의 연애 경험이 언급되지 않고 있다. 그러나 오선영이 결혼에 대한 환상을 갖고 있는 것으로 보아, 결혼 전의 연애 경험이 없는 듯하다. 애초에 결혼에 대하여 갖고 있던 환상이 깨지면서 오선영은 급속하게 결혼생활의 권태를 느낀다. 이와 반대로 채털리 부인은 결혼 전의 연애 경험이 풍부하다. 연애 경험이 풍부한 여자가 불구의 남편에게 받지 못하는 성적 불만족은 견디기 어려운 생리적인 요인이다. 두 인물 모두 결혼 전의 연애 경험의 유무가 결혼 이후의 성적 만족을 경계 밖에서 찾는 이유가 된다.

특징적인 점은 정비석과 로렌스가 두 여주인공의 성적인 자각과 일탈을 형상화 하는데 뚜렷한 차이점을 보이고 있는 점이다. 보수적인 동양문화와 진보적인 서양문화의 차이가 이들이 문제적인 작품을 형상화 하는데 그대로 농축된다.

정비석은 작품 곳곳에서 가부장제적인 작가의 인식을 그대로 드러낸다. 정비석은 애초부터 오선영의 가정의 일탈을 문제적으로 바라본다. 물론 장태연에게도 일말의 책임이 있음을 보여주고 있지만, 그것은 독자들의 작품의 수용적 태도를 의식한 서사의 전략적 차원에 국한한다. 이러한 문제적 인식의 이면에는 가부장적인 사회에서 남편의 사회적 지위에 의해 신분이 결정되는 여성의 입장이 반영된 탓이다. 선영의 사회적 신분은 일반 서민의 신분이 아니다. 대학교수인 남편과 국회의원을 오빠로 둔 든든한 사회적 배경이다. 표면적으로 남부러울 것이 없는 조건이다. 따라서 작가는 오선영의 가정적 일탈에 동조하지 않고 그녀의 일탈을 명분 없는 것으로 규정한다. '이유 없는 투정'쯤으로 여겼기 때문에 결국 선영의 일탈은 제 자리로 돌아올 수밖에 없는 한계를 가진다.

작가는 선영의 일탈을 성적인 주체성 차원으로 인식하지 않고 동양문화 특유의 가족주의에 바탕을 둔 교훈적인 면에 무게를 둔다. 당대 사회에 충격을 준 작품이지만, 오선영의 성의 일탈을 주체성 차원으로 승화시키지 못하고 일반적 가치관과 타협을 함으로써 경계를 초월하지 못하고 있다. 이러한 측면에서 전대(前代)에 쓰인 김동인의 『감자』는 특별한 의미를 갖는다. 당대 사회의 견고한 유교적 이념에서 벗어나 한 여성의 성적 자각 과정을 주체적으로 그린 점이 정비석의 『자유부인』과 대조를 이룬다. 김동인의 성적 상상력이 빛을 발한 작품이다.

『채털리 부인의 사랑』에서 작가인 로렌스는 채털리 부인의 일탈을 성적이 자유와 주체성 차원에서 형상화한다. 로렌스는 채털리 부인의 남편에 대한 정신적 사랑을 인정하지 않는다. 그녀가 남편과 결혼했기 때문에 얻고 있는 기득권을 과감하게 버리고 결국 산지기인 멜더스를 선택하도록 유도한다. 『자유부인』에서 장태연의 정상적인 신체와 『채털리 부인의 사랑』에서 클리포드의 불구는, 아내인 오선영과 채털리 부인이 성적인 일탈을 하는데 표면적으로 필연성(?)의 강도가 다르게 나타나는 원인이 된다. 그러나 그것은 중요하지 않다. 정상적인 신체를 갖고 있어도 부부 사이에 성적 교통이 이루어 지지 않는다면 불구와 다르지 않기 때문이다. 로렌스는 채털리 부인의 일탈을 성적인 자각을 통해서 한 인간이 주체적인 삶의 길을 찾아 가는 것으로 묘사한다. 입센의 『인형의 집』에서 여 주인공 '노라가 남편의 불신에 집을 나가 자신의 주체적인 삶을 선택하는 것도 이와 동일한 모습이다. 육체적인 성의 억압이 표현되지 않고 있지만, 성의 억압과 갈등은 육체적인 관계에만 국한된 것이 아니다. 남성이라는 이름으로 행해지는 여성에 대한 차별과 불평등을 포함한다. 불평등한 육체적인 성도 이러한 종적인 남녀관계에 기인한다. 성의 상호성이 남녀 관계의 평등을 유지하고 폭력적인 정치적 이념의 침투를 방지한다.

4. 결론

본고는 지금까지 부인명 소설에 나타난 여주인공의 성의 자각과정을 정비석의 『자유부인』과 로렌스의 『채털리 부인의 사랑』을 중심으로 살펴보았다. '부인(夫人)'이란 남의 아내를 높여 이르는 말로서 '부인(婦人)'과 구별 되는 존칭이다. 또 동양에서는 택호와 결부되어 쓰임으로써 여성의 고유성을 증명하는 근거가 되기도 한다. 서양의 부인의 호칭이 남편의 성과 결부되어 불리는 것과 차이가 있다.

한국근현대소설에서 부인 명을 제목으로 한 소설이 다수가 있지만, 정비석의 『자유부인』만큼 대중성과 상업성을 고루 갖춰 당대의 많은 독자들로부터 사랑을 받았던 작품은 없다. 서양에도 부인명을 제목으로 쓴 소설이 다수가 있지만, 로렌스의 『채털리 부인의 사랑』처럼 당대의 윤리적 가치관과 뜨거운 논쟁이 되었던 작품은 흔치 않다.

본고가 이들 두 소설을 공통점으로 연구한 것은 '20세기에 쓰인 작품'이기 때문이다. 20세기는 여권(女權) 신장과 함께 여성의 성이 윤리적으로 과도기였다. 두 소설이 '문제의 소설'로서 연구의 대상으로 논의될 가치가 충분하다고 보았다. 성의 존재양식은 '사회적 환경'과 밀접하다. 성 자체가 인간 유대감의 특별한 '경험'이기 때문이다. 성은 개별적인 존재양식으로는 성립할 수 없기 때문에 평등성이 전제되어야 한다. 그러나 남성들은 힘의 우위를 바탕으로 성을 정치적 담론에 의해 억압하고 왜곡시켜 여성을 도구화했다.

이들 두 소설의 배경도 '6.25전쟁'과 '1차 대전'이 끝나는 시기를 배경으로 한다. 전쟁이란, 인간의 생리적 욕구 중에서 성의 욕구가 억압당하는 시기이다. 전후의 시대적인 환경은 이러한 억압당한 성의 욕구가 기형적인 형태로 분출되어 사회문제로 이어 진다.

여주인공인 오선영과 채털리 부인의 성의 일탈과 자각 과정은 '권태

(倦怠)'가 원인이 된다. 권태의 원인은 남편과의 성적 결핍 때문이다. 권태를 극복하는 방법이 '춤'과 '숲'으로 나타난다. 이는 성적 일탈과 자각을 부추기는 이중적 의미가 있다. 성적 결핍을 형상화하는데 두 작가가 차이를 보이고 있다. 정비석은 동양의 유교주의적인 가치관을 바탕으로 교훈적으로 그리고 있는데 반해서, 로렌스는 여성의 주체적 삶의 지향이라는데 초점을 맞춘다. 결말도 오선영의 가정으로의 귀가(歸家)와 채털리 부인이 출가(出家)로 다르게 나타난다.

성이 자의식을 인식하는 하나의 수단이라고 해서 무분별하게 남용되거나 향유되어서는 안 된다. 그러나 남성중심의 지배 질서가 여성의 성의 억압을 통해 견고하게 형성된 도그마라면, 성의 자유 추구는 그 자체로 저항성을 담보하는 사회적 의미체가 된다. 따라서 본고는 정비석의 『자유부인』과 로렌스의 『채털리 부인의 사랑』의 두 여주인공이 이데올로기화 된 성의 차별에 당당하게 저항한 성적 자각과정에 초점을 두고 논의를 전개했다.

참고문헌

1. 기본자료

로렌스, 김덕수 옮김, 『채털리 부인의 사랑』, 홍신문화사, 1992.
정비석, 『자유부인』 전 2권, 고려원, 1985.

2. 단행본

김희숙 외 2인, 『우리말글 조금만 알면 쉽다』, 청운, 2006.
서동수 외 1인, 『성담론과 한국문학』, 박이정, 2003.

죠르쥬 바따이유, 조한경 옮김, 『에로티즘』, 민음사, 1997.

최미진, 「부인명 소설에 나타난 여성의식연구」, 한국소설학회, 2004.

캘빈 S. 홀, 버논 J. 노드비, 김형섭 옮김, 『융 심리학 입문』, 문예출판사, 2004.